동양고전으로 오늘을 읽다

정재서 편

신아사

동양고전으로
오늘을 읽다

들어가는 말

다시 물질이 돌아왔다. 도처에서 물질의 근원적 힘을 구가하는 시대가 도래한 것이다. 이야기하는 본능은 거울뉴런의 시뮬레이션 작용으로 설명되고 중용의 철학은 쾌감 호르몬의 한시적 효과에서 비롯한 생존 방식으로 설명된다. 토스토예프스키의 초인적 서사도, 성인 공자의 근엄한 도덕론도 진화생물학의 설명범주를 벗어날 수가 없다.

과학이 모든 것을 해결해주리라는 낙관론이 풍미했던 19세기 과학혁명과 같은 상황이 재현되고 있다. 당시 메리 셸리(Mary Shelley)는 〈프랑켄슈타인〉을 써서 그 위험성을 경고하였으나 오늘의 인문학은 압도적인데다가 급변하기까지 하는 과학의 위력에 일찌감치 투항 혹은 영합하는가 하면 어렵게 활로를 암중모색 중이다.

이화여대 중문과 상상력팀은 고위금용(古爲今用)의 기치 하에 오랜 세월 고전의 숲을 노닐고 이론의 칼을 갈아오다 급기야 글쓰기의 창을 들어 오늘을 겨누었다. 그들은 상상력(스토리, 이미지와 더불어 삼위일체인)이 사피엔스 최후의 보루라는 신념을 갖고 물질의 시대에 대응하고자 한다. 상상력은 고전에서 온다. 그러니 그들은 고전으로 오늘을 읽고자 한다.

이 책의 〈서설〉에서는 동양고전의 원천인 중국신화가 그리스로마신화를 대신하여 금후의 상상력, 스토리, 이미지의 세계를 재편하리라는 선언으로 이후 전개될 논의의 서막을 연다. 이어서 〈고전으로 현대문학을 읽다〉, 〈고전으로 대중문화를 읽다〉에서는 불후의 고전 패러다임으로 시, 소설, 영화, 드라마 등 오늘의 문제작을 진단하고 그 불변의 가치와 가변의 시대성을 드러내 보인다. 이 책은 일찍이 동양 고전학의 힘을 예증하기 위한 첫 시도로 바쳐진 『사라진 신들과의 교신을 위하여』(2007)의 맥을 잇는 저술로서 나름의 역사적 의미를 지닌다.

편자는 필자들과 더불어 짧게는 십수년에서 길게는 수십년에 이르기까지 학문의 여정을 함께 하였고 그들이 문하에 들어와 승당(昇堂), 입실(入室)하여 전가(專家)의 계제에 이르기까지 면려자행(勉勵自行)하는 과정을 지켜보았다. 이제 퇴임에 임하여 이연자득(怡然自得)의 경지에 달한 그들의 노작을 한자리에 모아 펴내게 되니 감개가 한량없다. 모쪼록 이 책이 필자들과의 깊은 학연(學緣)을 기념하는 증거가 되고 밖으로는 자칫 고고학으로 귀소(歸巢)하기 쉬운 고전학을 자극하는 계기가 되기를 바라며 서문에 대신한다.

2017년 8월

폭염으로 텅 빈 이화 뜨락을 바라보며

편자 정재서 삼가 씀

동양고전으로
오늘을 읽다

목차

들어가는 말···3

Ⅰ. 서설

스토리의 시대, 스토리를 Re-스토리텔링하기
— 신화는 귀환하고 있는가? ······························ 11
정재서 (이화여자대학교 중어중문학과 교수)

Ⅱ. 고전으로 현대문학을 읽다

이시영, Ezra Pound, 흥(興)······························· 29
김의정 (성결대학교 파이데이아학부 연구교수)

내 안의 '불안'과 만나다
— 윤대녕 소설『호랑이는 왜 바다로 갔나』·························· 53
김지선 (고려대학교 중어중문학과 강사)

농담의 미학, 그 한없이 가벼운 인생을 듣는 즐거움
— 성석제의 소설「황만근은 이렇게 말했다」와「조동관 약전」······ 79
송진영 (수원대학교 중어중문학과 교수)

이물(異物) 기록의 정치학:
지괴(志怪)의 독법과 김탁환의『부여현감귀신체포기』 ·············· 103
최진아 (이화여자대학교 중어중문학과 강사)

Ⅲ. 고전으로 대중문화를 읽다

성룡의 코믹쿵푸, 몸 서사의 새로운 가능성 ························· 123
김영미 (이화여자대학교 중국문화연구소 연구원)

영화 〈전우치〉의 문화사회학적 공간 읽기 ························ 149
정선경 (이화여자대학교 이화인문과학원 HK교수)

현대 중국의 대중문화와 옛 이야기의 스토리텔링
─무협 블록버스터 영화 〈연인(2004)〉, 〈무극(2005)〉, 〈야연(2006)〉과
경성경국(傾城傾國)의 고사성어(故事成語)를 중심으로 ·············· 173
문현선 (건국대학교 중어중문학과 강사)

21세기 낭만 도깨비, 영상 서사에 녹아들다
─김은숙의 〈도깨비〉, 그리고 포송령의「화피(畵皮)」 ·············· 199
이연희 (서울여자대학교 중어중문학과 초빙강의교수)

디지털시대 『서유기』의 교육적 변용
―『마법천자문』을 중심으로·····················223
정민경 (이화여자대학교 중어중문학과 강사)

Ⅳ. 고전을 보는 새로운 시각들

『서유기』에 나타난 식인(食人) ····················251
송정화 (고려대학교 중국학연구소 연구교수)

팔고문(八股文), 그 게임의 법칙
― 현행 한국의 대입 논술 시험의 진단과 대안을 위하여··········277
박영희 (숭실사이버대학교 중국언어문화학과 교수)

중국의 〈팔선과해도(八仙過海圖)〉와 비교하여 본 조선 후기
안중식(安中植)·조석진(趙錫晉)의 〈해상군선도(海上群仙圖)〉·········297
장현주 (이화여자대학교 루체테사업단 특임교수)

I.
서설

스토리의 시대,
스토리를 Re-스토리텔링하기
―신화는 귀환하고 있는가?

정재서
이화여자대학교 중어중문학과 교수

1. 스토리 시대의 도래

어렸을 적에 할머니께 옛날이야기를 조르다가 흔히 듣는 말이 있다. "얘야, 옛날이야기 좋아하면 가난해진다." 귀여운 손주에게 재미있는 이야기 해 주고 싶은 심정이야 굴뚝같지만 체력에 한계가 있고 초저녁 잠 많은 노령이다 보니 이런 말씀이 나오는 것이다. 하긴 요즈음에는 과외 하랴 지친 손주 붙들고 굳이 한밤중에 옛날이야기 해 주는 할머니도 없을 것 같긴 하지만 말이다. 그런데 산업화, 근대화 시대에 나왔음직한 이 말씀은 피곤한 할머니의 넋두리로 듣기에는 뜻밖에도 깊은 함의를 지닌다. 발터 벤야민(Walter. Benjamin)이 애도한 '이야기하는 기술의 종언'[1]을 상기시키는 이 말씀은 사실상 근대라는 시기 감성적 영역

---

* 이 글은 경기세계도자비엔날레(이천, 2017/5/22)에 제출된 논문임.

1) 발터 벤야민, 최성만 옮김, 『서사, 기억, 비평의 자리』, 서울: 길, 2012, p.422. 벤야민의 이 말은 근대 초기 소설의 발흥과 관련하여 한 것이므로 이 글에서 논하는 스토리 전반의 경우에 해당되는 것은 아니지만 할머니를 이야기꾼으로 간주할 때 적용에 무리는 없다고 본다.

즉 상상력, 이미지, 스토리 등에 대한 억압에서 유래한 것으로 보이기 때문이다.

할머니의 이 말씀은 오늘날에 이르러서는 완전히 설득력을 상실했다. 상상력, 이미지, 스토리의 성삼위(聖三位)가 복권된 이 시기에는 옛날이야기 좋아하면 가난해지기는커녕 부자가 되기 십상이다. 가난한 이혼녀 조앤 롤링(Joan. K. Rowling)이 켈트신화의 마법 이야기를 〈해리 포터〉 시리즈로 잘 풀어내서 거부(巨富)가 된 것만 보아도, 〈포켓몬 고〉가 동양신화의 고전 『산해경(山海經)』에 등장하는 괴물들을 캐릭터로 소환해서 대박을 친 것만 보아도 옛날이야기는 이제 부와 지근거리(至 近距離)에 있다.

바야흐로 스토리의 시대가 도래한 것이다. 문화산업을 필두로 스토리는 이제 모든 영역에서 맹위를 떨치고 있는데 그것은 마치 우리가 걸쳐야 하는 의복처럼 모든 인간과 사물의 외양과 품격, 심지어 내용까지 좌우하는 관건이 되었다. 이러다 보니 과거의 이야기 전승에서 중요한 역할을 담당했던 할머니의 존재가 새삼 부각되어 목하(目下) 정부는 상당한 예산을 들여 수천 명의 이야기할머니 양성 프로젝트를 실행하고 있을 정도이다.[2] 손주에게 옛날이야기 좋아하면 가난해진다고 엄포 놓던 시절과 얼마나 큰 상위(相違)인가!

---

2) 문화체육관광부가 지원하고 안동 국학진흥원에서 주관하여 2009년부터 2014년까지 2,500명의 이야기할머니를 교육, 배출하여 유아교육기관으로 파견하였다. 이야기 할머니는 아동들을 대상으로 선현들의 미담과 전래동화를 구연한다.

2. 스토리 옹호의 이론들

스토리 시대의 도래에 발맞추어 그것의 본질 혹은 당위성을 논하거
나 순기능을 강조하는 등 스토리를 옹호하는 이론들이 유례없이 쏟
아지고 있는 현상도 요즈음의 일이다. 일찍이 프레드릭 제임슨(Fredric
Jameson)은 스토리를 "실재에 대한 우리의 가장 기본적인 경험의 내용
없는 형식"으로 이해하였고[3] 리오타르(J.-F. Lyotard)는 지식을 과학적 지
식과 서사 지식으로 구분하면서 논증에 의존하지 않고 전달의 화용론
(話用論)에 의해 스스로 신뢰를 획득하는 서사 지식에 우위를 부여한
바 있다.[4] 이들 인문학적 관점에서의 긍정과는 다른 방식으로 가령 최
근에 브라이언 보이드(Brian Boyd)는 진화론이 예술을 설명할 수 있다
고 전제한다. 인간의 거울신경세포는 스토리에 핵심적인, 풍부한 사
회적 인지의 근간을 이루는 모방의 토대를 형성한다. 여기에서 비롯된
가상놀이와 픽션은 사회적 인지의 훈련과 다름이 없다. 스토리는 당
면한 판단의 지침이 되는 구체적인 사회적 정보나 미래의 상황에 적응
할 수 있는 일반 원칙을 제공해 준다. 그리하여 협력하는 집단에게 큰
도움을 주며 친사회적 가치를 확산시키는 데에 이득이 된다. 보이드는
이 때문에 인류가 스토리텔링에 참여하도록 진화되었다고 주장한다.[5]
조너선 갓셜(Jonathan Gottschall) 역시 스토리를 만들고 소비하려는 인간

---

3) Madan Sarup, *An Introductory Guide to Post-structualism and Post-modernism*
   (Athens: The University of Georgia Press, 1989), p.142.

4) 장 프랑수아 리오타르, 이현복 옮김, 『포스트모던적 조건』, 서울: 서광사, 1992,
   pp.59, 66-68.

5) 브라이언 보이드, 남경태 옮김, 『이야기의 기원』, 서울: 휴머니스트, 2016, pp.226,
   234, 252.

의 충동이 문학, 꿈, 공상 보다 훨씬 깊은 곳에 잠재하고 있다고 보면서 스토리텔링에 생물학적 목적이 있다는 추론으로 우리를 이끈다. 그는 픽션 곧 스토리텔링을 삶의 숱한 난제를 시뮬레이션하는 인류의 강력하고도 오래된 가상현실 기술로 파악한 후 우리가 스토리에 매력을 느끼는 이유는 그것이 인류가 생존하는 데에 이롭기 때문이라고 결론을 내린다.[6] 보이드와 갓셜은 둘 다 영문학자이면서도 생물학적 결정론의 입장을 따른다. 그들은 스토리텔링이라는 인간행위 역시 진화과정의 필연적 산물로 파악한다. 이것은 진화생물학의 입장을 채택한 것인데 그 이면에는 최근 포스트휴머니즘의 부상과 더불어 대두한 물활론, 기계론적 사유가 존재한다. 그러나 인류의 스토리텔링 나아가 예술 행위를 전략적, 생존적 차원에서만 그 의미를 인정한다면 지나친 기능주의에로의 환원이 아닐 수 없다.

스토리에 대한 화려한 장밋빛 예찬은 롤프 옌센(Rolf Jensen)을 넘어설 수가 없다. 그에 의하면 스토리를 갈망하는 마음은 인간이라는 존재의 의미 즉 호모 사피엔스에 대한 정의의 일부일 정도로 자연적 본성이다. 그는 수천 년 지속된 물질우위 시대에 종지부를 찍을 미래사회 이른바 '드림 소사이어티(Dream Society)'를 이성이 아닌 감성에 기반을 둔 스토리가 무대의 전면에 등장하는 사회로 규정한다. 이는 기업, 지역사회, 개인이 데이터나 정보가 아니라 스토리를 바탕으로 성공하게 되는 새로운 사회라고 한다. 왜냐하면 과거와 달리 스토리를 갈망하는 인간의 본성이 책이나 영화 또는 오락으로 표현되는 것이 아니라 실질적인 소비상품으로 바뀌는 시대가 도래하였기 때문이다.[7] 이

---

6) 조너선 갓셜, 노승영 옮김, 『스토리텔링 애니멀』 서울: 민음사, 2016, pp.39, 93-94.

7) 롤프 옌센, 서정환 옮김, 『드림 소사이어티』 서울: 리드리드출판, 2014, pp.12-15,

밖에도 스티븐 핑커(Steven Pinker)는 "스토리를 통한 공감능력 확대가 인류의 폭력성을 현저하게 감소시켰다."고 스토리의 역사적 순기능을 평가한다. 나아가 유발 하라리(Yuval Noah Harari)는 픽션을 꾸밀 수 있는 능력 때문에 인류가 집단적으로 상상할 수 있게 되었고 다수가 유연하게 협력하는 능력을 가질 수 있었다고 본다. 서로 모르는 수많은 사람이 공통의 신화를 믿으면 성공적 협력이 가능하다는 것이다. 그리하여 스토리를 지어내 말할 줄 아는 인류는 동물계가 이제껏 만들어낸 것 중 가장 중요하고 파괴적인 힘을 가지게 되었다. 예컨대 농업혁명 덕분에 밀집된 도시와 강력한 제국이 형성될 가능성이 열리자 사람들은 위대한 신들, 조상의 땅 등등의 스토리를 지어냈다. 꼭 필요한 사회적 결속을 제공하기 위해서였다.[8] 스토리의 무한한 능력에 낙관적 신뢰를 보내는(유발 하라리는 꼭 그런 것은 아니지만) 이들의 견해에도 회의적인 입장이 있을 수 있다. 가령 스티븐 핑커의 말처럼 스토리가 인류의 폭력성을 감소시키는 착한 일만 했는가? 히틀러가 지어낸 게르만 순혈신화에 의해 빚어진 아우슈비츠의 참극과 마르크스의 지상낙원 스토리를 맹신하다 조성된 문화대혁명의 재난은 어떻게 설명될 것인가? 롤프 옌센이 스토리의 시대를 예견한 것은 탁견이라 치더라도 모든 상품에 스토리를 입혀 잘 팔린다 한들 그것이 궁극적으로 누구의 이익으로 귀속되는가에 대한 고민은 없다. '드림 소사이어티' 곧 '꿈의 사회'가 '악몽의 사회'로 돌변할 가능성도 배제할 수 없는 것이다.

아울러 진화생물학의 입장에서든 감성주의나 협력이론의 입장에서

71-76, 93.

8) 유발 하라리, 조현욱 옮김, 『사피엔스』 서울: 김영사, 2016, pp.49, 101, 155.

든 스토리텔링은 인류의 근원적 능력으로서 언제 어디서든 환영받고
번성한 것 같은 인상을 주지만 실제 역사를 보면 정반대였다. 가령 서
양의 경우 그리스 초기 잠깐 동안 소피스트(Sophist)들에 의한 수사학
의 시대가 있었을 뿐 플라톤(Plato)이 이상국가에서 시인을 추방한 이후
스토리는 비합리, 비논리의 산물로서 줄곧 배제의 상태에 있다가 니체
(F. Nietzsche)에 의해 복권된 후 그 뒤를 잇는 포스트모더니즘, 후기구조
주의 시대에 이르러 부활되었다. 동양의 경우 역시 공자의 "신비주의
에 대해 언급하지 않는다(不語怪力亂神)."는 언명으로 대표되는 유교 합
리주의의 강력한 영향 아래 장구한 세월 스토리텔링이 억압받기는 마
찬가지였다. 다시 말해 전 지구적 현상으로 스토리의 흥기가 기꺼이
받아들여진 것은 최근의 일인 것이다.

3. 상상력―이미지―스토리

미셸 마페졸리(Michel Maffesoli)는 개인주의에 기반한 현대사회가 퇴
조하고 감성 혹은 정서를 공유하는 대중 즉 고대의 부족과 같은 성격
을 지닌 사회가 등장하였음에 주목한다. 우리가 목격하고 있는 그 사
회는 막스 베버(Max Weber)의 이른바 탈주술(disenchantment)의 시대 이후
에 등장한 재주술(re-enchantment)의 사회이다.[9] 롤프 옌센은 이러한 입장
을 계승하여 미래의 기업을 부족에 비유한다. 그리고 부족 정신의 중
요한 것으로서 감성, 연대감 등을 들고 이러한 것들이 상품 매체를 통

9) Michel Maffesoli, *The Time of the Tribes*(London: Sage Publications, 1996), Trans. by Don Smith, pp.27-28.

해 스토리로서 구현되어야 할 것을 강조한다.[10]

　여기서 유념해야 할 것은 재주술의 시대에 감성의 영역이 부활하면서 귀환한 것은 스토리뿐만이 아니라는 사실이다. 스토리 홀로 존재, 작동해온 것이 아니라 마치 삼위일체의 관계처럼 항시 상호 연동하는 중요한 작용기제가 있으니 그것은 다름 아닌 상상력과 이미지[11]이다. 상상력—이미지—스토리 이 세 가지를 감성 활동의 성삼위로 불러도 좋으리라. 이 삼총사는 모두 근대 합리주의 및 이성주의에 의해 불온시 되어 억압과 배제의 고초를 겪었다는 점에서 공동의 운명을 지녔다. 가령 근대 시기에는 스토리만 할머니한테 타박을 받은 것이 아니라 상상력과 이미지도 천덕꾸러기 취급을 받았다. 기억하는가? 만화 많이 보면 공부 못한다고 혼나고, 극장 자꾸 가면 깡패 된다고 야단맞던 일들, 모두 상상력과 이미지에 대한 불신의 시대에 생겼던 일들이다.

　여하튼 오늘 이 시대에서 스토리를 제기할 때 같은 층위에서 상상력과 이미지를 함께 논해 볼 필요가 있으리라고 생각한다. 이 3자의 상호 연동(連動) 관계는 실상 새삼스러운 것이 아니어서[12] 긴 설명이 필요치 않으나 다음의 그림 한 폭을 통해 보다 생동적으로 예증해 보고자 한다.

---

10) 옌센의 '드림 소사이어티'의 기본 취지는 완전히 마페졸리의 '부족' 개념에 의존하고 있다 해도 과언이 아니다. 그러나 놀랍게도 옌센의 책 어느 곳에서도 마페졸리에 대한 언급이나 인용은 없다.

11) 상상력의 경우 질베르 뒤랑(Gilbert Durand)의 정의를 좇아 인간의 모든 심리 활동을 포괄하는 것으로 이해하고자 한다. 여기서는 뇌리(腦裏)의 심상(心象)도 상상력에 포함시키며 이미지는 이와 구분하여 외현(外現)된 영상에 국한하고자 한다.

12) 이른바 "시 속에 그림이 있고, 그림 속에 시가 있다(詩中有畵, 畵中有詩)"는 언급이야말로 이의 훌륭한 예시이다.

　　고람(古藍) 전기(田琦, 1825-1854)의 이 그림은 청(淸)에서 들어와 조선
말기에 유행했던 '매화서옥(梅花書屋)'이라는 회화의 한 주제를 따른 작
품이다. 이 주제는 일찍이 남송(南宋)의 마원(馬遠) 이래 명(明)의 심주(沈
周), 당인(唐寅) 등을 거쳐 청대(淸代)의 화가들에 이르기까지 지속적으
로 애호되었다. 전기의 〈매화서옥도(梅花書屋圖)〉는 늦겨울이나 초봄
아직 눈이 쌓인 산에 매화가 피어 있고 산중 초옥(草屋)의 한 처사(處
士)가 피리를 불고 있는데 그의 벗이 거문고를 들고 계류(溪流)의 다리
를 건너 찾아오고 있는 유한(幽閒)한 정경을 보여준다. "역매 인형이 초
옥에서 피리를 불고 있노라.(亦梅仁兄草屋笛中)"는 화제(畫題)로 보아 초
옥의 선비는 당시 개화파의 선구 인물이었던 역관 오경석(吳慶錫, 1831-

1879)이고 그를 찾아가는 홍의(紅衣)의 방문객은 전기 자신일지도 모르
겠다.

그런데 이 그림의 이면에는 두 개의 스토리가 겹쳐있다. 먼저 매화
핀 산중 초옥의 인물과 관련된 스토리는 북송(北宋)의 유명한 은자(隱
者) 임포(林逋)의 '매처학자(梅妻鶴子)' 고사이다.

> 임포는 아내도 얻지 않았고 자식도 없었다. 거처에 매화를 많이 심고 학을
> 기르며 호수에 배를 띄워 노닐었다. 손님이 오면 학을 놓아 모셔오게 했는
> 데 그래서 매화를 아내로 삼고 학을 아들로 삼았다는 말이 생겼다고 한다.
>
> (逋不娶, 無子. 所居多植梅, 畜鶴, 泛舟湖中. 客至則放鶴致之, 因謂梅妻
> 鶴子云.)[13]

'매화서옥'이라는 주제의 그림은 보통 임포의 스토리를 묘사한 것으
로 알려져 있다. 매화와 더불어 고고히 살아가는 은자 임포의 주거(住
居)와 그 주변 산수를 표현한 것인데 그림 좌측 하단의 계류에 놓인 다
리를 건너가는 방문객의 모습은 또 다른 스토리와 관련되어 있다. 그
것은 다름 아닌 당대의 자연파 시인 맹호연(孟浩然)의 '답설심매(踏雪尋
梅)' 고사이다.

> 맹호연은 마음이 활달하여 항시 눈이 내리면 당나귀를 타고 매화를 찾아
> 나섰다. 그리고는 말하기를, "나의 시상은 파교에 눈보라 칠 때 당나귀 등
> 위에 있다네."라고 하였다.
>
> (孟浩然情懷曠達, 常冒雪騎驢尋梅, 曰吾詩思在灞橋風雪中驢背上.)[14]

---

13) 呂留良, 『和靖詩抄序』.

14) 張岱, 『夜航船』.

〈매화서옥도〉의 매화 모티프는 '매처학자'의 임포만을 시사하는 것이 아니라 '답설심매'의 주인공인 맹호연도 인유(引喩)하고 있는 것이다. 그것은 매화를 찾으러 나설 때 건넜던 파교의 축도(縮圖)인 '계류에 놓인 다리'로 표현된다. 요약하면 임포의 '매처학자' 스토리와 맹호연의 '답설심매' 스토리가 화가의 뇌리에서 연상결합 작용을 거친 다음 회화 이미지로 구현된 것인데 다시 이 이미지는 소설가의 상상 작용을 통해 스토리로 거듭 난다. 『삼국연의(三國演義)』에서의 다음 대목을 보기로 하자.

> (劉備가) 막 말을 타고 떠나려 할 때 문득 보니 동자가 울타리 밖으로 손을 흔들며 "어르신께서 오신다!"라고 외쳤다. 유비가 보니 작은 다리 서쪽으로 한 사람이 털모자를 쓰고 여우갓옷을 입은 채 당나귀를 탔는데 그 뒤로 푸른 옷을 입은 동자가 술 호리병을 든 채 따르고 둘이 눈을 밟으며 오고 있었다. 노인은 작은 다리를 건너오면서 시 한 수를 읊었다. "온밤을 찬바람이 불더니 만리에 흰 눈이 쌓였네.⋯⋯당나귀 타고 작은 다리 건너며 매화가 야윈 것을 홀로 탄식하느니."

> (方上馬欲行, 忽見童子招手籬外, 叫曰老先生來也. 玄德視之, 見小橋之西, 一人暖帽遮頭, 狐裘蔽體, 騎着一驢, 隨後一靑衣小童, 携一葫蘆酒, 踏雪而來. 轉過小橋, 口吟詩一首. 詩曰一夜北風寒, 萬里彤雪厚.⋯⋯騎驢過小橋, 獨歎梅花瘦.)[15]

유비(劉備)가 융중(隆中) 초당에 은거한 제갈량(諸葛亮)을 삼고초려(三顧草廬)할 때 마침 사위를 찾아온 제갈량의 장인 황승언(黃承彦)의 행색을 묘사한 대목이다. 〈매화서옥도〉류의 그림[16]이 묘사하고 있는 '매처

---

15) 『三國演義』, 제37회, 「司馬徽再薦名士 劉玄德三顧草廬」.

16) 여기서 "〈매화서옥도〉류의 그림"이란 표현을 한 것은 조선 말기에 유행한 〈매화서옥도〉보다 더 오래 전에 중국에서 성립된 '매화서옥' 주제의 그림들을 염두

학자'와 '답설심매' 스토리에 담긴 은자, 매화, (당나귀를 탄) 방문객, 계
류의 다리 이 4가지 화소(話素)가 조합되어 황승언의 제갈량 심방 스토
리로 재현되고 있는 것이다. 물론 『삼국연의』의 이 대목은 꼭 〈매화서
옥도〉 류의 회화 이미지를 거치지 않고 직접 '매처학자' 혹은 '답설심
매' 스토리로부터 소설가의 상상 작용을 거쳐 빚어졌을 수도 있다. 그
러나 계류의 다리를 건너 매화가 핀 산중의 은자를 찾아가는 모습은
화가의 뇌리에서 '매처학자'와 '답설심매'의 두 스토리가 병합되어 구
현된 고유한 이미지이다. 따라서 『삼국연의』의 저자가 〈매화서옥도〉
류의 이미지 구도를 보고 상상 작용을 통해 황승언 스토리를 축조(築
造)했을 것이라는 해석에 무게를 두고 싶다.

이처럼 상상력—이미지—스토리의 연상결합과 상호 연동을 염두에
두면서 오늘날 문화산업 특히 스토리 산업이 바로 이러한 호동원리(互
動原理)에 의해 이른바 OSMU(One Source-Multi Use) 및 트랜스미디어 스토
리텔링(trans-media storytelling)을 활발히 지향하고 있는 것을 볼 때 스토리의
흥기에 대한 우리의 인식 역시 상상력—이미지와의 불가분한 관계 속에
서 보다 통합적 · 기능적으로 확대되어야 하지 않나 하는 생각이다.

4. 신화는 귀환하고 있는가?

상상력—이미지—스토리를 하나의 통합체로 인식할 때 우리의 생
각은 자연스레 이들 삼총사의 모태인 신화로 향한다. 인류가 최초로

에 두었기 때문이다. 그것들과 『삼국연의』의 선후관계는 앞으로 더 고찰해야 할
과제이다.

떠올린 생각이 담겨있고, 그와 동시에 맨 처음 이미지와 스토리를 출현시킨 신화야말로 상상력―이미지―스토리의 원형이 아니겠는가? 무엇보다도 신화는 가장 오래된 스토리, 스토리 중의 스토리이다. 따라서 상상력―이미지―스토리 복권의 이 시대에 신화의 귀환은 너무나도 자연스러운 현상일 것이다. 아닌 게 아니라 질베르 뒤랑(Gilbert Durand)은 이미 '신화의 귀환'을 선언한 바 있고 이에 따라 과학과 산업화를 추구했던 근대를 '프로메테우스(Prometheus)의 시대'로, 교류와 소통이 일상화된 오늘 이 시대를 '헤르메스(Hermes)의 시대'로 명명한 바 있다. 합리주의, 실증주의의 예속으로부터 바야흐로 신화는 해방된 것이다. 앞서 예거했듯이 요즘 들어 우후죽순(雨後竹筍)처럼 쏟아져 나오는 스토리 옹호, 예찬의 숱한 언설들은 바로 그 좌증(左證)이라 할 것이다. 그런데 당연시된 이 현상에 대해 심문해 볼 하등(何等)의 필요도 없는 것일까? 다음 두 세트의 동서양 신화 이미지는 우리로 하여금 '신화의 귀환' 현상을 재고해 볼 여지를 갖게 한다.

A.

 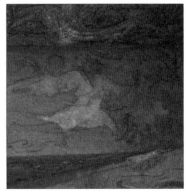

미노타우로스(Minotaur)   신농(神農)
크레타섬 벽화   고구려 오회분(五盔墳) 5호묘 벽화

B.

인어(A mermaid)　　　　　　　　　저인(氐人)
워터하우스(J.W.Waterhouse)　　　　『산해경(山海經)』「해외남경(海外南經)」

　A 세트는 인간과 자연 간의 관계성에 의한 동서양 신화의 차이를
보여준다. 인간을 중심으로 모든 것을 서사하였던 그리스로마신화에
서 반인반수(半人半獸)의 미노타우로스는 사악한 식인 괴물로 간주됨
에 비하여 인간과 자연의 합일을 추구하였던 중국신화에서 미노타우
로스와 똑같은 인신우수(人身牛首)의 형체를 한 신농(神農)은 오히려 완
전한 존재인 신으로 숭배 받았다.[17] 두 신화에서 동물은 똑같이 자연을
표상하지만 반인반수에 대한 인식은 이처럼 극단적이다.

　B 세트는 인간의 환경, 설화적 토양의 차이로 인한 동서양 인어 스
토리의 상이한 양상을 보여준다. 서양에서는 지중해를 중심으로 한 해
양문화의 발달, 그리고 대양으로의 장구한 항해 등의 환경에서 인어는
고독한 항해자인 남성의 성적 욕망을 투사하기 적합한 예쁜 여인으로
묘사된다. 반면 상대적으로 이러한 문화적 성향이 현저하지 않은 중국

---

17) 신농은 중국신화에서 농업의 신, 의약의 신이었다.

대륙에서 인어는 전통사회의 일반적인 관례에 따라 남성으로 대표된다.[18]

세계관, 문화적 환경 등의 차이에 따라 스토리의 원조인 신화도 이처럼 상반되기까지 한 모습을 보임에도 불구하고 우리는 A 세트의 신농을 접한 순간 "뭐 이런 괴물이 다 있어." 하고 신성(神性)을 인정하지 않을 것이며 B 세트의 인어아저씨 저인(氐人)을 보자마자 "별 이상한 인어 다 보겠네."하고 황당해 할 것이다. 왜냐하면 이들이 반인반수는 괴물이고 인어는 예쁜 여자여야 한다는 우리의 상상력—이미지—스토리에 대한 통념을 배반하였기 때문이다. 그렇다면 그러한 통념은 어떻게 형성된 것인지 심문하지 않을 수 없다.

브루스 링컨(Bruce Lincoln)은 서구의 신화학이 인도유러피언 종족의 기원을 탐색하고 그것을 재구성하는 데 열중해 왔으며 이러한 경향이 민족주의, 제국주의 등의 욕망과 긴밀한 상관관계에 있음을 논증한 바 있다.[19] 미르시아 엘리아데(Mircea Eliade) 역시 플라톤 이래 서구의 철학자들이 내린 신화에 대한 정의가 모두 그리스로마신화 분석을 토대로 삼고 있으며 그것이 보편타당하지 않음을 지적한 바 있다.[20] 다시 말해 우리가 지녔던 통념의 이면에는 그리스로마신화라는 '표준'에 입각한 상상력—이미지—스토리의 제국주의가 엄존(儼存)하고 있었던 것이다.

---

18) 이 부분의 도상 비교분석은 졸저, 『앙띠 오이디푸스의 신화학』(서울: 창작과 비평사, 2010), pp.35-38, 124-129 참조.

19) Bruce Lincoln, *Theorizing Myth: Narrative, Ideology, and Scholarship*(Chicago: The University of Chicago Press, 1999), pp.207-216.

20) Mircea Eliade, "Cosmogonic Myth and Sacred History", *Sacred Narrative* (Berkeley: University of California Press, 1984), ed. by Alan Dundes, p.138.

그렇다면 뒤랑이 선언한 '신화의 귀환'은 유보되어야 한다. 우리는 그것이 과연 누구의 귀환인지 물어야 한다. 스토리의 흥기에 고무되어 다량으로 생산된 옹호와 예찬의 설법(說法)들도 그들의 논리에 중대한 결락(缺落)이 있음을 인지해야 한다. 진화생물학이든 감성주의든 협력 이론이든 그 어떤 이론으로도 아직 귀환하지 못한 채 괴물 취급을 받고 있거나 황당한 웃음거리로 전락한 동양의 신화를 스토리의 시대에 걸맞게 합리화할 수 없다.

과연 신화는 귀환하고 있는가?

"봄은 왔으되 봄 같지 않다(春來不似春)."더니 스토리의 시대는 도래했건만 동양의 신화는 아직 귀환하지 않았다. 반인반수의 신농이 괴물의 지위에서 벗어나 인간과 자연의 조화로운 합일, 융복합과 대통섭의 표상으로 이 시대의 신화적 아이콘이 될 날은 언제인가?

II.
고전으로
현대문학을
읽다

이시영, Ezra Pound, 흥(興)

김의정

성결대학교 파이데이아학부 연구교수

1. 이시영의 시가 짧아졌다

'오늘도 봄 보리밭에 함박눈 닿는다' (「지평선에서」)
풍경과 마주한 시인의 눈이 순한 소처럼 맑아진다.
말이 필요 없는 순간이다.

과거 산문을 방불케 하는 이야기 시를 통해 흙냄새 물씬 풍기는 농촌 마을 머슴이나 도시 하층민의 설움을 구구절절이 풀어보였던 이시영 시인이 점점 말을 아낀다. 대신 눈과 귀를 활짝 열어놓았다. 90년대 이후 출간된 『무늬』(문학과지성사, 1994), 『사이』(창작과비평사, 1996), 『조용한 푸른 하늘』(솔, 1997)을 보면 다섯줄 내외의 시는 보편적이고 단 두 줄에 불과한 시들도 제법 눈에 띈다.[1] 그런데 왜 시가 짧아지는가. 이전까지

---

* 이 글은 2006년 교육인적자원부의 재원으로 한국학술진흥재단의 지원을 받아 수행된 연구임(KRF-2006-A00095).

1) 지금까지 나온 이시영의 시집은 다음과 같다. 『만월』(창작과비평, 1976), 『바람 속으로』(창작과 비평, 1986), 『길은 멀다 친구여』(실천문학사, 1988), 『이슬 맺힌 노래』(들꽃세상, 1991), 『무늬』(문학과 지성사, 1994), 『사이』(창작과 비평, 1996), 『조용한 푸른 하늘』(솔, 1997), 『은빛 호각』(창작과 비평사, 2003), 『바다호수』(문학동네, 2004), 『아르갈의 향기』(시와 시학사, 2005) 1991년에 나온 『이슬 맺힌 노래』는 아직 서정단시로 선회했다고 보기는 어려우므로 논의에서 제외시켰다.

그의 시세계를 지배하던 이른바 이야기 시로부터 서정단시로 선회한 까닭은 무엇일까?

이시영의 시집을 펼치면 희노애락의 순간들이 마치 정지된 사물을 포착한 사진의 한 컷처럼 명징하게 그려져 있다. 감정이 고조된 한 순간을 예리하게 포착하는 일은 어떤 예술가에게나 흥미롭고 중차대한 일이다. 그런데 이것이 이시영의 시집에서는 동시다발적으로 흩어져 있어 우연의 솜씨만은 아닌 것 같다. 시인은 분명 순간의 묘사에 중요한 의미를 두고 있다. 여기서 짚어야 할 점은 그 중차대한 순간들이 시인의 내면이 아닌, 외부를 향해 있다는 점이다. 좀 더 정확히 말하자면 외부세계의 움직임과 그것의 파장이 나에게 다가오는 방식을 다룬다는 점이다. 이 글은 이시영 시인이 시를 통해 보여준 짧지만 긴 여운이 있는 세계를 들여다보며 그 안에 작동하는 원리를 탐색해 보고자 한다.

지금까지 그의 시세계에 대한 연구는 짧은 논평이나 발문이 대부분이고 그 숫자도 많은 편은 아니다. 이것은 그가 이슈가 될 만한 새로운 주제를 탐색하기보다 오랫동안 시류의 움직임과는 어느 정도 선을 그으며 자신만의 시세계를 개척해 왔기 때문이기도 하다. 최근에 나온 두 편의 석사논문은 이시영에 대한 본격적 연구라는 점에서 주목할 만하다. 이 글들은 그간의 짧은 논평류의 인상식 비평에서 벗어나 세부

2000년대 들어 나온 세 권의 시집의 경우, 서정 단시는 어느 정도 지속되고 있으나 90년대에 나온 시집에서와 같이 시집 전체를 압도할 만한 분량은 아니다. 또한 그 성격에 있어서도 과거의 이야기시가 다시 등장하기도 하고 추억담을 소재로 한 것들도 많아 90년대 시편과는 일정한 거리가 있다고 보고 이 또한 논의에서 제외시키기로 한다.

* 이 글은 원래『중국어문학지』24권에 실렸던 것을 수정한 것이다. 지면 관계상 각주를 최소화하였음을 밝혀둔다.

적 작품은 물론 이시영 시의 변모양상까지 전반적으로 다루면서 그의
이야기 시 및 서정단시의 세계에 대한 전망까지 내놓고 있어 그 의미
가 크다. 그러나 새롭게 구축된 서정단시의 세계에 적합한 분석의 틀
을 제시하지 못하고 기존의 연구를 정리하는 차원에서 논의가 진행되
고 있어 이시영 시의 의의가 다소 진부한 것으로 희석될 위험이 있다.

　필자는 그의 시세계를 동아시아의 전통 미학용어인 흥(興)을 통해서
분석해 볼 필요가 있다고 보았다.

　첫째, 이시영 시인의 '생태시' 혹은 '생명시'라고도 불러도 좋음직한
새로운 서정시들을 설명하는데 아직까지 적합한 이론의 틀이 갖추어
지지 않은 상태에서 본래 자연과의 합일을 기본전제로 하는 전통 시
학을 통해 새롭게 접근해 보는 것도 의미 있는 일이라 보기 때문이다.

　둘째, 흥이라는 비평용어의 태생은 중국이었지만 일찌감치 우리 한
국에서도 유사한 의미로 쓰여왔기에 우리의 시론으로도 읽힐 수 있는
여지가 충분하기 때문이다. 유가경전이 중시되던 조선시대에는 시경
의 중요 창작방법이었던 흥에 대해 지속적 토론이 있어왔고 한시를 비
롯, 시조와 판소리 등 제 장르에서 흥은 그 외연을 넓히며 다양한 각도
에서 활용되어 왔다. 국문학계에서는 일찌감치 이러한 현상에 주목하
여 시조를 중심으로 흥에 대한 연구와 토론이 활발히 진행되었다.

　이 글은 흥(興)이라는 창을 통해 이시영의 시세계가 새롭게 빛나길
바라며 아울러 21세기 현대 한국이라는 이 자리에서 이시영의 시를 통
해 역으로 흥의 시학이 또 하나의 '무늬'를 갖게 되길 기대한다.

2. 흥, 그 우연한 발견

흥은 본래 『시경(詩經)』시의 수사기법 가운데 하나였으나 후대에 지속적으로 확대발전하면서 시인 자신의 흥취에서 시적 대상과의 만남, 나아가 완성된 작품이 주는 감동이나 여운까지를 포괄하는 전방위적 개념으로 확장되었다.

그것은 먼저 발생론적 측면에서 아무 이유도 없는 우연성의 시학이라는 점에서 창작의 영감과도 통하는 의미가 되었다. 그 창작의 순간을 '흥회(興會)'라고 부른다. 또한 무연한 흥은 갑작스럽게 다가오는 것이어서 속도감을 동반하며 주로 신명나는 것과 근접해있기도 하다. 둘째, 본체론에서 볼 때 그것은 구체적으로 시인에게 우연히 다가오는 사물로서 작품에서는 '이미지'가 되며 이를 '흥상(興象)'이라고 부른다. 셋째, 기법 면에서 작품 속의 어떤 이미지에 담긴 언외의 의미를 지칭하기도 한다. 이를 '흥유(興喩)'라고 하며 기탁, 상징, 알레고리 등은 이와 근접한 단어들로 볼 수 있다. 다만 흥은 그 발생에 있어서 '우연성'을 기본적 특징으로 하므로 그것이 의도적 비유가 될 경우 반감되거나 상실된다. 이런 점에서 볼 때 흥은 감춰져 있을 수밖에 없으며 비유의 거리가 커서 아슬아슬한 긴장관계가 조성될수록 힘을 갖는다. 넷째, 흥은 수용론적 측면에서 완성된 작품이 독자에게 주는 감흥이나 여운을 지칭한다. 이 글에서는 흥의 시학에서 핵심을 이루는 우연성, 그리고 우연히 목도한 이미지로서의 흥상에 초점을 맞춘다.

흥의 여러 요소, 혹은 측면들 가운데서 우연성은 그 핵심에 있으며 다른 요소들은 부차적으로 그 주변에 놓여있다. 따라서 흥의 실체를 파악하는데 있어 우연성에 대한 이해가 관건이다. 대상과 나의 우연한 조우를 살펴보면 그 근저에는 대상과 내가 구별 없이 평등하다는 세계관이 전제되며 내가 대상을 제압하고 포착하는 것이 아니라 대상이 나에게 들어와 손짓하고 호소하는 양 방향적 만남을 상찬한다. 또한 그 만남은 나의 의도대로 결정된 것이 아니라 때로는 예기치 않게 막무가내로 밀려드는 감정이기도 하다.

이시영의 시집을 보면 제목만 보아도 세계관에서 어떤 본질적인 변화가 있었다는 것을 알 수가 있다. 「신생」, 「새벽」, 「새벽 두시」, 「생명」, 「새빛」, 「웅성거림」, 「교감」, 「사이」, 「순간들」, 「우연의 시」 등 마치 종교 시집을 연상시키듯 그의 시는 새벽과 생명에 대한 열애로 가득하다. 시적 자아가 무한대의 우주와 만나는 찰나를 포착하고 있다. 평론가들은 이러한 그의 시세계를 이름하여 '아시아적 노경(老境)'(최원식)이라 부르기도 했고 적요(寂寥)의 시(전정구. 시집 「사이」의 서평 「무궁한 적요」)라 평하기도 했으며 '신의 그림자 속에서 시의 자리를 발견했다(김주연, 시집 「무늬」의 서평 「다시 하늘을 바라보며」)고 평하기도 했다. 이러한 논평들은 확실히 이시영 시인의 새로운 서정시 속에서 발견되는 생명의식이나 참된 진리와 같은 것에 주목하고 있다.

> 「새벽 세시」『사이』
> 일진광풍 뒤에 후두둑 소나기 때리자
> 호박밭의 호박순이란 놈이 우두둑 소리를 내며
> 공중으로 힘껏 솟아오른다

세상 모든 사물이 잔잔한 시인의 마음에 마구 파문을 일으키며 말을 걸어온다, 알은체를 한다. 온몸이 들쑤셔 무슨 말이라도 하지 않을 수 없다. 부지불식간에 채 준비도 되지 않았는데 뜻밖에 찾아오는 정경, 그것의 이름을 무어라 부를 것인가. 중국에서는 이를 전통적으로 흥이라 불러왔다. 다음과 같은 시경의 한구절은 굳이 중국문학의 세례를 받지 않은 독자라 해도 익숙할 것이다. "꾸욱꾸욱 물수리 물가에서 우는데, 아름다운 아가씨는 군자의 좋은 짝이라네(關關雎鳩, 在河之洲. 窈窕淑女, 君子好逑. (『詩經·周南·關雎』))" 주지하다시피 이 구절은 짝지어 우는 물새 울음소리에서 감흥을 일으켜 이상적인 연인을 그리워한다는 내용을 담고 있다.[2]

그런데 왜 하필이면 그 물새 울음소리일까, 거기에 준비된 의미, 그리고 이에 따른 의도적 선택 같은 것은 없었을까 등등, 흥과 관련하여 수상쩍은 부분이 적지 않지만 우선 여기서 중요한 것은 무엇을 얘기하는데 그 출발점이 외부로부터 다가왔다는 것이다. 나로부터가 아닌 '너'로부터의 출발, 이것이 동아시아적 서정방식의 기본이 된다.

시인은 뜻 가는 대로 소요하고 배회하다가 우연히 경물과 만나면 흥취를 일으킨다. 중국 위진남북조 시대 진(晋)나라의 왕자유(王子猷)는 눈이 내리던 밤 문득 친구인 대안도(戴安道)를 방문하러 배를 타고 그의 문앞까지 갔다가 그만 흥취가 사라져 만나지도 않고 그냥 돌아왔다던가. 비록 직접적 문학창작에 얽힌 일화는 아니지만 당시 세상사

---

2) 시경시대의 흥은 대개 작품의 첫머리에서 추임새역할과 비유의 기능을 겸하여 분위기를 돋구는 역할을 했다. 시경의 흥은 후대에 지속적으로 정치교화적 우의 (寓意)를 기탁한 것으로 풀이되어 왔으나 실상은 주변에서 흔히 볼 수 있는 자연물을 매개로 하는, 상고시대 원시가요 특유의 비유법이라 보는 것이 옳을 것이다. 흥은 시경의 고유한 수사기법으로 출발하여 흥회(興會), 흥상(興象), 흥미 (興味) 등 그 외연을 확장해갔다. 시경에서의 흥은 후대 문학작품에서의 흥과는 다소 거리가 있으나 정감을 전달하는 매개체라는 면에서는 여전히 공통점을 가진다.

에 매이지 않고 유유자적하는 삶의 태도를 상징적으로 보여주는 이 이
야기는 문인들 사이에서는 유명한 일화가 되었다. 문인들에게 삶의 태
도는 곧 문학 창작으로 직결되는 법이다. 억지로 찾으면 멀어지지만
때로는 기다리지 않아도 저절로 찾아오는 창작의 감흥을 당시 문인들
은 이미 소중한 경험으로 받아들이고 있었다. 이런 점은 조선시대 한
국 지식인의 예술관에도 막대한 영향을 끼쳤다. 일찍이 이황은 "뜻 가
는 대로 소요하고 배회하다가 눈에 촉발되어 흥을 발하고 경물을 만
나 흥취를 이룬다. 흥이 다하면 돌아오니 방안이 적료하고 책들이 벽
에 가득한데 책상을 마주 대하고 묵묵히 앉아 힘써 궁구하여 마음에
부합하는 바가 있으면 흔연히 밥먹기를 잊었다."라고 하였고 김정희
역시 서예 창작과 관련하여 왕자유의 고사를 원용하면서 "고인이 글
씨를 쓴 것은 바로 우연히 쓰고 싶어서 쓴 것이다"라고 하여 예술 창
작의 직접적 계기로 작용하는 흥에 주목한 바 있다.[3]

  우연히 찾아오는 창작의 감흥은 천지만물과의 소박한 교감을 기뻐
하는 이시영의 시에 오롯이 나타나있다. 그의 시를 들여다보면 모든
사물들은 서로 긴밀히 연결되어 있다. 북한산 일대에 타닥타닥 천둥
번개가 치면 안성 인죽 어딘가에 다시 소내기가 내리고(「우연의 시」), 푸
른 하늘에서 밤톨하나가 툭 떨어져 팽그르르 돌며(「조락」) 시인에게 시
를 쓰라 재촉한다. 촉촉이 내리는 비에 자벌레가 몸을 편편히 눕히는
순간 지구가 한순간 안온한 꿈에 잠기는가 하면(「웅성거림」), 심지어 어
디선가 내려와 앉는 참새 때문에 나와 온 우주가 함께 팽팽해진다(「순
간들」).

---

  3) 정우병, 「조선후기 시론에 있어 흥과 그 연관관념」, 『민족문화연구』 제29호, p.4.

그런데 이러한 우주와의 합일의 순간은 어떻게 찾아오는가? 중국의 동진(東晋)시대, 도연명(陶淵明)의 연작시 「술을 마시며(飲酒)」 가운데 다섯 번째 시를 보면 흥의 발현의 순간이 잘 드러난다.

> ……
> 동쪽 울타리 아래서 국화를 따드니
> 멀리 남산의 모습이 눈에 보이네
> 산 기운은 저녁이 되면서 상쾌하고
> 날던 새 짝지어 돌아오는구나
> ……

시 자체도 명시로 알려져 있거니와 그 중에서도 위에 인용된 부분 가운데 첫 두 구절은 빼어난 명구로 꼽힌다. 그러나 왜 이 두 구절이 그렇게 탁월한 것인지에 대해서는 오히려 많은 독자들이 의아해하는 편이다. 이 구절은 이른바 지척에 만리의 기세를 담았다는 성당(盛唐)시대의 뛰어난 기상도 없고 송시(宋詩)처럼 미묘한 철리를 설파하지도 않는다. 필자가 보기에 이 시는 흥이 발동하는 계기를 여실히 보여준다. 시의 전체 내용을 간략히 말하자면 관직을 그만두고 전원으로 돌아와 느끼게 되는 한적한 심경을 담았다고 할 수 있다. 전원으로 돌아왔다고 모든 것이 해결되는 것은 아니었다. 당장 소란스런 세상사를 피해서 전원행을 감행했지만 지금껏 쌓아온 세상을 위한 공부는 무용지물이 되고 생계를 위해 날마다 힘든 노동을 하지 않으면 안 되는 형편이다. 세상사를 못 다 잊은 울적한 마음으로 집주변을 거닐다가 시인은 문득 석양이 비치는 시간, 자연을 통해서 살아있는 것들의 향기를 발견하고 삶의 이치를 터득한다.

'멀리 남산의 모습이 눈에 보이네' 이 구절이 관건이다.

이런 저런 생각을 하며 동쪽 울타리 아래서 국화를 따다가 우연히 허리를 펴고 앞을 바라보았을 때 눈앞에 남산의 정경이 눈에 들어왔다. 여기서의 유연(悠然)은 시적인 상태로 진입한 것을 가리켜 준다. 다시 말하면 시흥이 일어난 것이다. 흥이 일어난 뒤의 경물들은 이전과는 다르게 보인다.

'~아아, 오늘 따라 산자락 공기가 더없이 상쾌하다.

때는 저녁이라 집으로 돌아오는 새들'

먼 길을 걷다가 다시 돌아올 줄 아는 것들의 풍요로움이여. 시인의 내면에는 어느덧 고요한 기쁨이 넘실거리고 그것은 고스란히 우리의 가슴을 적셔준다.

시공을 훌쩍 뛰어넘어, 21세기를 바라보는 서울 도심의 한복판에서 이시영 시인은 우리에게 잊혀진 감성을 일깨운다. 해질녘 외진곳, 저녁 어스름을 배경으로 핀 개나리, 한밤중 귀가 열린 시인에게 비 맞는 기쁨을 전해 주는 호박순, 나아가 시인에게 말을 걸어오는 새끼 고니에 이르기까지 죽은 것 같은 도시에도 생명은 남아있어 도처에서 눈길을 보내온다. 시인의 지적대로 좋은 시는 '그 자체가 생명과 같아서 스스로의 힘으로 존재하면서 빛을 뿜고 수런대고 교감하고 우리에게 말을 걸기도 한다.' 논리적 인과관계, 전후 맥락이 배제되어도 풍경과의 첫 만남에 설레고 떨리는 시인의 호흡이 고스란히 전해져 순식간에 독자를 압도해온다. 이것이 아마도 시인이 경탄해 마지 않는 '스스로의 힘만으로 존재하는, 시인의 별다른 의미부여 없이도 거기 그대로 그냥피어 찬연히 자기활동을 전개하는' 시가 될 것이다.

3. 풍경에 다가서기, Ezra Pound

「지하철 정거장에서」
군중 속에 홀연히 나타난 이 얼굴들:
비에 젖은 검은 가지 위에 꽃잎들

「지하철 정거장에서」
나는 죽음이 이처럼 수많은 사람들을 싱그러운 활
력으로 넘치게 하는 것을 본 적이 없다.

단 두 줄로 끝나는 위의 시들은 제목과 길이 외에도 어딘가 비슷한 느낌이 들지 않는가? 이미지의 제시만으로 이루어진 윗 시는 영미 이미지즘의 주창자인 에즈라 파운드의 시이고 아래 시는 이시영의 작품이다. 순간적 이미지의 포착을 추구한 이시영 시인은 아마도 이미지즘 계열의 시를 섭렵하면서 파운드의 시를 접하고 그 감회를 다시 시로 풀었던 것 같다. 양자 사이의 거리는 얼마나 되는지 알아보기 위해 먼저 파운드의 이미지즘을 살펴보기로 한다.

파운드는 19세기 말에서 20세기 초에 이르는 시기 영시들이 의미과잉과 상투화된 수법, 과도한 정서등으로 인해 질병상태에 놓여 있었고 이것을 치료할수 있는 해법은 사물을 그대로 드러낼 수 있는 명징한 언어밖에 없다고 인식했다. 이미지스트에게 가장 절실한 것은 편견이나 인습에 오염되지 않은 사물의 본질을 직관적으로 인식하고 그것을 가식없이 제시하는 것이었다. 그리고 이들은 개념화되기 이전의 고도로 집중된 이미지야말로 사물의 본질을 가장 잘 드러낼수 있다는 결론에 도달하였다.

파운드는 1913년 후반기 어네스트 페넬로사의 「중국의 문자에 관한 소고」라는 원고를 입수하면서 그전부터 가지고 있던 한자, 한시 및 일본의 하이쿠에 대한 관심이 더욱 깊어지게 되었다. 페넬로사는 중국인들이 사물의 모습과 운동을 구분하지 않고 운동속에서 사물과 개념을 동시적으로 인식하는 지혜를 보여준다고 보았다. 또한 이러한 질료로 쓰여진 한시는 더욱이 각 문자들이 문법적 기능을 결정짓는 연결어들이 생략된 상태로 나열되어 있어 한시는 자연상태에 가장 가까운 즉물적 시라고 보았다.[4] 그러한 영향하에서 파운드는 하이쿠를 모방하여 이미지 병치기법을 활용한 짧은 시를 시도하였다. 앞에서 인용한 「지하철 정거장에서」와 같은 시는 대표적 예라 할수 있다. 그런데 파운드는 이 짧은 시에서 무엇을 전달하려는 것일까? 1행의 얼굴과 2행의 꽃잎은 어떤 연관관계가 있을까? 이와 관련된 몇가지 풀이를 예시한다.

풀이 1) 〈지하철 정거장에서〉는 직접적으로 다뤄진 사물의 예를 잘 보여준다. 여기에 시인의 목소리는 철저히 감춰져 있다. 오직 사물들만이 존재한다.... 두 가지 상반된 입장을 고려할수 있다. 한 입장에서 이 시는 시의 화자가 경험한 한 아름다움의 순간을 표현한 것일 수 있다. 화자는 대도시의 어느 지하철 정거장에서 무리지어 있는 사람들의 얼굴들이 예기치 않게 환영으로 드러나는 것을 경험한다.... 지상으로 빠져 나오는 순간의 얼굴들은 이슬에 젖은 나뭇잎들처럼 이제 떠오르는 태양에 비쳐 싱싱한 것일 수 있다.

---

4) 페넬로사의 원고에 따르면 예를 들어 사람, 나무, 태양을 동시에 보여주는 '동'이라는 글자는 과거부터 지금까지 문자가 만들어지는 전과정을 모두 보여주고 있다. 밝음을 의미하는 明은 해의 모양을 한 日과 달빛이 비치는 형상을 단순화한 月이 합쳐져서 빛을 만들어내는 과정전체 나아가 지성을 의미하게 되고 "밝은" "밝음" "비추는"이라는 의미의 명사 형용사 동사를 모두 뜻하게 되어 개념이면서 성질이고 동시에 운동의 속성이라는 전혀 다른 층차를 한몸에 지닌다는 것이다. 김철수 「에즈라 파운드와 모더니즘 운동」, p.11 참고.

그것들은 도시의 삶에 지친 시인에게 너무나 충격적인 아름다움이어서 그는 이 얼굴들을 "환영"이라고 말할 수밖에 없다... 하지만 다른 한편에서 이 시는 다분히 부정적으로 해석될 수 있다.... 사람들은 새벽부터 일어나 하루의 고된 일과를 향해 북적대는 지하철을 막 빠져 나오고 있다. 나뭇가지는 지하철에서 올라오는 매연과 빗물에 엉겨 검은 색을 띠고 있고 나뭇잎은 활기를 잃고 떨어지지 못해 겨우 매달려 있다. 그렇다면 이 시는 산업사회의 인간의 무기력을 드러내고 있는 셈이다. 그렇다면 이 얼굴들의 환영은 아름다움이 아니라 섬뜩한 귀신의 모습일 수밖에 없다.[5]

풀이 2) 꽃잎의 배경이 "젖은, 검은 가지"인 것은 지하철 정거장 내의 어두컴컴한 분위기를 의미하며, 대조적으로 그 꽃잎이 나타내는 아름다운 얼굴들은 더욱 선명하게 윤곽이 드러난다. 객관적인 이미지 묘사속에 시인의 주관적 인상이 표출된다. 연약하고 파괴된 아름다움의 순수하고 직접적인 이미지의 효과가 드러나는 이 시는 현대문명에 대한 비판을 담고 있다.[6]

풀이 3) 비오는 날 지하철 정거장에는 어두운 색깔의 옷을 입은 우중충한 인물들로 가득차 있으리라는 점은 쉽게 상상할 수 있을 것이다... 첫행의 지하철을 기다리는 군중들은 지옥의 변방을 떠돌며 한숨짓는 구원받을 수 없는 가련한 영혼들과 연결되는 것이다.[7] 전철이 도착하자 창백한 꽃처럼 해맑은 몇명의 소녀와 처녀들이 차량에서 쏟아져나와 환영처럼 시인 앞에 모습을 드러내었다. 환영은 귀신과 같은 초월적인 존재를 암시하는 단어이므로 창백하다는 느낌과 함께 놀라운 감정뿐 아니라 비전에 사로잡혀 있다는 느낌을 동시에 유발한다. 세미콜론으로 하나의 이미지를 처리한 뒤 다음행에서 시인은 축축한 검은 나뭇가지에 피어 있는 연약한 꽃잎의 이미지를 제시함으로써 이 아름다운 꽃잎들은 조만간에 땅에 떨어져 지나 다니는 사람들의 발길에 무심히 짓밟히리라는 느낌을 전달한다.[8]

5) 양균원, 『영미시 창작이론』, 도서출판 만남, 2002, p.104.

6) 고길환, 「시인-번역가 에즈라 파운드」, 『동서비교문학저널』 Vol.7, 2002, p.23.

7) Hugh Kenner, 김철수, 「에즈라 파운드와 모더니즘 운동」에서 재인용.

8) G.S. Fraser, 김철수, 앞의 글. 재인용.

풀이 1에서는 두 이미지의 병치가 독자에게 아름다운 이미지를 환기시킬 수도 있고 혹은 음울한 이미지를 환기시킬 수도 있는 두 가지 가능성을 모두 제시하였다. 풀이 2와 3의 독법은 부정적 방향으로 제시되었다. 특히 풀이 3에서는 원문의 환영(幻影, apparition)이라는 표현에서 유령의 모습을 읽어내고 젖은 나뭇가지의 축축하고 짙은 빛깔에서 죽음의 그림자를 발견하고 있다. 이 시는 처음 한 번 읽으면 막연한 아름다움이 느껴지지만 단어들을 몇 번 다시 음미하게 되면 그 아름다움이 처연한 느낌을 주고 거기에는 어느 정도 어두운 죽음의 음영이 드리워져 있음을 느끼게 된다. 어떠한 부연설명도 없이 두 개의 이미지만을 병렬시킴으로써 이루어진 이 시에서 우리는 흥의 또다른 얼굴을 발견할 수 있다. 앞에서 거론했던 '자아와 풍경과의 조우'를 지나 두 개의 풍경이 중첩되는 순간이다. 한자와 한시, 하이쿠를 통해 파운드는 확실히 선명한 이미지를 제시하는데 성공한 것이다.

이시영의 시집『조용한 푸른 하늘』에 나오는「지하철 정거장에서」와「에스컬레이터에서」는 파운드 시에 대한 일종의 패러디로 보인다.

> 「지하철 정거장에서」
> 나는 죽음이 이처럼 수많은 사람들을 싱그러운
> 활력으로 넘치게 하는 것을 본 적이 없다.
>
> 「에스컬레이터에서」
> 나는 저렇게 수많은 싱싱한 생명들이 한 순간에
> 죽음의 낯빛으로 바뀌는 것을 본 적이 없다.

파운드의 시에서 이미지의 병치였던 것이 이시영에게 오면 그 이미지에 잠겨있던 '불안'이 전면화되어 밖으로 얼굴을 내민다. 짧은 시행

사이에 마치 균열처럼 드러나는 삶과 죽음의 경계가 너무도 선명하여 눈을 뗄 수가 없다.「지하철 정거장」에서는 북적대는 인파속에서 한순간 수많은 사람들이 마치 이미 죽은 자의 환영인 듯 느껴지는 찰나를 보여준다. 한편「에스컬레이터에서」는 에스컬레이터에 올라서자마자 갑자기 정지한 채 똑같이 전방을 바라보는 사람들이 마치 사물처럼 돌변해버리는 순간을 포착하였다. 어느 쪽이든 이 시들은 모두 뿌리를 내리지 못하고 마치 환영처럼 유영(遊泳)하는 피로한 도시인의 삶을 들여다 본 것이다.

또 하나 두드러지는 것은 이 짧은 두 편의 시에서 그가 택한 언어표현방식인데. 마치 번역어투를 연상시키는 이 시들은 웬지 모를 불안감을 가중시킨다. 이시영의 외워두고 싶은 짧은 서정단시와 달리 이 시들은 길이가 짧은데도 불구하고 호흡이 길어 낯설다. 짧은 서정시에서 드물게 행갈이를 하지 않고 길게 이어 쓰는 어법을 취한 것은 번안시라는 점을 의도적으로 노출시켰다고 볼 수도 있겠다.

사실 파운드는 이미지의 병치만으로 만족하지는 않았다. 파운드가 사용한 이미지의 병치는 마치 브레히트의 서사극에서의'소격효과'처럼 당시 상투적 표현에 익숙해져 더 이상 시를 통해 감각을 새롭게 하지 못하는 독자들을 자극시키기 위한 일종의 충격요법이었다. 생각해 보라! 아무런 설명도 없이 '환영같은 얼굴'과'꽃잎'이 독자들 앞에 던져졌을 때 그들이 느꼈을 당혹감을! 어떻게든 적극적 독해를 하지 않고서는 두 이미지 사이에 의미를 불어넣는 일은 불가능했을 것이다. 하지만 파운드는 이미지의 병치에서 안주하지 않았다. 그는 이미지가 정적인 느낌을 준다는 것을 알고 살아 움직이는 도시의 사물들을 시에 반영하기 위해 곧 당시 현대파 미술의 방법에서 계발을 얻어 '소용돌이

주의'를 제창하게 된다.[9]

그렇다면 이시영에게서는 이미지의 병치가 어떠한 모습으로 나타나는가? 이시영에게 있어 이미지의 병치는 한시와 하이쿠로부터 힌트를 얻었다는 파운드의 시와 동일한 방법일까, 혹은 다른 모습일까? 이시영에게 이미지의 병치는 사물의 정지된 한순간인가? 혹은 그 이상인가?

4. 한 줄 행간에서 무한대로의 비상을 꿈꾸다.

> 파도가 머리를 꼿꼿이 세우고 달려와
> 단 한차례 방파제를 들이받곤
> 거대한 물보라를 남기며 스러져간다
>
> 수평선 쪽에서 갈매기 한 마리가 문득 머리를 들고
> 잔잔하게 하늘을 가른다

이시영 시집 『사이』에 실린 「아름다운 분할(分割)」의 전문이다. 시는 아무것도 설명하지 않고 단지 두 개의 이미지만 제시한다. 스러지는 파도와 하늘을 가르는 갈매기. 어디선가 많이 본 풍경이다. 여기서 시인은 무엇을 말하려고 하는 것일까? 제목의 분할, 그것도 아름다운 분할이라는 점을 놓고 보면 바닷가에서 우연히 본 수평선에서 펼쳐지는 장관을 담담히 그리고 있는 듯하다. 온몸을 던져 단 한차례 부서지며

---

9) 파운드의 대표작인 장편 연작시 '캔토스'가 무언가 들끓는 사물들의 집합체와 같은 느낌을 주는 이유도 정지된 사물이 아닌 변화하는 사물들을 담고 있기 때문이다.

스러지는 파도 위로 갈매기 한 마리는 필생의 몸부림을 끝으로 스러지는 파도의 속내를 아는지 모르는지 잔잔히 하늘을 가르는 비행을 시작한다. 스러지는 파도, 날아오르는 갈매기, 끝과 시작, 수평과 수직. 이런 대비되는 요소들이 '아름다운 분할'을 만들어내고 있다.

파운드의 시에서 두 개의 이미지는 서로가 서로를 에워싸는 구조였다. 환영같은 얼굴이 갑자기 비에 젖은 꽃잎을 연상시켜 시의 화면은 꽃잎으로 가득 차는 듯하지만 한편으로 젖은 꽃잎 속에 환영 같은 얼굴의 잔상이 남아있다. 두 이미지는 서로가 서로를 환기하며 포개져있다. 그런데 아름다운 분할에서 두 이미지는 서로 포개지지 않는다. 그것은 단지 시인의 시야에 순간적으로 들어온 각각의 상관없는 풍경일 뿐이다. 그럼에도 두 이미지는 한 공간에 배열되어 서로 밀치고 당기며 자장을 형성한다. 그 힘의 묘한 긴장 사이에 흥이 자리한다.

앞에서 살펴보았듯이 흥의 첫 번째 모습은 불현듯 내게로 다가오는 풍경과 그것이 주는 울림이었다. 논리적으로 설명될 수 없는 우연한 발견의 기쁨, 세상 만물과 조우하는 경이로움 등은 모두 흥의 다른 이름들이다. 그런데 이것들은 작품화되면서 한두 가지 이미지로 구체화 될 수 있다. 여기서 흥의 두 번째 모습이라 할 수 있는 이미지가 탄생된다. 파운드의 시에서 보았던 두 개의 이미지 ─ 지하철 정거장에서 우연히 마주친 아름다운 얼굴과 언젠가 다른 곳에서 보았던 젖은 나뭇가지 위에 얹혀진 꽃잎 ─ 이것들은 각각 시인의 정감이 담긴 이미지이다. 여기서 필자는 그 두 이미지간의 거리에 주목하고자 한다. 두 개의 이미지 사이의 연결은 논리적이지 않고 일반적이지도 않지만 독자를 일순간 시적 세계로 몰입하게 만든다. 그것은 시인이 피상적인 이미지의 내부를 꿰뚫어 보고 양자 사이의 드러나지 않은 공통점을 불러내어 아슬아슬한 긴장을 형성하기 때문이다. 중국 위진남북조 시대의 문예이론가 유협(劉勰)은 일찍이 수사법으로서의 비(比)와 흥(興)을 구별하여 다음과 같이 말했다.

> "그러므로 비는 붙이는 것이고 흥은 일으키는 것이다. 이치에 붙이는 것은 종류에 들어맞아 일을 가리키게 되고, 감정을 일으키는 것은 작은데 의지하여(依微) 의미를 견주는 것이다."[10]

　작은 데 의지한다는 데에서 '작다'는 것은 물리적 크기를 말하는 것이 아니라 관련된 두 사물 사이의 연관성이 '미미하다', 혹은 '가려져 있다'는 것으로 보아야 할 것이다. 평소에는 드러나지 않던 사물의 어떤 특성이 순간적으로 부각되는 것을 말한다. 그렇다면 시인이란 들리지 않고 보이지 않는 사물을 우리 범인(凡人)들에게 들려주고 또 보여주는 사명을 가진 사람인지도 모른다.

　멈출 수 없는 감정, 정점으로 치달은 순간은 때로 이시영의 시에서 한줄 띄우기의 여백으로 나타난다. 이 여백을 중심으로 시의 전 후반은 서로 밀고 당기는 긴장을 형성하여 한껏 부풀려져 최대한의 함량을 갖게 된다. 두 개의 병치된 이미지가 서로 부딪히는 힘이 흥이라면 이시영의 시에서는 그 힘이 나타나는 공간을 한줄의 비약으로 확보하고 있는 셈이다.

「생」
찬 여울목을 은빛 피라미떼 새끼들이 분주히 거슬러오르고 있다.
자세히 보니 등에 아픈 반점들이 찍혀 있다.

---

10) 유협(劉勰), 『문심조룡(文心雕龍)』·「비흥(比興)」.

겨울처럼 짙푸른 오후

「자취」
간밤 누가 내 어깨를 고쳐 누이셨나
신이었는가
바람이었는가
아니면 창문 열고 먼길 오신 나의 어머님이시었나

뜨락에 굵은 빗소리

위의 인용시들은 모두 앞의 서너 줄과, 한 줄의 여백, 그리고 다시 한 줄(혹은 두 줄)이라는 간결한 구도로 되어 있다. 「생」에서 피라미들 등에 찍힌 아픈 반점과 겨울의 짙푸른 빛은 무연한 듯하지만 연관을 가진다. 아픈 반점의 빛은 멍처럼 푸를 테지만 생의 흔적이니 만큼 그것은 봄을 기다리는 겨울의 인내처럼 찬란한 가치가 있는 것이다. 이러한 연상되는 사연들을 설명 없이 단지 두 개의 이미지로 제시했다. 물론 이때 시인이 노래하는 방식은 생명의 고통과 성숙을 말하기 위해 비유의 매개물로 물고기를 선택한 것은 아니다. 그것은 우연히 발견한 물고기와 거기서 발견한 아픈 반점, 그리고 겨울의 짙푸름으로 이어지는 것일 뿐이다. 중간에 띄어진 한 줄에서 시인의 호흡을 따라 우리도 한 번 깊은 숨을 들이마시게 된다. 그리고 다시 숨을 뱉을 때 말은 앞서보다 더욱 축약된다. 물고기의 아픈 반점으로 인해 겨울은 더 짙푸르게 느껴지고 짙푸른 겨울 때문에 여울목을 거슬러 오르는 물고기의 생명력은 더욱 빛을 발하는 것이다.

그런데 위의 시들에서 중간에 한 줄을 띄우는 이런 구조는 한시의 대구(對句)를 연상케 한다. 한시에서의 대구는 대개 몇 개의 장면을 겹

처 제시하면서 독자가 그 안에서 전후좌우를 고려하여 최종적 화면을 완성시키도록 되어 있기 때문이다. 다음은 이백(李白)의 시 「벗을 보내며(送友人)」의 한 구절이다.

> 흐르는 구름은 나그네의 뜻
> 지는 해는 벗의 마음
> (浮雲游子意, 落日故人情)

　마음 맞는 벗과의 이별의 자리에서 읊은 이 시는 떠나는 사람과 남은 사람의 심경이 자연물의 이미지와 맞아떨어져 명구로 뽑힌다. 떠나는 벗을 전송하다가 이제는 정말 헤어져야 하는 시간, 주변을 둘러보니 하늘엔 무심히 흰 구름이 흐르고 서쪽으로 해는 서서히 지고 있다. 안타깝고 아쉬운 마음을 그대로 흰 구름과 지는 해에 담았다. 다만 이러한 대구들은 고전 율시(律詩)구조에서 기승전결로 흐르는 중간부분에 위치하여 수렴이 없는 팽팽한 긴장만을 보여주다가 말미의 결론에서 화자의 의도 안으로 수렴된다.

　이에 비해 이시영의 '한줄 띄우기'방법은 '이미지의 나열'과 '의미의 수렴'사이의 중간지대에 적정선을 그어 두 역할을 다 하는 묘미가 있다. 대개 한줄 띄우기 다음에 오는 시행은 단 한줄 뿐인 경우가 많다. 시행 면에서 다대일(多對一)의 구도가 되면서 무게 중심은 자연히 짧은 한 줄에 쏠리게 된다. 한 행을 띄운 뒤의 마지막 한 줄은 시조로 치면 종장에 해당되겠고 율시로 치면 대구의 후반부와 마지막 결론부를 겸하는 역할을 맡게 된다. 이 점은 일찍이 시조시인으로서 시의 형식미에도 상당한 관심을 기울였던 시인이 군더더기 없는 표현을 추구하면서 이룩한 성취로 보인다.

5. 글을 맺으며

지금까지 90년대에 나온 이시영의 대표적 서정시집을 동아시아의 전통시학인 흥을 중심으로 분석하면서 아울러 영미 이미지즘의 창시자 에즈라 파운드의 이미지의 병치기법까지 함께 살펴보았다. 이시영의 서정 단시에는 살아있는 생명과의 무수한 교감의 순간들이 포착되고 있었다. 이러한 세계를 분석하고 설명하는데 자아와 세계의 차별 없는 만남을 상찬하는 흥의 시학은 아직도 젊은 힘을 발휘한다. 시인이 풍경과 나누는 내밀한 대화, 정겨운 시선을 풀어 말할 수 있는 창으로서 흥은 아직도 가장 매력적인 속성을 우리에게 보여준다.

일찍이 중국 남북조 시대의 유협(劉勰)은 『문심조룡(文心雕龍)』에서 정감이 넘치는 말투로 이렇게 얘기했다.

> 선물을 건네듯 마음을 담아보내면
> 흥취는 다가오리, 마치 대답해오듯

기법으로서의 흥 너머에는 인간은 자연의 일부이고 만물과 공생해 나간다는 지극히 당연한 세계관이 전제되어 있다. 대만의 원로학자 엽가영(葉嘉瑩)은 흥에 대해 설명하면서 서구미학 용어 중에 정확히 흥에 대응할 만한 것은 없고 그 모든 것들은 결국 부(賦), 비(比), 흥(興) 가운데 '비'에 속하는 것이라고 설파하였다. 신과 그 피조물이라는 이원론적 세계관에 기초할 때 문학에서의 수사법이라는 것도 결국 대상에 대한 장악을 목표로 하게 된다. 이에 비해 흥은 불현듯 찾아온 정경교융(情景交融)의 순간을 고스란히 담아내는 것을 목표로 한다.

서구식 은유와 동양의 흥을 비교하여 다소 거칠게 말하자면 서양의 이른바 서정이라는 것이 자연 및 주변사물을 통해 자아, 인간을 발견하고 탐색하는 문제로 귀착됨에 비해 동아시아 한자문화권에서는 자연과 인간사의 동질감을 재차 확인하는 방식이었다고 할 수 있겠다. 전자의 경우, 즉 일반적 은유에서는 원관념을 좀 더 효과적으로 전달하기 위해 보조관념이 이용되고 이 과정에서 의미의 전이(轉移)가 발생한다. 그런데 흥에서 발생하는 의미의 전이는 이와는 좀 다르다. 일반적 은유가 발생하는 과정은 A에서 B로의 의미의 전이 과정이고 이는 일방향적이며 직선적이다.[11] 그런데 흥이 일어나는 과정은 A에서 B, 다시 B에서 A로의 양방향적 관계이며 파도가 치듯, 먹이 번지듯 일어나게 된다. 따라서 이러한 상호작용은 의미의 전이라기 보다는 '두 의미의 공명(共鳴)'이라는 말로 설명되는 것이 더 적합할 것이다.

70-80년대 이른바 참여시, 민중시가 시단의 주류였던 시기, 피와 분노 없이는 시를 쓰기 힘들었던 시대, 이시영 역시 이 힘겨운 대열에 합류하여 고단한 현실을 풍자하는 시들을 지속적으로 발표해 왔다. 다만 당시에도 직접적으로 사회현실을 비판하기보다는 우회로를 선택하여 삶의 본질적 문제를 지적하는데 관심을 두어온 것만은 사실이다. 김현의 지적대로 '돌과 별'의 시인이라는 표현은 그의 두 가지 시세계를 압축적으로 표상한다. 하나는 고집스럽게 현실을 껴안으려는 그의 의지일 것이며 또 하나는 그래도 꿈은 꿔야 하지 않겠냐는 초월, 혹은 비상에의 소망일 것이다.

다만 이 짧은 침묵의 세계가 늘 성공적인 것만은 아니었다. 그 자신

---

11) 신은경, 「흥의 미학」 참조.

시 자체가 살아 숨 쉬고 수런거리는 한 꽃송이 같은 세계를 꿈꾸었으나 때로 그것은 의미의 상실, 의미부재라는 결과를 낳기도 했다.

> 건너편 창가에 비둘기가 아슬아슬 걸터앉는다
> 아이가 작은 주먹을 펴 무엇인가를 열심히 먹여주고 있다
> 바람이 불어온다.

『조용한 푸른 하늘』에 나오는 「이 세계」라는 시의 전문이다. 창가에 걸터앉은 비둘기와 먹이를 먹여주는 아이, 그리고 불어오는 바람에 이르기까지 내재된 연관이 보이지 않는다.

시인은 의미를 넘어선다기 보다는 의미의 고리를 끊어버렸다. 무목적적인 세계에 대해 한 자아의 존재는 너무도 작아서 일체의 사고와 행동이 무의미하다는 허무주의가 이 시의 기저에 깔린 생각이라면 이러한 사고는 다소 위험하다고 말할 수밖에 없다.

또한 진부한 자기복제 역시 극복해야 할 요인이다.

> 이 고요 속에 어디서 붕어 뛰는 소리
> 붕어의 아가미가 캬 하고 먹빛을 토하는 소리
> 넓고 넓은 호숫가에 먼동 트는 소리

『조용한 푸른 하늘』에 나오는 「새벽」이라는 시이다. 어디선가 많이 본 듯한 이 시는 익숙한 느낌을 줄 뿐 새로운 세계, 새로운 비젼을 보여주지 않는다. 그것은 현장감 없이 상상과 기억에만 의존해서 시가 쓰여졌기 때문이다. 붕어 뛰는 소리, 먼동이 트는 소리는 언제이고 들을 수 있는 소리이지만 한편의 시가 되기 위해서는 그것은 세상에 단

한번 밖에 없는 그것이라야 한다. 시인이 전에는 못보았던 생생한 경험을 떨리는 목소리로 담은 것이라야 한다는 말이다. 그러한 떨림이 바로 흥이고 흥이 꺼지면 시도 죽게 된다.

　이시영의 시세계를 설명하는 많은 시인들이 지적하는 요점은 그의 시는 이야기시와 서정단시로 양분되며 갈수록 서정단시의 세계로 경도되어갔다는 점이다. 그가 발표해온 시집들을 보면 이러한 지적은 타당하게 여겨진다. 다만 전혀 달라 보이는 양식 사이에도 얼마간 공통점이 있지 않겠는가 하는 것이 필자의 생각이다. 그의 산문시와 이야기시의 본질을 여기서 다룰 것은 아니나, 다만 그의 시는 어떤 양태이든 정서적으로 극히 인간을 지향한다는 점에서 통합점이 찾아질 듯하다. 이야기시에는 인물이 등장하고 그 인물에 대한 해학적 필치에는 사랑과 눈물이 담겨있다. 90년대 이후 서정단시로 선회하여 인간과 사회로부터 자연으로 화두를 바꾼 그의 시세계는 이전과 크게 선을 그은 듯하지만 유정함은 그에게 면면히 흐르는 본질적인 것이라 생각된다.

내 안의 '불안'과 만나다

윤대녕 소설 『호랑이는 왜 바다로 갔나』

김지선

고려대학교 중어중문학 강사

1. 불안의 기억

우리가 속해 있는 시대는 언제나 혼란스럽고 불확실하다. 아마도 요즘 한국 사회에서 가장 잘 팔리는 상품은 '불안'일 것이다. 무한 경쟁 속에서 보다 더 부유해지고, 더 중요해지기 위해 우리는 끊임없이 불안을 소비하고 자신이 전진할 수 있는 원동력으로 삼는다. 이 점에서 알 수 없는 그 무언가에 의해 떠밀려 살아왔다는 죄책감, 떨쳐버리고 싶으나 영혼을 집요하게 물고 늘어지는 고독, 불안, 혼란이 작가 윤대녕에게는 꼭 풀고 넘어가야 할 숙제와도 같은 것이 아니었을까. 더욱이 이것이 아니면 저것을 선택하도록 강요하였던 80년대와 고도성장이 초래한 결과로 우리 모두가 아플 수밖에 없었던 90년대를 청년으로 살아왔던 한 사람으로서 윤대녕에게 '불안'은 하나의 트라우마로 남아 있었던 듯하다.

그가 세간의 주목을 받으며 등단한지도 어느덧 15년이 지난 뒤. 작

---

* 이 글은 『중국어문학지』에 게재되었던 「내 안의 '불안'과 만나다: 윤대녕 소설 『호랑이는 왜 바다로 갔나』(2007)를 수정한 것이다.

품에서 보여주는 인식의 아름다움과 스타일의 새로움도 이제 상투적인 것으로 전락하고 말았다는 평가가 제기되고 있던 2003년 3월 어느 날, 윤대녕은 "달콤한 삶 무뎌지는 글에 절박감을 느꼈다."고 고백하면서 홀연 제주도로 떠나갔다. 그리고 제주도로 내려간 지 2년 만에 장편소설 『호랑이는 왜 바다로 갔나』(생각의나무, 2005)를 내어놓았다. 제주의 거친 파도와 바람이 윤대녕에게 죽음과 맞서 그 공포와 고뇌를 극복하고 삶을 적극적으로 받아들이도록 가르쳤던 것일까. 인간 존재의 근원인 불안, 소외, 절망, 두려움을 끈질기게 쫓아가고자 하는 그의 여정을 따라가다 보면 어느 순간 그의 글쓰기에 변화가 일어나고 있음을 발견하게 된다. 허무와 절망감, 차가움과 냉소가 사라진 자리에 융합의 상태로 나아가고자 하는 의지, 생명에 대한 온기가 들어서 있고 이미지를 극대화한 감각적 글쓰기가 무뎌진 대신 현실이라는 토대 위에서 인간 존재의 내면세계를 진지하게 탐구해나가고자 하는 흔적이 남아있다.

『호랑이는 왜 바다로 갔나』는 허무와 절망과 치열하게 싸워내면서 존재 내면의 상처를 치유하고자 하는 사람들의 이야기이다. 거기에는 인간의 내면 극한까지 파고들었다가 생명에의 의지를 깨닫고 다시 인간이 부대끼며 살아가고 있는 현실로 돌아와 온 우주의 생명과 조화를 이루려는 따뜻한 시선이 배어 있다. 모든 생명의 근원이자 죽음이기도 한 바다에서 윤대녕은 존재의 시원을 찾아 들어가 자아의 분열과 파괴를 극복하고 화합과 갱생의 과정으로 나아가는 것을 배운 것이다. '저쪽 세계'에 대한 천착보다 '이쪽 세계'에 대한 관심으로 넘어와 버린 이번 작품을 접하노라면 이제 더 이상 그를 '90년대를 대표하는 작가'로만 평가하기에는 부족한 감이 있다. 또 다시 새로운 글쓰기를

향해 도약하고자 하는 그의 글쓰기에 찾아온 변화의 실체가 무엇인지
작가가 풀어놓는 이야기를 따라 들어가보자.

2. 누구나 맘속에 짐승을 키우며 산다

'인간 내면을 향한 여정'은 윤대녕이 작품 속에서 끊임없이 추구해
왔던 주제이다. 상처에 중독된 자들은 어느 날 갑자기 자신의 몸과 마
음에 변화가 찾아온 것을 느끼면서 의문이 가득 찬 여행을 떠나게 된
다. 일상의 가면 속에서 느끼는 익숙함을 벗어던지고 진정한 자아를
탐색하는 과정은 낯설고 고통스러운 일이다. 현실의 욕망을 태워버리
며 심연의 깊은 곳으로 침잠하는 여행은 언제 끝날지 모르는 긴 여정
이기에 그만큼 인내와 고통이 수반된다. 영원한 시간을 거슬러 올라
끝없이 찾아들어간 내면의 깊은 곳은 어둡고 차갑고 공동(空洞)처럼
텅 빈 공간이다. 때로 우물(『은어(銀魚)』), 어두운 방(『카메라 옵스큐라』), 다
락방(『불귀』), 극장(『옛날 영화를 보러갔다』)이기도 한 그 공간에 들어선 주
인공들은 비로소 자기 안에 도사리고 있는 그림자 같은 낯선 존재와
마주치게 된다.

그런데 그의 상상력이 이번에는 호랑이와 만났다. 윤대녕이 그간
'존재의 시원으로의 회귀'라는 주제와 관련하여 은어, 송어, 되새, 비둘
기 등 귀소성 동물에 주목하였던 것에 비해 호랑이를 내세우며 인간
내면의 불안과 슬픔을 표현한 것은 매우 독특하다. 작자는 이글거리
는 분노, 파괴적인 본능, 무자비함의 이미지를 포착하여 인간의 영혼
을 갉아먹고 병들게 하는 불안의 근원을 호랑이로 표현해 내고 있다.

내면의 그림자로서 호랑이는 무자비한 파괴의 힘으로 자아를 위협하
는 존재이다. 그것은 자아가 무의식 속에 누르고 있는 열등한 인격이
면서 자아의 어두운 반려자이기도 하다. 이 때문에 호랑이와의 만남은
그동안 인식하지 못했던 내 마음의 존재를 발견하고 정신 내면에서
들려오는 창조적 메시지에 주의를 기울이며 나를 성찰하게 만드는 계
기가 된다.

『호랑이는 왜 바다로 갔나』(이하 『호랑이』로 표기하기로 함)의 주인공 영
빈은 불안의 시대에 살고 있는 우리들의 자화상이다. 영빈이 느끼는
불안의 근원에는 비극적인 가족사가 있다. 영빈의 형에게는 판검사가
돼 집안을 일으켜야한다는 장남 콤플렉스의 강박관념이 있었다. 이 때
문에 민주화운동이 한창이던 시대에 학업에만 관심을 쏟다가 자신도
모르는 사이에 프락치로 몰렸다. 형은 결백함을 주장하며 자살을 했
고 영빈은 형의 죽음에 어느 정도 책임이 있다고 자책하며 살아가고
있다. 형의 죽음을 두고 아버지와 의견 대립이 일어난 후, 영빈은 아버
지와도 의절하게 된다. 윤대녕 작품에서 아버지란 존재는 거의 결정적
인 의미소이다. 아버지와의 관계맺기는 '복종'보다는 '동일시'의 양상
을 보이는데 아버지와 의절한 영빈은 자신의 존립기반을 상실한, 근원
으로부터 추방당한 그림자 같은 존재를 상징한다.

그러던 어느 날 영빈 앞에 갑자기 호랑이가 나타난다. 그 때는 88년
서울올림픽이 열리던 해였다. 핵 연료봉을 폐기하는 탱크 안에서 사슬
에 묶여 몸부림치며 울부짖고 있는 호랑이를 발견한 순간, 영빈은 처
음으로 자신 내면에 존재하고 있는 어두운 그림자와 마주치게 된다.
작자는 여기에서 동굴처럼 어두운 핵 폐기물 탱크 안의 불안하고 고독
한 호랑이와 패랭이 모자를 쓴 귀여운 호돌이, 88 서울올림픽을 절묘

하게 대비시키고 있다. 마치 모순과 한계를 함께 안고 있었던 80년대 한국사회처럼.

그로부터 16년이라는 시간이 훌쩍 지난 2004년 어느 날, 영빈은 다시 호랑이와 마주치게 된다. 컴퓨터에서 이상한 소리가 나서 열어보았더니 텅 빈 컴퓨터 내부에 호랑이가 잔뜩 몸을 사리며 울부짖고 있는 것이다. 컴퓨터와 인터넷을 중심으로 한 현대 사회의 정보망은 미로처럼 복잡하게 얽혀있고 인간의 삶도 너무도 복잡해져 버렸다. 하지만 그 속에서 인간은 제대로 고독을 즐길 수 있는 여유조차 상실한 채, 고독감과 공허함만 느끼면서 살아간다. 내부가 '텅 빈' 컴퓨터와 '호랑이'는 숨 막힐 듯 복잡하게 움직이고 있는 사회에서 살아가는 인간의 텅 빈 공허함, 소외감, 불안과 고독을 상징한다. 영빈은 자신이 먼저 호랑이를 죽이지 않으면 자신이 잡아먹힐 것 같은 불안한 마음에 호랑이를 잡으러 떠나겠다고 해연에게 말한다.

"누구나 마음속에 짐승을 한 마리씩 키우고 있지. 당신 경우엔 그게 황색딱따구리 정도가 되겠지."

그녀는 어이없는 표정으로 영빈을 바라보았다.

"평소엔 잠든 척 얌전히 있다가 못마땅한 일이 생기면 돌연 거칠게 반응하지. 참고, 참고, 또 참다가 말이야. 그 때부터 주인을 괴롭히는 거야. 왜, 당신도 알잖아."

불현듯 헤아릴 수 없는 적막감이 거실을 가득 메웠다. 담배 연기가 허공에 그림자처럼 떠 있었다.

"영빈씨한테는 고독이 늘 그렇게 사나운 짐승의 모습을 하고 나타나나요?"

"고독? 그래, 그것도 고독의 일종이겠지. (…중략…)"

"아무튼 그걸 잡아서 어쩔 건데요?"

"즉시 처치해야지. 내가 키운 짐승이니 내 손으로 처치할 수밖에."

인간은 이성적 사유에 의해 합리적으로 행동하는, 완전무결하게 잘 짜여진 존재가 아니다. 사람들은 자신을 감추기 위해 애써 냉담함이라는 가면을 쓰고 살아가지만 그 가면을 벗으면 상처가 드러날까봐 두려워하는 나약한 존재들이다. 그 가면을 벗고 나면 그 안에는 욕망과 집착, 불안, 슬픔 등 수많은 구멍들과 충동들이 충만해있다. 그렇기에 인간은 얼마든지 갑충(「카메라 옵스큐라」)이 될 수 있고, 소(「소는 여관으로 들어온다 가끔」)가 될 수 있고, 붉은 잉어(「은항아리」)가 될 수도 있는 것이다. 현실에 속해있긴 하지만 머물 곳을 찾지 못하고 있는 상실의 시대에 인생은 좌절이고 고통일 수밖에 없다. 그 속에서 키워온 고독과 불안은 이렇듯 사나운 짐승인 호랑이의 모습을 하고 있다.

윤대녕은 누군가의 그림자로 살고 있다는 느낌, 시점을 찾지 못해 떠도는 인간의 불안과 고독에 천착하면서 재일동포 여성 작가인 사기사와 메구무(鷺澤萌)를 작품 속에 등장시킨다. 메구무는 일본 사회에서 한국계라는 것보다 불안이 더 견디기 힘들다고 말하면서 '불안'은 인간에게 운명적으로 주어진 조건의 일부로 본다. 윤대녕은 영빈과 메구무와의 대화를 통해 불안이 인간의 본질적인 조건일 뿐 아니라 한국 사회를 대변해 주는 심리라고 묘사하고 있다. 영빈은 한국사회에 만연해있는 어떤 강박관념에 대해 신중하게 말한다.

> "아마 그럴 겁니다. 아까도 말했지만 어느 사회든 경계인으로 살아간다는 것은 매우 힘든 일입니다. 작가뿐만 아니라 누구든 마찬가지죠. 한국사회에서는 더더욱 그렇다고 할 수 있습니다. 경계인의 입장에 서면 흔히 회색분자나 기회주의자로 몰리게 마련이니까요. (…중략…) 현재 한국의 지식인이라고 하는 사람들이 처해 있는 상황은 어쨌든 한쪽에 서 있어야 한다는 겁니다. 그걸 용기라고 합니다. 문제는 어느 한쪽에 서게 되면 옳지 않은 경우라도 그쪽 입장에 서서 옳다고 주장해야한다는 겁니다."……

"어떤 위치 혹은 시점에서 세상을 바라볼 것인가"는 언제나 우리를 어렵게 만든다. '이것 아니면 저것'을 선택해야 했던 시대적 상황 속에서 '경계인'으로서의 삶은 너무도 힘들었을 것이다. 물론 어느 사회이던 경계인으로 살아가는 것은 흔들리며 중심을 유지하는 줄타기처럼 위험하고 불안하다. "박해를 받더라도 두 눈으로 세상을 봐야한다."는 영빈의 말을 통해 윤대녕은 한국사회를 살아가는 작가로서, 예술가로서 느끼는 고민을 조심스레 털어놓는다. 『호랑이』는 이렇듯 인간의 존재론적 불안 뿐 아니라 영빈의 형을 죽음으로 몰아간 정치적 현실, 성수대교 붕괴사고 같은 부박한 사회적 조건, 제주 4·3 사태와 같은 국가적 폭력 조건 등 다양한 층위로부터 불안의 문제를 제시하고자 한다.

윤대녕이 스스로 인터뷰에서 밝히고 있듯이, 그의 불안의 근원은 '81학번 콤플렉스'라는 부채의식에서 비롯되었다. 80년 5·18 광주민주화운동 시기를 재수생으로 지냈던 그에게 한국 근대사의 비극적 현장에 참여하지 못했다는 죄책감은 늘 그를 따라다니며 괴롭히는 근원이었다. 그 죄책감으로부터 자유롭지 못한 작가의 내면이 분노와 자책감, 증오와 슬픔으로 엉켜 급기야 몸과 마음을 갉아먹는 호랑이의 모습으로 나타났다. 윤대녕으로서는 어떤 형식으로든 그 맺힘을 풀어서 혹은 호랑이를 잘 달래어서 열림의 공간인 바다로 돌려보내는 과정이 필요했던 것이다.

이렇게 볼 때, 그간 그가 추구해온 신화적 상상력이나 신비주의가 '현실 도피', '역사의식의 부재'라고 평가되는 것에 작가는 매우 고통스러웠을 것으로 짐작된다. 문제는 신화적 상상력이나 신비주의 자체가 아니라 그 속에서 "얼마나 진실한 인간의 모습을 담아내느냐"에 있

다. 윤대녕은 우리 안에 있는 '타인', 무의식의 부름에 귀 기울이고 내
면과의 대화를 시도함으로써 인간이 숙명적으로 안고 있는 외로움, 삶
의 불안, 공포에 대해 진실하게 말하고자 한다. 『호랑이』는 분명 「상춘
곡」이나 「빛이 지나가는 자리」 등과 같은 초기 단편소설처럼 번뜩이는
섬광 같은 회화적이고 감각적인 글쓰기를 보여주지는 않는다. 하지만
우리 내면의 '불안'을 끈질기게 파고들면서 살아서 펄떡이고 있는 인
간의 내면을 드러내고 있다. 그리고 우리는 그 과정에서 그의 글쓰기
에 변화가 찾아왔음을 느끼게 된다.

3. 세 가지 불안 — 광기 · 부조리 · 권태

단군신화에서 88올림픽 공식 마스코트에 이르기까지 우리의 문학
과 정서에 호랑이만큼 익숙한 동물도 없을 것이다. 호랑이는 때론 포
악하고 두려운 존재이기는 하였지만 민간신앙에서 신령스러운 산신
령으로 숭배되기도 하였고 민담에서는 자기보다 약한 동물에게 바보
처럼 당하는 어리숙한 모습으로 나타나기도 하였다. 또는 은혜를 갚
은 호랑이 이야기에서는 정감이 넘쳐나기도 하였고 인간을 위해 자신
의 목숨을 바친 호녀(虎女)의 이야기에서는 숭고한 희생정신이 느껴지
기도 한다. 이렇듯 우리 문학에서 호랑이에 대한 상상력은 너무도 다
양했지만 인간 내면의 불안으로서의 호랑이 형상은 왠지 생소하다. 그
래서 윤대녕이 기존에 없는 완전히 새로운 이미지를 만들어낸 것처럼
보이기도 하다.

윤대녕 상상력의 장점은 깊숙이 숨겨지고 가려져있던 이미지를 포

착하여 익숙한 형상을 낯설고 참신한 이미지들로 빚어내는 것에 있다. 즉 작자는 '호돌이'의 이미지나 우리 민족의 웅건한 기상을 대변하는 호랑이의 형상에 가려져 있던, 낯설지만 낯설지 않은 이미지를 포착해 낸다. 고독하고 우울하며 불안에 떨고 있는 호랑이, 그 상상력은 근원 적으로 단군신화의 호랑이로 거슬러 올라간다. 그토록 사람이 되기를 원했으나 호랑이는 쑥과 마늘, 백 일 동안의 어두운 동굴 속의 시련을 참지 못하고 나가버리고 만다. '인간 되기'에 실패한 호랑이는 분명 우 리의 정서 속에서 실패하고 좌절한 인간, 우울하고 불안한 정신세계의 원형을 이루고 있다고 할 수 있다. 작자는 욕망을 포기하지 못한 인간, 열등한 인간, 동물적 충동성에 충실했던 인간의 형상에 포착하여 낡은 관습에서 새롭고 기발한 상상력을 창조해낸다.

그런데 여기에서 흥미로운 것은 마음 속 불안의 심리를 나타내는 호랑이 형상은 한국 뿐 아니라 중국과 일본의 문학에서도 찾아볼 수 있다는 점이다. 그렇기에 이러한 호랑이 형상에 대한 탐색은 동아시아 상상력과 정신의 기저에 오랫동안 전해져왔던 원형, 인간의 내면 혹은 마음을 대하는 심리적 대응방식에 어떤 유사성이 공존하고 있음을 확 인할 수 있는 기회가 된다. 윤대녕이 일찍이 「천지간」에서 판소리 「심 청가」 중 범피중류(汎彼中流)의 상상력을 끌어온 것에 대해 김윤식은 소설 『심청전』이 지방성을 벗어나 세계성에로 승화되는 순간이라고 지 적하였다. 낡고 오래된 단군신화에서 찾아낸 우울하고 고독한 호랑이 는 이제 한국문학을 넘어서 동아시아 고유의 상상력과 소통할 수 있 는 가능성을 얻게 된다.

하지만 인간의 마음이 느끼는 것이기에 불안의 형태가 시간과 공간 을 초월하여 늘 한결 같을 수는 없는 법. 그렇다면 이제 마음 속 불안

에 대한 메타포로서의 호랑이가 시대와 공간을 따라 어떠한 변화를
겪으면서 우리와 만나왔는지 그 경로를 따라 가보고자 한다. 이야기
는 당(唐)나라 어느 서생의 사연으로부터 시작된다.

1) 첫 번째 호랑이—'광기'에 대한 불안

　　당나라 괵략(虢略)이라는 곳에 이징(李徵)이라는 서생이 살고 있었다.
황족의 자제였던 이징은 젊어서부터 박학다식하고 글을 잘 지어서 약
관의 나이에 주부(州府)에서 천거되어 명사(名士)로 일컬어졌다. 천보(天
寶) 10년 봄에는 과거에도 급제하였고 몇 년이 지난 뒤 강남현위(江南
縣尉)의 자리에 오르게 되었다. 그는 평소 성격이 소탈하고 호방하였으
나 재주를 믿고 오만했기 때문에 낮은 관직에 굴욕스럽게 있을 수 없
어 늘 우울해했다. 그리고 매번 동료 관리들과 연회를 열 때마다 술에
취하면 그들과 같은 부류가 되는 것을 수치스럽게 여겼다. 재주가 뛰
어났으나 그에 합당한 인정을 받지 못한다고 생각한 이징은 결국 관
직을 그만 두고 물러나와 고향으로 돌아온다. 그 후 문을 걸어 잠그고
사람들과 접촉하지 않은 채 몇 년을 보내다가 어느 날 갑자기 미치광
이 병에 걸려 발작해서 호랑이로 변하게 된다.

　　아주 먼 옛날, 한 순간에 호랑이로 변한 사람들의 사연은 너무나도
기구하다. 우리는 『태평광기(太平廣記)』 권426~433 호류(虎類)에서 호
랑이에 관한 흥미진진한 이야기들을 접할 수 있다. 거기에는 갑자기
열병을 앓다가 호랑이로 변한 이야기(권426「사도선(師道宣)」, 권427「이징」,
권432「남양사인(南陽士人)」)가 있고, 호랑이 가죽을 뒤집어 썼다가 호랑
이로 변한 이야기(권427「천보선인(天寶選人)」, 권430「마증(馬拯)」, 「왕거정(王

居貞)」, 권433「유병(劉幷)」, 「승호(僧虎)」, 「최도(崔韜)」)도 있으며 혹은 죄를 짓고 벌을 받아 호랑이로 변한 이야기(권426「협구도사(峽口道士)」, 권429「왕용(王用)」)도 있다. 호랑이로 변해버린 사람들은 하나같이 사납고 난폭하게 포효하며 날뛴다. 최도는 갑자기 난폭한 호랑이로 변하여 아들과 남편을 잡아먹고 달아났고(권433「최도」) 침주좌사(郴州佐史)는 사납게 날뛰며 형수를 잡아먹으려다 실패하고 도망간다(권426「침주좌사(郴州佐史)」). 그들은 인간의 도리, 본분은 완전히 잊어버리고 철저히 사나운 짐승으로 행동하고 있으며 이들을 보는 사람들은 자신이 언제 호랑이로 변할지 모르는 두려움에 사로잡혀 있다.

호랑이로 변한 사람들은 분명 '마음'에 병이 난 사람들이었다. 이징을 비롯해 사도선이 호랑이로 변한 것도 미쳐서 날뛰다가 그렇게 된 것이었고 침주좌사나 남양사인이 "열병을 앓다가 호랑이로 변한 것"도 '육체의 병'이 아니라 열성(熱性) 섬망(譫妄), 즉 고열이 나는 질병을 앓다가 정신이 나가는 경우로 해석해 볼 수 있다. 더욱이 권433「승호」에 "악한 생각을 품자 호랑이가 되었고 선한 생각을 품자 인간이 되었다.(惡念爲虎, 善念爲人.)", "근본으로 돌아가 생각에 집착하지 않게 되면 사람은 호랑이가 되지 않고 호랑이는 사람이 되지 않는다.(還元反本, 念不著, 則人不爲虎, 虎不爲人矣.)"라고 하였으니 호랑이는 전통 시기 중국 서사에서 나쁜 마음, 마음의 병에 대한 메타포라고 할 수 있다.

'광기'는 일상의 질서와 언어세계에 편입되지 못하고 혼자만의 세계에 빠져 버린 인격이며 광기에 휩싸인 자는 속인들과 어울리는 데 실패한 자, 사회 부적응자, 죄를 짓고 벌을 받는 고통스러운 영혼의 소유자, 주변으로 소외되어버린 타자를 의미한다. 극단적인 열정, 고독과 우울로부터 터져나온 광기는 흔히 예술가의 질병으로 묘사되고 있는

데 이징이 광기에 **빠졌**다는 것은 이징이 뭔가 남들과는 다른 감성, 예
민하고 섬세하고 감수성이 풍부하다는 표식이 된다. 회재불우(懷才不
遇)에 대한 울분, 실망감, 격정과 열정은 스스로 일상세계를 견디지 못
하여 자신을 타인들과 격리시키고 현실에 대한 불만, 고독감, 위태로
운 우울함은 결국 사람을 호랑이로 변하게 하였다.

하지만 이징의 변신이 그렇게 부정적인 것만은 아니다. 광기로 인한
호랑이로의 변신은 진정 내면 의식의 깨우침을 얻게 되는 계기를 마련
해준다. 이징은 호랑이로 변한 후, 인간이었을 때 몰랐거나 무관심했
던 문제들에 대해 다시 생각하게 된다. 이징은 자신의 오만했던 과거
를 뉘우치고 그간 명망을 얻기 위해 시 창작에만 몰두하다가 돌보지
않았던 가족들의 생계를 걱정한다. 자신의 과거를 돌아볼 수 있게 되
었고 친구인 원참 앞에서 참회의 눈물을 흘리는데 오히려 호랑이로 변
하고 나서 더욱 인간적인 면모를 보여준다.

> "내가 처자식 생각을 안 한다거나 친구를 그리워하지 않은 것은 아니나, 나
> 의 행실이 하늘의 섭리를 어겨 하루아침에 짐승이 되고 보니 부끄러워 차마
> 사람을 만날 수가 없네. (…중략…) 내가 지금 비록 모습은 변했으나 속으
> 로 깨달은 바가 적지 않다네. 지난 날 나의 당돌했던 행동들을 생각해 보면
> 두렵기도 하고 한스럽기도 하지만 말로 다 할 수 없을 뿐이네. 다행히 옛 친
> 구가 내 생각을 해주어 나의 뭐라 표현할 길 없는 허물을 깊이 용서해줄 수
> 만 있다면 그것이 나의 바람일 뿐이라네."

인간 본성의 발견이라는 점과 관련하여 『태평광기』에 유독 "호랑이
가죽을 뒤집어쓰고 호랑이로 변했다"는 이야기가 많이 전해지고 있는
사실에 주목해 보자. 특히 『삼국유사』 권5 「감통(感通)」에도 수록되어
있는 권 429 「신도징」의 이야기에서 호녀는 호랑이 가죽을 뒤집어쓰자

몇 해를 같이 살았던 남편과 자식들을 잊어버리고 호랑이로 변해 달아난다.「김현감호」의 호녀와 비교했을 때, 비정한 아내이자 어머니로 보여질지 모르겠지만 이는 한편으로 이성의 굴레에 억눌려왔던 동물적 본성으로 돌아간 것으로 볼 수도 있겠다. 욕망의 영역, 카오스의 세계, 법 밖의 영역에 존재하는 동물성을 회복하여 사회가 요구하는 도리, 본분, 역할에 맞추어 살아왔던 나를 벗어 던져 버리고 진정한 내 모습을 찾아가는 과정의 상징일 수 있다.

물론 이징은 호랑이로 변해서도 시 창작을 향한 열정, 이를 세상 사람들에게 알리고 싶은 욕망을 여전히 버리지 못하고 있다. 친구인 원참을 만나 자신이 써놓은 문장을 20장이나 받아 적게 하였고 이를 읽은 원참은 그 문장력에 대해 극찬하게 된다. 하지만 이징은 동물로 살아가야 하는 운명을 받아들이며 영원히 인간세상과 두절된 채 방황하며 살아가는 호랑이로 변해 사라진다. 인간 사회가 강조하는 질서, 윤리와 같은 것으로부터 자유로워진 이징은 이제 자신의 참모습을 볼 수 있게 되었다. 고독과 광기 속에서 극대화되는 풍부한 감수성들, 예술가로서의 기질, 그리고 호랑이는 관습적 세계에서 벗어나 자신의 참된 내적 핵심에 도달할 수 있게 하는 통로가 된다.

2) 두 번째 호랑이 ― 존재의 '부조리'로부터 야기된 불안

그로부터 시간과 공간을 훌쩍 뛰어넘어 전쟁의 광기에 휩싸여 있는 1940년대 일본에서 호랑이가 다시 나타난다. 군국주의의 폭력, 전쟁, 불확실한 미래에 대한 두려움은 당시 일본인들에게 극도의 불안감으로 엄습해 왔고 무언의 억압과 통제를 받아야 했던 지식인들의 비극적 정서는 '불안의식'으로 드러났다. 문학이 문학으로서 제구실을 다할 수 없다는 점, 생존을 위협받는 극단적 사회 분위기 속에서 아무것도 할 수 없다는 사실이 당시 지식인들에게 불안의 근저가 되었는데 이 때 그들이 주목하였던 것은 바로 역사소설이었다. 즉 과거의 역사와 인물을 통해 시대에 대한 소명의식, 당시 정치나 사회에 대한 비판, 자유로운 창작 욕구를 역사소설이라는 형태 속에 감추어 표출했던 것이다.

「산월기(山月記)」는 이러한 배경에서 탄생하였다. 작가 나카지마 아츠시(中島敦: 1909-1942)는 1942년(소화(昭和) 17년)『문학계(文學界)』2월호에 「호빙(狐憑)」,「목내이(木乃伊)」,「산월기(山月記)」,「문자화(文字禍)」4편의 단편 소설을 묶어『고담(古譚)』이라는 제목으로 발표하게 된다.

「산월기」는 중국의 이징 이야기를 새롭게 재해석한 작품이다. 나카지마는 해묵은 옛날 당대의 이징 이야기를 근대 일본에서 부활시키지만 그렇다고 원래의 이야기를 그대로 수용하지는 않는다. 작자는 인간의 존재론적 고뇌, 불안, 고독에 천착하여 호랑이로 변한 이징의 고백을 통해 인간 내면에 수없이 얽혀 움직이고 있는 욕망과 두려움, 불안, 존재에 대한 회의를 풀어내고 있다. 「산월기」의 이징 역시 자신의 의지와 상관없이 호랑이로 변해버린 자신을 원망하며 이를 어쩔 수 없는 운명으로 받아들인다. 자신의 부조리한 상황 앞에 고통스러워하는 이징은 원참에게 이렇게 말하고 있다.

"조금 밝아진 후 골짜기에 흐르는 물에 내 모습을 비춰 보았더니 난 이미 호랑이로 변해있더군. 처음에는 내 눈을 믿을 수 없었지. 그리고는 이것이 꿈일 거라고 생각했지. 나는 꿈속에서 이것이 꿈이라고 여기며 꿈을 꾼 적이 있었거든. 그러나 이것은 아무래도 꿈이 아니라는 생각이 들자, 나는 망연자실했다네. 그리고 두려웠네. 도대체 어떻게 이런 일이 일어날 수 있는가

하고 생각하니 너무도 무서웠지. 도대체 어떻게 이런 일이 일어난 것인지 알
수 없네. 나로서는 아무것도 알 수 없는 일이야. 이유도 모르는 채 주어진
현상과 상황을 그대로 받아들여 그저 살아가는 것이 우리 짐승들의 운명이
라네."

　호랑이로 변해버린 자신의 현실을 무기력하게 받아들이고 있는 이
징은 극도의 무력감과 공허함, 좌절감에 빠져있는 자아에 대한 은유
이다. 그리하여 이징은 자신이 호랑이로 변한 이유를 '겁 많은 자존심'
과 '존대한 수치심'이라는 도치된 의미의 조합으로 표현한다. 자신감
없이 머뭇거리는 마음과 다른 한편으로는 자신의 능력을 지나치게 믿
는 자만심, 자신의 약점이 노출될 것에 대한 두려움과 타인들과 함께
하는 것을 꺼리는 도도함은 늘 이율배반처럼 인간의 마음에 공존하고
있다. 자의식의 과잉 때문에 상처받기 쉬운 마음을 가지게 되지만 그
렇다고 자신을 긍정적으로 생각하는 강인함도 가지지 못한 이중인격
에서 이징의 비극적 상황이 비롯된다. 그것은 바로 자기 자신에 대한
방기(放棄)로 이어진다.

　나는 시로써 명성 얻기를 원하면서도 스스로 스승을 찾아가려고 하지도 친
구들과 어울려 절차탁마에 힘쓰려고도 하지 않았네. 그렇다고 해서 속인들과
어울려 잘 지냈는가 하면 그렇지도 못했지. 이 또한 나의 겁많은 자존심과 존
대한 수치심의 소치라고 할 수 있을걸세. (…중략…) 나는 세상과 사람들에게
서 차례로 떠나 수치와 분노로 말미암아 점점 내 안의 겁많은 자존심을 먹고
살찌우는 결과를 초래하고 말았다네. 인간은 누구나 다 맹수를 부리는 자이
며 그 맹수라고 할 수 있는 것이 바로 각 인간의 성정이라고 하지. 내 경우에
는 이 존대한 수치심이 바로 맹수였던 걸세. 호랑이였던 거야. 이것이 나를
손상시키고 아내를 괴롭히고 친구들에게 상처를 입히고 급기야 나의 외모
를 이렇게 속마음과 어울리는 것으로 바꿔 버리고 만 거라네.

소외되어 살아가는 자신의 모습에 대한 분노, 울분, 고독은 내 안에서 고독한 영혼을 키워놓았고 그 끔찍한 이방인은 결국 존재를 붕괴시키고 체념하게 하고 부자유스럽게 만든다. "인간은 누구나 다 맹수를 부리는 자이다."라는 이징의 말에서 우리는 어느 시인의 개인적인 문제보다는 인간의 보편적 삶에서 대면하게 되는 비극, 인간 스스로가 기르고 있는 내부의 짐승을 자각하게 된다. 이 지점에서 이징의 내면은 영빈이 "인간은 누구나 동물을 키우고 있다."고 하였던 것과 만나게 된다. 결국 좌절감, 존재 기반의 상실로 인한 상처는 호랑이에 대한 상상력이라는 공통분모를 공유하게 된 셈이다.

「산월기」의 마지막 장면은 원참과 헤어진 이징이 달빛 아래에서 포효하는 것으로 끝을 맺고 있는데 이는 『태평광기』에서 원참이 이징의 집을 찾아가 그 가족들의 후사를 돌봐준다는 설정과 대조를 이룬다. 나카지마는 「산월기」에서 의도적으로 그 부분을 삭제하고 호랑이가 포효하는 장면으로 마무리하면서 "호랑이는 이미 하얗게 빛을 잃은 달을 올려다보며 한두 번 포효하는가 싶더니 다시 풀숲으로 되돌아가 자취를 감추었다."라고 묘사하고 있다. 암담했던 군국주의의 광기 속에서 일본 지식인들이 겪어야 했던 고뇌는 호랑이의 울부짖음에서 생동적으로 표현된다. 현실에서 타협점을 찾지 못하고 개척해나가려는 의지 없이, 철저하게 현실에 패배해버린 지식인의 나약함을 보여주었다는 점에서 「산월기」는 프란츠 카프카(Franz Kafka)나 알베르 까뮈(Albert Camus) 등의 실존주의 문학과 맥을 같이 한다고 하겠다.

3) 세 번째 호랑이—'권태' 속에서 불현듯 나타나는 불안

내 안의 불안과 호랑이와의 세 번째 만남은 산업문화가 고도로 발달한 2000년대 서울에서 이루어진다. 여기에는 악한 마음을 품었다가 갑자기 광기에 사로잡히는 일도, 군국주의의 위협 앞에 내 안의 불안과 슬픔이 호랑이로 둔갑하는 일도 없다. 이제는 공허하고 고독한 일상이 주는 나른함, 그 권태 속에 문득 자기 자신이 아무 것도 아니라는 느낌이 떠오르는 순간, '불안'이 엄습해온다. 일상이 지배하는 현대 사회는 생산적이고 역동적이며 탐욕적이지만 그 속에서 인간은 끊임없이 소외와 무기력함, 권태를 느끼게 된다. 이 사회에 속해있는 내가 어떤 의미를 지니는 존재인지, 이 사회에서 어떤 역할을 해야 할지, 어떤 원칙에 따라 행동하고 사고해야 하는지 알지 못하는 무의미 앞에서 현대인은 권태에 빠져들게 되고 이 때 아무 것도 보상받을 수 없다는 불안감이 서서히 밀려온다.

『호랑이』의 서사를 이끌어가는 중심축인 영빈, 해연, 히데코는 모두 현대인이 느끼는 불안과 권태로부터 자유롭지 못하다. 영빈은 번듯한 직장에 수석으로 들어갔지만 조직생활에 적응하지 못하고 소설 쓰기에 몰두하다가 승진에 실패하고 결국 퇴사한다. 동화책 일러스트인 해연의 경우도 크게 다르지 않다. 프리랜서로 일하면서 고정적인 수업도 없이 나른한 일상을 살아가고 있는 해연을 보면서 영빈은 "나른하기 짝이 없는 공동(空洞) 같은 게 들여다보였다. 그 안에서 불안이 꿈틀거리고 있다."라고 생각한다. 해연 역시 영빈처럼 비극적인 가족사가 트라우마로 남아있다. 해연에게는 다른 남자를 사랑해서 떠나간 어머니 때문에 상심해서 미친 듯이 바다낚시를 다니다가 실족해 죽은 아버지

의 그림자가 짙은 그늘을 드리우고 있다. 어머니와의 단절로 자신의
존재 근원을 상실한 채 만성적인 우울증과 고독감에 시달리고 있는
해연에게 불안은 늘 유령처럼 따라다닌다.

한편 영빈과 해연 사이에서 애매한 관계로 끼어 있는 히데코는 할머
니가 한국인인 재일동포로서 한국과 일본 그 사회에서도 뿌리내리지
못하고 겉도는 인물이다. 영빈은 히데코를 처음 만나면서 '기시감(既知
感)'을 느끼게 되는데 경계인으로서의 영빈의 내면은 히데코라는 인물
을 통해 다시 한 번 간접적으로 표현된다.

> 그녀와 눈이 마주친 순간 영빈은 숨이 멎는 느낌을 받았다. 어딘가 모르게
> 낯익은 느낌을 받았던 것이다. 실제로 만난 적이 있기 때문에 느껴지는 그
> 런 종류의 낯익음이 아니었다. 그것은 아주 먼 데서 희미하게 느껴져 오는
> 타인의 낯익음이었다. 이를테면 오랫동안 내면에서 갇혀 있다가 되살아난
> 누군가의 그림자 같은 것이었다.

윤대녕 작품에서 기시감은 매우 중요한 모티프로 작용한다. 김소원
은 비의적 존재의 탐색과정에서 시간의 순환적 고리를 나타내는 흔적
이 기시감이라고 지적한다. 마치 보르헤스(Jorge Luis Borges)가 끝없이 갈
라지는 시간의 미로에 천착했던 것처럼, 윤대녕은 기시감을 통해 현실
세계가 다른 가능세계들과 공존할 수 있다는 것을 보여주고자 한다.
시간의 복수성은 우리의 자아가 고정된 것이 아니라 끊임없이 변화하
는 것이라는 사실을, 더 나아가 우리 안에는 하나의 자아만 있는 것이
아니라 수많은 자아들이 내재하고 있는 가능성을 확인시켜준다. 존재
의 분산된 파편들은 현존재의 정체성의 불안을 드러내고 이러한 자아
의 혼란이 기시감으로 나타난다. 영빈, 해연, 히데코, 그리고 메구무에

이르기까지 네 사람은 각기 다른 인격이지만 어쩌면 영빈의 불안한 내면들, 그 분열된 자아들인지도 모르겠다.

영빈은 지루한 임무들, 나른한 일상으로부터 탈출하기 위해 글쓰기에 매달린다. 하지만 현실에서 그것은 그의 입지를 더욱 난처하게 만들게 되고 영빈의 직장 상사는 그런 영빈의 태도에 대해 '오만하다'고 비난한다. 세상과 소통하지 못하고 내면의 세계에 빠져 글쓰기에 매달리고 있는 점에서 영빈은 『태평광기』와 『산월기』에서의 이징의 모습과 닮아있다. 하지만 이징은 스스로 오만함에 빠져 자신을 고립시켰다면 영빈의 고독은 모든 현대인이 느낄 수밖에 없는 운명이자 내면의 실체인 것이다. 또한 이징의 글쓰기는 세상에 대한 욕망과 집착, 문인으로서 이름을 날리고 싶은 야심에서 비롯된 것이었지만 영빈에게 글쓰기는 시대의 사명감이나 명분을 위한 것이 아니다. 영빈에게 글쓰기란 자신의 내면에 있는 불안감, 그 실체를 파악하는 행위이며, 자기인식으로서, 삶의 반사로서의 글쓰기인 것이다.

이제 자신의 존재 의미가 되어버린 호랑이의 실체를 만나기 위해, 자신의 진정한 내면과 대화하기 위해 영빈은 깊은 불안과 권태를 거스르지 않고 자신을 내맡김으로써 본질적인 것을 귀담아 들으려고 한다. 유년 시절 이후로 잃어버린 꿈을 찾아, 무엇이든 다시 시작해 보고 싶은 열망에 휩싸여 내려간 제주도에서 영빈은 화석의 발자국을 만나게 된다. 작가는 2004년 2월 6일 남제주군 대정읍 상모리와 안덕면 사계리 해안가 일대에서 아시아 최초로 사람 발자국 화석이 발견된 사건을 삽입해 넣으면서 갱생과 부활의 성소로서의 상징성을 제주도라는 공간에 투영한다.

영빈은 신발과 양말을 벗고 족적을 따라 그대로 걸어 가보았다. 영빈은 키
에 비해 발이 작은 편이었다. 그런데 잠시 후 신기한 일이 벌어졌다. 방금 벗
어놓은 신발처럼 화석이 발에 딱 들어맞았다. …중략… 마치 오래 전에 잃
어버린 자신의 발자국을 되찾은 듯한 기분이었다. 발바닥은 차가웠지만
몸은 점점 따뜻하게 변하고 있었다. 그 열기가 맥박을 따라 몸 구석구석 활
기차게 퍼져나갔다. 마치 영원한 순간과 조우하고 있는 심정이었다. 더불어
영빈은 자신의 존재가 비롯된 최초의 지점으로 돌아와 있음을 느꼈다. 무
언가 막 다시 시작되려고 하는 태동의 절대 지점으로 말이다.

영빈은 자신의 영혼을 이끄는 호랑이를 죽이는 것이 아니라 살리기
위해 바다로 떠난다. 영빈의 불안은 광기에 대한 두려움에 떨거나, 부
조리한 현실에서 타협점을 찾지 못하고 고뇌하는 소극적 감정이 아니
다. 권태 속에서 느껴지는 불안이라는 감정은 찰나적 순간 인간이 스
스로 인간임을 느끼게 해 주는 사유의 계기가 된다. 그것은 바로 인간
성의 문제와 직결되는 것이며 새로운 인간성을 발견하도록 우리를 인
도해준다. 이 때문에 불안은 불쾌한 감정이 아니라 오히려 인간이 긍
정적 사유를 할 수 있게 하는 원동력이 된다. 윤대녕은 불안을 인간이
지니는 본질적 속성 뿐 아니라 시대적 정신으로 인식함으로써 사회의
관습에 대한 비판적 시각과 인간의 죽음, 영원성의 문제를 동시에 제
기한다.

4. '죽임'과 '죽음'의 경계에서 '삶'을 보다

그렇다면 이제 우리는 작자가 선문(禪問)처럼 내던진 "호랑이가 왜
바다로 갔나"라는 질문의 마지막 여정을 향해 가야한다. 내 안에 깃든

불안과 고독은 이리도 사나운 호랑이의 모습으로 나타나 내 영혼을 갉아먹고 있다. 그대로 두었다가는 언젠가 나의 모든 것을 삼켜버릴 수도 있는 이 호랑이의 분노를 어떻게 잠재우고 생명과 창조의 근원인 바다로 돌려보낼 것인가. 윤대녕은 전혀 어울리지 것 같지 않은 '호랑이'와 '바다'를 하나의 의미 속에 융합시키면서 우리의 호기심을 이끌어낸다. 작품은 영빈이 고등학교 동창인 산부인과 의사와 전화 통화를 하다가 "양수와 바닷물의 성분이 유사하다"는 사실을 우연히 알게 되는 것에서 시작된다.

> 바다를 이해하기 위해서는 많은 시간과 그에 따른 노동이 필요하다. 바다는 끊임없이 변화를 되풀이하기 때문이다. 거기엔 순환의 법칙이 존재하지만 그것만으로는 설명할 수 없는 불가해한 일들이 또 숨겨져 있다. 바다에 대해 알려줄 수 없냐고 어부들에게 물으면 그들은 대개 무표정한 얼굴로 고개를 가로젓는다. 얘기하고 싶지 않은 걸까? 아니면 질문이 잘못된 것일까. 글쎄, 모를 일이다.

생명의 근원, 모든 존재 가능성의 모태로서의 바다는 그간 윤대녕의 작품에서 종종 인간이 궁극적으로 회귀하고자 하는 시원의 공간을 상징하였다. 바다는 물체가 형성되기 전, 음과 양이 교역을 나누기 전의 '무(無)'의 상태이며 태고의 원형을 간직한 원시의 세계이다. 그 곳은 마치 어머니의 자궁처럼 아늑하고 영원한 안식을 얻을 수 있지만 어두운 무덤 혹은 동굴처럼 불안을 일으키기도 한다. 바다는 늘 위험스럽고 불가해한 일들이 일어나는 곳이기에 인간이 알 수 있는 것이란 "단지 바다에 고기가 산다는 것" 뿐이다. 순환의 법칙이 존재하는 바다의 시간은 직선으로 뻗어나가는 것이 아니라 돌고 또 돌아 죽음과 갱생을 실현하면서 나아간다. 죽음이기도 하면서 회복이고 부활이기도 한 바다는 현실의 공간에서 절망한 자들이 돌아가서 탈주를 꿈꾸는 장소이다.

영빈에게 제주도의 바다는 원초적 무의식, 정신의 심연이 된다. 영빈은 내면의 모든 욕망과 두려움, 불안을 태워버리기 위해 바다에 나가 낚시를 하기 시작한다. 바다로 나갈 때마다 영빈은 어제 잡은 것보다 큰 물고기, 또 그보다 더욱더 큰 물고기를 잡는 것에 집요하게 매달리게 되고 집착과 욕망의 환영에 시달리면서 더 깊은 바다로 향해 들어간다. 물고기에 대한 아집 때문에 실족해 빠져 죽을 뻔한 바다에서 영빈은 다시 호랑이를 보게 된다. 영빈의 마음 속에서 키워온 불안과 고독은 끝내 집착이라는 독이 되고 그것이 호랑이를 더욱 사납고 위협적인 모습으로 만들어내었다. 하지만 영빈은 낚시를 그만 둘 수 없다. 인간의 의식이 도달할 수 있는 극한, 그 한계 상황까지 가보지 않고서는 이 치열한 삶의 현장을 떠날 수 없기 때문이다.

영빈에게 '낚시'는 '상징적 죽임', 즉 난관(難關)을 통과해야 하는 일종의 제의의 과정과도 같다. 낚시 바늘에 걸려 고통스러워도 말없이 괴로워하는 물고기들의 모습에서 영빈은 '바다'라는 운명 속에서 살아가는 인간의 모습을 본다. 영빈이 더 큰 물고기에 집착하면서 살생의 행위를 거듭할수록 스스로 제물이 되어 자신을 죽이는 고통스러운 경험을 하게 된다. 가장 연약하고 순결한 생물 중 하나인 '물고기'를 죽이는 것은 새로운 생명의 시작, 절대적 순수를 나타내는 영아를 살해함으로써 유아적 순수성을 극복하고자 한 연금술적 죽음과 상통하는 면을 보여준다. 그 고통과 희생은 성숙을 향한 여정에 놓여있다.

영빈이 제주도에서 처음 감성돔을 잡아 요리하는 장면은 매우 흥미롭다. 물고기를 살해하는 부정(不淨)의 행위는 마치 '피'라는 성스러운 물질로 씻어내는 속죄 의식의 한 과정과도 같다.

> 해연이 알려준 대로 영빈은 과도를 이용해 아가미를 깊숙이 칼끝을 집어넣
> 었다. 그러자 감성돔이 도마에서 펄쩍 튀어오르며 싱크대 밑으로 떨어져내
> 렸다. 이윽고 사방으로 피가 튀었다. 영빈은 날뛰는 감성돔을 집어 도마에
> 다시 올려놓고 이번엔 반대편 아가미에 힘껏 칼을 찔러 넣었다. 회를 꼭 먹
> 겠다는 것도 아닌데 이래야만 하는 걸까.

이 장면은 샤먼의 입무(入巫)의식에서 '토막내기'라는 통과제의의 주
제를 연상시킨다. 통과제의에서 샤먼들은 인간의 몸을 토막쳐서 죽이
고 삶고 고아내는 제의적 살인을 행함으로써 모든 고통을 육신의 해
체와 함께 극복할 수 있다고 여겼다. 희생제의는 파괴를 통한 창조, 살
해를 통한 생존이라는 실존의 역설이 가장 첨예하게 드러나는 현장이
다. 거칠고 조야한 물질들에서 불순물과 더러움을 제거하여 금으로 변
성시키듯이 인간 역시 완성된 존재로 거듭나기 위해 먼저 '나'가 죽어
야한다. '창조'란 물리적인 살해, 봉헌된 것을 파괴함, 시련, 잔인함이
라는 희생과 고행을 통해서 얻어낼 수 있는 것이기 때문이다.

영빈은 물고기의 '작은 죽음'을 통해 진짜 죽음, 상실감, 차디찬 공
포를 체험하게 된다. 죽음에 대한 인식은 영빈에게 저 심연의 밑바닥
까지 내려가 볼 것을 요구한다. 인간은 온전한 존재를 되찾기 위해 자
신의 죽음을 깨달을 수밖에 없고 자신의 일부를 잘라내고 잃어버려서
삶이 산산이 찢어지는 내적 체험을 통해서만 비로소 완성의 경지에 도
달할 수 있다. 더 많은 파괴가 더 큰 성스러움을 불러오는 법이고 "'유
(有)'에 대한 집착을 버리고 공문(空門)으로 나가가기 위해서는 계속적
인 도살 행위, 계속적인 파괴가 뒤따르기 마련"이다. 작가는 평생 동안

제주도의 풍경을 찍다가 2005년에 작고한 사진작가 김영갑과 영빈을
대면시키면서 재생을 위한 은유적 죽임에 대해 이렇게 표현한다.

> "살생을 해야 득도합디다. 그렇게 무구한 목숨들을 밟아죽이고 나니 비로
> 소 생명이 아름답다는 걸 깨닫게 되더이다. 그 업 때문에 내가 이렇게 됐는
> 지는 모르겠지만 말입니다. 물고기 몇 마리 죽이는 게 뭐 그림 대숩니까. 사
> 람 마음에 상처를 주는 게 진짜 살생이지요."
> "……"
> "이참에 어디 물고기를 잡는 이유나 한 번 들어봅시다. 팔아서 돈 벌려고 하
> 는 건 아닐테고."
> "굶주림 때문이겠지요. 아귀 같은 굶주림 말입니다." (…중략…)
> "아마 살고 싶음 때문이겠지요. 자신을 죽여서라도 다시 살고 싶은 겁니다.
> 아닌가요?"

　하지만 영빈은 아무리 수없이 죽음의 잔치를 벌여도 자신의 영혼
이 아귀에 시달리고 있음을 깨닫고 진저리를 친다. 영빈은 마지막으로
전설의 물고기 돗돔을 잡으러 절명여로 떠난다. 절명여는 해연의 아
버지가 돗돔을 잡으러 떠났다가 죽은 곳이다. 영빈은 해연을 진심으
로 이해하기 위해 그 사람의 삶에서 가장 절망스러웠던 순간을 이해하
려 한다. 바다에서 외로움과 싸우다 홀연히 돌돔을 잡아든 순간, 영빈
은 바다 저 깊은 곳에서 울려나오는 호랑이 울음소리를 듣게 된다. 영
빈의 내면에 갇혀 몸부림치던 호랑이가 너무도 가까이 다가온 것이다.
영빈이 돌돔의 아가미에 칼을 들이댔을 때, 뒤에 호랑이가 서 있는 것
을 보게 된다. 영빈이 돌돔의 입에서 바늘을 빼어 조심스럽게 바다에
풀어주자 호랑이는 영빈을 물끄러미 지켜보다 몸을 돌려 바위 너머로
소리 없이 사라진다.

"그대, 바깥세상을 본 건 오늘이 처음이겠지. 그게 곧 죽음이라는 것도 알
고 있겠지. 떨고 있구나. 어쩌다 너는 물고기로 태어나 이 새벽에 난데없이
죽음의 순간을 맞이했는가. 돌아가거라. 돌아가 삶을 거듭하거라. 이제 나
는 더 이상 산 것을 죽이지 못한다."

해연에게 절망의 공간이었던 절명여에서 영빈은 인간의 삶에 대한
깨달음을 얻게 되고 그의 마음은 이제 '맺힘'에서 '풀림'으로 나아가게
된다. 이는 '죽임'을 통해 '죽음'을 극복하고 위대한 어머니 바다에서
생명의 가치를 깨닫게 되는 순간이다. 호랑이를 바다로 돌려보내고 마
음의 평정은 얻은 영빈은 해연과의 통화를 통해 해연의 임신 소식을
전해 듣는다. 온갖 시련을 겪은 영웅의 귀환처럼, 영빈은 사람들이 부
대끼며 살아가는 현실로 돌아와 '독'과도 같은 삶의 무게를 회피하지
않고 끌어안는다. 그리고 영빈은 글을 쓰기 시작한다. "사라져간 모든
날들의 꿈에 대해서, 치유되지 않는 고통에 대해서, 온갖 삶의 기대와
시대의 절망에 대해서, 그 때 만났다 헤어진 사람들에 대해서, 무고하
게 죽어간 이들에 대해서."

여기에서 영빈의 행적은 마치 상징적인 죽음을 통해 새로운 인격으
로 거듭난 샤먼의 내림과정을 연상시킨다. 끊임없이 생명을 죽이고 또
죽이는 살생의 제의는 갈등과 무질서, 폭력이 난무하는 카오스적 세
계, 혼돈의 시간을 재현한 난장 그 자체이다. 그 속에서 인간은 신과
혼연 일체가 되는 강렬한 황홀경(ecstasy)에 빠져들고 체험과 대상 사이
에서 하나됨(Oneness)을 의미하는 신비체험을 하게 된다. 카오스 상황
인 굿판은 성과 속, 가시 세계와 불가시 세계가 혼융하며 삶과 죽음,
인간과 초자연적인 것이 자유롭게 만날 수 있는 공간이다. 이로써 인
간은 일체성, 통합적 인식을 얻게 되고 이 세계는 조화와 융합을 상징

하는 원(圓)의 미학을 실현하게 된다. 죽음 뒤의 부활, 카오스 뒤의 창조적 질서의 회복은 인간의 숙명을 정화하는 하나의 정화의식이 되면서 그 속에 참여하는 사람으로 하여금 맺힘을 풀고 단절된 관계를 복원하며 부조화에서 조화를 회복하려는 의식으로 나아가게 한다.

농담의 미학,
그 한없이 가벼운 인생을 듣는 즐거움

성석제의 소설 「황만근은 이렇게 말했다」와 「조동관 약전」

송진영
수원대학교 중어중문학과 교수

1. 한없이 가벼운 인생 열전(列傳)

성석제는 우리 문학계에서 매우 독특한 작가로 평가된다. 90년대 이후 등장한 유려하고 세련된 문체를 구사하는 신세대 작가들이나, 문학적 진지함과 엄숙주의를 추구하는 전통적 의미의 작가들과 구별되는 자신만의 독특한 소설세계를 구축하고 있기 때문이다. 동시대 다른 작가들이 진지하게 우리 사회에 불어 닥친 시대적 변화를 추적하며 인생의 의미를 성찰하거나 과거 이념의 시대를 되돌아보는 일종의 후일담 문학에 열중한 것과는 달리, 성석제는 현실 세계에 대해 어떤 발언도 하지 않으며 심지어 그 거대한 소용돌이 옆에서 그저 비스듬히 비껴서 있는 듯하다. 외부세상의 변화에는 무관한 듯, 아니 달관한 듯 부조리하고 우스꽝스러운 사회에서 벌어지는 참을 수 없이 비루한 인

---

* 이 글은 『중국어문학지』에 게재되었던 「농담의 미학, 그 한없이 가벼운 인생을 듣는 즐거움: 성석제의 소설 「황만근은 이렇게 말했다」와 「조동관 약전」」(2007)을 수정한 것이다.

생을 능청스럽게 이야기할 뿐이다. 게다가 마치 시골할아버지가 들려
주는 듯한 그의 구수한 입담과 이야기 속에 등장하는 무언가 조금씩
모자라는 인물들의 기발한 행적은, 독자들로 하여금 소설을 읽는 것
이 아니라 누군가가 맛깔나게 부풀려 전하는 이웃동네의 사건을 듣고
있는 듯한 착각을 불러일으킨다.

그래서 지금까지 성석제 소설을 논하는 비평 대부분은 그의 문체가
갖는 구술성이나 민담적 서사방식 그리고 특유의 해학이나 풍자가 다
분히 전통적인 서사양식에서 기인함에 주목해 왔다. "서구와 동양의
고전형식을 자유롭게 실험하면서 허구의 공간을 조작"[1] 하고 있다거
나 "동아시아적 서사 전통의 내적인 연속을 보여준다"[2]는 평가가 모두
그러하다. 또한 판소리계 소설이나 야담(野談), 전기(傳記) 등 고전소설
의 서사양식 혹은 중국 무협소설적 요소[3]에 기반하고 있음을 지적하
며, 작품 속에 드러나는 반어와 풍자 그리고 아이러니 기법에 대해서
도 집중적인 분석을 한 바 있다.[4]

---

1) 고인환, 「1990년대 이후 서사의 자의식」, 『문학과 경계』 2005년 가을호, 문학과
  경계사, 진정석과 박기수는 그가 주로 전(傳)이나 행장(行狀) 등 고전서사양식
  을 차용하고 있음에 주목한 바 있고, 우찬제 역시 그의 소설이 근대 소설 이전
  의 야담이나 전(傳)류 등에서 출발함을 지적하며 "소설 이전의 온갖 잡동사니들
  에서 썩 괜찮은 에너지들을 모아 소설 이후의 이야기 세계로 성석제는 경쾌하게
  탈주한다"고 말한다. 자세한 것은 다음을 참조. 진정석, 「길 위의 소설, 소설의
  길」, 『창작과 비평』 2004년 여름호, 2004. 6, 박기수, 「즐거운 이야기, 이야기의 즐
  거움」, 『게릴라/관점21』 제5호(2000년 봄호), 2000. 3, 우찬제, 「농담 혹은 이야기
  의 즐거움」, 『문화예술평론』 259, 2001. 12.
2) 안남연, 「성석제 소설에 나타난 인물 유형 연구」, 『한국어문학연구』 제42집, 한국
  어문학연구학회, 2004. 2.
3) 염무웅, 「환멸의 경험과 잡종적 상상력」, 『창작과 비평』 2003년 봄호, 2003. 3.
4) 전흥남, 「김유정과 성석제의 거리—소설에 나타난 해학성을 중심으로」, 『한국언

이러한 기존의 연구는 성석제 소설에 나타난 형식적 특징과 전통적 서사양식과의 관계를 설명하고 있다는 점에서 중요한 의미를 갖는다. 그러나 그가 차용했거나 영향받았다고 간주되는 이른바, 전통적 서사의 본질이 과연 무엇인지, 어떤 내재적 서사특징을 계승하고 있는지에 대한 설명과 이해는 어딘가 충분해 보이지 않는 아쉬움이 있다. 대부분의 비평이 전통적 서사형식에 주목하고 있지만 이들 전통적 서사양식의 연원(淵源)이라고 할 수 있는 중국고전소설과의 관련성[5]에는 관심을 기울이고 있지 않기 때문이다. 또한 끊임없이 실험적이고 새로운 방식의 글쓰기가 유행하는 이 시대에 고집스럽게 전통적인 과거의 문체를 끄집어 낸 이유와 그 효과에 대해서도 보다 치밀한 분석이 필요할 것이다.

따라서 이 글은 전통적 서사방식의 차용과 현대적 변용이라는 시각에서 성석제 소설을 분석해 보고자 한다. 그의 많은 단편작품 가운데 가장 전통적인 서사양식 중의 하나인 인물전기(人物傳記) 형식을 취하고 있는 대표작「황만근은 이렇게 말했다」와「조동관 약전」을 중심으로 그의 소설이 갖는 재미와 서사적 특징에 대해서 탐색할 것이다.

어문학」제47집,『한국문화연구』제4집, 2001. 1.

5) 이 방면에 관한 선구적인 연구는 정재서에 의해 이루어진 바 있다. 그는 이문열 소설의 대중성이 전통성과 상관있음을 지적하고 전통소설론의 문법에 입각해 이문열의 작품을 재해석한 바 있다. 의고(擬古)적인 문체, 사전(史傳)이나 연의 (演義) 등 중국고전서사의 차용, 전통소설적 기법에서 도출한 각종 서사전략 등에 대해 분석했다. 보다 자세한 것은 다음을 참조. 정재서,「이문열『황제를 위하여』에 대한 전통소설론적 접근― 소설문법의 다원화를 향하여」,『중국소설논총』 제7집, 1998. 3.

2. 2000년대의 『박안경기(拍案驚奇)』[6]

성석제의 소설은 하나같이 기발해서 재미있다. 또한 그의 소설 속 주인공들은 주로 카바레의 전설적 춤선생, 소도시의 소문난 깡패, 시골마을의 바보 아저씨 등 우리 사회의 주변부 인물들이다. 무언가 녹녹치 않은 삶을 살아왔을 법한 그들의 인생유전을 감칠맛 나게 그려내고 있는 성석제의 소설은 일단 읽기 시작하면 손에서 놓을 수가 없고, 이야기의 기발함 때문에 저도 모르게 손뼉을 쳐 가며 배꼽을 잡게 된다. 어찌나 재미있든지 '책상을 칠 정도로 놀랍고 기발한 이야기'라는 서명이 붙여진 명대의 단편소설집 『박안경기(拍案驚奇)』가 연상될 정도이다. 민담을 듣는 것 같기도 하고 무협소설을 읽는 것 같은 느낌도 든다.

이는 작가 스스로 인터뷰에서 '재미없는 소설은 악덕'[7]이라고 표방했듯이 일단 소설은 재미있어야 한다는 그의 소설관에서 기인하며, 어릴 적부터 집안에 소장되어 있던 많은 전통소설과 무협지 등을 탐독했다는 그의 독서경험과도 무관하지 않은 것으로 보인다. 철저하게 이야기의 기발한 재미를 추구하는 성석제의 소설관은 '작고 하찮은 이야기'로부터 시작한 중국의 소설 개념에 가깝다.[8]

중국에서 소설이란 성인의 말씀을 담고 있는 경건하고 진지한 이야

---

6) 명말의 소설가 능몽초(凌濛初, 1584-1644)가 편찬한 의화본소설집(擬話本小說集) 『초각박안경기(初刻拍案驚奇)』와 『양각박안경기(兩刻拍案驚奇)』를 말한다. 중국 인들은 이 두 책을 '이박(二拍)'이라고 부른다.

7) 성석제, 박기수, 「그곳에서 어치구니들이 만났다」(인터뷰), 『게릴라』 2000년 봄호, 2000. 3.

8) 莊子: "飾小說以干縣令, 其於大達亦遠矣."

기가 아니라 길거리와 골목에 흘러 다니는 작고 하찮은 이야기에 불과했다.[9] 처음부터 성인의 말씀을 다룬 경전이나 사실을 기록하는 역사와 구별되었기 때문에 사람들은 소설을 신성하게 여기거나 존중하지 않았고 소설을 읽으며 진리나 교훈을 얻으리라 기대하지도 않았다. 어디까지나 읽는 즐거움과 살아가는데 필요한 약간의 지혜를 주면 그뿐이었다. 이런 이야기들은 기발하고 재미났기 때문에 사람들의 호응을 받았고 끊임없이 전해지고 기록될 수 있었다. 어디서든지 들을 수 있는 평범한 이야기는 사실 전해지지 않는 법이다.

그러한 의미에서 중국소설이 낯섦, 놀라움과 새로움 등에 기반한 '기(奇)'를 추구한 것은 매우 자연스러운 선택이었다. 그래서 존재 자체가 의심스러운 귀신의 출몰에 관한 이야기나 비범한 능력을 지녔거나 기괴한 행동을 일삼는 사람들 혹은 절로 웃음을 자아내는 다소 모자라고 어리석은 사람들에 관한 일화는 중국소설의 단골소재가 되었던 것이다.

또한 '기(奇)' 자체에 대한 논의도 위진남북조시대부터 명청시대에 이르기까지 끊임없이 이어졌는데, 시대에 따라 그 구체적인 양상은 다소 다르게 나타났다. 위진남북조시대에는 불교와 도교의 영향아래 귀신과 신선 등 이계(異界)에 대한 관심이 고조되면서 환상적이거나 괴이한 존재들의 이야기를 기록한 지괴소설(志怪小說)이 탄생했고, 사람들의 기이한 행적을 모아놓은 지인소설(志人小說)이 유행했다. 따라서 이 시기의 '기(奇)'는 '괴기(怪奇)'나 '환기(幻奇)'에 가까웠다고 할 수 있다. 이후 명청대에는 산문가와 희곡가들에 의해 '신기(新奇)'에 대한 논의

---

9) 桓譚: "小說家合殘叢小語, 近取譬喩, 以作短書, 治身理家, 有可觀之辭."

가 활발히 전개되었다.[10] 이는 송원대와 명청대에 현실사회 속 다양한
계층의 사람들의 일상생활을 배경으로 하는 화본소설(話本小說), 세정
소설(世情小說)과 희곡(戲曲) 등이 크게 유행하면서 이 시기의 작가들이
자신의 작품을 다른 작품들과 차별화하기 위해 더욱 새롭고 기발한
이야기를 만들어 내고자 노력했던 것과 무관하지 않다. 사실(史實)과
현실주의정신이 중시되던 중국문학에서 '기(奇)'는 주류가 아닌 주변문
화로서 정통의 '정(正)'이나 '아(雅)'와는 상대편에 위치하면서 때로는 전
통이나 기존체제에 대한 반발로, 때로는 주류에 대한 비판으로, 때로
는 개성의 표현으로, 때로는 한계에 대한 돌파구로 기능하며 긴 생명
력을 이어 왔던 것이다.[11] 이로써 보건대 이야기의 기발함이란 중국전
통소설에 면면히 흐르는 중요한 특성 중의 하나였음을 알 수 있다.

여기서 이야기의 기발함과 재기발랄함이 소설을 재미있게 만들고
있음에 주목할 필요가 있다. 이는 소설읽기의 즐거움 혹은 소설의 오
락성을 중시하는 입장과도 밀접한 관련이 있기 때문이다. 중국에서 소
설장르가 크게 유행하면서 그 문학적 지위가 전대미문으로 상승했던
명청시대에도 소설은 여전히 저급한 문학 장르로서 문단의 주류에 진
입하지 못했었다. 일부 작가들은 자신들의 소설 창작을 정당화하고
소설의 지위를 높이기 위해서 소설에도 계몽성과 공리성이 있음을 강
조하기도 했지만 일반 독자들에게 소설은 앞에서 언급했던 것처럼 성
인의 말씀이나 역사와 구별되는 오락성과 상업성이 강한 가장 대중적

---

10) 명대 공안파(公安派), 경릉파(竟陵派)의 기론(奇論)과 이어(李漁) 등의 신기론
   (新奇論)을 말한다. 자세한 것은 다음을 참조. 하경심, 「奇論의 이해―李漁의
   新奇論을 중심으로」, 『중국어문학논집』 제18호, 2001. 10.

11) 하경심, 앞의 글, p.307.

인 문학장르였기 때문이다. 흥미롭게도, 작품 대부분이 길이가 짧은 단편 혹은 엽편(葉片)인데다, 하찮은 주변부 인물들이 겪는 우여곡절을 이야기하며 서사 자체의 재미를 강조하는 성석제의 소설은 이러한 중국소설전통의 연속선상에 서 있는 것으로 보인다.[12]

기실, 이야기의 재미 혹은 기발함의 추구는 이야기를 읽는 즐거움을 담보한다. 성석제의 소설은 이야기의 재미를 극대화하기 위해 평범해 보이나 결코 평범하지 않은 인물을 선택해 끊임없이 궁금증을 유발하는 방식으로 진행된다. 끊임없이 "어떻게 된 것일까?", "그 다음은 어떻게 될까?"라는 물음이 이어지게 만들며 기발한 사건들을 연이어 늘어놓는다. 예를 들어, 「황만근은 이렇게 말했다」는 "황만근이 없어졌다"는 자못 선언적인 문장으로 시작하며 처음부터 독자들의 호기심을 자극한다. 그리고 작가는 "황만근이 누굴까?", "황만근은 왜 없어졌을까?"라는 독자들의 질문에 하나씩 대답하며, 그에 관한 알려지지 않았던 에피소드들을 소개한다. 독자들은 이야기가 전개될수록 그가 과연 바보인지 아니면 바보인척 하는 현자인지 헷갈리고, 토깨이 귀신하고 씨름을 해서 이긴 대가로 아내와 아들을 얻었다는 믿을 수 없는 전설에 이르면 황만근을 점차 미스테리한 인물로 받아들이게 된다. 그리고 그에 대한 궁금증이 극에 달했을 때, 어처구니없게도 그는 길에서 동사한 시체로 발견되고 한줌 재가 되어 마을로 돌아온다. 그리고 작가는 이제까지의 해학적 태도를 버리고 매우 진지하게 그의 일생을 추도하면서 소설은 황만근에 대한 묘비명(墓碑銘) 혹은 일종의 만가(輓歌)가 된다.

---

12) 물론 이러한 소설의 오락적 기능은 소설이 갖는 중요한 기능 중의 하나임에는 틀림없지만, 인생의 교훈과 진지한 인간성의 탐구를 지향하는 이들에게는 대중소설이라고 폄하되기도 한다.

「조동관 약전」의 경우도 「황만근은 이렇게 말했다」와 비슷한 구조를 갖고 있다. 소설은 모두(冒頭)에서부터 우리의 주인공 조동관이 평범하지 않은 인물임을 공언한다. 아니 원래는 평범한 인물이었으나 사람들에 의해 비범한 인물로 받아들여진 한 인물상을 제시함으로써 앞으로 전개될 이야기에 대한 기대에 부풀게 만든다. 동관으로 태어나 똥깐으로 불리며 마을의 개망나니로 다양한 활약을 펼치는 그의 인생살이가 아주 흥미롭게 펼쳐지는 동안 독자들은 그 누구도 이 인물이 위인이 되리라고는 상상하지 못한다. 그런데 소설의 끝부분에서 갑자기 비명횡사한 이 젊은이로 인해 은척의 치안이 잘 유지되고 동관 혹은 똥깐이라는 이름이 기려지는 사태에 직면해서는 놀라움을 금치 못하게 된다. 어처구니없는 죽음과 반전을 거듭하는 결말이 예상치 못한 방식으로 마무리되기 때문이다. 은척의 유명한 깡패가 한순간 위인으로 거듭나는 이 뜻밖의 결말이야말로 성석제 소설의 특징을 잘 드러내주고 있다. 작가의 표현을 그대로 빌자면, 그들은 바로 우리 주변에 살고 있는 어처구니들이었던 것이다.[13]

그러나 이런 주변부 인물의 한없이 가볍고 심지어 덧없기까지한 일생은 흥미롭고 재미있기는 하지만 도대체 그들의 삶을 통해 작가가 무엇을 이야기하고자 하는 것인지 단번에 명확히 파악되지는 않는다. 아니, 어쩌면 '하찮은 소설'의 형식으로 쓰여진, 이야기의 재미를 추구하는 소설에서 진지한 교훈을 찾으려는 시도 자체가 의미없는 일인지도 모른다. 그렇다고 해서 그의 소설이 아무런 생각 없이 되는대로 아무렇게나 쓰여진 것이라고 보기는 어렵다. 그래서 혹자는 짐짓 아무것

---

13) 성석제, 『그곳에는 어처구니들이 산다』, 서울: 민음사, 1994. 여기서 작가가 지칭하는 '어처구니'는 "상상 밖으로 큰 물건이나 사람을 이르는 말"이다.

도 아닌 듯 가벼운 인생을 통해 이 사회의 불합리성을 풍자하고 있는
것이라고 읽어내는데, 그는 그런 해석에 껄껄 웃으며 풍자는 없다고
말한다.[14]

　그러나 그의 이러한 부인이 오히려 무겁고 진지한 소설, 거창하게
무언가 주장하는 계몽적인 소설에 대한 반기로서 가볍고 즐거운 소설
을 이야기하고 있는 것으로 읽히는 것은 왜일까? 혹자는 그 가벼움에
불만을 제기하겠지만 모든 소설이 꼭 진지해야 할 필요가 있는 것은
아닐 것이다. 그는 한없이 가벼운 인생, 한없이 기발한 사건들을 늘어
놓으며 마치 이렇게 말하고 있는 듯하다. 이것도 인생이니, 내 이야기
를 그저 즐기라고, 싫으면 말구.

3. 설서인(說書人)의 다성적 구연

　성석제 소설의 재미는 변화무쌍한 줄거리와 흥미진진한 에피소드
뿐 아니라 전통적인 이야기꾼의 구수한 말을 듣는 듯 술술 읽히는 문
체에서도 기인한다. 그의 문장에는 이른바 구술성이 극대화되어 있는
셈인데, 어디선가 들었을법한 사소하고 아무것도 아닌 것 같은 작은
소재가 그의 입을 통하면 재미나고 맛깔난 이야기로 변주되어 나온다.
그래서 이영준의 말을 빌자면, 그는 내키는대로 이야기를 변주하는 다
성적 울림을 가진 구연가이다.[15]

　중국의 전통소설에는 이러한 구연전통이 강하게 남아있다. 떠들썩

---

14) 성석제, 박기수, 앞의 인터뷰.
15) 이영준, 「해설」, 『내 인생의 마지막 4.5초』, 서울: 강, 2003.

한 저잣거리의 공연장에서 사람들을 모아놓고 전문적으로 이야기를
하던 설서인(說書人)의 자질구레한 가담항설(街談巷說)에서 비롯되었기
에 이야기는 시종일관 구어체 말투로 진행된다.[16] 게다가 이야기의 전
개에 따라 주인공인 상인이나 하층민의 일상언어와 특유의 방언이 구
사되어 그들의 가치관과 사고가 반영된다. 성석제의 소설을 읽노라면
마치 과거로 돌아가 이러한 설서인의 이야기를 듣는 듯한 착각에 빠
지게 된다. 다시 말하면, 소설을 읽는 것이 아니라 듣는 경험을 하게
되는 것이다. 다음은 황만근의 실종이 처음으로 알려지면서 마을 사람
들이 이를 두고 벌이는 논쟁의 한 장면이다.

> "만그인지 반그인지 그 바보자석 하나 따문에 소 여물도 못하러 가고 이기
> 뭐라. 스무 바리나 되는 소가 한꺼분에 밥 굶는 기 중요한가. 바보자석 하
> 나가 어데 가서 술 처먹고 집에 안 오는 기 중요한가. 써그랄."
> 마을에서 연장자 축에 들고 가장 학식이 높아 해마다 한번씩 지내는 용왕
> 제에 축을 초하는 황재석씨가 받았다.
> "그래도 질래 있던 사람이 없어지마 필시 연유가 있는 기라. 사람이 바늘이
> 라, 모래라. 반그이, 아니다, 만그이가 여게서 사는 동안 한분도 밖에서 안
> 들오온 적이 없는데 말이라."
> "아이지요. 어르신. 가가 군대간다 캤을 때 여운지 토깨인지하고 밤새도 싸
> 우니라고 하루는 안 들어왔심다."[17]

그의 소설에는 이처럼 구수한 구어체 사투리로 진행되는 대화가 끊
임없이 이어진다. 그래서 독자들은 그의 소설을 읽다보면 시각적 독서

---

16) 여기서 설명하는 중국의 전통소설은 송대(宋代) 이후 구어체에 기반한 새로운 서
    면어인 백화(白話)를 사용해 창작된 소설, 즉 백화소설(白話小說)을 지칭한다.
17) 성석제, 「황만근은 이렇게 말했다」, 『황만근은 이렇게 말했다』, 서울: 창작과 비
    평사, 2004.

행위가 청각적 이해로 전환되는 경험을 하게 된다. 강한 일상성에 기
반한 성석제의 문체는 고문의 유창한 호흡 위에 현대문의 경쾌하고
발랄한 리듬까지 가미되어 고문투의 생경함이나 고리타분함이 느껴
지지 않는다. 게다가 방언 특유의 토속적인 감칠맛까지 더해져서 그의
문장은 전통적이면서도 현대적인 만담체로 읽혀지며 독자들에게 독
특한 즐거움을 선사한다. 이는 우리문학에 내려오던 구술전통을 잇고
있는 소리꾼의 문체라고 말할 수 있을 것이다.

월터 옹에 따르면, 구텐베르크의 인쇄술발명은 근대의 시작을 알렸
지만 이 때부터 입으로 말하고 음성을 듣는 청각우위의 시대에서 눈
으로 문자를 읽는 시각우위의 시대로 변모한다. 그런데 인쇄물을 읽는
행위가 보편화되면서 인간의 다른 감각활동이 억눌림을 당하게 되었
다는 그의 지적에 주목할 필요가 있다.[18] 따라서 문학작품에서 구술성
을 회복한다는 것은 사실 문자일변도로 진행된 근대화과정에서 소외
된 청각의 회복을 의미한다. 그런데, 이러한 서사방식은 청각과 시각
을 적극적으로 활용하는 현대 멀티미디어 시대의 서사에 더욱 적합한
것이 아닌가? 그런 의미에서 청각적 효과를 극대화시킨 전통적 구술
성에 입각한 글쓰기를 시도하고 있는 성석제는 과거로 되돌아가는 것
이 아니라, 어쩌면 이 시대가 요구하는 멀티미디어시대의 이야기꾼이

---

18) 월터 J. 옹, 「구술문화와 문자문화」, 서울: 문예출판사, 1995. 쿤데라가 현대 리
얼리즘 소설의 문제점으로 화자와 청중의 괴리를 지적하고 르네상스시대에 존
재했던 이야기꾼의 전통과 18세기까지 작가들이 독자와 이야기하듯 글을 썼던
사실을 상기시킨 것은 위에서 언급한 월터 옹의 관점을 또 다른 방식으로 설명
한 것일 것이다. 정재서는 쿤데라가 중시한 이 이야기꾼의 목소리와 이문열의
설화인적 기법을 관련시켜 리얼리즘 소설의 문제점을 극복할 수 있는 하나의 가
능성으로 거론한 바 있다. 자세한 것은 다음을 참조. 정재서, 앞의 글.

탄생했음을 보여주고 있다고도 말할 수 있을 것이다.

이처럼 강한 구술성을 기반으로 구술되는 소설은 일단 역동적이고 재미있다는 특징을 지닌다. 그래서 박기수는 이러한 구술성이 작품 속에서 말을 끊임없이 움직이게 만들고, 그 움직임이 객관적이라는 이름으로 결박하고 있는 모든 것들을 풀어주고 그를 통한 즐거움 확보하기 위한 것이라고 말한다.[19]

또한 구술성은 화자와 청자를 일체화 시키는 데에도 효과적이다. 강력한 동화력으로 친밀감을 형성함으로써 독자로 하여금 이야기 자체에 쉽게 몰입하게 만들 수 있다. 작자의 의도대로 독자들은 희로애락을 함께 느끼며 즐거워할 수 있는 것이다.

그러나 설서인이 구술하는 방식은 사실 구술이라는 특성상 복잡한 사건과 인물관계를 면밀하게 묘사하는 데에는 그다지 적합하지 않다. 성석제 소설의 상당수가 신변잡기식 짧은 이야기, 그것도 한 인물의 인생유전 형식 즉 '전(傳)'의 형식을 차용하고 있는 것은 이와 무관하지 않은듯 하다. 왜냐하면 전은 짧은 분량에 한 인간의 파란만장한 생애를 집약적으로 제시함으로써 효과의 집약과 속도감을 성취[20]하는데 유리한 매우 통속적인 서사양식이기 때문이다.

본래 '전'이란 역사적으로 기억할만한 위대한 업적을 남긴 사람들의 일생을 기록하는 것이었다. 역사산문에게서 직접적 영향을 받은 중국 소설은 이 '전'의 형식을 빌어 가상의 인물을 마치 실존하는 인물인양 이야기를 꾸며내곤 했다. 그리고 사가(史家)의 필체를 빌어 매우 진지하게 주인공의 삶을 총괄하고 평가하는 형식을 취했다.

---

19) 박기수, 「즐거운 이야기 이야기의 즐거움」, 『게릴라』 2000년 봄호.

20) 전흥남, 앞의 글.

성석제 역시「황만근은 이렇게 말했다」에서 황만근의 허망한 일생을 서술한 후 마지막에 가서 그를 이렇게 평가한다.

> "어느 누구도 알아주지 아니하고 감탄하지 않는 삶이었지만 선생은 깊고 그윽한 경지를 이루었다. 보라. 남의 비웃음을 받으며 살면서도 비루하지 아니하고 홀로 할 바를 이루어 초지를 일관하니 이 어찌 하늘이 낸 사람이라 아니할 수 있겠는가. 이 어찌 하늘이 내고 땅이 일으켜 세운 사람이 아니랴."[21]

가히 파격적이라 할만하다. 죽은 자에 대한 예우임을 고려할 지라도 어쩌면 작가는 화자의 입을 통해 황만근이 바보로 기억되기를 바라지 않으며, 그의 일생을 통해 삶의 소중한 가치를 확인받고 싶다는 바람을 드러내고 있는 것은 아닌가?「조동관 약전」또한「황만근은 이렇게 말했다」와 마찬가지로 마지막 부분에 작가가 왜 이 전을 쓰게 되었는지가 밝혀진다.

> "똥깐의 이야기는 사람들의 기억 속에서 달구어지고 이야기 속에서 다듬어져 마침내 그의 짧고 치열한 일생이 전(傳)으로 남기에 이른다. 이름하여 조동관 약전이다."[22]

물론, 위의 말은 전이라는 양식에 등장하는 지극히 상투적인 어구이기는 하지만 작가가 소설 속 인물들에 대해 본질적으로 적대감을 가지고 있지 않으며 오히려 호의의 감정을 갖고 있음을 보여준다. 그리고 이러한 장치들은 독자들에게도 부지불식간에 동화의 감정을 느

21) 성석제,「황만근은 이렇게 말했다」, 앞의 책.
22) 성석제,「조동관 약전」,『조동관 약전』, 서울: 도서출판 강, 2005.

끼게 만들고 있다.

이처럼 성석제의 소설에 보이는 강한 구술성은 전기(傳記)와 같은 전통적인 서사양식 속에서 극대화되었고 다른 소설들과 구별되는 색다른 즐거움을 독자들에게 선사하고 있는 것이 사실이다. 읽는 즐거움, 더 정확하게는 듣는 즐거움을 제공하는 그의 소설에 대해 구연 전통을 계승하고 있는 동아시아 서사의 계보를 현대적으로 완성하고 있다는 평가가 가능할 것이다.

4. 검은 농담의 미학

성석제의 소설은 가볍고 경쾌하다. 그렇다고 무겁고 진지한 이야기를 하지 않는 것은 아니다. 아니, 무겁고 진지한 이야기일수록 그는 시치미를 떼고 농담하듯 이야기를 풀어 가기에 덧없는 거짓말이나 넌센스처럼 들리기도 한다. 그래서 혹자는 성석제가 넌센스를 이야기하는 이유로, 우리가 살아가는 일상이 넌센스이기 때문이라고 지적하기도 한다. 작가가 말하고 있는 민담과 우화, 전설과 동화 등의 세계가 가상현실이며 우리가 일컫는 '실제현실'라는 것은 그렇게 해서 발견된 가상현실의 불충분한 실현 정도로 이해하는 것이 가능하다는 것이다.[23]

기실 농담이란 바로 말하려는 것을 말하지 않음으로써 말하는[24] 형식을 취한다. 그래서 농담의 본질은 사실 글자 이면에 자리 잡고 있다.

---

23) 김경수, 『소설, 농담, 사다리』, 서울: 역락, 2001, p.24.
24) 프로이트, 『농담과 무의식의 관계』, 서울: 열린책들, 1999, p.18. 농담의 간결성에 대한 립스의 설명.

프로이트는 농담—행위가 듣는 사람에게 쾌락을 불러일으키려는 목표를 가지기 때문에 그것을 결코 목적이나 목표가 없는 행위라고 불러서는 안된다고[25] 강조한 바 있다. 그렇다면 농담의 형식을 취하고 있는 성석제의 소설이 경쾌하고 독자들에게 가벼운 즐거움을 주는 것은 처음부터 의도된 것이라고 볼 수 있다.

그런데, 농담처럼 진행되는 그의 소설이 사실은 진지한 삶을 다루고 있다는 점이야말로 문제적이다. 그에게 농담은 삶 자체에 대한 조롱이 아니라 '진담'을 자부하는 권력지향적 담론에 대한 야유[26]이기 때문이다. 그래서 역설적으로 그의 소설은 결코 전통적 의미의 '작고 하찮은 소설'이 아니라, 그 작고 하찮은 일상을 뛰어넘는 의미심장한 담론을 형성하고 있는 것이다.

작가는 농담의 외피를 입고 웃으며 삶을 희화하고 있지만 이는 이오네스코의 말처럼 웃음이 비극을 강화하는 것에 다름 아니다. 그래서 「황만근은 이렇게 말했다」와 「조동관 약전」의 주인공인 황만근과 조동관은 일면 바보스럽고 한심하기 짝이 없는 인물들이지만, 소설은 그들의 삶을 시종일관 웃음과 해학으로 묘사해서 작가의 비판의식과 조롱을 한 층 더 잘 드러내고 있다.

그리고 이와 같이 경쾌한 문체는 삶의 반어적 현실을 극적으로 보여주기 위해 고안된 일종의 장치로 기능한다. 지극히 불우한 삶의 장면들과 발랄한 어투가 부딪히며 만들어내는 효과와, 대상을 묘사함에 있어 시치미를 떼고 너스레를 떠는 문체들, 그리고 위트의 미학은 세상의 불합리와 관념과 현실의 불일치를 날카롭게 간파하는 지적 언어

25) 프로이트, 앞의 책, p.129.

26) 이광호, 「서사는 가끔 탈주를 꿈꾼다」, 『조동관 약전』, 서울: 도서출판 강, 2005.

능력의 소산인 것이다.[27]

또한 성석제의 해학적 풍자는 그가 그리는 인물을 날카롭게 비난하기 위해서가 아니라 오히려 동정하기 위한, 그들을 연민어린 시선으로 부드럽게 감싸기 위한 수법으로 기능한다. 따라서 그의 언어는 적대적이거나 공격적이지 않고 오히려 동정적이다.[28] 비천한 인물을 더욱 비천하게 드러내는 과장과 희화화 과정에서 이러한 성석제식 풍자는 더욱 빛이 난다.

「황만근은 이렇게 말했다」는 마을에서 바보로 불렸던 황만근과 관련된 에피소드들이 하나씩 드러나지만 화자는 그의 행동 뒤편에 숨겨져 있는 진실을 찾아간다. 그런데, 재미있는 점은 황만근을 어릴 적부터 보아온 마을 사람들 눈에는 그가 바보로 밖에 보이지 않지만, 마을에 들어온지 몇 년 되지 않아 황만근에 대한 편견이 없는 민씨의 눈에는 그의 인간미와 현명함이 보인다는 것이다. 그래서 이야기는 바보 황만근의 일대기로 전개되는듯하다가 결국 민씨에 의해 다시 구성된 현자 황만근의 일대기로 바뀐다. 남의 말을 곧이곧대로 믿으며 군소리없이 잘 도와주는 바보스러움은 성실하고 착한 마을 일꾼의 성품이 되고, 가족에 대한 무조건적 순종은 그가 효자이자 자애로운 아버지이기 때문이다. 세상일 어떤 것에도 욕심을 부리지 않았기에 마을 사람들, 심지어 어린애들조차 그에게 공평한 심판자의 역할을 기대한다. 그리고 작가는 바보 황만근의 말 한 마디 한 마디를 삶에 대한 깊은 통찰력에서 우러난 진리로 해석하는 민씨의 생각을 친절하게 보여준다.

---

27) 전흥남, 앞의 글.

28) 방민호, 「성석제 소설에 나타난 한국 소설의 두 전통」, 『서평문화』 제47집(2002
    년 가을), 2002.

"농사꾼은 빚을 지마 안된다 카이."

(한번 빚을 지면 그 빚을 갚으려고 무리하게 일을 벌인다. 동네 곳곳에 텅 빈 우사(牛舍), 마른똥만 뒹구는 축사, 잡초만 무성한 비닐하우스를 보라. 농어민 복지, 소득향상, 생활개선? 다 좋다. 그걸 제 돈으로 해야 한다. 제 돈으로 하지 않으면 노름이나 다를 바 없다. 빚은 만근산의 눈덩이, 처마의 고드름처럼 자꾸 커진다.)

...(중략)

"지 입에 들어갈 양석(양식), 곡석을 짓는 사람이 그 고마운 곡석, 양석한테 장난치겠나, 저도 남도 해로운 농약 뿌리고 비싸고 나쁜 비료 쳐서 보기만 좋은 열매를 뺏으마 그마이가?"

(모두 빚을 갚기 위해 그러는 것이다. 그러므로 빚을 제 주머니에서 아들 용돈 주듯이 내주는 사람, 기관은 다 농사꾼을 나쁘게 만든다. 정책자금, 선심자금, 농어촌구조 개선자금, 주택 개량자금, 무슨무슨 자금 해서 빌려줄 때는 인심좋게 빌려주는 척하더니 이제 와서 그 자금이 상환능력도 없는 사람들을 파산지경으로 몰아넣고 있다. 이제 와서 그 빚을 못 갚겠다고 하는데 거기에는 충분한 이유가 있다.)

괄호 안의 인용문은 민씨가 황만근의 짤막한 발언 몇 가지를 기억하며 그 말이 나오게 된 배경과 사회적 의미를 분석하고 해석하는 장면인데, 사실 작가 성석제의 사회현실에 대한 풍자와 비판이 직접적으로 드러나는 부분이기도 하다. 민씨를 도시에서 낙향한 귀농인으로 설정한 것이나 황만근이 참가했던 시위가 바로 농가부채탕감 농민궐기대회였다는 점은 작가가 농촌의 현실을 심각하게 문제시하고 있음을 보여준다.

경운기를 타고 시위에 참가하라는 마을의 방침에 따라 곧이곧대로 경운기를 끌고 나갔던 황만근은 사고를 당하고, 경운기를 몰고 가지 않고 양복입고 자가용을 타고 갔던 다른 마을사람들은 모두 무사히 돌아 온 일화를 통해 작가는 순박한 황만근과 표리부동한 마을사람들을 대비시킨다. 작가는 원칙이 지켜지지 않는 사회, 원칙을 지키는 사람은 바보가 될 수 밖에 없는 사회현실에 조용히 일침을 가하며, 황만근이 우직하게 지키고 있던 가치들을 도시인들이 어느새 잃어버린 순수함으로 표상하고 있는 것이다.

「조동관 약전」은 「황만근은 이렇게 말했다」에 비해 좀 더 노골적이다. '똥깐'으로 불린 한 깡패의 일생을 통해 한 사회가 어떻게 어이없이 한 인물을 죽음으로 몰고 갔는지 기성세대의 위선과 권위의식, 가식과 허위의식 등을 낱낱이 풍자한다. 조동관이란 멀쩡한 이름이 있음에도 그는 세상의 모든 더러움과 그 더러움의 배설기관을 상징하는 '똥깐'으로 불린다. 바흐찐에 의하면 똥이나 오줌의 이미지들은 다른 모든 물질 즉 육체적 하부의 이미지들처럼 양면가치적이다. 이러한 이미지들은 격하시키고 죽이며, 동시에 출산하고 재생시킨다. 축복하면서 동시에 격하시키는 것이다. 동시에 이러한 이미지들은 웃음과 서로 불가분하게 교착되어 있다. 오줌과 똥의 이미지 속에 나타난 죽음과 출생은 그 쾌활하고 익살맞은 양상 속에서 제시된다. 그래서 배설물은 무엇보다도 익살맞은 물질이자 또 육체적인 것이라고 말할 수 있다.[29] 성석제는 이러한 똥의 이미지를 동관에게 교묘하게 적용한다. 똥깐은 지저분하지만 사회에 똥깐이 없다면 세상이 온통 똥깐이 되어버린다. 그 순간 똥깐은 필수불가결한 존재이자 필요악이 되는 것이다.

그래서 은척에서 조동관은 이 도시가 낳은 최고의 골칫덩이이자 무익한 존재, 그야말로 죽어 없어져도 누구하나 아쉬워하지 않을 존재이

---

29) 바흐찐, 『프랑수아 라플레의 작품과 중세 및 르네상스의 민중문화』, 서울: 아카넷, 2001, p.236.

지만 그가 아무런 소동을 일으키지 않는 세상은 재미가 없다. 황만근이 있으나마나한 존재였으나 그가 부재한지 하루 만에 모든 사람들이 그의 부재를 알아차리고 아쉬워하는, 없어서 안되는 존재였던 것과 마찬가지로, 똥깐의 난동이 있어야 도시는 활기를 띄며 사람들은 비로소 살아 있음을 느끼는 것이다.

게다가 그는 이 사회의 힘과 권위를 상징하는 남성성을 상징하는 또 다른 일면이기도 하다. 즉, 우리 사회에 부여된 공권력과 기존 도덕에 부합하는 남성성의 어두운 뒷면이었던 것이다. 그가 쌍둥이로 설정된 것 또한 따라서 단순한 우연으로 보기 어렵다.

그러나 동전의 양면은 공존할 수 밖에 없는 것이지만 두 세력간 힘의 균형이 깨어지면 이 공존이 불가능해진다. 이 도시의 공인된 깡패이지만 암묵적으로 공동체의 일원으로 받아들여졌던 그가 사회질서를 깨뜨리는 해악으로 간주된 것은 새로 부임하는 외지인 서장에 의해서였다. 동관에게 굴욕을 당한 서장이 똥깐소탕작전을 대대적으로 요란하게 집행하면서 산 속으로 도망간 동관은 몇일 밤낮을 대치하다가 먹지도 못하고 얼어죽고 만다. 개망나니 똥깐이는 늘 하던대로 힘 좀 썼을 뿐인데, 공권력은 그를 막다른 골목으로 몰아 죽음으로 몰아버렸다는 점에서 문제적이다. 그리고 사회질서 유지의 해악으로 판결받은 그가 죽자 오히려 도시는 여기저기에 그의 이름을 붙이며 기억하기 시작하고 결국에는 그를 신화적 존재로 만들어 버린다.

이러한 아이러니컬한 상황을 통해 똥깐은 죽은 후에도, 없어서는 안되는 똥깐이 된다. 이 기막힌 언어유희가 생성하는 풍자적 웃음은 사실 진실을 가로막는 위선, 기만, 가장의 두터운 벽을 허물어뜨리는 무기에 다름 아니다. 그러나 이 웃음 자체가 진실을 말하지는 않는다.

성석제는 기회있을 때마다 자신이 풍자를 의도하지는 않는다고 말한다. 그러나 독자들은 성석제의 소설을 읽으면서 풍자의 세계에 도달하게 된다. 그리고 그의 풍자는 독자들에게 웃으면서 말한다 ― 눈 있는 자들이여, 눈을 뜨고 보라고.[30]

이쯤되면 성석제가 소설의 주인공들로서 폼나는 인생이 아닌, 바보스럽게 우직한 농부, 소도시의 깡패, 아니면 밤무대의 춤선생을 선택하고, 그들의 삶을 진지하고 존경스럽게 입신출세담으로 만들지 않고 마치 그들의 삶을 조롱하는 듯 늘어놓는 것은 사실 다분히 의도적이라고 할 수 있다. 주변적 존재들을 즐겨 다룸으로써 그는 이 사회의 규범적 질서와 도덕적 관행에 대한 의문을 제기하며 이 사회의 권위에 저항하고 있는 것이다.

사실 바보나 우스꽝스러운 인물을 통한 풍자는 과거의 많은 소설가들도 즐겨 사용했던 방식이다. 일찍이 세르반테스는 좌충우돌하는 광기와 망상에 사로잡힌 돈키호테를 통해 불합리한 중세를 풍자한 바 있다. 노신(魯迅) 또한 『아Q정전』에서 자신의 이름조차 제대로 기억하지 못하는, 어디서나 있을법한 모자라고 바보스런 인물을 전형적인 중국인으로 형상화했고, 그의 일생을 조롱하고 희화화함으로써 중국인이 갖고 있는 비열한 국민성을 비판하고자 했다. 그래서 독자들은 『아Q정전』을 읽으면서 강자에게 약하고 약자에게 강하며, 현실을 직시하지 못하고 끊임없이 자신의 실수와 부족함을 합리화하는 아Q의 모습을 제 3자의 입장에서 객관적으로 바라보는 경험을 하게 되는 것이다. 그리고 어느새 자신에게도 아Q와 같은 면이 숨겨져 있음을 깨닫고 전

---

30) 위 문장은 라블레의 풍자에 대한 설명에서 힌트를 얻어 고쳐 쓴 것임을 밝혀둔다. 이환, 『프랑스 근대 여명기의 거인들』, 서울: 서울대학교출판부, 1997, p.154.

율한다. 세르반테스나 노신은 모두 보통사람보다도 못한 인물을 선택
해서 현실의 불합리성이나 보통의 인간들이 갖고 있는 취약함을 공격
하는 방식을 선택한 것인데, 성석제 역시 황만근과 조동관이라는 바보
스럽거나 사회악에 가까운 하찮은 인물을 선택해서 우리 사회의 통념
과 질서에 대한 의문을 제기한 것이라고 할 수 있겠다.

　따라서 성석제가 보잘 것 없는 인물들의 하찮은 이야기나 신변잡기
식 작은 담론에 치중하는 것 역시 소설의 가치를 폄하하거나 그저 웃
고 즐기기 위해서가 아님이 드러난다. 너무나 하찮아서 그저 농담 정
도로 웃어 넘길만한 이야기들을 통해서 진지함과 엄숙함으로 포장된
도덕주의나 이념중심적인 기존의 담론을 비웃고 있는 것이다. 그래서
그의 소설은 역설적이고 동시에 전복적이다. 이는 전통사회에서 주변
장르였던 소설이 처음부터 저항적 담론의 성격을 어느 정도 내재하고
있었던 것과 관련이 있다. 허구를 이단시하는 유교사회에서 소설은 불
온하고 위험했다. 그래서 소설은 처음부터 끝까지 귀족들이 향유하는
정통문학의 반열에 오르지 못했으며 중하층 시민들의 오락거리로 여겨
졌던 것이다. 성석제는 바로 이러한 전통소설의 저항성을 잘 간파하고
있는 작가이자, 이를 현대적으로 계승하고 있는 작가라고 볼 수 있다.

　성석제가 굳이 과거 전통소설의 문체를 차용하고 구연가들의 입담
을 빌어 이야기를 만들어내는 이유 역시 여기에 있는지 모른다. 생활
에 기반한 구술문학의 역동성과 민중의 저항성에 기초한 이야기성을
지향하는 그의 소설은 이 시대가 소설에 요구하는 경향과 놀랍게도
일치하기 때문이다.

　오늘날 우리들의 관심 범주는 사회에서 개인의 내면으로, 이념에서
개체적 욕망으로, 정치나 경제에서 영성(靈性)으로, 서양에서 동양으로,

문명적인 것에서 자연 혹은 우주적인 것으로 이동해가고 있다.[31] 포스트모더니즘의 등장으로 전통적이고 관습적인 사실주의적 내러티브에 대한 불만과 불신이 고조되어 새로운 형태의 소설들이 선보이고 있는 것도 사실이다. 인터넷의 발달로 이른바 디지털문학의 범람 속에서 작가들은 기존 소설양식에 대해서 회의하며 실험적인 소설을 선보이고 있다. 리얼리티 이전에 언어가 존재하고 언어의 운용이 일종의 게임과 다름없다는 인식으로부터 추리소설이라든가 환상소설이 각광을 받고 있기도 하다. 또한 현실이 '이야기'에 앞서는 것이 아니라 이야기가 현실을 만들어 낸다는 김영하의 생각 역시 이른바 리얼리티(현실)에 대한 새로운 세대의 인식을 단적으로 보여준다.[32]

전자매체와의 경쟁, 관습적인 소설양식의 고갈, 그리고 가변적이고 불가시적인 리얼리티의 재현 불가능성으로 인해 '작가의 벽'에 부딪친 오늘날의 스토리텔러들은 새로운 상상력과 새로운 가능성을 찾아 다시 문학의 근원으로 되돌아갔는데[33] 바로 이 지점에 고전을 차용한 혹은 패러디하는 성석제 소설이 위치하며, 그의 소설세계가 갖는 시대적 의미가 있다고 하겠다.

5. 멀티미디어시대의 새로운 이야기꾼을 고대하며

많은 비평가들은 성석제의 소설이 전통적 서사양식을 차용하고 있다는 점에 주목해 왔다. 기실, 주변부 인물들의 한없이 가벼운 인생을

---

31) 김용호, 「신문명과 영성」, 『대화』 1995년 겨울호(통권 7호).
32) 김경수, 앞의 글, p.13.
33) 김욱동, 「환상적 상상력과 소설」, 『상상』 1995년 가을호, p.43.

들려주는 그의 소설은 '작고 하찮은 이야기'와 거리에 전하는 기발한
이야기의 기록에서 기원하는 중국소설전통에 근접해 있었다.

그의 소설은 이야기 자체의 재미와 기발함을 추구하는데, 일견 평범
한듯하나 결코 평범하지 않는 어처구니들의 삶이 주는 놀라움과 재미
를 보여준다. 이러한 이야기의 가벼움과 재미는 성석제만의 특징을 구
축하게 했음은 분명하지만 동시에 그의 소설이 갖는 문학성을 의심받
게 만들기도 한다. '재미'와 '문학성'을 분리해서 판단하는 이원화된 독
서시장과 이중적인 독서시장에서 합당한 평가를 얻는 것이 어려울 수
있기 때문이다.[34] 따라서 성석제에게는 그가 시종일관 추구하는 이야
기의 재미를 유지하면서도 통속성으로 경도되지 않고 문학성을 담보
하기 위해 가파른 줄타기를 해야 하는 과제가 남아 있다.

한편, 강한 일상성과 구술성에 기반한 성석제의 문체는 고문의 유
려한 호흡 위에 현대문의 경쾌하고 발랄한 리듬, 방언 특유의 토속적
인 감칠맛까지 결합되어 전통적이면서도 현대적인 만담체로 읽혀진
다. 이는 동아시아 전통문학에 내려오던 구연전통을 잇고 있는 이야기
꾼의 문체라고 말할 수 있을 테인데, 문자일변도로 진행된 근대화과
정에서 소외된 청각의 회복을 의미하기도 한다. 그리하여 그의 이러한
고전적 문체는 청각과 시각을 적극적으로 활용하는 현대 멀티미디어
시대에 적합한 새로운 스타일의 이야기꾼이 구사하는 개성적인 문체
로 간주할 수 있을 것이다.

복선에 해당하는 한 문장을 놓치면 전체 소설의 흐름을 파악하기
어렵거나 여러번 곱씹어 읽어 다의적인 뜻을 파악해야 하는 소설들과

34) 이광호, 앞의 글.

는 달리, 성석제의 소설은 아무 생각 없이 편하게 읽을 수 있다. 동화책을 읽어주듯이 어린아이들에게 들려주어도 그 의미를 전달하는데 아무 문제가 없을 정도이다. 그런데 이처럼 쉽게 쓰여진 것처럼 보이는 성석제 소설에 담긴 주제는 그리 단순하지 않다. 시치미를 떼고 너스레를 떠는 듯한 그 이야기 뒤로는 삶의 비정함이나 불합리한 세계를 해학적이고 희화하는 방식으로 날카롭게 비판하던 전통적인 해학과 풍자의 서사기법을 차용하고 있다. 게다가 무겁고 진지한 이야기일수록 그는 시치미를 떼고 농담하듯 이야기를 풀어 가기에 덧없는 거짓말이나 넌센스처럼 들리기도 한다. 그러나 그의 농담은 도덕적 엄숙주의나 권력지향적 담론에 대한 의도된 야유이기에, 그의 소설은 역설적이고 동시에 전복적이다.

그러므로 성석제의 소설은 가변적이고 불가시적인 리얼리티의 재현 불가능성을 극복하기 위해 새로운 상상력과 새로운 가능성을 찾아 나선 문학가들의 일련의 시도와 동일한 문제의식에서 출발한 것이라고 볼 수 있다. 바로 고전적 서사전통을 차용해 새로운 가능성을 시도한 것인데, 이는 90년대 이후 등장한 유려하고 세련된 문체를 구사하는 신세대 작가, 문학적 진지함과 엄숙주의를 추구하는 전통적 의미의 작가들이나 과거 이념의 시대를 되돌아보는 일종의 후일담 문학에 열중하는 동시대 작가들과 구별되는 성석제만의 독특한 소설세계를 구축하게 만들었다. 다만 그가 자신이 구축한 지금의 작품세계에 만족하지 않고 끊임없이 또 다른 고전서사양식을 발굴해 변형시키면서 새로운 스타일을 창조해 낼 수 있기를 자못 기대하는 바이다.

이물(異物) 기록의 정치학

지괴(志怪)의 독법(讀法)과 김탁환의 『부여현감귀신체포기』

최진아

이화여자대학교 중어중문학과 강사

1. 이물(異物)의 기록과 즐거움

인간과는 다른 그 무엇인 이물(異物)에 대한 호기심은 일종의 두려움을 수반한다. 그런데 그 두려움은 저 멀리로 배척하고 싶은 공포와는 좀 성격이 다르다. 그것은 무서우면서도 슬며시 다가가고 싶고 도대체 무엇인지 모르기 때문에 너무나도 궁금하다. 만일 그 이물의 실체를 알게만 된다면 그리고 그 이물이 가진 능력이 무엇인지를 파악한다면 아무것도 두렵지 않을 것 같다. 게다가 그 이물에 대한 특기사항을 조목조목 적어 놓기까지 한다면 그리고 적은 것을 가까이 지니고 읽고 또 읽는다면 참으로 재미있고도 든든하기까지 한 일이 될 것이다.

바로 이러한 이물을 기록한 서사가 지괴(志怪)이다. 지괴는 실체를 몰라 두려우면서도 알고 싶어 궁금한 존재를 기록의 대상으로 한다. 여기에서 그 이물이 실존하는지 아닌지를 오감을 동원하여 굳이 증명할 필요는 없다. 인간이 이물의 존재를 의식한다는 것 자체가 이미 실

---

* 이 글은 『중어중문학』에 게재되었던 「異物 기록의 정치학: 志怪의 독법과 김탁환의 부여현감귀신체포기」(2010)를 수정한 것이다.

존이다. 그것이 현실 세계에서 존재하건 환상 세계에 존재하건 간에 말이다. 인간은 지괴라는 이물 기록을 보유하였기에 이물이 속한 바깥 세계에 대한 힘을 가지게 된다. 그리고 이물의 기록은 상당히 비합리적인 방식으로 전개되기에 읽는 이에게 즐거움을 주는 것이다.

이러한 지괴 서사의 방식은 중국에서 위진남북조 시기에 처음으로 등장하였다. 그 당시 지괴 서사는 경전적 글쓰기가 아닌 방식으로 세상에 일어나는 납득 불가능한 사건을 서술한다는 성격이었다. 이는 지괴 서사가 이물 존재의 법칙을 비현실의 영역에서 설명하는 것이고 그 과정 중에 지괴 서사의 독자는 현실의 한계를 유연하게 뛰어넘어 환상 세계의 재미를 경험하는 것이다.

그런데 먼 옛날 지괴 독자가 향유했던 환상 세계의 재미는 오늘날에도 여전히 유효하다. 21세기 우리나라 김탁환의 소설『부여현감귀신체포기』는 작자 스스로가 지괴 소설이라고 명명한 작품이다.『부여현감귀신체포기』는 위진남북조의 지괴 서사처럼 이물을 기록하였다. 그의 소설 속 이물들은 현실 세계에서는 잡힐 듯 말 듯 하며 감질나게 만든다. 그리고 독자는 이물의 뒤를 따라 가며 그의 이야기에 계속 귀를 기울이게끔 된다. 바로 이 지점에서 이물 기록의 서사, 지괴가 오늘날에도 살아있을 수 있는 이유가 존재한다. 이물에 대한 증명은 현실 세계가 아닌 환상 세계의 영역에서 이루어진다. 또한 매우 비합리적인 방식으로 그것이 설명되기에 더욱 재미난 것이다. 이처럼 이물에 대한 기록은 고금을 막론하고 독자에게 즐거움을 제공한다. 그 속에서 독자는 경전을 비틀어 버리고 현실 세계 바깥의 힘을 얻는 것이다. 이것이 바로 지괴의 정치학이다.

2. 지괴(志怪) 독법(讀法)의 정치학

1) 중국 지괴(志怪) 서사

합리적인 이야기는 어떤 목적을 지향하기에 교훈을 창출해 내야 하는 의무감, 욕망을 억제하고 정해 놓은 노선을 따라야만 하는 각박함이 수반된다. 따라서 인간이 본능적으로 좋아하는 이야기가 있다면 그 이야기의 성격은 비합리적일 가능성이 매우 크다. 중국 위진남북조의 서사인 지괴가 비경전적 지식에 근거한 이야기, 현실 세계 저편 이물(異物)에 대한 비합리적 이야기라는 점은 지괴를 읽는 독자가 충분히 즐거움을 획득할 수 있는 조건이 된다.

그렇다면 중국의 지괴는 어떠한 특성을 지닌 서사인가? 지괴에서는 어떠한 방식으로 이물을 해석하고 기록하는가?

이물을 기록한 최초의 서사로는 현존하는 가장 오래된 신화서인 『산해경(山海經)』을 거론할 수 있다. 『산해경』에서는 동서남북의 지리에 따라 존재하는 이물의 형상을 세밀히 기록하였고 그 기록을 통해 독자는 이물에 대한 지식을 획득하게끔 한다. 예를 들어「남차이경(南次二經)」에는 괴상한 모양의 새에 대해 다음과 같이 설명한다.

> 이곳의 어떤 새는 생김새가 올빼미 같은데 사람과 같은 손을 갖고 있고 그 소리는 마치 암메추리의 울음과도 같다. 이름을 주라고 하는데 제 이름을 스스로 불러대며 이것이 나타나면 그 고을에 귀양가는 선비가 많아진다.
>
> (有鳥焉, 其狀如鴟而人手, 其音如痺, 其名曰鴟, 其名自號也, 見則其縣多放士.)[1]

위의 새는 올빼미의 형상과 비슷하지만 올빼미가 아닌 이물(異物)이다. 게다가 이 새가 나타나면 고을에 귀양가는 선비가 많아진다니 불길한 두려움을 자아내는 존재임에 틀림없다. 또한 이 새가 마치 사람과도 같은 손을 갖고 있다는 서술도 매우 비합리적이다. 하지만 이러한 비합리성은 독자에게 흥미를 유발시킨다. 또한 설령 이 새가 두렵다 하더라도 이미 독자는 이물에 대한 기록을 통해 자신있게 이 새를 파악하고 있기에 이물은 더 이상 공포의 대상이 되지 못하고 오히려 흥밋거리가 되는 것이다. 이와 같은 이물 기록의 서사는『산해경』보다 좀 더 이후 시대의 서사인『신이경(神異經)』에도 등장한다.

> 서북쪽에 있는 어떤 짐승은 생김새가 호랑이와 비슷하고 날개로 날 수 있어 사람을 채뜨려 잡아 먹는다. 사람의 말을 알아 들어서 싸우는 소리를 듣고는 번번이 정직한 사람을 잡아 먹는다. 어떤 사람이 성실하다는 말을 들으면 그의 코를 베어 먹고 흉악하고 그릇되다는 말을 들으면 항상 짐승을 잡아 선물로 바친다. 이름을 궁기라고 하며 여러 새나 짐승도 잡아 먹는다.
>
> (西北有獸焉, 其狀似虎, 有翼能飛, 使剿食人. 知人言語, 聞人鬪, 輒食直者. 聞人忠信, 輒食其鼻, 聞人惡逆不善, 輒殺獸往饋之, 名曰窮奇. 亦食諸禽獸也.)[2]

궁기는 식인 괴물이다. 온 세상의 날짐승과 길짐승은 인간 아래에 있어야 하는데 궁기는 오히려 인간을 잡아먹는다. 따라서 인간은 생물학적 진화의 마지막에 자신이 있는 것이 아니라 전혀 파악할 수 없는 생명체가 존재한다는 본능적 불안감에 압도된다. 그리고 식인 괴물 궁

---

1) 정재서 譯註,『산해경(山海經)』「南次二經」, 서울: 민음사, 1993.

2) 김지선,『神異經』「西北荒經」, 서울: 지만지, 2008.

기가 인간 이상의 능력을 보유할 수도 있다는 두려움이 지괴 서사를 관통하는 것이다. 성실한 사람의 코를 베고 흉악한 사람에게 선물을 주는 궁기의 행위는 이치에 전혀 맞지가 않다. 인간 사회의 합리성, 질서가 결코 통하지 않는 세계, 바로 그 세계를 읽어내는 것이 지괴인 것이다.

이러한 지괴의 독법은 중국 위진남북조 시기에 한정된 것은 아니었다. 지괴의 비합리성이 제공하는 재미는 지괴 독법의 제일 강력한 정치학이었기에 위진남북조 이후로도 줄곧 지괴는 작성될 수 있었다. 또한 두려운 이물을 세세히 기록했다는 점은 지괴의 독자가 그 기록을 읽음으로써 이물의 영역, 즉 환상 세계의 힘까지도 전유하게끔 된다는 생각을 지니게끔 만든다. 바로 이 점이 이물 기록의 당위성으로 작용하는 것이다.

2) 김탁환의 지괴(志怪) 소설

이미 오래 전의 서사였던 지괴는 작가 김탁환의 소설 『부여현감귀신체포기』로 새롭게 귀환하였다. 그런데 왜 하필 김탁환은 지괴에 주목한 것일까? 그 이유를 밝히기 위해서는 먼저 김탁환 소설의 특성에 대해 언급할 필요가 있다. 소설가 김탁환은 1996년 『열두마리 고래의 사랑이야기』를 발표하며 소설가로 등단한다. 이 소설에는 독수리의 알에서 태어났다고 주장하는 소녀, 바닷물로 맥주를 만드는 작업, 고래를 타고 떠나간 남자 등에서 현실과 환상의 엇섞여 있음을 쉽게 파악할 수 있다. 또한 작품 속에는 이물(異物) 기록과 관련된 모티프가 나타난다.

그놈은 김만복씨를 보더니 "반갑구먼. 어서 올라 타라구!" 하고 농담을 건
넸다. 조개껍질로 만든 목걸이를 목에 주렁주렁 매달고 있는 오직 몸통만
고래인 동물이었다. 언젠가 머리는 사람이고 목은 기린이며 몸통은 고래고
팔은 낙타고 다리는 문어인 짐승을 김만복씨가 물었을 때 나는 그것이 나
를 골탕먹이기 위해 그가 아무렇게나 상상 속에서 만들어낸 짐승이라고 생
각했었다.[3]

작가는 이처럼 자신의 상상력을 표현하기 위해 지괴 서사의 이물 기
록 스타일을 차용한다. 그는 자신의 서문에서 이 소설이『금오신화』
의 창조적 계승으로 읽혀지기를 바란다고 밝힌 바 있듯이[4] 고전 서사
속 비합리적 모티프들을 현대 소설 창작의 새로운 질료로 사용하였
다.『열두마리 고래의 사랑이야기』이후 소설가 김탁환은 동아시아의
고전 소설과 역사 기록물 사이를 종횡무진 누비며 이야기를 꾸며간다.
『나, 황진이』에서는 본문에 철저한 고증이 붙은 주석을 더한 특이한 형
태의 서사를 제시하였고『리심』[5]에서는 단편적인 사실 기록 작자의 상
상을 가미하여 최초로 프랑스 파리와 서구문화를 경험한 조선 궁녀의
이야기를 적어내었다. 이들 여성 주인공을 대상으로 삼은 작품은 모두
역사의 문학화, 문학의 역사화를 시도한 것으로 현실과 환상, 역사와
소설의 중간에 자리 잡은 서사, 즉 팩션(Faction)적 특성을 보인다.[6]

---

3) 김탁환 장편소설,『열 두 마리 고래의 사랑이야기』, 서울: 살림, 1996, p.62.
4) 위의 책, p.12.
5) 김탁환,『파리의 조선궁녀: 리심』, 서울: 민음사, 2006.
6) 하지만 우리 문학계에서는 환상성에 기반한 작품에 대해 폄하하거나 조심스러
운 경향이 있다. 김탁환은 재미와 교훈이라는 두 가지 측면을 그의 소설 속에서
뛰어난 상상력을 기반으로 서술해 나갔지만 그의 작품의 가치는 주류문학계에
서 때로는 제대로 평가받지 못하기도 하였다. 김탁환에 대한 평가와 관련해서
는 다음의 책을 참조. 최혜실,『서사의 운명: 최혜실 문학평론집』「그 흡인력의 비

　그런데 바로 이 지점에서 김탁환이 지괴를 읽어내고 운용하는 방법을 엿볼 수 있다. 본래 중국 고전 서사 지괴는 현실과 환상, 역사와 소설의 중간에 자리 잡은 서사이다. 따라서 지괴는 반드시 '상상적 진실'의 독법으로 읽어내야만 한다. 즉 이물에 대한 해괴한 이야기들이 진실인지 거짓인지를 따지는 것에 선행하여 이 세상에는 눈에 보이는 현실 세계 뿐 아니라 환상 세계도 공존한다는 것을 인지해야 하는 것이다. 따라서 합리성의 가림막을 걷고서 환상의 영역으로 안계를 넓혔을 때 지괴에 기록된 이물들은 그 모습을 진실하게 드러낸다. 이러한 지괴 속 이물의 특질은 김탁환의 글쓰기 방식에 연접된다. 그가 지향하는 팩션적 글쓰기는 현실과 환상의 특징을 구유하는 지괴의 성격과 잘 맞는다. 또한 그는 현실주의를 뛰어 넘는 새로운 서사의 힘을 고전에서부터 끌어오고자 하고 지괴는 그에게 새로운 서사의 가능성을 제시하는 것이다.[7]

　김탁환이 『부여현감귀신체포기』에서 이물을 분석하는 시각 역시 전통 지괴의 특성을 따른다. 그의 소설 속 이물들은 단죄하거나 정복해야 할 대상이 아니다. 이는 중국 고전 지괴 서사의 이물들이 반드시 처리해야 할 악의 대상이 아닌 것과 같으며 이물을 대하는 동양적 사유방식이다.

　이물에 대한 인간의 사유방식은 동서양이 상이한 태도를 취한다.

극』, 서울: 역락, 2009, pp.98-103.

7) 김탁환은 『나, 황진이』 및 『열두마리 고래의 사랑 이야기』의 작가후기에서 향후 '동양적 상상력의 소설적 복원'에 대한 소망을 피력한 바 있으며 그 자신은 20대에 중국 신선설화 연구서인 『不死의 신화와 사상』을 통해 상상력의 본질과 도교의 힘을 배웠다고 밝혔다. 이와 관련해서는 김탁환 역사소설, 백범영 그림, 『나, 황진이』, 서울: 푸른역사, 2002, p.292.

서양에서 이물을 기록한 최초의 서적으로는 기원 후 77년에 성립된 로마 사람 플리니우스의 『박물지 Naturalis Historiae』를 들 수 있다.[8] 이 책은 로마 제국이 온 세상의 신기하고 귀한 물산을 남김없이 파악해 내어 제국의 법칙 안에 복속시키겠다는 기록의 정치학을 지녔다. 그 안에 기록된 이물은 제국의 논리에 순응하지만 기록되지 않은 이물은 배타적인 대상이 된다. 이러한 서양식 이물 기록의 정치학은 현재까지도 그 특성이 이어진다. 서구에서 생산된 괴물 관련 블록버스터 영화에서 인간이 자신과는 다른 존재에 대해 공포를 느끼게 되고 비록 그 괴물이 인간에게 그다지 해를 끼치지 않는다고 하더라도 자신의 공포를 제거하기 위해 괴물을 처단한다는 설정은 이같은 이물에 대한 이분법적 사고방식의 연장이기 때문이다.

이에 비해 중국 고전 지괴 서사에서는 이물과 인간을 이분법적으로 보지 않는다. 인간도 자신의 기(氣)가 변하면 이물이 될 수 있고 이물도 기의 상태를 변용시켜 인간의 모습으로 바뀐다.[9] 따라서 중국의 지괴에서 이물은 무조건적 퇴치의 대상이 아니라 인간 세상을 구성하는 한 구성원이 되는 것이다. 『부여현감귀신체포기』에서 이물은 엄밀히 말해 '체포'된 적이 없다. '죽이지 말라'는 명령에 따라 늑대인간 '들소리'처럼 아무리 흉악한 잘못을 저지른 이물이라도 극단적으로 처단하지는 않는다. 그저 호리병에 격리시켜 가두어 두는 정도가 단죄일 뿐이다. 잘

---

8) 플리니우스의 『박물지 Naturalis Historiae』는 고대 서양인의 시각으로 이물(異物)을 기록, 정리한 백과사전이다. 이 책은 천문학, 지질학, 인류학, 동물학, 식물학, 식물의학, 동물의학, 광물의학으로 세분되어 있다. 플리니우스는 자연, 곧 실재하는 삶을 항목별로 남김없이 분석한다는 취지로 이 책을 만들었다.

9) 『搜神記』「論妖怪」: "기가 중심에서 어지러워지면 사물은 바깥에서 그 모습이 바뀐다(氣亂於中, 物變於外)".

못을 저지른 이물들에게는 제각기의 이유가 있다. 너무나도 배가 고파서 악행을 저질렀다거나 혹은 다른 누군가가 시켰다거나 등등. 그래서 이물들의 해원(解冤)이 이루어지면 더 이상의 분란도 없어지게 된다. 또한『부여현감귀신체포기』의 이물은 스스로가 인간에게 잘못을 빌기도 하며 혹은 인간이 이물과의 화해를 시도하기도 한다. 여자로 둔갑하여 밤마다 남자의 기를 빨아먹던 여우는 주인공에게 살려달라고 하며 잘못을 애원한다. 또한 주인공의 친구인 전우치를 사모하던 흉칙한 외모의 야차여왕은 더 이상 인간을 괴롭히지 않는 조건으로 전우치에게 입맞춤을 요청한 뒤 화해에 이른다. 이는 김탁환의 지괴가 중국 고전 지괴 서사의 정신을 계승하고 있다는 증거가 된다. 그의 지괴에서 인간은 공포의 감정을 제거하기 위해 이물을 처단하고 자신은 영웅이 되지 않는다. 흡혈귀가 인간 속에 섞여 살고 주인공 자신도 허혈을 통해 흡혈귀와 소통하는 것처럼 이물의 본성 안에 인간이 있고 인간 또한 이물의 속성을 지니는 것이다.[10]

3.『부여현감귀신체포기』와 이물(異物)의 상상력

그렇다면 김탁환은 그의 소설 속 이물(異物)에 대해 어떠한 상상력을 부여하였는가?『부여현감귀신체포기』의 이물은 과연 어떠한 방식으로 재현되었는가?

---

10)『부여현감귀신체포기』는 첫부분에서는 현재의 주인공 탁환이 흡혈귀 나탈리아에게 피를 빨리면서 이야기가 시작된다. 그의 전생인 부여현감 아신 또한 이야기의 마지막 부분에서 서국(西國)의 여승 미미에게 흡혈을 허락한다. 이처럼 이물(異物)은 인간과 하나로 섞여 소통하며 살아가는 것이다.

김탁환의 소설『부여현감귀신체포기』는 총 10개의 이야기로 구성되어 있으며 이야기마다 제각기 다른 이물들이 등장한다. 그 이물들은 중국 고전 지괴 서사 속에 원형을 두고 있는데 그 중 항상 주인공 곁에서 맴도는 '잼잼'이라는 이물에 대해 설명하면 다음과 같다.

> 어른 주먹보다 조금 작다. 몸은 자루처럼 둥글고 날개가 다섯, 다리가 일곱이다. 누런 피부를 가졌지만 감정 변화가 심하면 불꽃처럼 붉게 변한다. 몸이 부풀어 오르기도 하는데 그 크기를 잴 수 없다. 날개를 파닥거릴 때는 네 개가 서로 엇갈린다. 나머지 하나는 돛대처럼 곤두서서 꼼짝도 않는다.……머리가 없기 때문에 앞뒤도 없다. 온몸을 떨어 말을 하는데 그 소리는 흔들리다가 지친 갈대를 닮았다. 가슴에서 가슴으로 소리가 전해지기 때문에 잼잼의 소리를 접할 때는 크게 심호흡을 하는 것이 좋다. 음악을 좋아하고 춤추기를 즐긴다. 우정을 나누면 백 년 이상 벗을 따라다니며 지킨다.[11]

본래 '잼잼'은 중국 고전『산해경(山海經)』에서 등장하는 가무(歌舞)를 이해하는 신인 제강(帝江)이 그 원형이다. 제강에 대한 기술과 비교해 보면 아래와 같다.

> 이곳의 어떤 신은 그 형상이 누런 자루 같은데 붉기가 빨간 불꽃 같고 여섯 개의 다리와 네 개의 날개를 갖고 있으며 얼굴이 전연 없다. 가무를 이해할 줄 아는 신이 바로 제강이다.
>
> (有神焉, 其狀如黃囊, 赤如丹火, 六足四翼, 渾敦無面目, 是識歌舞, 實爲帝江也.)[12]

---

11)『부여현감귀신체포기 1』, pp.33-34.

12)『산해경(山海經)』「西山經」, p.98.

'잼잼'은 주인공 아신이 서국(西國)에서 온 여승 미미에게 선물 받은 이물이다. '잼잼'은 기분이 좋을 때면 주인공 아신 곁에서 춤추듯 흔들흔들 돌아간다.[13] 이러한 '잼잼'의 모습은 가무의 신이라는『산해경』의 언급에서 빌어온 것이다. 다음은『부여현감귀신체포기』의 일곱 번째 이야기에서 '잼잼'은 자신의 몸을 부풀려서 백성을 괴롭히는 '황충'을 퇴치하는 대목이다.

> 잼잼이 조금씩 부풀어 오르기 시작했다. 처음에는 사과만 했는데 수박만큼 커졌고 다시 눈을 끔벅 감았다 뜨니 돌미륵 머리를 절반도 넘게 감쌌다.[14]

'잼잼'이 돌미륵을 감쌀 수 있다고 상상력을 발휘한 것은『산해경』의 '제강은 그 형상이 누런 자루 같다'는 대목에 착안하여 '잼잼'이 뭔가를 싸안을 수 있을 것이라고 상상력을 발휘하였기 때문이다. 이처럼『부여현감귀신체포기』에서『산해경』속 이물의 형상을 사용한 경우는 빈번히 보이는데 세 번째 이야기에서도 적합한 예를 찾아 볼 수 있다. 세 번째 이야기에는 머리 네 개 달린 까마귀 '시시(視視)'가 나오는데 '시시'는 낙화암에서 떨어져 자살하는 백성이 많아질 때 그 모습이 다음과 같이 관찰되었다고 한다.

---

13) 필자는 '잼잼'이 '제강'에 비해 친숙한 이물(異物) 캐릭터를 지닌 이유는 '포켓몬스터'라는 현대 애니메이션의 영향 때문인 것으로 판단한다. '포켓몬스터' 가운데 요정포켓몬 항목에 속하는 '픽시'와 '해피너스'는 기분이 좋을 때는 헤롱거리듯 춤추는 성질이 있으며 인간을 잘 따른다. 다만 '제강'과 '잼잼'이 머리가 없음에 비해 '픽시', '해피너스'는 귀여운 용모를 지닌다는 차이는 존재한다. 아마도 작자 김탁환은 자신의 지괴 소설에 현대적 감성을 부여하기 위해 '제강' 캐릭터에 '친근감'이라는 요소를 덧붙인 것으로 사료된다.

14)『부여현감귀신체포기 1』, pp.82-83.

깃털이 검고 목이 길다. 네 개의 머리와 여덟 개의 꼬리를 갖고 있으며 소리
가 우렁차고 굵다. 날개를 한 번 퍼덕거린 후 허공에서 다섯 바퀴를 돌 수
있다. 밤에도 둥지로 돌아가지 않고 계속 허공을 돈다.[15]

그런데 까마귀 '시시'는 본래 『산해경』 「서산경」에 기록된 머리 세 개
인 새의 모습에서 그 원형을 두고 있다.

이곳의 어떤 새는 생김새가 까마귀 같은데 세 개의 머리와 여섯 개의 꼬리
를 갖고 있고 잘 웃는다. 이름을 기여(鶛余)라고 하며 복용하면 사람을 가
위눌리지 않게 하고 또 흉한 일도 막을 수 있다.

(有鳥焉, 其狀如烏, 三首六尾而善笑, 名曰鶛余鳥, 服之使人不厭, 又可以
禦凶.)[16]

'기여(鶛余)'의 머리가 세 개인 것이 네 개로 변하였고 여섯 개의 꼬리
는 여덟 개로 모습이 바뀌었다. 결국 현대의 지괴 속 이물의 모습은 원
래의 고전 지괴 서사에 비해 과잉 묘사되어 있다. 이는 작자가 '기여'를
단순히 재현한 것이 아니라 '시시'라는 모습으로 새롭게 생산해 냈다
는 증거이다. 그리고 이러한 생산을 통해 김탁환의 지괴 속 이물은 완
전히 다른 상상력을 획득하는 것이다. 예를 들어 '시시'가 죽은 궁녀의
부탁으로 낙화암에서 자살하려는 사람을 돕는다는 설정은 본래의 고
전 지괴 서사에는 없는 대목이다. 다만 '기여를 복용하면 흉한 일을 막
을 수 있다'는 대목에 의해 '시시'가 뭔가 인간에게 이로움을 주는 존
재일 수 있다는 상상력의 단초가 생겨나고 실제 김탁환의 소설에서는

---

15) 『부여현감귀신체포기 1』, p.100.

16) 『산해경』 「서산경」, pp.99-100.

주인공을 돕는 이물로 표현된 것이다.[17]

『부여현감귀신체포기』는 위진남북조의 지괴 서사 뿐 아니라 당대의 전기(傳奇) 및 청대의 『요재지이(聊齋誌異)』 등 고전에서도 이물의 상상력을 빌어왔다. 『부여현감귀신체포기』의 네 번째 이야기에는 주인공의 귓속에 사는 민물 새우가 등장한다. 이처럼 인간의 귓 속이나 눈속에 또다른 생명체가 산다는 식의 상상력은 청대 『요재지이』의 「동인어(瞳人語)」 조항에서 눈동자와 콧구멍을 오가는 난장이를 묘사한 것에서 그 원형을 찾을 수 있다. 또 아홉 번째 이야기에서 꼬리 아홉 달린 여우가 아름다운 여인으로 변신하여 남자를 유혹하고 그 정기를 빼앗아 죽인다는 이야기도 중국 고전 서사에서 흔히 나타나는 유형이다. 지괴인 『현중기(玄中記)』의 '여우는 오십살이 되면 여인으로 변할 수 있고 백살이 되면 미녀나 신통한 무당이 될 수 있다(狐, 五十歲能變化爲婦人, 百歲爲美女, 爲神巫)'라는 기록과 함께 당대 이후 청대까지의 중국 고전 서사에 여우가 변신한 미인에 대한 이야기는 헤아릴 수 없이 많다. 아울러 여섯 번째 '야차여왕' 이야기에서 야차가 자기들끼리 대화할 때는 서로 고함을 지르듯이 이야기하고 사슴 넓적다리를 뜯어 먹는 것을 좋아한다고 묘사한 대목은 당대(唐代) 전기(傳奇) 「위자동(韋自東)」에서 이미 나타난다.[18] 이처럼 『부여현감귀신체포기』에서 차용한 고전 서사는 중국의 서사 뿐만은 아니다. 우리 고전 소설인 『전우치전』으로부

---

17) 김탁환은 특히 『산해경』의 각종 모티프를 그의 소설에 상당 부분 차용하였다. 예를 들어 미미의 고향이 미인국(美人國)이라는 대목이나 저 멀리 잘생긴 순서대로 벼슬을 하는 나라가 존재한다는 내용은 『산해경』에서 먼 이국(異國)을 설명하는 스타일의 서사이다.

18) 배형 지음, 최진아 옮기고 풀어씀, 『전기: 초월과 환상, 서른한 편의 기이한 이야기』, 「韋自東」, 서울: 푸른숲, 2006.

터 고전 서사의 환상적 제재를 차용하였다. 예를 들어 가달산 엄준과 전우치가 대결한 이야기, 전우치가 서화담에게 도술을 겨루다가 망신 당한 뒤 오히려 서화담의 제자가 된 일, 족자 속의 미인을 불러내어 술 시중을 들게 한 사건 등이 바로 그것이다. 또한 『부여현감귀신체포기』 에서는 『전우치전』의 주인공인 전우치가[19] 아예 주인공의 친구로 등장 한다는 사실이다. 전우치의 등장은 『부여현감귀신체포기』를 더욱 지괴 소설답게 만든다. 이물을 제맘대로 다루는 전우치로 인하여 『부여현 감귀신체포기』의 이물들은 고전 소설의 질서 속에 쉽게 배열된다. 또 한 전우치의 존재는 『부여현감귀신체포기』의 주인공 아신이 지괴를 기 록할 수 있도록 자격을 만들어 주는 역할을 수행한다. 본래 중국의 고 전 지괴 서사의 기록자는 方士라 불리우는 특수한 계층이었다. 방사 들은 술법에 능하였고 유교 이데올로기에 구속을 받지 않았다. 예를 들어 『신이경(神異經)』의 작자로 알려져 있는 동방삭 같은 인물은 박식 과 다재를 겸비했음에도 불구하고 오히려 황제를 조롱할 정도로 유 교 이데올로기에 결코 편입되지 않는 경계인이다. 그러한 특성을 지닌 동방삭이었기에 현실과 환상의 특징을 구유한 지괴 서사를 기록할 수 있었던 것이다. 『부여현감귀신체포기』의 주인공 아신 또한 동방삭과

---

19) 최근 전우치를 주인공으로 한 우리 영화 '전우치'가 개봉되었다. 하지만 영화 '전우치'의 주인공인 전우치는 이물(異物)을 대함에 있어 오히려 서양식 이분법 적 사고를 구사한다. 영화 '전우치'에서는 이물을 퇴치하는 데에는 아무런 이유 가 없다. 설령 이물이 아무런 잘못을 저지르지 않았더라도 인간과 다른 이물이 존재한다는 것 자체가 이미 퇴치의 필연적 조건이 되는 것이다. 이는 김탁환의 소설 속 전우치가 주인공 아신과 함께 이물의 '해원(解冤)'을 도와준다는 설정과 는 차이가 많다. 따라서 영화 전우치에는 이물과의 소통이나 화해에 대한 부분 은 전혀 고려되어 있지 않다는 점에서 동양적 지괴 전통을 따르지 않은 것으로 판단된다.

도 같은 경계인이다. 그는 부여현감이라는 유교 이데올로기에 속한 직
책을 지닌 사람이다. 하지만 그는 부여현감이라는 직책의 테두리 안에
서만 존재하지 않는다. 그에게는 어린 시절 용양(龍陽; 남성동성애)를 함
께 경험한 전우치라는 친구가 있다. 이 친구는 아신을 결코 테두리 안
에 가두어 두지 않는다. 전우치로 인해 아신은 이물들과 접하게 되고
이국의 여승인 미미를 만나 그녀에게 마음을 둔다. 그리고 부여현에
일어난 괴이한 사건을 해결하게 된다. 즉 전우치는 아신을 유교 이데
올로기의 바깥 경계선으로 끌어내어 그에게 지괴 서사의 기록자라는
지위를 부여해 주는 것이다.[20]

4. 맺는말: 지괴(志怪)는 진행형이다.

지금까지 중국 고전 지괴 서사가 오늘날의 소설인『부여현감귀신체
포기』에 어떠한 방식으로 재현되었는지에 대해 살펴 보았다. 그 결과
지괴 서사는 이미 오래 전에 시효가 다한 서사가 아니라 오히려 한계
에 다다른 리얼리즘을 뛰어넘기 위해 새로이 요청, 귀환되는 서사임을
알 수 있었다. 특히 지괴 서사에서 이물(異物)을 바라보는 시각, 그것을
기록하는 수법 등은 오늘날의 소설에 생명력 가득한 상상의 힘을 부
여한다는 사실 또한 확인하게 되었다.『부여현감귀신체포기』처럼 이물
과의 한판 놀음을 다룬 소설은 앞으로도 계속 창작될 것이 분명하다.

---

20)『부여현감귀신체포기』의 주인공 아신의 기록자적 성격에 대해서는 다음의 논
   문을 참조. 고영진,「괴물에 대한 기록: 지괴의 교육학」,『비평문학』, 제30호, 한국
   비평문학학회, 2008, p.218.

이미 그 옛날 간보(干寶)가 『수신기(搜神記)』의 서문에서 이 책을 읽는 이들이 '마음을 즐겁게 하고 눈여겨 보기(有以遊心寓目)'를 바란다고 말한 이래로 지괴 서사는 리얼리즘에 지친 독자들을 색다른 영역으로 이끌고 갔다. 그리고 그 영역은 지금 환상을 다룬 '판타지 문학'의 장르로 흔히 나타난다. '판타지 문학'에 자주 등장하는 이계(異界)의 존재들, 시공을 넘나드는 상상력은 현재 진행중인 지괴 서사라 할 수 있다. 또한 지괴 서사의 이물(異物) 기록 방식은 '포켓몬스터'와도 같은 어린이용 애니매이션에도 전승되었다. 각종 포켓몬을 항목별로 나누고 이를 특징에 따라 기술하는 것, 포켓몬 도감을 따로이 만들어 포켓몬에 대한 정보를 향유하는 사유방식은 위진남북조 박물류(博物類) 지괴에서 이물을 해석하는 독법과 별반 차이가 없다. '메이플 스토리' 등의 게임형태 또한 지괴 서사의 현재형이다. '메이플 스토리'의 환상적인 시공간적 배경은 리얼리즘으로 설명될 수 없는 부분이다. 그 뿐 아니라 지괴의 상상력으로만 만들어 낼 수 있는 각종 제재들에 대한 기록, 이를테면 '신비한 몰약'의 용법이라던가 '좀비버섯'을 피하는 방법 등에 대한 내용은 이물 기록의 또다른 변용으로 볼 수가 있다. 현재 진행중인 지괴 서사는 이물에 대한 기록을 확장하여 기문(奇聞)이나 기담(奇談)을 다룬 이야기의 모습으로도 등장한다. 성석제의 산문집인 『유쾌한 발견: 이야기 박물지』[21]에서처럼 기문이나 기담 중심의 글쓰기는 지괴 서

---

21) 성석제의 산문집인 『유쾌한 발견: 이야기 박물지』, 서울: 하늘연못, 2007. 또한 지괴 서사의 현재형으로 파악할 수 있다, 성석제는 이 책의 서문에서 자신은 신기하고도 신비한 것은 못참고 알아내야만 하기에 이 책을 썼노라고 밝힌 바 있으며 자신의 책을 '박물지'라고 명명하였다. 박물지란 온 세상의 이물(異物)에 대해 설명한 백과사전적 기술로 고전 지괴 서사 중 한 부분이기도 하다.

사의 또다른 한 면을 보여준다.

그렇다면 김탁환의 지괴 서사는 앞으로 어떻게 계속될 것인가라는 궁금증이 남는다. 그리고 이에 대한 답은 그의 최근 작품인『눈먼시계공』[22]을 통해 유추될 것 같다. 이 작품은 뇌과학과 로봇과학을 소설에 접합한 SF 문학으로 소설가인 김탁환이 과학자인 정재승과 공동으로 집필하였다. 이 작품에서는 미래의 2049년에 인간이 기계와 몸을 섞어 진화를 꿈꾸며 각각의 특질을 공유해 간다는 전제에서 시작한다. 인간과 기계의 잡종 형상의 출현은 곧 이물의 출현이다. 이는 이물을 바라보는 김탁환의 사유방식이 여전히 현재 진행형이고 지괴의 현대적 재현 또한 현재 진행형임을 제시해 주는 증거라 하겠다.

---

22) 김탁환, 정재승 장편소설, 김한민 그림,『눈먼시계공』, 서울: 민음사, 2010.

III.
고전으로
대중문화를
읽다

성룡의 Comic kungfu,
몸 서사의 새로운 가능성

김영미

이화여자대학교 중국문화연구소 연구원

거리의 청소부에 불과한 주성치(周星馳, Stephen Chiau Sing-chi)는 쿵푸 기술을 축구라는 운동종목에 접합시킴으로써 훌륭한 축구팀으로 거듭나도록 만든다(〈少林足球〉, Shaolin Soccer, 2004). 국수를 파는 뚱뚱한 팬더는 식욕을 이용한 최고의 훈련법을 익힌 후 최고의 무술을 이어받는 계승자가 된다(〈Kung Fu Pand〉, 2008). 보잘 것 없는 캐릭터의 훌륭한 반전이 이루어지는 그 지점에 '쿵푸'가 자리한다. 문제는 그러한 고난이도의 테크닉을 요하는 동작이 우스운 인물들에 의해서 이루어짐으로써 '고도의 테크닉'이라는 뛰어난 정점은 무마되어 버린다. 관객은 그 지점에서 훌륭함보다는 웃음이라는 코드를 읽게 된다. 소위 말하는 '코믹 쿵푸'는 일부의 홍콩영화 매니아를 중심으로 저변을 확대해 가다가 결국 헐리우드의 새로운 장르로서 각광을 받고 있는 중인 것이다.[1]

---

* 이 글은 「Le Kung-fu comique de Jackey Chan: une nouvelle possibilite de la narration du corps Degres」(*Revue de synthese a orientatin semiologique*) 138호 07708378 h1~h15~2009.3.21.에 실림. 한국번역본은 중국현대문학 제49호 2009. 6.에 실림(pp.191-217).

1) Gina Marchetti는 성룡의 코믹쿵푸가 헐리우드의 B급 영화산업의 갭을 메우고

　채홍성(蔡洪聲, Cai Hong Sheng)에 따르면 쿵푸코미디가 정식으로 출현한 것은 1970년대 말기라고 한다. 그리고 그 첫 신호탄은 1976년 허관문(許冠文, Michle Hui)이 감독한 〈반근팔양〉(半斤八兩, The Private Eyes)과 1977년 홍금보(洪金寶, Sammo Hung)가 감독한 〈삼덕화상화용미육〉(三德和尙和春米六, The Iron-Fisted Monk)이었다. 하지만 본격적인 쿵푸코미디는 1978년 원화평(袁和平)이 감독한 두 편의 영화 〈사형도수〉(蛇形刁手, Snake in the Eagle's Shadow)와 〈취권〉(醉拳, Drunken Master)이라고 할 수 있다.[2] 성룡(成龍, Jackey Chan)은 이 두 영화를 기점으로, 그의 두 친구들인 홍금보, 원표(元彪, Yuan bao)와 함께 기존 홍콩무술영화(Martial Art Movie)와 전혀 다른 지점의 '코믹이 가미된' 무술영화의 장을 열게 된다.

　성룡의 쿵푸코미디는 호극(胡克, Hu ke)이 지적하였듯이 희극성과 동작성 두 가지를 동시에 지닌다.[3] 그의 동작성을 돋보이게 하는 쿵푸는 전체 코미디라는 영화의 성질을 가능하게 하는 어떤 요소로서 작용한다. 그럼으로써 그의 쿵푸는 여타의 정통무술극과 다른 지점에 놓이게

　있다고 평가하는데, 그것의 연대는 사회적 구조로서의 하위층에 있는 흑인, 화교들에 의해서 이루어진 것이라고 본다(Gina Marchetti, 「Jackie Chan and the Black connection」, Edited by Matthew Tinkcom and Amy Villarejo, *Key Frame-Popular Cinema and Cultural Studies*, London: Routledge, 2001, p.139). 물론 그것은 하위 장르(Sub Genre)로서 헐리우드에 진입한 것이 사실이다. 하지만 최근 디즈니사에서는 이미 성룡 캐릭터 자체를 TV 애니메이션으로 제작한 「Jackie Chan Adventure」(2000)를 제작하였고, 주성치는 「The Green Hornet」(2010년 예정)로 헐리우드로 진출예정이다. 이것은 헐리우드 영화계의 새로운 소재로서 '쿵푸'가 자리 잡고 있음을 말해 주는 것이다.

2) 蔡洪聲, 「香港的喜劇電影」, 〈香港電影80年〉, 北京: 北京廣播學院出版社, 2000, p.62- 63.

3) 胡克, 「成龍電影中的喜劇性動作與暴力」, Ibid, p.274.

된다. 무술이라는 것이 영화 속 볼거리로 작용하는 것은 동일하지만 관객을 진지하게 만드는 것이 아니라 웃음을 유발시킨다는 데에 큰 차이점이 있는 것이다. 따라서 동작구성과 전체 이야기구조와의 긴밀한 관련성 사이에 커다란 차이점을 안게 된다. 무술동작을 이야기 속의 볼거리 장치로서 구동시키는 영화의 경우, 그 동작 장면들은 서사와 분리되기 쉽다. 그래서 그것은 이야기 속의 '액션부분'에 해당된다. 이야기는 이야기대로 진행되면서 볼거리 부분에 쿵푸가 배치된다. 하지만 성룡의 동작화면은 전체 서사 속에 완전히 융해된다. 곧 동작이 서사를 이룬다. 따라서 그의 동작은 그 자체가 전체 이야기 속에서 유기적으로 기능하고, 멈춰 있다가 다시 빠르게 진전하고 다시 멈춰 서는 독특한 구조를 지니게 된다.[4] 그의 영화의 대부분의 주인공은 주로 열등생이며 신분은 낮다. 이와같은 인물의 완벽하지 않음은 정통 무술극에서 보여주는 완벽한 인간형과는 대비가 된다. 따라서 일반 정통 무술극에서 주인공들은 항상 대단하지만 그는 보잘 것 없다. 그래서 그의 액션은 전체 극 속에서 훌륭한 일을 행할 때는 완벽하게 작용하지만 그러한 긴장도가 떨어지는 일상 서사로 돌아왔을 때는 웃음을 유발한다. 그는 근본적으로 대단한 인물이 아니기 때문이다.

이러한 대단하지 않은 인물의 행동이 서사 속으로 녹아들어가는 구조에 대해서 살펴보도록 하자.

---

4) 중국 전통극에는 물리적 시간을 간과하는 움직임이 있으며, 이러한 움직임들은 관객에게 감정이입의 순간확대를 경험하게 함으로써 상대적 시간을 가능하게 한다. 전체서사 가운데 이러한 움직임이 이루어지는 순간 어떤 한 점에 해당하는 사건은 면과 같이 확대됨으로써 서사진행의 지체를 경험하게 만든다. 김영미, 「현대 영화 속의 중국 전통 이미지 탐색」, 『중국어문학』 제40집, 영남중국어문학회, 2002. 12.

주인공은 나약하고 평범하다 - 치욕을 얻게 되다 - 복수를 꿈꾸다 - 고수를
만나 훈련에 돌입하다 - 복수하다

전체적으로 주인공은 전반부에서 '얻어맞고' 후반부에 가서 '때린
다'. 주인공은 하찮은 인물에서 훌륭한 인물로 변화 한다.[5] 이것은 해
피엔딩의 또 다른 방식이라고도 할 수 있겠다. 왜냐하면 보잘 것 없는
인물은 결국에 가서 승리를 하게 될 것이기 때문이다. 해피엔딩은 중
국어로 '단원(團圓, tuanyuan)'이라고 한다. 그것은 직선으로 된 끈의 양
끝을 묶어 줌으로써 동그라미를 만드는 형상을 일컫는다. 즉 모든 것
은 이렇게 '모여야'만 되는 것이다. 그것은 이쪽과 저쪽을 끌어안는 형
상이며 그것이 결국에는 동양인들에게 주는 카타르시스가 되는 것이
다. 해피엔딩은 사람들의 마음을 모아준다. 그리하여 웃음은 곧 감동
으로 바뀌게 되고, 감정은 상승한다. 그렇게 되면 전체적으로 그의 코
믹쿵푸는 낮고 높은 것으로 변화 그리고 저열한 것에서 완벽한 것으
로의 변화를 이루게 되며 이러한 모순이 조화를 이루는 지점들에 코믹
적 요소와 무술이라는 움직임이 중요한 역할을 하게 된다

따라서 다소 엄격해 보이고 대단한 볼거리가 될 수 있는 쿵푸라는
특수 기술은 서사 구조 전체를 이끌고 가는 실수투성이의 어떤 행동
양식의 일부로 녹아들게 된다. 따라서 웃음 그리고 쿵푸 이 두 가지는
서사속의 어떠한 '부분'으로 기능하지 않고 전체 서사속에서 유기적으
로 작용함으로써 관객들에게 새로운 쿵푸영화 관전의 지점을 가능케
한다.

---

5) 이러한 구조에 대해서 索亞斌은 성장형 틀을 띠고 있으며 '대칭식' 구조라고 일
컫는다(索亞斌, 「醉里乾坤我最知」, Ibid, p.274).

1. 미리 계획되어 있다 — 조화라는 움직임의 기본원리

그는 쉴 사이 없이 몸을 움직이고 그 움직임은 중요한 서사를 이룬다. 어떻게 상대방에게 맞았느냐 혹은 어떻게 상대방을 제어하였느냐, 결국 주인공의 행동자체가 스토리라인을 이루는 중심선이 된다. 그것은 파노프스키(Erwin Panofsky)가 지적하듯이 초기 영화가 지니고 있었던 '공간적 역동성(Dynamization of space)'을 지녔다.[6] 그런데 그러한 그의 움직임은 단순히 필름의 기술적 문제에만 있는 것은 아니다. 필름화되기 이전에 그곳에는 중요한 미학이 존재한다. 그것은 한마디로 '조화 Harmony'[7]라고 말할 수 있다. 그것은 행동서사의 완벽성을 완성시키는 중요한 작동원리라고 말할 수 있다.

첫 번째는 성룡의 〈비룡재생〉(飛龍再生, The Medallion)(2003)의 포스터 장면이다. 옆에 있는 것은 Kung Fu Panda(2008)의 포스터이다.

6) Erwin Panofsky, 「The Film Medium: Image and Sound」, Edited by Leo Braudy Marshall Cohen, *Film Theory and Criticism,* , New York: Oxford University Press, 1999, p.281.

7) 사실 이러한 조화는 흔히 알고 있듯이 중국고대의 최고의 미학인 '태극'에 있다.

 여기에는 극단이 존재하지 않는다. 음이 가장 커질 때 상대적으로 양은 가장 작아질 뿐이다. 그것은 서로가 서로를 포함해야 하는 의미를 지닌다. 온전히 하나만 살아남는 구조가 아닌 모순적인 것을 포함하는 포함의 원리가 숨어 있는 것이다.

　　정지 동작 아래 보이는 두 그림을 살펴보면 상반부의 움직임과 하반부의 움직임은 매우 계획적으로 조작되어 있다는 것을 알 수 있다. 우선 몸의 상반부를 보면, 그 움직임은 서로가 상하와 곡직(曲直)이 대비를 이루고 있다. 곡선으로 하강하는 한쪽 팔에 대비되어 다른 팔은 직선으로 상승한다. 다시 하반부를 보게 되면 최종적으로 직선으로 뻗어 있는 모양을 위해 그 직선모양은 곡선을 그리면서 상승하고 있다. 이것은 이소룡이나 기타 무술극에서 보이는 포즈와는 사뭇 다른 모습이다. 이소룡의 무술액션은 직선은 직선으로 뻗어서 강한 힘을 나타낸다. 여기서 성룡의 쿵푸지점 그러니까 행동지점이 달라진다. 그의 쿵푸는 '힘'이 아닌 '미학'과 결합된다. 그에게 있어서 쿵푸동작들은 전체 움직임의 조화를 이루며 어느 순간 완벽한 미학적 정지자세를 이룬다. 그의 동작은 몸이 단순히 '사선을 / 방향으로'는 것을 떠나 그 무언가를 위해 움직이도록 '되어 있는 것'이다.

The Accidental Spy(2000)

Shanghai Noon(2000)

이것은 상대방과의 결투라는 긴장된 상태에서 보여주는 또 다른 균형미학을 지닌 행동들이다. 한쪽이 가로방향의 행동을 할 때 다른 한쪽은 그에 대립되게 세로로 하강한다. 손에는 발이 대응한다. 곡선행동에는 직선행동이 대응된다. 이렇게 모순된 것의 조화는 매우 사전에 미리 치밀하게 계산된 행동이다.

여기에서 이러한 성룡식의 균형 잡힌 액션의 의도에 대해 두 가지를 짚어 볼 수 있다.

첫째, 그 '의도'는 다분히 연극적인 행동모식에서 온 것이다. 이것은 행동 내부와 외부의 조건 두 가지를 모두 살펴야 하는 문제이다. 먼저 행동 내부적 조건을 보게 되면 이러한 행동은 당연히 서사 속 '긴장상태임'을 표현하는 최소한의 의미 문장으로서 기능을 수행한다.[8] 그것은 분명히 중국 전통극에서 상대방과의 결투시 긴장상태를 표현하는

---

8) 물론 이때 이러한 행동양식들의 최소한의 '어휘소 Lexème'가 존재하는 것은 아니다. 왜냐하면 그것들은 어떠한 행동이 무엇을 의미한다는 약호화된 일부 행동들의 연속이 아니라 전체 행동들의 일련의 움직임이 단지 '긴장상태에 있음'을 의미하기 때문이다. 따라서 이것은 '문맥적 시니피에'만을 갖는 예라고 볼 수 있다.

관습적 행동이다. 이러한 그의 결투형식을 이루는 쿵푸액션세트는 그가 영화속에서 행동하기 이전에 미리 만들어져 있는 행동 기호에 해당한다. 그는 그러한 기호를 사용했을 뿐이다.

하지만 그가 왜 연극과 영화에서 보이는 연기자의 행동은 다름에도 불구하고 연극적 행동모식을 영화라는 상이한 예술로 이행하게 되었느냐 하는 점을 궁구하여야 하는 것이다. 이것이 그의 의도된 행동 외부적 조건이다. 다른 연구자들이 지적하듯이 성룡은 중국의 전통극 경극극단 출신[9]이며 그곳에서 익힌 행동모식을 필름 속으로 넣는 것은 매우 용이하였을 것이다. 하지만 그의 이러한 개인적 문제 이외에 당시 홍콩 영화 시스템과 연결되어 있다고 할 수 있다. 첫 번째로 지적될 수 있는 것은 홍콩 관객들의 엔터테인먼트 관습이다. 홍콩의 관객들은 시간적으로 오랫동안 전통극에 익숙해져 있었다. 1950년대 이래로 중국대륙에서 홍콩으로 넘어온 이주민들에게는 그들의 향수를 불러일으키는 지점에 전통극을 그들의 엔터테인먼트 요소로서 선택하였고,[10] 그

9) Stefan Hammond & Mike Wilkins, *Sex and Zen & A Bullet in the Head- The Essential Guide to Hong Kong's Mind- Bending Films,* New York: Fireside, 1996, p.108, David Bordwell, *Planet Hong Kong- Popular Cinema and the Art of Entertainment,* Cambridge Massachusetts and London: Harvard University Press, 2000, p.56.

10) Steve Fore는 Leung의 말을 인용하여 50년대의 홍콩이주민들의 의식구조는 매우 지역적이며 전근대적인 부분이 있었다고 지적하면서 그들의 의식구조에 반영되는 쿵푸액션물은 거의 절대적 지지를 받았다고 서술한다(Steve Fore 「Life imitates Entertainment- Home and Dislocation in the Films of Jackey Chan」, Esther C. M. Yau editor, *At Full Speed- Hong Kong Cinema in a Boarderless World*, Minneapolis London: Uni. of Minnesota Press, 2001, p.126)· David Bordwell은 197년대 전설적인 쿵푸영화의 대가인 Bruce Lee의 뒤를 이어 홍콩 자체적으로 Michel Hui의 광동어 코미디극과 Jackey Chan의 코믹 쿵푸가 출현함으로써 새

러한 관객층 확보를 위해 영화 속에서 그들의 이러한 엔터테인먼트 관습을 이용하는 것은 상업적으로 매우 안정적인 일이었던 것이다. 문제는 선점하고 있는 기존의 무술영화와 다른 지점의 또 다른 무술 영화가 필요했던 것이다. 따라서 두 번째로 지적될 수 있는 것은 1970년대 후반에서 80년대 초반의 홍콩영화계의 두 주류인 만다린 진영과 광동어 진영의 서로 다른 상업전략[11]이라는 측면이다. 홍콩영화의 트레이드마크인 '무술영화'에 대한 선도권은 만다린 진영에 있었다. 상대적으로 방언으로 드라마를 구축하던 광동어권에서는 그들의 주요전략으로서 그들과 다른 무술영화를 구사할 필요가 있었다. 또한 가깝게는 1970년대 세계의 주목을 갑자기 끌기 시작한 'Bruce Lee'의 쿵푸액션을 대신할 새로운 스타급 액션배우의 출현이 시급했다.

둘째, 그 의도된 연기는 자연스러운 폭력의 지점이나 행동의 지점이 아니기 때문에 감정적으로 전혀 다른 효과를 불러올 수 있다. 즉 근육을 이용하는 고도의 동작들은 연기자가 완벽하게 그것을 재현해 낼 때 단순한 폭력이나 동작성에서 느끼는 긴장감에서 벗어나 '즐거움'을 느낄 수 있다. 왜냐하면 이것이 카메라운용과 관련되기 때문이다. 그의 행동을 담은 화면은 시점화면(point of view shot)을 구성하지 않고 설정화면(establishing shot)을 구성한다. 행동축(axis of action)이 보이는 이러한 shot은 분명히 필름편집의 문제를 뒤로 하게 만든다. 따라서 관객은 성룡과 함께 성룡이 되어 싸우는 것이 아니라 성룡이 싸우는 것을 '본

로운 영화세대를 예고했다고 지적한다(David Bordwell, ibid, p.3-4).

11) Poshek Fu and David Desser, *The Cinema of HONG KONG History, Arts, Identity*, New York: Cambridge Uni. 2002, p.165.

다'.[12] 그리고 객관적으로 보는 것을 통해서 오히려 치열한 감정의 세계로 들어가는 것이 아니라 이제 '어떻게' 싸우는지 객관적으로 바라보면서 유유자적한 즐거운 감을 불러온다. 이 때 관객은 이러한 치열한 싸움 속으로 들어가지 않고 그것을 바라보기 때문에 몸서사가 진행되는 화면에서 박자감을 느끼게 되는 것이다. 감독은 리얼리티 감정에 들어가는 것을 기획하기 보다는 관조적 자세로 싸움의 '미학'과 '재미'를 볼 수 있도록 관객을 유도하고 관객은 리듬감을 느끼는 공간 속으로 초대된다.

2. 과연 가벼운가?—감각자극의 법칙

거대한 시계탑에 매달리기도 한다(〈A 계획〉, Project A, 1983). 그러다가 불속에서 온 몸이 구워질 정도로 뒤적거린다(〈취권〉, Drunken Master II, 1994). 시내 한복판 거대한 빌딩에서 뛰어내리기도 한다(〈홍번구〉, Rumble in the Bronx, 1996). 사실 아찔한 행동 그 자체는 관객들에게 긴장감을 불러일으킨다. 이것은 완벽한 볼거리이다. 그의 위험천만함은 영화가 끝난 다음 올려지는 NG 씬으로 인해 그것이 영상화되는 조건들이었음을 보여준다. 따라서 그러한 액션은 하나의 해프닝에 불과했음을 알려준다. 그것은 그렇게 '만들어졌을 뿐이다'!

---

12) 설정화면에서 행동축이 보이는 화면은 관객으로 하여금 행동에 연루시키게 된다(Daniel Chandler, *Semiotics: The Basic*, London : Routledge, 2002, p.168). 하지만 그의 설정화면은 미적관조를 위한 의도된 움직임으로 인하여 화면자체를 관객과 분리시키는 효과를 가져오게 된다.

성룡은 "그(이소룡)의 영화는 긴장감을 주지만 나의 영화는 가볍다 (His Movies are intense, Mine are light.)"[13]라고 표현함으로써 자신의 위험천 만함이 절대로 심각하지 않다고 주장한다. 이러한 위험천만함을 가볍 다고 느끼게 해 주는 행동양식 역시 결코 자연스러운 일은 아닐 것이 다. 그러한 가벼움의 미학은 중국 전통극의 유형적 인물인 '무축(武丑)' 과의 관련성 속에서 설명될 수 있다. '무축'은 자신의 연기 생명에 가장 중요한 포인트로 '최고의 묘기(絶活)'라고 하는 볼거리를 가지고 있어 야 한다. 이것은 가장 위험천만한 순간에 코믹의 요소를 함께 둠으로 써 관객들에게 뾰족한 긴장감을 웃음과 병행하여 즐기도록 만든다.

이 그림은 중국 전통극에서 무축의 작품 중 대표작인 〈도갑〉(盜甲, Stealing a suit of armor with father)이라고 하는 극이다. 여기서 보면 그는 왼 쪽에서는 버젓이 짐을 지키고 있는 사람을 속이고 거꾸로 매달림으로 써 그의 뛰어난 위험천만함과 코믹이 함께 선보이며, 이것을 훔치고

---

13) David Bordwell, ibid, p.55.

14) 왼쪽은 '珍珠倒卷帘'이라고 불리 우는 무축의 행동 패턴으로, 주로 중요한 보 물을 지키고 있는 사람의 눈을 피하여 몰래 벽에서 내려와서 물건만 집어가는 기술을 보여주는 장면을 나타낼 때 사용된다(余漢東 編著, 『中國戲曲表演藝術 辭典』, 武漢: 湖北辭書出版社, 1994, p.183).

나가는 과정에서도 오른쪽에서와 같이 여유만만하게 앉은뱅이 자세로 상자를 옮겨간다. 그는 재빨리 훔쳐 달아나지 않는다. 이극에 나오는 인물은 '시천(時遷, shiqian)'이다. 원래 그는 중국 전통소설인『수호지』(水滸志 Water Margin)에 나오는 좀도둑에 불과하다. 하지만 그는 반정부 단체인 양산박이 정부를 대상으로 싸울 때 필요한 날개 달린 갑옷을 훔쳐오도록 명령받는다. 그의 행동은 정당하지 않다. 남의 것을 '훔쳤다'. 하지만 이러한 과정은 너무도 안전하고도 절묘하다. 좀도둑의 행동은 그것이 유용한데에 쓰일 것이라는 결과론적으로 합리적인 것을 산출했을 때 비난받지 않게 된다. 이러한 행동모식은 성룡 영화의 중요한 서사구조중 하나이다.

> 보물이 존재 한다 - 별 볼일 없는 주인공은 그 보물을 몰래 훔쳐온다 - 영웅이 된다.[15]

그래서 성룡 영화에는 앞에서 살펴본 보잘 것 없는 영웅의 설욕을 씻는 이야기 구조이외에 위와 같은 또 다른 하나의 모험담이 존재 한다. 이러한 이야기 구조에서 덧붙일 수 있는 것들은 다음과 같은 것들이 있다. 그의 '훔치는' 행동은 정당하지 못하다고 판단되지만 그 물건의 소유한자가 악의 무리이기 때문에 정당함을 얻게 된다. 그리고 그러한 보물의 위치가 근접하기 어려운 곳에 있기 때문에 좀도둑의 '훔

---

15) 이러한 서사모식은 서양의 Adventure 류와 사뭇 다르다. 기본적인 차이는 신분의 차이와 그들의 행동의 정당성에 있을 것이다. 대부분 서양에서는 그러한 보물을 찾는 사람은 위험과 전혀 상관없는 학자(『Raiders of the Lost Ark, 1981』)이거나 혹은 그것이 있어야 할 곳 즉 박물관 관계자(『National Treasure: Book of Secrets, 2007』)의 어떤 정당한 이유에 의해서 이루어진다.

치는' 행동은 매우 뛰어난 그 무엇에 해당하는 것이다. 결정적으로 아래의 두 가지 사실에서 그의 행위는 무화된다. 한 가지는 그의 뛰어난 절도행위에 귀여운 실수가 가해진다는 것 그리고 그의 신분이 장군이나 혹은 뛰어난 무술의 고수가 아니라 단지 한낱 좀도둑에 지나지 않는다는 것.

이 장면은 〈80일간의 세계일주(Around the World in 80Days)〉(2004)에 나오는 로프잡기 묘기인데, 카메라의 이동을 통해 역동성을 가미하고 있음을 볼 수 있다. 그는 멋있게 로프를 잡고 매달려 가다가 동상의 손에 바지가 걸려서 벗겨짐으로써 이 완벽한 액션에 치명적인 오명을 남긴다. 그는 열심히 뛰었고 줄도 잘 잡았다. 그러나 바지가 벗겨졌다. 그리하여 그는 뛰어난 로프연기를 한 연기자라기보다는 우스운 꼴을 한 줄에 매달린 바보가 되고 마는 것이다. 그래서 위험이라는 긴장감은 저 멀리 달아나고 웃음만 남게 된다. 완벽하고도 치밀한 이 액션연기는 뛰어난 액션영화에서 코믹영화로 탈바꿈하게 된다. 위험이 웃음으로 바뀌

Around the World in 80Days
(2004)

는 특이한 지점을 형성하게 된다. 이러한 구조는 그로 하여금 단순히 액션 배우의 영웅으로서만 존재하지 않게 하는 큰 이유가 된다.[16] 당연

---

16) 陳墨은 감독 라유가 이소룡의 뒤를 이어 성룡이 『新精武門 Fist Of Fury』(1991)의 주연이 되게 함으로서 그의 영웅자리를 잇기를 바랬지만 그러한 그의 계획이 철저하게 실패했음을 보여주고 있다. 여기서 진묵은 그가 시도한 여러 가지 성룡의 액션만을 강조할 때 어떠한 실패들을 겪었는지에 대해서 상세하게 거론하

히 여기서 보물은 영화 전체에 중요한 동기화를 제공한다. 주인공들은 이러한 보물의 가치를 충분히 관객들에게 전달한다. 또한 주인공은 그러한 동기화를 위해 위험천만한 액션을 취하는 것이다.

그 과정에서 우리는 특이한 현상을 발견하게 된다. 이 보물들을 안전하게 운반할 사람의 신분에 그다지 믿음성이 가지 않는다는 점, 또한 그것을 가져오는 과정 자체가 미숙하다는 점. 하지만 위대한 물건을 하찮은 사람이 실수투성이를 연발하면서 '안전하게' 손에 넣으려 한다는 점에는 주목해 볼 필요가 있다. 이 과정에서 그의 행동은 세련되지 않게 표현될 것이고 위험천만의 순간에 그의 완벽하지 않음으로 인해 슬랩스틱 코미디의 정수를 보여줄 것이다. 그것은 가히 가학적이며 결코 즐겁지만은 않다.

저 당사자에게 감정이 이입된다고 생각해 보라. 그것은 너무도 끔찍한 일이다! 하지만 관객들은 경악하지 않는다. 여기서 웃음의 코드를 읽을 수 있다. 따라서 이러한 위험천만에 웃을 수 있는 행위 자체는 관습적인 것이며 학습을 필요로 하는 감각훈련에 해당된다. 단순히 로우 앵글(Low angle)로 잡혀 있는 장면과 하이앵글(High angle)로 잡혀 있어 곧 미끄러질 것 같은 그의 모습만을 본다면 그가 과연 임무를 완성할 수 있을까 하는 불신이 팽배된다. 관객은 그 사건으로부터 빠져나올 뿐

Around the World in 80Days (2004)　　　　　　　Kung Fu Panda (2008)

고 있다. 그의 실패 원인에는 바로 액션인물의 전형성을 외부에서 찾았던 데에 있었다고 할 수 있다(陳墨, ibid, p.260).

Mr. Nice Guy (1997)　　　Rob-B-Hood (2006)　　　Kung Fu Panda (2008)

아니라 영화 속 '그' 역시 사건으로부터 유리되는 특이한 상황에 이르
게 된다. 그 역시 가학적 행동에 아픔을 느끼지 않게 된다. 따라서 이러
한 위험천만한 순간에 그가 동그랗게 뜬 그의 눈과 입 모양은 그가 위
험에 처했지만 웃긴 상황에 돌입했음을 의미하게 된다. 하지만 이러한
가학적 행동에서 관객은 어떻게 웃음과 연관되는가 하는 의문을 가질
것이다.[17] 그리고 왜 이것을 웃음이라는 코드와 연결시켜야 하는지 의
아해 할 수 있다. Stephan Teo는 이와 같은 방식으로 작은 사건들과 인
물들을 섞어 놓는 것이 산만감을 조장한다고 지적한다.[18] 사실 이러한
가학적 행동(masochistic intensity)이 웃음의 코드로 변하기까지[19]는 상당한

---

17) Richard Meyers는 1998년 미국에서 관중들에게 성룡의 예전 영화를 재상영하
　　면서 30분 이상 편집 당했던 수많은 액션장면을 보고 성룡이 너무 놀랬다는 것
　　을 언급하고 있다(Richard Meyers, *Great Martial Arts Movies- From Bruce Lee
　　to Jackie Chan and more*, New York: Citadel Pres, 2001, p.132-133). 성룡이 보기
　　에 그러한 싸움장면들은 그 영화에 있어서 가장 포인트가 될 만한 부분이었고
　　홍콩관중들이 가장 선호하는 장면이었기 때문이었다. 이러한 사실은 이후 그의
　　영화가 American version과 HongKog version이라는 두 가지 다른 영화가 있을
　　수 있다는 것을 알려주는 계기였으며, 이는 관중들의 미학적 취미와 수용정도와
　　밀접한 관련성을 제기하는 문제였다. 따라서 이러한 취미는 완전히 '습관'에 의
　　한 것이라고 판단할 수 있다.

18) Stephan teo, ibid, p.126.

19) Stefan Hammond & Mike Wilkins는 분명히 성룡의 영화에는 피학대중의 지점
　　에 웃음이 자리하고 있다고 지적하고 있다(Stefan Hammond & Mike Wilkins,

여러 가지 관습들을 요구한다. 우선 관객들은 이 가학적 행동이 모든 그의 영화에 늘 '반복된다'는 사실에 익숙해져야 한다. 그의 위험천만함은 코믹으로 코팅되어 있기 때문에 잔인함은 완전히 상쇄될 수 있다는 코드를 읽을 수 있어야 한다. 그다음 인식할 것은 이것은 일반 액션이 아니라는 사실이다. 이 부분은 Panofsky가 지적했던 영화초기에도 볼 수 있었던 '잔인한 유머(Crude sense of Humor)'다.[20] 그것은 바로 몸으로 이루어지는 사건 전달을 말하며 그 동작 자체가 사건의 위험성이나 혹은 캐릭터의 우스움등을 한꺼번에 전달하는 '움직이는 서사'이다.

결론적으로 그의 행동은 위험천만하지 않다. 가볍다. 웃을 수 있다. 이미 관객들은 필름이 재현할 수 있는 운동성과 그것이 주는 잔인한 유머감각으로 회귀했다. 하지만 그가 말하는 '가벼움'은 그 행동이 아닌 즐거움과 동의어가 될 수 있는 관객의 화면 밖으로의 관찰자로서의 위치 지움에 있는 것을 의미하며 그러한 관찰자로서 서사밖에 위치할 때 이러한 비어 있는 기의들의 기표감각을 쫓아가게 되는 것이다.

3. 진부한가? 역시 재밌다 ― 동물화와 생활화, 무용화

하지만 가장 큰 문제는 여기에 있다. 코믹쿵푸에서 가장 중요한 수단인 '쿵푸'라는 일반적인 생활과 다른 특별한 행동―그것은 세속을

---

ibid, p.108).

20) 그는 그것이 바로 필름의 문학적 가치를 벗어난 새로운 매체로서의 기능수행에 가장 알맞은 것이라고 이미 지적하였다(Panofsky, ibid, p.281).

떠난 사람들의 도를 닦는 수단이다!—은 두 가지 면에서 현대생활과
유리될 가능성이 컸다. 일단 그 행동이 지니고 있는 고전성, 즉 시대감
각의 차이가 있고 또 하나는 일상에서 벌어지는 행동의 연속이 아니라
앞에서 살펴본 바와 같이 완전히 미학을 고려한 새로운 형태의 미학적
행동이기 때문이었다. 이러한 두 가지 사실은 그의 영화에 여러 가지
변화를 시도하게 만들었다. 그는 〈Drunken Master〉이후 새로운 그의
캐릭터로 자리 잡은 청말의 시골 청년의 이미지를 〈소권괴초〉(笑拳怪招,
The Fearless Hyena, 1979), 〈사제출마〉(師第出馬, The Young Master, 1980), 〈용
소야〉(龍少爺, Dragon Lord, 1982)라고 하는 3부작으로 이어가게 되었다.
여기서 그는 고전성을 탈피할 계획으로 그 시간적 배경을 청말에서 홍
콩으로 옮겨 왔으며(〈A 計劃〉(Project A, 1983), 〈警察故事〉(Police Story,
1985)), 바보스런 청년에서 보통 사람들로 캐릭터에 대한 변화를 꾀하
였다. 다만 그의 쿵푸 액션을 발휘하기 위하여 그는 모험적 서사를 이
행할 공간으로서 세계로 눈을 돌림으로써 고전행동양식의 '현대화'를
모색하였다(〈快餐車〉(Wheels On Meals, 1984), 〈龍兄虎弟〉(Armour Of God,
1986)). 이러한 것들은 상업적으로 성공한 것이 사실이었다. 하지만
1994년 당시 비평가들에게 악평을 받는 와중에도[21] 그는 오히려 고전

---

21) 주로 이러한 악평은 그의 고전적 무술 스타일을 이해하지 못하는 현대 서
양 비평가들에게 이루어졌다고 볼 수 있다(Gina Marchetti, ibid, p.139). 그러나
Stephen Teo의 경우는 그의 발레와 같은 무술 스타일을 이해하는 劉家良(Lau
Kar-leong)와 같은 감독을 만남으로써 이곳에서 회복되었다고 본다(Stephen Teo,
Hong Kong Cinema The Extra Dimensions, London: British Film Institute, 1999,
p.133). David Bordwell 역시 '구식쿵푸(old-fashioned Kung Fu)'가 어떻게 현대에
도 여전히 작동되는지 보여주는 사례라고 지적함으로써(David Bordwell, ibid,
p.58) 두 가지 사실을 일러주게 된다. 하나는 그것이 담고 있는 고전적 시간성과
또 한 가지는 그것 자체가 성룡식 쿵푸라는 독특한 가치를 형성한다는 것이다.

적 스타일인 〈취권 Ⅱ〉(醉拳 Ⅱ, Drunken master Ⅱ, 1994)로 돌아왔다. 결국
고전적 양식은 고전적 시간속으로 회귀한 셈인데, 그렇다면 '현대성'을
어디서 획득할 것이냐 그러한 문제에서 새로운 고전양식의 부활을 꿈
꾸게 된다. 그것은 그의 액션이 헐리우드식의 '과장액션'에서 중국고전
극에서 보이던 '생활액션'으로 회귀하게 된 것이다.[22] 결국 '무술'이라고
하는 일상생활의 행동과 전혀 다른 지점에 있는 예술화된 동작을 어
떻게 일반적 행동 속으로 넣느냐 그리고 시간적으로 고전적인 이 행동
규칙을 어떻게 현대인의 사고방식에 적합하게 '보편성'을 획득하느냐
[23] 하는 중요한 문제에 봉착한 것이다. 그리고 그 답은 오히려 고전적
차용방법, 즉 초기에 그가 무술이 하나의 액션으로서만 기능하지 않고
그래서 그것이 '스턴트'에 불과한 것이 아니라는 것을 강조하기 위한
서사 속 몸짓언어로서 기능하도록 했다.

　먼저 그는 쿵푸라는 특수동작에 친근한 이미지를 부여하기 위하
여 '동물화되기'라는 전법을 구사한다. 그의 초기 영화인 〈취권〉(醉拳,
Drunken master)에는 정확하게 원숭이와 학의 권법을 선보였었다. 여기서

---

22) 中國臺港電影硏究會 編,〈成龍的電影世界〉, 北京: 中國電影出版社, 2000, p.15

23) 일례로 그는 〈Drunken master〉(1978)와 그 후속편인 〈Drunken master Ⅱ〉(1994)
　　에서 차이를 보였다. 물론 첫 작품은 원화평(袁和平 Woo-ping Yuen) 감독에 의
　　해서 이루어졌기 때문에 '무술'이라는 성분은 서사 속에서 온전히 고전적 시간대
　　를 형성하지만, 후자는 성룡 자신이 당시에 새로운 카리스마와 무술로 선보인
　　Jet Lee의 〈Once Upon a Time in China〉(1991, by Hark Tsui Dir.)에서의 중국 고
　　전적 전설 인물인 '黃飛鴻'을 그려낼 때 그와 대척점에 있는 무술인 동시에 1970
　　년의 무술과는 다른 지점에 있어야 했다. 그는 Jet Lee와 달리 평범한 중국의 청
　　년이라는 점을 강조했고, 아무 이유 없이 취권을 구사하는 것이 아니라 악당들
　　의 계략에 의하여 어쩔 수 없이 술을 마셔서 정상적으로 싸울 수 없는 상태에서
　　의 '취권'이 이루어지도록 개연성을 갖추었다(Richard Meyers, ibid, p.129).

보이는 것은 13명의 술을 사랑하는 신
선들의 '취하는 듯 보이는 권법 취권'이
었으며, 일반적인 정신상태가 될 수 없
는 '술에 취한 상태'에서 고도의 테크닉
을 구사한다. 이것은 아이러니한 상황
이 바로 관객들에게 웃음의 코드로 인
식될 수 있다는 사실을 알려주는 중요
한 전범으로 작용된 부분이다. 성룡은
사실 그의 첫 작품인 뱀과 수리를 상징
하는 〈사형도수〉(蛇形刁手, Snake in Eagle's
Shadow, 1978)에서부터 뱀의 공격성과 비

Drunken Master(1978)

숫한 주먹권법과 고양이 발톱권법을 선보였으며, 〈소림목인항〉(少林木
人巷, Shaolin Wooden Men, 1976)에는 용, 호랑이, 표범, 뱀, 학을 등장시킴
으로서 최근 디즈니의 에니메이션 액션작인 〈Kung Fu Panda〉(2008)에
나오는 동물들을 그대로 미리 재현하였다. 사실 고대 중국에서 인간
의 동물의 기본특징에 대한 동물화는 도를 닦는 사람들에게 인간으로
부터 탈피하는 가장 중요한 방법으로 인식되었으며,[24] 아이러니 하게
도 홍콩의 무술영화를 알린 스타 역시 '용'이라고 하는 동물성을 가진

---

24) 이러한 사실은 중국의 아주 오래된 그들의 서사인 『西遊記 The Adventures of
Super Monkey』속 주인공인 '孫悟空'에게 확인된다. 인간이 연기자가 원숭이라
는 동물과 인간 중간, 인간과 신 중간에 있는 면을 표현하기 위하여 연기자 자신
을 어떻게 '동물화'시켜 독특한 인물을 창조 하는가에 대한 것으로 연기 예술 유
파를 달리하였다는 점이 경극에서 발견된다. 김영미, 「경극에서 '손오공' 인물형
상의 예술적 창조」,『외국문학연구』제23집, 한국외국어대학교 외국문학연구소,
2006. 8.

이소룡에게서 시작되었으니 동물화작전은 거의 그에게 있어서 간과할 수 없는 작업이었을 것이다. 따라서 그는 이소룡 이후 자신만의 '용(龍)'이 되기 위해서 자기 자신의 이름에 '용'을 붙이고 용 씨리즈[25]를 제작하였으며, 일련의 이러한 동물화된 동작들은 확실히 David Bordwell이 지적하였듯이 Bruce Lee와 다른 지점의 코믹하면서도 귀여운 용이 되도록 만들었다고 평가될 수 있는 부분으로 작용된 것이다.[26]

또한 그의 동물화된 동작이 바로 홍콩의 모든 쿵푸영화계열에서 독특하게 그만의 '코믹'이라는 접두어를 붙일 수 있는 특성을 형성하고 있으며, 이후 성룡식의 쿵푸스타일을 따라한 어린이나 혹은 언어가 불필요한 관객을 대상으로 하는 애니메이션과 동영상 화면에 모두 골고루 적용될 수 있는 가능성을 보여주고 있는 것이다.[27] 왜냐하면 그것이 지니고 있는 두 가지 '기호현상(Semiosis)' 때문인데, 한 가지는 동물이 지니는 속성 그 자체는 반드시 학습을 통해서 알 수 있는 것이 아닌 자연적인 '도상(icon)'으로서 기능하기 때문이고 또 한 가지는 그러한 동

---

25) 진묵은 그의 영화 가운데 '龍'자가 들어가는 〈龍的心, Heart Of Dragon〉(1985), 〈龍少爺, Dragon Lord〉(1982). 〈威龍猛探, The Protector〉(1985). 〈龍兄虎弟, Armour Of God〉(1986), 〈飛龍猛將, 3 Brothers〉(1988), 〈雙龍會, Twin Dragons〉(1992)을 일러 '阿龍故事'라고 이름하였다(陳墨, ibid, p.268).

26) 그는 홍콩의 두 마리 용으로 Bruce lee와 Jackey Chan을 함께 묶으면서 이들이 각자 '위엄 있게 포효하는(glowering menacingly)' 용과 '웃기면서도 귀여운(comically cute)' 용으로서 홍콩의 정신을 대표한다고 보았다(David Bordwell, ibid, p.60).

27) 김영미는 일반인의 예술 형태인 온라인상의 '동영상놀이 UCC'의 특성을 독해가 따로 필요 없는 언어, 즉 몸서사 언어와 기존의 사람들의 관습미학을 자극할 모방 두 가지를 지적하였다. 김영미, 「遊'-You-U..cc」, 『중국어문학지』 제24집, 중국어문학회, 2007. 8.

물적 속성을 인간이 따라한다는 것 자체는 '중국적'이라고 하는 문화적 이해 말하자면, '상징(Symbol)'으로서도 동시에 기능하기 때문이다. 관객은 인간이 동물을 흉내 낸다는 것 자체만으로도 즐거울 수가 있는 것이다. 나아가 그곳에서 취해지는 동물의 종류가 특별히 중국적인 어떤 것, 즉 팬더라든가 용 혹은 뱀과 같은 중국적 사물과 합쳐지면서 새로운 모델을 흡수하는데 흥미로와 하는 것이다. 그것은 '글로벌'이라고 하는 매우 상업적인 아이템과 매치되는 것이다.

Kung Fu Panda (2008)

두 번째로 성룡이 추구한 생활화된 동작은 주위의 기물을 이용한 점을 들 수 있다. 그 기물들은 우리가 일상생활에서 쉽게 볼 수 있는 의자라든가 수건 등으로, 관객들은 쿵푸를 아주 친근한 자신의 주위에서 벌어질 수 있는 일들이라고 생각하게 되는 것이다. 이러한 것은 관객들에게 친근감을 주기도 하지만 그렇기 때문에 조금 더 현대적이라는 감각을 넣을 수 있는 부분이 된다.

이 장면은 『취권』에서 모자를 이용하여 상대방을 놀리는 장면이다. 그의 사부는 음식점에서 수건을 이용하여 충분하게 적을 물리치는 동시에 관객에게 즐거움을 선사한다. 사실 의자나 수건 등의 주위 기물을 이용하여 코믹액션을 선보이는 이러한 행동들은 원래 무축의 영리함을 드러내주는 기본적 패턴이었다.

Drunken Master(1978)

아래 전통극의 장면은『당마(當馬)』라고 하는 작품으로 상대방의 검을 피하기 위해 주인공 초광보(焦光普)는 의자를 이용하여 자신을 보호하고 있는 중이다. 여기서 의자는 단순히 기물일 뿐만 아니라 그의 손의 연장선상에서 이루어지는 무술적 행위의 일부가 된다. 그렇게 되면 의자는 단순히 하나의 사물이 아니라 몸 서사를 보조하는 몸의 일부로 변하게 되는 것이다.

京劇[當馬]

Around the World in 80Days (2004)

28) 이것은 '滾椅加官'이라고 부른다. 주로 인물의 민첩함과 기지를 드러내는 동작으로 설명된다(余漢東 編著, ibid, p.317).

  물론 위의 장면은 무대에서 펼쳐지는 고전극의 장면이므로 다양한
시점이 존재하지 않는다. 단지 여기서 두 명의 연기자가 펼치는 긴장
의 지점은 '말'이 아닌 '동작의 연결'로 그 상황을 대치함으로써 관객들
에게 공간 속의 동작을 통해 서사를 이해시키고 그러한 긴장감을 즐
기도록 해준다. 이것은 교묘하게 기물을 이용하여 자신을 보호하고
있는 재빠른 남자배우의 행동에 대한 '의미 있는' 행동단위가 될 것이
다. 아울러 그것은 앞서 살펴보았던 매우 계획된 행동으로서 일반적
행동과는 다른 지점인 것이다. 일상생활에 '의자'는 있고 의자로 자신
을 방어할 기회는 있지만 이와 같이 뛰어난 묘기를 통해서 이야기 속
'긴장감'을 예술화 시키는 지점은 다른 것이다. 일상생활에서 볼 수 있
는 기물을 이용한 보통 동작들이 무용과 같이 아름다운 행동으로 승
화될 때 무술은 단순히 몸의 단련 '기술'로서만 존재하게 하는 것이 아
니라 무술 자체를 이야기성을 지닌 예술로 승격시켜 주게 되는 것이
다. 그리고 아래의 〈80일간의 세계일주〉에서 보이는 다양한 시점의 의
자 격투 씬은 그러한 긴장감을 더 해줄 것이다. 당연히 화면 자체의 미
디엄 샷과 클로즈업 또한 시점 화면 등으로 인한 격렬한 감정은 배를
더하게 될 것이다. 중요한 것은 이러한 행동 역시 일반적인 무술 액션
과는 다르다는 점이다. 진묵은 이러한 그의 무협이 이소룡과 다른 지
점이라고 지적한다.[29] 즉 성룡에게 있어서 이러한 행동은 위의 고전극
에서 보이던 서사화된 몸동작의 일부로서 작동하기 때문이다. 물론 이
런 기지와 웃음을 유발하는 동작은 당연히 헐리우드의 많은 '모험 장
르'에게 훌륭한 교과서가 되었으며,[30] 나아가 '고정된 장소'혹은 '움직

---

29) 陳墨, 「功夫成龍:從港島走向世界」, ibid, p.271.

30) 성룡이 『A 計劃, Project A』(1983)에서 보여준 버스 뒤에 우산에 매달려 가는

이는 사물'까지 이용하는 즐거움을 선서함으로써 액션이 기물과 함께
작동될 때[31] 얼마나 많은 흥미를 안겨주는지에 대한 좋은 액션영화 법
칙을 만들었다고 평가되는 것이다.

　여기서 간과하기 쉬운 생활화에 대한 패턴이 또 하나 있다. 이러한
동작들은 우리가 쉽게 넘길 수 있는 것들로서 그것이 기물을 이용하
지 않더라도 일상생활의 동작들 가령 먹고 마시고 걷는 것 따위들이
어떻게 '쿵푸'라고 하는 비생활적인 동작들과 연결되어 예술화되는지
를 알려준다. 가장 먼저 드러난 것들은 성룡의 진부한 고전적 서사 가
운데 있다. 앞서 살펴보았듯이 그는 완성되지 못한 덜 다듬어진 무술
가였다가 무술의 달인을 만난 후 혹독한 훈련을 거치고서 그의 완벽
하지 못함은 다듬어진다. 여기서 그의 훈련하는 과정은 너무도 단순
하다. 매일 물을 긷고, 마당을 몇 년에 걸쳐서 쓰는 것이다. 알고 보면
그것은 근육 단련을 위한 또 다른 생활화된 무술 패턴인데도 매우 관
객들에게 웃음 짓게 만든다. 그것은 아주 가벼운 몸놀림, 그리고 매우
쉬워 보이는 동작들로 이루어진 듯이 보인다. 주성치는 특별히 그의
영화 〈소림축구〉 이후 이러한 패턴을 그대로 가져 온다.[32]

장면은 『탱고와 캐쉬 Tango & Cash』(1989)에 차용되었다(Richard Meyers, ibid,
p.114).

31) Stephen Teo, ibid, p.131.

32) 사실 그가 쿵푸를 일상활동과 연결시키는 작업은 그의 영화 초기부터 감행
한 일이지만 여기서는 특별히 글로벌적인 소재인 '축구'와 중국적 코드인 '쿵푸'
를 결합한 성공의 예가 될 것이다. 왜냐하면 그의 이후 작품인 『功夫 Kung Fu
Hustle』(2004)과 『功夫 2 Kung Fu Hustle 2』(2008)으로 이어졌으며, 이러한 그의
아류작으로서 다른 스포츠 종목인 '농구'와 연결시킨 『功夫灌籃 Kung Fu Dunk』
(2008)이 있어 그것이 이후 '일상적 동작 + 쿵푸'의 원본 디스크로서 충분히 작동
하기 때문이다.

주성치는 이후 그의 『쿵푸 허슬(功夫, Kung Fu Hustle, 2004)로 선보였고, 이러한 붐은 곧바로 서양권 애니메이션인 『쿵푸팬더』에 온전히 반영되게 되는 것이다. 사부는 우연히 먹을 것을 탐하는 팬더가 순식간에 높은 곳에 둔 바구니에 손을 뻗는 동작을 보게 된다. 이것은 전형적인 생활화된 무술이다. 이후 그는 고수의 훈련을 받게 된다. 가장 마지막에 만두를 집어 먹기 위한 그들의 젓가락 싸움은 이러한 무술에 코믹요소를 더하는 대표적인 씬인 것이다.

Drunken Master(1978)   Shaolin Soccer(2004)

Kung Fu Panda(2004)

먹는 것과 그것을 탐하는 동작 그리고 고도의 테크닉을 필요로 하는 무술동작들의 결합은 그러한 동작의 테크닉성을 뒤로 하고 관객들에게 즐거움을 주는 부분이 되는 것이며, 이것은 소위 말하는 '화면에 대한 우리들의 습관' 그리고 처음 그것을 습관화되도록 설계하고 훈련하여 화면에 '자연스럽게' 적응된 시점인 것이다. 따라서 그것은 새롭게 막 세계의 관중들이 읽기 시작한 새로운 '중국적 코드'이자 영화에서의 이제 막 사람들에게 익숙해지고 있는 '새로운 행동 패턴'인 것이다. 그리고 관객들은 그 새로운 문화적 관습에 길들여지기를 원하고 있다.

영화 〈전우치〉의 문화사회학적 공간 읽기

정선경

이화여자대학교 이화인문과학원 HK교수

1. 고전의 현대적 변용

중국에서는 고전소설 『홍루몽』을 드라마, 영화, 연극 등 다채로운 장르로 각색해서 대중화한 지 오래이고, 서구에서도 고전서사작품을 현대의 과학기술과 상상력을 결합한 영상문화로 재탄생시켜 대중들의 높은 관심과 호응을 이끌어내는 작업이 낯설지 않다. 최근 들어 우리나라에서 고전소설의 모티프를 살리면서 현대적으로 재해석한 영화 및 드라마가 창작되고 대중 속으로 보편화되는 일은 반가운 일이 아닐 수 없다.

고전소설이 현대소설과 구별되는 뚜렷한 기준의 하나로 시공간의 미분적 양상을 들 수 있다. 이것은 한동안 전근대적이고 발달되지 못한 서사구조라는 비판의 근거가 되었고 대중들이 고전작품을 외면하는 기준이 되어왔다. 그러나 비판의 주범이었던 미분적 혼재성은 최근 유행하는 영화나 소설에서 오히려 환상성을 풍부하게 녹여내며 고전의 근원적인 힘을 상징하는 표지가 되었다. 이러한 점에서 2009년 겨

---

* 이 글은 정선경의 「고전의 현대적 변용: 영화 〈전우치〉의 공간읽기」(『도교문화연구』 제35집, 2011)를 수정, 개편한 글임.

울에 개봉했던 최동훈 감독의 영화 〈전우치〉에 주목할 수 있다. 영화 〈전우치〉에서 자연스럽고 유쾌한 시공적 이동은 영화의 핵심적인 플롯으로 재구성되면서 대중적 환영을 받았다. 비합리적 요소라고 폄하되던 시공간의 미분성이 오히려 판타지 문화의 흥행의 원천이 된 셈이다.

환상 소설에서 허구적 사실성을 핍진하게 만드는 중요한 요소는 가상계인 2차 세계의 설득력 있는 재현[1]이다. 고소설이 현대 영상매체로 전이되면서 원본 텍스트보다 더욱 정교하게 그리고 현실감 있게 묘사되고 대중들의 큰 관심과 주목을 받는 이유가 여기에 있다. 조선시대와 현대를 오가는 악동 전우치를 통해 불가능과 가능한 경계에 놓여진 공간을 탐닉할 수 있다. 선과 악의 완전한 분립이 불가능한 21세기 현대 사회의 단면처럼 영상 속 공간의 미묘한 엇섞임은 완벽한 허상도 완벽한 현실도 아니다.

사람이나 사물이 한 장소에서 갑자기 사라졌다가 벽이나 기타 장애물을 뚫고 다른 장소에 돌연히 나타나는 황당한 이야기, 환자(幻瑳, apport)의 개념은 인류문명의 역사만큼이나 오랫동안 회자되어 왔다.[2] 공간적 제한성을 뛰어넘고자 했던 인간의 오랜 숙원은 현대 사회에서 세컨드 라이프(Second Life)와 증강현실(AR:Augmented Reality)이 실제 현실보다 더 실제적일 수 있다는 평가를 이끌었고 그에 상응하는 현실 재현 공간에 대한 연구를 끊임없이 탄생시켰다.

이 글은 민중적 영웅으로써 도술을 자유롭게 구가했던 전우치 이야

---

1) 조혜란, 「민중적 환상성의 한 유형—일사본 전우치전을 중심으로」, 한국고소설학회, 『고소설연구』 제15집, 2003, p.58.

2) 데이비드 달링 지음, 박병철 옮김, 『불가능한 도약, 공간이동』, 한승, 2007, p.15.

기가 영상 미디어로 재탄생하는 과정에서 사람과 공간의 관계성에 대해 성찰하고 그 공간적 의미를 문화사회학적 맥락에서 풀어가고자 했다.[3] 고전 서사 가운데 판타지의 형상 세계를 보여주는 텍스트는 적지 않으나, 판타지가 현실 비판 의식과 긴밀하게 결합된 텍스트는 드물다.[4] 서구 판타지 영상에 열광하는 현시점에서, 우리의 고전 소설은 매체 공간에서 어떻게 문화사회학적 의미를 펼치고 있는지 탐색할 필요가 있다.

2. 문자에서 영상으로

전우치와 관련된 이야기는 조선시대의 역사서인 『조야집요(朝野輯要)』·『대동야승(大東野乘)』, 이기(李墍)의 『송와잡설(松窩雜說)』, 유몽인(柳夢寅)의 『어우야담(於于野談)』, 허균(許筠)의 『성소복부고(惺所覆瓿藁)』, 이수광(李睟光)의 『지봉유설(芝峰類說)』, 홍만종(洪萬宗)의 『해동이적(海東異蹟)』·『순오지(旬五志)』, 이덕무(李德懋)의 『청장관전서(靑莊館全書)』, 이원명(李源命)의 『동야휘집(東野彙輯)』, 작자미상의 『대동기문(大東奇聞)』, 이

3) 1980년대에서 1990년대로 넘어가는 시기에 미국 사회학계 내에서 기존의 "문화분과사회학(sociology of culyure)"과 차별되는 "문화사회학(cultural sociology)"이 제프리 알렉산더(Jeffrey Alexander)를 중심으로 발전되어 나왔고 그는 인간의 행위를 도구적 차원뿐 아니라 문화적 차원으로 설명해야 한다는 "문화적 전환(cultural turn)"을 주장했다. 서사와 장르는 분석적 자율성을 가진 문화구조로 간주될 수 있으며 문화는 상징체계이고 이 상징체계를 통해서만 인간은 유의미한 유형 또는 질서를 구성할 수 있다. (최종렬 엮고 옮김, 『뒤르케임주의 문화사회학: 이론과 방법론』, 이학사, 2007, pp.15-16 참조)
4) 김현양 옮김, 『홍길동전·전우치전』, 문학동네, 2010, p.304.

능화(李能和)의 『조선도교사(朝鮮道敎史)』 등 여러 문헌에 기록되어 있
으며, 『어우야담(於于野談)』·『해동이적(海東異蹟)』·『동야휘집(東野彙輯)』
에서는 전우치에 대한 긍정적인 평가가 두드러진다.[5] 이본별로 내용
상 약간의 차이를 보이고 있으나 사회적 대의명분보다는 도덕적, 개인
적인 도술을 구가하는 전우치에 대하여 묘사하는 문헌이 대부분이다.
특히, 소설 『전우치전』은 일반 영웅소설의 일대기적 구성과는 다른 삽
화편집적 구성으로 되어 있기 때문에 영화의 시나리오로 개작되면서
시공간적인 제약을 덜 받았다. 영상으로 재창조된 전우치 설화의 공간
은 서사문학에서 접근하는 의미와 색다른 해석을 제시하고 있다.

문헌 텍스트는 인쇄물이라는 공간이 필요하다. 문자는 그 자체가
공간의 차원을 점유하고 있기 때문에 문자로 매개되는 소통의 양상은
공간적 속성을 드러낸다. 따라서 문학적 텍스트는 본질적으로 공간론
의 대상이다.[6] 이러한 점에서 문학작품을 공간적 언어라 한다면 영화
는 시각적 언어이다. 크리스티앙 메츠는 영화가 우리에게 멋진 이야기
를 해 주었기 때문에 하나의 언어가 되었다고 했다.[7] 문헌 텍스트와 영
상 텍스트는 존재방식과 전달방식에 차이가 있으나 이야기라는 서사
성을 공통의 축으로 삼고 있다. 이야기를 통해 전개되는 사건은 사건
화하는 선, 상이한 사물들을 연결하고 상이한 신체들을 연결하는 계

---

5) 李鉉國, 「전우치전의 형성과정과 異本間의 변모양상」, 『文學과 言語』 제7권,
1986, p.145, 정선경, 「神仙說話의 대중문화적 수용양상 고찰 ― 영화 〈전우치〉
를 중심으로」, 『중국어문학논집』 제62호, 2010. 6, p.361.

6) 장일구, 「소설공간론」, 한국소설학회 편, 『공간의 시학』, 예림기획, 2002, p.13.

7) 표정옥, 『서사와 영상, 영상과 신화』, 한국학술정보(주), 2007, p.231. 이에 관해서
크리스티앙 메츠, 이수진 옮김, 『상상적 기표 ― 영화·정신분석·기호학』, 문학과
지성사, 2009. 참조.

열화의 선을 통해 정의된다.[8] 서사는 하나의 매체로부터 다른 매체로 번역될 수 있고 낯선 것을 익숙한 것으로 바꿔 줄 수 있다. 이러한 번역 가능성이야말로 서사가 다른 코드와 구분되는 특성이며 서사에 '메타코드(metacode)'라는 특권적 명칭을 부여할 수 있는 근거가 된다.[9]

소설은 문자언어에 의존하고 영화는 영상언어를 사용한다. 상징기호인 문자언어는 주관적·정신적 표현에 강하고, 도상적 기호인 영상언어는 객관적·시각적 제시에 뛰어나다.[10] 문학과 영상이 문자 언어와 시각 언어라는 전달방식의 차이는 있으나 독자 혹은 관객들에게 이야기를 전달하는 중심 기능은 같다고 할 수 있다. 다만, 영상을 통한 이야기 전달은 수용자의 지적 수준을 막론하고 대중적 파급 효과가 짧은 시간에 넓은 지역으로 확산되기 때문에 문화사회적으로 그 범위와 영향력이 훨씬 크다고 할 수 있다.

문자언어에서 영상언어로의 변환은 텍스트의 재배치를 통해서 삶의 문제를 새롭게 분석하고 포착하여 서사의 영역을 확장시킨다. 같은 내용일지라도 표현 양식이나 전달 매체에 따라서, 발신자의 의도에 따라서 혹은 수용자의 상황에 따라서 다르게 해석될 수 있기 때문이다. 다르게 읽고, 다르게 느끼며, 다르게 창출해 냄으로써 서사의 내용을 풍성하게 만들고 시대에 맞는 사회적 의미를 부여할 수 있다. '다른' 읽기의 방식을 통해 과거를 재현하고 해석하면서 현실 속 자신을 반추할 수 있다. 이 과정은 자아와 타자와의 상호교류를 통해 사회적 공간

---

8) 이진경, 『노마디즘1』, 휴머니스트, 2002, p.595.

9) 대니얼 챈들러 지음, 강인규 옮김, 『미디어 기호학』, 소명출판, 2006, p.160 참조.

10) 손정희 지음, 『소설, TV드라마를 만나다』, 푸른사상, 2008, pp.241-242.

을 확대시키는 미적 체험의 단계라고 할 수 있다.[11]

소설『전우치전』이 영화 〈전우치〉로 재창조되었고 관객은 영상 속 빠른 시공간의 이동을 거부감 없이 받아들였다. 조선시대와 현대사회, 500년 전과 21세기를 종횡하는 삽화나열식 시공간적 구성이 관객들의 큰 호응을 이끌어낼 수 있었던 것은 끊임없는 도전을 통해 불가능을 가능으로 전환시키려는 현대인의 욕망이 투영되었기 때문이다. 또, 현실과 초현실적 경계의 자연스런 넘나듦을 통해서 물리적 장소와 다른 상상 속 공간을 실재화했기 때문이다. 조선시대와 21세기의 시공간적 거리감을 자연스럽게 해소시켜 주었던 이유 중에는 역사문헌의 화소가 영상 공간에서 개연성 있게 접목되었다는 점에 주목할 수 있다.[12] 『삼국유사』에 기록된 문헌적 화소들이 현대 영상물에 차용되면서 시공간적으로 새롭게 배치되었다. 역사적 화소들은 영화의 시공적 플롯을 재구성하는 중요한 근거가 되었고 시대가 요구하는 문화사회적 의미를 창출하는 코드가 되었다.

문자언어가 대사와 여백을 통해서 주인공의 심리 상태를 서술했다면 영상화된 언어는 상징적인 화면과 시각적 표정의 변화를 통해서 고전을 재현해 낸다. 텍스트의 변형, 매체의 전이를 통해서 같은 이야기라 하더라도 강조되는 주제가 달라지고 전달되는 내용이 달라진다. 불특정 다수를 대상으로 하고 있는 영화에서 공간의 적절한 설정과 안배는 대중성을 획득하고 예술적 완성도를 높이는데 중요한 요소가

---

11) 김영순 외 지음,『문화, 미디어로 소통하기』, 논형, 2004, p.26.

12) 영화에서 차용한 대표적인 문헌 화소는 萬波息笛 · 表訓大德 · 謝琴匣의 세 가지를 들 수 있다. 이에 관해서는 조도현,「田禹治 서사의 현대적 변이와 유통 방식―영화 〈전우치〉를 중심으로」,『韓國言語文學』제74집, p.24 참조.

된다. 영상 공간 속 서사는 그 시대적 문화를 창조해가면서 끊임없이
재해석되고 일깨워지기 때문이다.

3. 영화 〈전우치〉의 문화사회학적 공간 읽기

1) 그림에 갇히다

영화는 태초에 인간과 짐승이 조화를 이루며 살고 있고 요괴들은
모두 하늘 감옥에 갇혀있는 상태로 시작된다. 도력높은 표훈대덕[13]이
만파식적[14]을 불면서 요괴들의 야성을 잠재우고 있었고, 말단관직 신
선 세 사람이 시간을 잘못 계산해서 삼천 일이 되기 하루 전 감옥 문을
열면서 세상은 혼란해진다.

스승을 죽였다는 누명을 쓴 전우치는 요괴의 본성에 젖어든 서화
담과 우매한 세 신선에 의해 오백 년간 그림 족자에 갇히게 된다. 현대
사회에서 신분을 감추고 살아가던 세 신선은 요괴가 나타나 세상을

---

13) 영화 〈전우치〉에서 하늘 깊은 감옥에서 요괴들의 마성을 잠재우며 삼천 일간
피리를 불다가 지상으로 떨어진 표운대덕은 『삼국유사』에서는 경덕왕을 위해 천
상과 지상을 오갔던 성인이었다. 후사를 걱정하며 아들을 원하는 경덕왕을 위해
하늘에 오르내리면서 천제께 간청하다가 결국 천기를 누설한 죄로 다시는 하늘
에 오르지 못했다. 『三國遺事』 제2권 「紀異」 제2 참조.

14) 영화 〈전우치〉에서 절대권력을 상징하는 만파식적을 소유하기 위해 주인공 전
우치와 주변 인물들은 조선시대와 현대를 오간다. 영화 전체의 공간 설정에 중
요한 모티프인 만파식적은 『삼국유사』에서 신문대왕이 임오년(682년)에 동해가
에서 신기한 대나무를 취하여 만들어 불자 적군도 물러가고 가뭄 때는 비가오고
장마 때는 비가 그쳤다고 기록되어 있다. 『三國遺事』 제2권 「紀異」 제2 참조.

어지럽히자 그들을 잡기 위해 오백 년간 그림 속에 갇혀있던 전우치를 불러오고 전우치는 요괴들을 잡아서 호리병에 가둔다.

전우치 설화에서 마지막 부분은 서화담과 도술 대결에서 패배한 뒤 그를 따라 입산하는 것으로 되어 있다. 그러나 영화에서는 전우치와 마지막 대결에서 패한 서화담이 스스로 그림족자 속으로 들어가 갇히는 장면으로 마무리된다.

영화에서 하늘 감옥·호리병·그림 족자는 자아의 의지와는 상관없이 수동적이고 일방적인 공간이다. 이러한 공간 속에 박제된 자아는 주체의식이 상실된 존재이다. 비록 마지막 대결에서 서화담 스스로가 그림 족자 속으로 들어가는 형식을 취했지만 자아의 정체성은 억압되며 자유의지는 구속된다. 또 전우치와 초랭이는 보이지 않는 쇠사슬에 묶여있기 때문에 세 신선의 주문에 의해서 자신의 의지와는 상관없이 강제적으로 불려오게 된다. 이러한 점에서 단절된 공간이라기보다 사회적 자아를 억압하는 폐쇄적인 공간이다. 개인의 자유는 강력한 흡입력에 의해서 소멸되며 자아의 정체성이 박제되는 공간이다.

그림 족자는 현대 세상의 모든 것이 낯설기만 한 전우치에게 투명하지만 가로막혀 있는 박물관의 유리벽 같은 공간이다. 전우치와 서화담을 가두고 요괴의 마성을 잠재우는 공간은 감시와 억압을 상징하는 감옥과 같다. 악, 일탈, 불량함으로 분류되는 사회의 부정적 가치가 담겨진 공간이다. 스승을 죽였다는 죄명의 전우치, 인간사회를 어지럽혔다는 요괴, 만파식적을 소유하기 위해 살생을 저지르는 서화담, 이들이 그림족자 혹은 호리병이라는 밀폐된 공간 속에 갇히는 이유는 악을 추방하려는 사회적 약속이 있기 때문이다. 여기에서 공간은 악행에 대한 처벌, 집단에서의 소외를 상징하는 문화사회학적 의미를 지닌다.

도를 수행해야 하는 전우치는 세상에 이름이 날리기를 원하며 사사로운 감정에 치우쳐 도술을 사용한다. 하늘 감옥에 갇혀 있어야 할 사악한 요괴들은 인간세상에서 활보를 한다. 또 높은 학식과 고매한 품행으로 백성들의 모범이 되어야 할 화담 선생은 절대권력을 차지하기 위해 악한 일을 서슴지 않는다. 위반해서는 안 되는, 넘어서는 안 되는 경계를 넘은 존재들이 금기를 어긴 댓가는 폐쇄된 공간에 갇히는 사회적 징벌이다. 이러한 점에서 사회는 처벌이 있을 수 있도록 악을 구축한다. 선을 정의하고 선에 활기를 다시 불어넣어주는 것은 악의 구축과 악에 대한 반응이기 때문이다.[15] 정지된 장소로서, 사회적 악에 대한 격리의 공간이다.

바타유에 의하면 위반은 금기를 부정하는 대신 오히려 금기를 초월하고 완성시킨다고 했다.[16] 위반은 관습적으로 정해놓은 규칙에서 벗어남과 동시에 제도적 질서 밖의 세상까지 포괄한다는 점에서 중심과 주변을 소통시키고 있다. 금기가 위반을 전제로 구체화되듯이, 격리되고 폐쇄된 공간은 절대성을 지니지 않는다. 현대 사회에서 선/악의 완벽한 분립이 불가능한 것처럼, 전우치가 500년 후에 다시 불려나오고, 호리병 속 요괴가 다시 나타나며, 그림 속에 봉인되었던 서화담이 다시 나타날 수 있다. 악은 선의 반대의 개념이라기보다 상호 보완적인 의미로 존재한다. 성스러움 속에 포함되어 있는 해로움의 의미야말로 진실을 드러내주는 열쇠라던 지라르의 언급처럼[17] 오로지 선한 것도

15) 제프리 C 알렉산더 지음, 박선웅 옮김, 『문화사회학 ― 사회적 삶의 의미』, 한울아카데미, 2007, p.264.

16) 조르주 바타유 지음, 조한경 옮김, 『에로티즘』, 민음사, 2009, p.71.

17) 김모세, 『르네 지라르, 욕망, 폭력, 구원의 인류학』, 살림, 2008, p.224.

아니고 오로지 악한 것도 아닌 현대인들의 사회적 정체성을 재현시킨 공간이기도 하다.

2) 하늘을 날다

소설 『전우치전』의 이본이 다양해서 판본별로 기록된 내용에 다소 차이가 있으나[18] 임금을 속여 황금대들보를 탈취했다는 일화는 널리 알려져 있다. 일사본이나 경판본처럼 노모를 봉양하기 위해서, 신문관 본처럼 탐관오리에 시달리는 백성들을 구제하기 위해서, 혹은 영화에 서처럼 함경도 기근문제를 해결하기 위해서라는 공공의 목적을 구체적으로 제시한다 할지라도 임금을 기만해서 선행을 베푸는 과정은 도의적 명분이 서지 않는다. 그럼에도 불구하고 관객들은 이것을 유쾌하게 받아들인다.

영화 속 전우치는 자신을 옥황상제의 아들이라고 속이고 하늘을 날아 지상으로 내려온다. 평범한 인간은 하늘에서 지상으로 수직하강을 할 수 없기에 하늘 공간을 비상하는 전우치의 모습은 억압되지 않은 자유, 폐쇄되지 않는 개방성의 의미를 내포한다.

다음은 전우치가 임금을 우롱하면서 던지는 물음이다. "도사는 무엇이냐? 도사는 바람을 다스리고 마른하늘에 비를 내리고 땅을 접어 달리며 날카로운 검을 바람처럼 휘둘러 천하를 가르고 그 검을 꽃처럼 다룰 줄 아니, 가련한 사람을 돕는게 바로 도사의 일이다." 바람을 다스린다는 것은 대기의 기류를 통제할 수 있고 비행의 능력을 암시

---

18) 박일용, 『영웅소설의 소설사적 변주』, 도서출판 월인, 2003.

하는데 이것은 중국과 한국에서 가장 오래된 신선설화집인 한대『열
선전』[19]과 조선시대『해동이적』[20]에 이미 기록되어 있는 득도한 신선들
의 대표적인 행적이다. 득도한 신선들은 비바람을 다스리며 구름이나
학을 타고 비상하는 능력을 보유함으로써 인간세상의 질서에 구속되
지 않음을 암시했다.

영화에서 전우치는 높은 빌딩 위에서 가볍게 날아다니듯 지상으로
내려온다. 수직하강은 물론이고, 건물 사이를 건너뛰는 능력을 보여준
다. 주인공 전우치뿐 아니라 서화담과 요괴들도 건물 사이의 수직·수
평 공간을 날아다니며 물 속 출입도 자유롭다. 이러한 수직공간의 자
유로운 이동은 카메라 앵글의 상하 이동을 초래하고 그럼으로써 관객
들의 시선도 수직적 상승과 하강을 반복한다. 일반적으로 수직공간으
로의 이동은 수평공간에 비해서 한계와 제약이 따른다. 수직공간은 인
간의 의지대로 통제되거나 자유롭게 이동할 수 없기 때문이다. 비상의
능력을 지닌 자에게만 열려있는 공간이며, 평범한 인간에게는 아득한
골짜기 같은 깊은 두려움과 불안함의 대상이다. 평범한 인간에게 있어
하늘을 나는 능력은 공간적 한계를 넘어선 금기의 영역이다. 그러나
사회의 주변부에 속하는 도사, 악의 상징인 요괴, 사악한 마법에 젖어
든 화담 선생을 통해 자유로운 수직 비행의 모습을 계속 보여준다. 주
목받지 못한 자들, 중심에서 밀려난 자들의 초월적 능력을 보여줌으로
써 억압되어 온 존재들의 해방감을 투영시켰다. 초월하고픈 욕망은 수
직 공간인 하늘로의 비상으로 실현되었고, 이 때의 하늘 공간은 초월
성, 개방성, 자유를 의미한다.

---

19)『列仙傳』「赤松子」,「甯封子」,「赤將子輿」,「偓佺」,「王子喬」,「子英」 등.

20)『海東異蹟』「金蘇二僊」,「大世九柒」,「金可記」,「權眞人」,「李之菡」 등.

여기에서 우리는 수평공간의 이동보다 수직공간의 이동에 주목할 수 있다. 크레스(Kress)와 류웬(van Leeuwen)에 따르면[21] 이미지가 수직 축을 따라 구성될 때, 위는 '이상적인 것'을 나타내고 아래는 '현실적인 것'을 나타낸다. 서구의 인쇄광고는 대체적으로 윗부분은 '일어날 수 있는 일'을 보여주고 아래쪽에는 현실적인 정보가 담겨 있으며 '일어나고 있는 일'을 보여주는 경우가 많다. 레이코프(Lakoff)와 존슨(Johnson)은 경험을 언어로 재현하는 데 있어 방향의 은유가 핵심적인 역할을 담당한다고 보았는데 위는 '크거나 많음'을 의미하고 아래는 '작거나 적음'을 의미한다고 했다.[22] 인지의미론적 혹은 시각사회학적 입장에서 접근한 방향의 은유들이 수평공간보다는 수직공간에 특별한 의미를 부여하고 있는 것은 '위'의 공간이 현실 초월을 상징하는 표층구조이기 때문이다. 그러므로 시각적 언어인 영상매체에서 수직축은 특별하게 주목받을 수 있다.

공간을 수직과 수평으로 나눌 때, 수직 이동에서 아래 공간은 떨어지면 못올라올 것 같은 위협, 죽음, 공포, 치명적 타락, 깊이 빠져드는 공간, 미지의 지배 영역을 내포한다.[23] 낭떠러지, 깊은 골짜기에 대한 원초적인 공포를 극복한 자유로운 수직이동에 대한 갈망은 윗 공간에 대한 비행의 능력으로 투영되었다. 고대인들의 심상(心像)에 드리워진 비상의 염원은 21세기 도시 공간에서 한정된 경계를 뛰어넘는 방식으로 현실화되었다. 전우치와 요괴, 서화담의 공간적 비상은 폐쇄성보다 개방성을, 억압보다 자유를, 평범함보다 초월을 재현했다. 제한된 공

21) 대니얼 챈들러 지음, 강인규 옮김, 『미디어 기호학』, 소명출판, 2006, p.159.

22) 대니얼 챈들러 지음, 강인규 옮김, 『미디어 기호학』, 소명출판, 2006, p.158.

23) 조재현, 『공간에게 말을 걸다』, 멘토press, 2009, p.288.

간에서 벗어나고픈 현대인들의 욕망을 자유로운 수직이동으로 창출해 냈다.

3) 그림이 살아있다

현실세계에는 경계공간, 매개공간이 있다. 현실 사회의 갈라진 틈 속에 존재하는 공간이며 2차원에서 3차원으로 이어지는 경계적인 공간이다. 인간은 이 틈새 공간에 진입해서 활동할 수 있고 물건을 '다른' 차원의 공간으로 이동시킬 수 있다.

전우치가 임금을 희롱하며 던지는 대사에서 "내 본시 그림 그리기를 즐겨해 나무를 그리면 나무가 점점 자라고 짐승을 그리면 그림에서 튀어나오니 내 재주가 아까워서 그런데 어떤가?"라고 묻자, 임금은 "그림이 살아 움직이는 것 같습니다"라고 대답한다. 살아 움직이는 그림, 평면 공간의 입체 공간으로의 전환을 영화에서 찾아볼 수 있다.

옥황상제의 아들로 둔갑한 전우치가 임금을 희롱하고 그림 속 나귀를 타고 유유히 사라진다. 현실 속 인간이 평면 공간인 그림 속으로 들어가 움직인다. 또 서화담이 오래된 사당 벽 그림에 손을 집어넣자 손이 그림 속으로 들어가는 장면이 있다. 서화담은 벽걸이 그림 속 공간으로 들어가 우도방의 천관도사를 찾아간다. 세상과 격리된 듯한 높은 산꼭대기의 초가집은 그림 속 공간을 통해 연결되어 있다. 평면 그림 속 장소는 입체적인 공간이 되어 존재한다.

21세기 현대 사회에 온 전우치가 음식점 상가 간판에 손을 넣어서 맥주와 치킨을 꺼내먹고, 향수광고판에 손을 넣어 향수를 술인 줄 알고 꺼내 마시는 장면이 있다. 이 장면에서 관객은 실현 가능성과 불가능성의 모호한 경계에서 제3의 공간을 상상한다. 그림 속 너머의 공간으로 들어갈 수 있을 뿐 아니라 광고판에 그려진 물건을 꺼내올 수 있다. 평면 공간은 입체 공간으로 바뀌어 출입이 가능하다. 움직이지 않는 고정된 광고판을 무게와 부피를 지닌 새로운 공간으로 환원시킴으로써 평면공간을 입체적으로 확장시킨다.

전우치와 초랭이는 클럽 화장실에 붙어 있는 포스터 화보를 통해 500년 전 보쌈했던 과부이자·현대사회에서는 스타일리스트로 살아가는 그녀에게 다가갈 수 있다. 종이 한 장의 평면을 통해서 영화제작 장소로 이동할 수 있다. 또 청동검에 관한 뉴스 보도 화면에 얼굴을 넣자 청동검이 보관된 장소로 곧장 이동한다. 고정되어 움직이지 않는 사진 광고판뿐 아니라 전자식 전광판을 통해 공간이동이 가능하다. 전광판 스크린 속으로 진입한 전우치와 초랭이는 평면 공간 너머에 보관되어 있던 청동검을 뉴스 스크린 밖 현실세계로 가져 나온다. 이 세계가 아닌 저 세계, 낯선 공간으로 자신의 육체를 이동할 수 있으며 저 세계의 물건을 현실 공간으로 이동할 수 있다.

그러나 전우치와 초랭이는 보이지 않는 족쇄에 채워져 있기에 언제 어디서든 세 신선의 주문에 의해서 현실세계인 이곳으로 불려오게 되어 있다. 두 세계는 분명히 연결되어 있지만 더 강력한 통제가 현실에서 이루어지고 있다. 상상 속에서나 가능할 저 너머의 공간이 실재한다고 말할 수 있는 것은 내가 있는 현실 세계가 중심이고 그 중심 공간에서 바깥 공간을 상상할 수 있기 때문이다.

사실, 평면공간의 입체화는 문헌 텍스트에서 이미 구체화되어 있다. 전우치가 그림 속으로 도망가는 화소, 돈 나오는 족자를 통해서 욕심 많은 한자경을 계도하는 화소, 그림 속 여인이 그림 밖으로 나와서 술을 따라주는 화소는 이미 소설 속에서 형상화되어 있다. 이것은 영화에서 전우치가 임금의 청동거울을 가지고 그림 속 말을 타고 사라지는 장면, 광고판이나 뉴스 진행 스크린을 통해 공간을 이동하거나 평면 공간 속 물건을 현실 공간으로 이동시키는 것으로 묘사되었다. 그림 속 공간, 광고판이나 뉴스진행 스크린 속에서 현실과 초현실의 틈새에 존재하는 공간을 구체화시켰다. 영화 속 공간은 무한한 확장성과 응용력을 내포하고 있다.

모든 물체는 장소를 차지한다. 물체의 장소가 없다면 물체는 있을 수 없다. 모든 사물이 공간 안에 있지만 공간은 다른 것 안에 결코 있지 않다는 것이 공간의 독특한 성질이다. 공간의 둘레는 무한한 허공 자체이므로[24] 가시적인 평면 뒤에 빈 공간이 존재한다. 비어 있다는 것은 아무 것도 없음을 의미하는 것이 아니라 고정되지 않은, 변형가능한 공간이라고 이해될 수 있다. 환영이 21세기 현대사회에서 세상 밖 웹으로 승화된 것처럼, 현실과 자연스럽게 융화되는 또 하나의 풍요로운 현실은 증강현실(AR: Augmented Reality)로 실재하고 있다. 세컨드 라이프라는 가상 공간에서 통용되는 린든 달러가 현실 세계의 돈으로 환전이 가능한 것처럼, 현실에 있는 모든 요소들이 재현되고 또 가상 세계에서의 행동이 현실세계에 영향을 미친다. 컴퓨터 화면으로 접속하는 가상 세계와 현실 세계가 연결되어 있듯이 광고판과 뉴스 동영상의 평면을 통해서 전우치는 현실 너머의 빈 공간으로 자유롭게 출입한다. 이 곳은 현실 너머에 존재하는 제3의 공간과 연결되어 있기에 출입이 자유롭고 물건의 이동이 가능하다. 공간은 절대적 실체가 아니

---

24) 막스 야머 지음, 이경직 옮김, 『공간개념 물리학에 나타난 공간론의 역사』, 나남, 2008, p.44.

며, 차원의 관계로써 구성되는가 하면 지각 혹은 인식의 양상에 따라
달리 구성되는 '구성체'[25]이기 때문이다.

우리의 공간조직이 인간의 감각과 정신의 특징을 반영하기 때문에[26]
가시적인 장소의 경계에서 벗어난다면 공간은 풍성하게 확장될 수 있
다.

4) 욕망을 재현하다

현실세계에서 또 다른 현실공간을 창출하여 왕래할 수 있다. 3차원
에 있으면서 다른 3차원 공간으로 진입하여 활동하고 본래의 '이 곳'으
로 돌아올 수 있다. 조선시대의 갈대밭에서, 21세기의 도시 한복판에
서 입체공간을 투영시켜 욕망을 재현한다.

500년 전, 최고의 도사가 되고 싶은 전우치는 청동검을 손에 넣기
위해 과부를 보쌈했다. 전우치는 그녀를 보쌈하는 과정에서 연민과
동정이 생겼고 오히려 그녀의 안전을 위해서 집까지 바래다주게 된
다. 태어나서 바다를 본 적이 없다는 그녀, 내면의 잠재된 욕망을 채워
주기 위해 갈대밭에서 바다의 환영을 보여주게 된다. 갈대밭에 투영
된 바다는 내재적인 결핍을 치유하는 공간이다. 환영을 통해서 현실
에서 또다른 현실 공간을 불러냄으로써 잠재된 욕망을 실현시키고 있
다. 바다 속에 들어가면 안 된다는 전우치의 충고를 잊고 부서지는 파
도에 발을 담그는 순간, 바다는 사라진다. 마음에 내재하는 공간이기
에 시각과 촉각으로 확인하면서 물리적 위치를 확정짓고자 한다면 더

---

25) 한국소설학회 편, 『공간의 시학』, 예림기획, 2002, p.14.

26) 이푸 투안, 정영철 역, 『공간과 장소』, 태림문화사, 1995, p.34.

이상 실재하는 공간이 아니다. 바다는 소유의 공간이라기보다 각각의 '이 곳'마다 고유한 느낌을 주는 '감응(affect)'의 공간[27]이기 때문이다.

전우치와 서화담의 마지막 대결장면에서 부상당한 전우치가 여주인공을 데리고 뛰어간다. 여주인공이 "어디로 가죠?"라고 묻자, 전우치는 "그대가 제일 좋아하는 곳"이라고 대답하며 허공에 영화촬영 세트장 출입구를 만들고 그 문을 통해서 '다른' 공간으로 진입한다. 현실 세계에서 이룩할 수 없는 소망, 마음에서 갈망하는 장소를 투영시켜서 또 다른 입체 공간으로 진입한다.

문헌 텍스트의 마지막은 서화담과의 도술경쟁에서 패한 전우치가 그를 따라 입산하는 것으로 되어 있다. 입산이라는 언어기호는 세속적인 물욕을 끊고 덕을 수련하며 도를 쌓는 행위를 상징한다. 그러나 영화에서 전우치는 권력에 눈이 어두운 서화담을 물리치고 스승의 원수도 갚고 요괴를 퇴치하며 사랑하는 여인을 지키는 현대적 영웅이 되어 도시라는 공간 속에서 실재한다. 현실 공간에 존재하는 전우치는 심리적 욕망이 투영된 또 다른 현실 공간으로 왕래하면서 사악한 세력과 맞서고 있다.

영화촬영 세트장의 마지막 대결 중 전우치와 서화담은 건물 더미에 떨어지면서 꿈을 통해 우도방의 사당 속으로 들어가게 된다. 꿈을 통해 현재를 과거화시키려는 욕망은 경험적인 공간, 익숙한 장소인 우도방의 초가집으로 투영된다. 대결에서 불리해진 서화담이 전우치를 방심하게 만들려고 꿈을 통해 천관도사의 형상으로 나타난다. 전우치의 심리를 교란시키고 속임수를 통해 승리하려는 왜곡된 욕망이 재현되

27) 이진경, 『노마디즘2』, 휴머니스트, 2002, p.624.

었다. 욕망하는 공간은 현실과 비현실 사이에 끼어있는 또 다른 공간을 창출해 냈다. 꿈의 몽롱함에 빗대어 과거 습관화된 기억 속으로 들어가고자 했으나 '사금갑(謝琴匣)'[28]의 암시를 계기로 인위적이고 의도적인 기억의 틈새가 벌어지면서 다시 영화촬영장으로 되돌아오게 된다. 우도방의 사당에서 옛 기억을 상기시키며 '보는 것'을 통해서 '생각하는 것', '실재하는 것'을 일치시킨다. 익숙한 장소를 투영시킴으로써 '시각적' 공간을 통해 '사유하는' 공간까지 확장시키고자 했다. 서화담은 불리해진 자신의 상황을 만회하기 위해서 전우치에게 기억 속의 공간을 재현시키고 관습화된 환경을 제공하고자 했다. 집, 고향에 대한 인상적 경험을 이용해서 전우치로 하여금 의심을 풀게 해 자신의 목적을 이루고자 했다. 이러한 점에서 모방은 경험을 통해 완성되어 가며 경험은 감정과 사유로 구성되어진다.[29] 저 너머의 공간은 시각이나 후각적인 인간의 감각으로 현시화되면서 구체적인 위치나 장소로 경험될 수 있다.

데자뷔(le déjà vu)는 '이미 본 것'이라는 프랑스어이다. 심리학에서 데자뷔, 즉 '기시감'이란 어떤 대상을 지각할 때 과거에 있었던 비슷한 체험이 상기되어 나타나는 감정이다.[30] 전우치가 천관도사의 외모와 우

---

28) 영화 〈전우치〉에서 서화담과 전우치의 마지막 대결 중, 서화담이 천관도사가 머물던 산봉우리 초가집의 환영을 이용해서 전우치를 제거하려 하지만, 이상한 낌새를 눈치챈 전우치가 스승의 유언과도 같은 '거문고 갑을 쏴라(謝琴匣)'는 말을 기억함으로써 거문고갑 속에 숨어 있던 부상당한 서화담을 찾을 수 있었다. 이 이야기는 『삼국유사』에서 焚修僧과 宮主가 거문고갑 속에서 간통하던 장면이 발각되어 둘이 사형을 받았다는 화소에서 근거했다. 『三國遺事』第1卷 「紀異」第1 참조.

29) 이푸 투안, 정영철 역, 『공간과 장소』, 태림문화사, 1995, p.26.

30) 황수영, 『물질과 기억, 시간의 지층을 탐험하는 이미지와 기억의 미학』, 그린비,

도방 사당이라는 익숙한 환경을 통해서 안도와 방심을 느꼈던 것은 인식의 기초행위인 베르그손의 데자뷔라는 식별현상으로 설명할 수 있다. 그 곳은 인간의 내면 깊숙이 존재하고 있기에 언제 어디서든 실현 가능하다. 손으로 만질 수는 없으나 마음으로 볼 수 있다.

현실 저 너머의 공간으로 이동했으나 그 곳에서의 행동은 이 세계에서 그대로 영향을 미치기 때문에 저 너머의 공간이 현실이 아니라고 할 수 없다. 마음 속에 숨겨진 공간이 욕망을 통해 재현되고 현실 공간과 소통하고 있다. 욕망은 비가시적인 장소를 실재보다 더 실재 같은 이미지[31]의 공간으로 창출해 냈다. 비가시적인 장소일지라도 다양한 수단과 감각의 체현을 통해서 현시화할 수 있다. 인간의 장소는 개인적, 집단적 삶의 열망을 극적으로 표현함으로써 생생한 실재가 되기 때문이다.[32]

전우치의 스승인 천관도사가 전우치를 가르치면서 "너는 결코 진정한 도사가 될 수 없다. 마음을 비우는 법을 모르니까"라고 말하는 대사가 있다. 마음을 비워야만 진정한 도사가 될 수 있다는 것은 권력 · 명예 · 부귀 등 세속적인 욕심을 소멸시켜야 한다는 뜻이다. 스승의 원수를 갚고자 노력하지만 마음을 비우지 못한 불완전한 도사에게 공간은 심리적이고 사회적인 의미로 확장되어 존재한다.

전우치의 도술은 가시적인 부적이 있어야만 가능하다. 최후에 하나 남은 부적을 자신이 아닌 사랑하는 여인을 위해 사용했던 전우치는 결과적으로 마음을 비우는 법을 획득한다. 허세와 권력에 대한 이기적

2006, p.143.

31) 서윤영, 『건축, 권력과 욕망을 말하다』, 궁리, 2009, p.117.

32) 이푸 투안, 정영철 역, 『공간과 장소』, 태림문화사, 1995, p.286.

인 욕심보다 이타적인 선행의 욕망이 앞섰기 때문에 가시적으로 증명
할 수 없는 잠재된 능력이 크게 발휘될 수 있었다. 부적 없이도 공간을
자유롭게 이동하고 허공을 비상할 수 있는 것은 마음을 비움으로써
진리를 터득했기 때문이다. 세속적 욕심을 비움으로써 공간 이탈도 자
유로워졌다. 개인의 명예욕을 추구하던 조선시대의 전우치가 이룰 수
없었던 현실 너머 공간으로의 왕래는 사랑을 위해 자신을 희생하려던
현대판 도사 전우치에게서 실현될 수 있었다. 인간의 욕망은 결코 자
연발생적이지 않으며 제3자인 매개자와의 관계에서 발생한다는 르네
지라르의 언급을 구체화한다.[33]

4. 미디어 공간과 문화사회학적 의미

　고전소설 『전우치전』의 화소를 통해서 공간을 풀어내고 영상 공간
을 통해서 삶의 사회적 의미를 살펴 보았다. 원작에서는 그림 속 세계
와 현실세계의 소통만이 가능했으나 영상에서는 그림 너머의 공간을
실재화함으로써 21세기의 문화사회적 의미를 확인할 수 있었다.[34]

---

33) "자연 발생적인 욕망은 없다. 자율적인 주체성과 자연 발생적인 욕망이라는 개
　념은 낭만적 환상에 불과하다. 욕망은 항상 제3자와의 관계로 해석되어야 한
　다. 어떤 대상에 대한 욕망은 항상 '매개자'라고 불리는 외부의 누군가로부터 빌
　려온 감정이다. 욕망의 도식은 주체와 대상 사이의 직선이 아니라 매개자를 사
　이에 둔 삼각형이다." (김모세, 『르네 지라르, 욕망, 폭력, 구원의 인류학』, 살림,
　2008, p.27).

34) 문화사회학은 사회적 무의식을 가시화하는 일종의 사회적 정신분석학이다. 철
　학의 언어학적 전환, 해석학의 재발견, 인문과학의 구조주의 혁명, 인류학의 상
　징주의혁명, 미국 역사학 방법론의 문화적 전환 등 모든 현대 발전의 배경에는

영화 〈전우치〉에서 고전 인물의 전형화된 단조로운 유형은 해체되고 현대인들의 복합적인 심리가 잘 묘사되어 있다. 선/악의 불분명한 양면성은 시간과 공간의 본질적인 미분성과 어우러져 조선시대와 현대, 천상과 지상, 현실과 초현실의 경계를 모호하게 만든다. 고전 서사에 존재하던 선/악의 이분법적 대립에서 벗어나 악은 존재할 수 밖에 없으며 선과 악은 분리될 수 없는 미묘한 뒤섞임 속에 공존하고 있음을 보여준다. 그럼에도 불구하고 더 나은 세상을 만들려는 끊임없는 노력이 존재하고 이것이야말로 자유로운 공간 이동의 구성으로 재탄생할 수 있었던 주요한 토대였음을 전달한다.

『전우치전』은 사회소설로 분류될 수 있다. 전우치가 백성의 피폐한 삶과 지배계층의 탐욕을 대립시키면서 소외된 자들의 고민을 해결해주는 민중영웅으로서 자리하기 때문에 이 소설의 사회적 공간에 대한 탐색은 더욱 중요한 의미를 지닌다. 인간은 사회적 존재이며 공간 속에 위치할 수 밖에 없고 공간은 사회 안에서 분류되며 의미를 생산한다. 인간은 행위의 주체이며 공간과 접점하는 지점에서 사회적 의미를 산생시키는 객체이다. 그러므로 인간은 사회적 존재인 동시에 공간적 존재이며, 사회는 공간적으로 생산되고 공간은 사회적으로 생산된다.[35] 공간은 사회적 공동생활에 단순한 지표가 아니라 인간의 사회 행위와 연관된 기호로써 기능한다. 공간과 사회는 인식론적으로 연결

지적인 삶과 일상적 삶에 정신분석학적 사유가 있는데 이 같은 지적 환경의 중요한 변동에 대한 반응으로 문화사회학이 발전했다(제프리 C 알렉산더 지음, 박선웅 옮김, 『문화사회학 — 사회적 삶의 의미』, 한울아카데미, 2007, pp.25-35, 서론 참조).

35) 이무용 지음, 『공간의 문화정치학』, 논형, 2005, p.32.

되어 있으며 공간 · 미디어 · 사회가 만나고 교섭하는 접점에서 영화가
던지는 메시지는 강력한 파급효과를 지닌다.

미디어는 스크린 너머의 다채로운 사건을 조명해 주는 기계장치를
넘어서 사회의 다양한 삶과 그 시공간적 경험을 재현해 주는 코드라
고 할 수 있다. 영화 · 비디오 · 텔레비전 등의 영상 미디어는 현대 대중
문화에서 큰 영향력을 행사하고 있기에 사회적 의미를 재생시키는 공
간이기도 하다. 고전은 창조적인 재현의 과정을 거쳐 현대화하고 사회
적 공간을 형상화하며 시대에 맞는 의미를 창출해 낸다. 미디어를 통
해 공간을 압축하여 기억 속의 공간, 상상 속의 공간을 경험할 수 있
다. 이러한 의미에서 공간의 사회성을 읽는 것이 현대 문화를 이해하
고 미래 사회를 전망하는데 아주 중요하다.

영화 〈전우치〉의 공간적 호소력은 빠른 속도감과 더불어 불가능을
가능으로 승화시키는 초월성에 있다. 소설 『전우치전』에서 유쾌한 징
치가 민중적 관용의 세계관을 드러내고 징치의 대상을 화합의 세계로
끌어들인[36] 것처럼 영화에서 시각적 볼거리는 유쾌하고 통쾌한 웃음을
이끌어낸다. 웃음이란 항상 집단의 웃음이며 현실의 또는 가상의 다른
사람들과 무언가 합의를 본, 거의 공범이라 할 만한 저의를 숨기고 있
다.[37] 웃음은 공동생활이라는 환경적 요인을 갖춘, 나와 타자와의 관계
맺음 속에서 산생하는 사회적 행동이다. 사회 공간은 절대자에 의해
창조된 텅 빈 공간이 아니라 사회적으로 생산된 공간이며 생산을 둘러

---

36) 최혜진, 『고전 서사문학의 문화론적 인식』, 박이정, 2009, pp.130-131.
37) 앙리 베르그송 지음, 이희영 롬김, 『웃음/창조적 진화/도덕과 종교의 두 원천』,
    동서문화사, 2008, p.15.

싼 다중적인 사회관계들이 상호교차하고 중첩되는 사회적 네트워크[38]
이기 때문이다.

공간은 인간의 감정과 사유와 연관된 사회적 행위에 의해서 단절되
기도 하고 연결되기도 하며 컴퓨터 속에 존재하는 장소가 되기도 한
다. 때론 그 공간 안에서 음식을 먹고 이야기를 하며 새롭게 정의되는
자아의 모습으로 다양한 경험을 할 수 있다. 공간에 대한 개인의 경험
과 감각이 총체적으로 인식될 때 공간은 구체적인 모습으로 존재하며
현실성을 지닌다.

공간을 정의내리기 어려운 이유는 다양한 방식으로 이해될 수 있기
때문이다. 물리적인 기준과 수치로 구체적인 장소가 되었을 경우 고정
된 위치에 대한 안정감을 줄 수 있으나 공간의 의미영역은 그만큼 협
소해진다. 반면, 사회적으로 해석되는 공간은 장소의 영역을 확장시킴
으로서 새로운 경계를 창조한다. 비가시적인 장소일지라도 문화사회
적 의미를 부여받음으로써 현실적인 실재로 존재할 수 있다. 공간은
사회적 관계망 속에서 폐쇄적일 수도 있고 개방적일 수도 있으며 자유
와 욕망을 표현하면서 고유의 정체성을 획득해 나간다.

벤야민의 아우라(Aura) 이론이 똑같이 재현해 낼 수 없는 시공간적
현존의 일회성을 전제[39]로 하는 것처럼, 동일한 화소일지라도 전달 방
식에 따라 다른 의미와 색깔을 드리운다. 고전이 현대적으로 어떻게
변용되고 재창조되는지 미디어 공간을 통한 고찰은 현시기 인간과 문
학의 관계맺음을 탐색하는 과정일 뿐 아니라, 다음 세대에 존재할 문
학 양식을 타진하고 준비하는 작업이 된다. 공간을 어떻게 이해할 것

38) 이무용 지음, 『공간의 문화정치학』, 논형, 2005, p.32.
39) 김주연, 『문학, 영상을 만나다』, 돌베개, 2010, p.185.

인가라는 수동적 접근에서 벗어나 우리의 삶이 어떻게 공간에 영향을 미치고 새로운 공간을 창출해 나가는지에 대한 적극적인 자세에서 사회적 공간에 대한 정체성을 탐색해야 할 것이다. 영상화된 공간에 문화적 의미를 부여하는 것이 아니라 우리 삶 속에 녹아든 문화가 공간을 결정짓고 사회성을 부여하기 때문이다.

현대 중국의 대중문화와
옛 이야기의 스토리텔링
—무협 블록버스터 영화 〈연인(2004)〉, 〈무극(2005)〉, 〈야연(2006)〉과
경성경국(傾城傾國)의 고사성어를 중심으로

문현선
건국대학교 중어중문학과 강사

중국의 대중문화는 개혁개방 이후에야 비로소 본격적인 발전을 시작했다. 현대적인 의미에서 대중문화는 자본과 매스 미디어에 의존하기 때문이다. 그러나 1997년 홍콩이 중국으로 재귀속된 이후 10년 동안 중국 대중문화는 놀라운 속도로 성장했으며, 특히 상업영화 분야에서 괄목할 만한 성과를 거두었다. "지금의 홍콩차이나 무협 블록버스터 영화들은 전 세계 영화를 통틀어도 가장 거대한 상상력의 격전장이다. 영화가 지닌 고유의 활극적 요소를 이처럼 자유자재로 활용하고 있는 지역도 할리우드를 제외하면 오직 홍콩차이나 밖에 없다"[1]라는 평가는 이른바 '회귀(回歸)'[2] 이후 홍콩 영화에 대해 예측되었던 암울

---

* 이 글은 『씨네포럼』에 게재되었던 「중국 대륙 무협블록버스터를 관통하는 예술적 아름다움의 전시성에 대한 분석: 〈연인(2004)〉, 〈무극(2005)〉, 〈야연(2006)〉의 '절세가인(傾城傾國)' 이미지를 중심으로」(2011)를 수정, 보완한 것이다.

1) 주성철, 「중국 대작영화의 욕망: 〈와호장룡〉 이후 〈삼국지: 용의 부활〉까지 중국 무협블록버스터 총정리」, 『씨네21』 통권 647호, 2008. 4, p.90.
2) 1997년에 이루어진 '영국에 의한 홍콩의 중국 반환'은 중국 국내에서는 '홍콩의

한 전망들과 비교해, 그야말로 상전벽해의 감회를 불러일으킨다.

　중국의 수도 베이징이 아시아에서 세 번째 올림픽을 개최했던 2008년, 설 연휴부터 극장가는 중국계 감독과 배우들의 블록버스터 영화로 장사진을 이루었다. 〈명장〉에서 〈삼국지: 용의 부활〉, 〈연의 황후〉, 〈포비든 킹덤〉, 〈적벽〉에 이르기까지, 유난스러운 '중국 영화 신드롬'은 올림픽 특수라는 단순한 현상 이면의 어떤 의미를 헤아리도록 호기심을 자극했다. 대부분의 영화가 『삼국연의』, 『서유기』 등 고전을 원천(source)으로 삼는 경우가 많다는 사실이 새삼 눈길을 끌었던 것이다. 21세기 중국 영화계의 내로라하는 작업들이 이 '가장 현대'적인 시점에, 지겨울 정도로 해묵고 낡은 이야기들에 집중하고 있다는 사실은 분명 의미심장하다. 최첨단의 테크놀로지가 동원되는 블록버스터 영화에서 켜켜이 쌓인 먼지가 풀썩대는 '옛 이야기(故事)'가 넘치도록 환영받는 이유는 무엇일까? 중국의 옛 이야기들은 어떤 매력을 지니고 있는지, 그 스토리텔링의 매력은 어떻게 여전히 중국의 대중문화를 뒤흔들고 있는지, 중국 대표 감독들의 무협 블록버스터 영화—장이머우의 〈연인〉, 천카이거의 〈무극〉, 펑샤오강의 〈야연〉—를 통해 그 숨겨진 비밀을 파헤치고자 한다.

　중국으로의 귀환(香港回歸中國)'으로 불린다. 이 입장의 차이는 미묘하지만 매우 상징적이다. 2007년 여름, 중국에서는 '홍콩회귀' 10주년을 기념하는 행사가 거국적으로 열렸으며, 거의 모든 방송이 이 특별한 사건을 기념하는 특별 프로그램을 제작·방송했다. 그것은 마치 2008년 올림픽 전야제, 또는 사전 예행과 같은 느낌을 주었다.

1. 중국의 옛 이야기, 故事成語의 스토리텔링

> 우리는 오늘날 역사 기술(historiographie)과 허구 이야기(récit de fiction)로
> 그 영역을 나누는 주요한 분기점을 고려하지 않고 서술 담론의 특성을 규
> 정하고자 했다. 이렇게 함으로써 우리는 역사 기술이 실제로 서술 담론의
> 영역에 속한다는 것을 암묵적으로 인정한 셈이다.[3]

아리스토텔레스의 『시학』을 근간으로 발전해 온 전통 서구문학의
이론에서 '이야기(mythos)'는 거의 언제나 '사실(fact)'로서의 '역사(historia)'
와 대조를 이루는 '허구(fiction)'임이 강조되었다. 따라서 근대의 문학
이론은 '개연성과 가능성의 법칙'에 입각하여 사건을 '논리적으로 재배
열'하는 개별 작가의 '의식적이고 독창적인' 작업을 중시하는 경향이
있었다. 이러한 관점에서 중국의 옛 이야기(故事)들은 상대적으로 평
가 절하되어 왔는데, 이는 중국적인 이야기들이 서구문학 이론의 정의
와는 달리 원천적으로 역사성을 강조[4]하였기 때문이다. 그러나 최근의
학술적 논의들은 '이야기'와 '역사'가 상상력과 서사성이라는 두 가지
본질적 요소를 공유한다는 전제를 받아들이며, '허구'와 '사실'이라는

---

3) 폴 리쾨르, 김한식·이경래 옮김, 『시간과 이야기 1: 줄거리와 역사 이야기』, 문학
   과지성사, 2001(1999), p.191.
4) "중국 서사이론을 서양의 서사이론과 비교 연구할 때 첫 번째로 제기되는 문제
   는 서구 용어인 '서사(narrative)'와 같은 용어가 중국에는 없다는 것이다. 사실 서
   술하다, 말하다, 전달하다라는 의미를 가진 술(述), 서술(敍述), 서사(敍事)와 같
   은 용어가 비평이론 가운데 자주 등장하는 것은 확실하다. 그러나 장르 연구나
   목록학에서 '서사'는 문학 범주로 인식되지 않고 있다. 서사적 글쓰기의 전체 범
   위를 포괄하는 말로는 사(史)라는 말만이 선택될 수 있었다." 루샤오펑 지음, 조
   미원·박계화·손수영 옮김, 『역사에서 허구로』, 길, 2001, p.75.

이원론적 구분⁵을 넘어 양자가 접촉하는 방식에 보다 더 관심을 기울이고 있다.

중국어로 '이야기'를 의미하는 '꾸스'라는 단어를 원래의 글자대로 낱낱이 풀어쓰면 '옛 일(故/事)'을 뜻하게 된다. 이 말은 원래 '고사성어'라 불리는 하나의 숙어에서 나온 것인데, 그 사전적 의미는 "옛날부터 전해 내려오는 유래 있는 일"이다. 우리나라 고전에서도 자주 인용되는 이 '고사성어'들은 대개 고대 중국에서 일어났던 역사적인 사건에 근거하며, 전하기 쉽고 듣기 좋은 짝수 음절(2음절 또는 4음절)의 관용어구로 구성된다. 예를 들어, "사방이 모두 적으로 둘러싸였거나 고립무원(孤立無援)의 경우"를 의미하는 '사면초가(四面楚歌)'의 고사성어는 중국 최초의 통일왕조인 진(秦)이 망한 뒤 패권을 다투었던 제후국들 사이의 전쟁에 그 유래를 두고 있다.⁶ 다시 말해, '사면초가'라는 고사성어는 원래 전한(前漢) 시기를 대표하는 역사서『사기(史記)』의 한 구절에서 나온 것이다. 곧 고사성어는 공인된 문헌 속에 기록된 역사를 바탕

---

5) 사실 아리스토텔레스의『시학』이 이러한 구분 자체를 절대적인 것으로 내세운 것은 아니다. 아리스토텔레스는 다만 '이야기의 창조자'인 작가의 역할과 가장 효과적인 작시법을 강조하는 차원에서 '이야기'와 '역사'를 구분하였다. "그가 실제로 일어난 일을 소재로 하여 시를 쓴다고 하더라도, 그는 시인임에는 다름이 없다. 왜냐하면 실제로 일어난 사건 중에도 개연성과 가능성의 법칙에 합치되는 것이 있을 수 있고, 그런 이상 그는 이들 사건의 창작자이기 때문이다." 아리스토텔레스, 천병희 역,『시학(詩學)』, 문예출판사, 1993(1976), p.63.

6) 項王軍壁垓下, 兵少食盡, 漢軍及諸侯兵圍之數重. 夜聞漢軍四面皆楚歌, 項王乃大驚曰: "漢皆已得楚乎? 是何楚人之多也!" 項王則夜起, 飮帳中. 有美人名虞, 常幸從 ; 駿馬名騅, 常騎之. 於是項王乃悲歌忼慨, 自爲詩曰: "力拔山兮氣蓋世, 時不利兮騅不逝. 騅不逝兮可奈何, 虞兮虞兮奈若何!" 歌數闋, 美人和之. 項王泣數行下, 左右皆泣, 莫能仰視.『사기(史記)』「항우본기(項羽本紀)」

으로, 그 사건(故/事)을 대표할 만한 짝수 음절의 낱말을 골라 이루어
진다(成語).

이 '옛 일(故/事)'을 두고 '낱말을 이루는(成語)' 행위를 통해 실제 역사
에 존재했던 특수한 사실이 일회적 사건 이상의 의미를 띠게 된다는
사실은 주목할 만 하다. "역사—서술의 과정에는 또한 사건들을 취
사선택하고 배열함으로써 의미를 부여하고 기승전결이 있는 이야기
로 만드는 역사가의 관점이 개입할 수밖에 없"[7]기 때문이다. 바꾸어 말
하자면, 옛날에 일어났던 일회적인 사건으로서의 역사적 사실은 사료
를 선택하고 재배열하는 역사가의 상상력과 서사적 추구에 의해 내적
완결성을 지니는 단일한 의미의 언어적 구성물이 되는 것이다. 그리고
반복적인 인용에 의해 그 의미의 단일성은 강화된다. 우연적으로 발생
한 일회적 사건에 대한 서술이 가설이라면, 동일하거나 유사한 상황의
발발은 그 가설에 대한 검증이다. 이러한 과정을 통해 성어는 하나의
역사적 가설을 보편타당한 진리로 탈바꿈시킨다.

'사면초가'는 패왕 항우를 위협하기 위한 일종의 심리 전술로서 한
나라 군사 장량이 고안해 낸 것이었다. 즉 '사면초가'라는 성어는 한나
라 군사의 입장에서 '일종의 심리 전술 방식'이라는 다른 의미를 지시
할 수도 있었다. 단지 패왕 항우의 편에서만 "사방이 모두 적에게 둘
러싸였거나, 또는 고립무원의 경우"를 의미하였을 따름이다. 말하자
면, 오늘날 우리가 확신하는 이 성어의 의미는 사실 당시에 그 일(fact)
에 대해 해석 가능했던 '여러 맥락 가운데 선택된 하나'에 불과한 것이
었다. 그러나 후대의 문인들은 이와 동일하거나 유사한 심리적 상태

---

7) 박진, 『장르와 탈장르의 네트워크들: 탈근대의 서사와 담론』, 청동거울, 2007,
   p.38.

에 처할 때 마다 이 선택된 하나의 해석에 의지함으로써 자아 심리 표현의 극대화를 꾀했다. 선행하는 사건의 전말을 아는 사람들 사이에서 이러한 표현은 매우 효과적이었기 때문에, 이 용법은 문인으로부터 시작하여 글을 모르는 무지한 백성과 어린 아이에 이르기까지 차츰 보편화되었다. 그 과정을 통해 '이루어진 낱말'은 원래의 맥락에서 떨어져 자기 완결적 의미를 성취하게 된다. 그리고 인용된 각각의 맥락에서 새로운 의미를 덧붙여 중층적인 의미의 망(網, network)을 형성했던 것이다. 이처럼 '옛 일'은 '이루어진 낱말'을 통해 탈맥락화와 재맥락화를 거치면서 새로운 의미를 획득하고 그 의미의 지평을 확대·심화한다. 사실 '고사성어'의 이러한 의미 작용은 일반적인 언어 기호에서 일어나는 현상과 동일한 원리에 따르는 것이기도 하다.[8] 다시 말해, 하나의 기호로서 성어는 역사적으로 존재했던 '옛 일'의 특정한 국면(하나 또는 몇 개의)과 관련을 맺으면서 그 의미를 확정한다. 그러나 일단 기표와 기의의 관계는 고정적인 실체가 아니다. 그것은 새로운 담화 조건 내의 의미 작용에 따라 변동하며, 하나의 기표는 끝없이 또 다른 기의를 지시할 수 있는 것이다.

하나의 역사적 사실이 일단 언어와 문자를 통해 하나의 '이루어진 낱말'이 되는 순간, 그것은 실재하는 일회적 사건으로서의 '옛 일'과는 일정한 거리를 두게 되며, 원형적인 사건으로서 고정적인 의미를 지닌 언어 구조물, 즉 서사가 된다. 이 '이루어진 낱말'의 선택된 서사적 의미는 특정한 언어적 함의를 지니며, 다음 세대의 여러 문맥 속에서 중첩적으로 확장된 의미의 범주를 구성한다. 이처럼 중층적인 의미의 망

---

8) 움베르토 에코, 서우석 옮김, 『기호학 이론』, 문학과 지성사, 2002(1985), pp.58-59 참조.

을 구성하는 문학 수법, 또는 중첩된 의미의 망을 작품 속으로 끌어들여 새로운 작품의 층을 두텁게 하는 수법은 중국 문학의 전통에서 매우 일반적인 것이고, 때로는 필수불가결한 것으로서 용전(用典) 또는 용사(用事), 즉 '전고(典故)의 인용'이라 불린다. 전고는 단순히 '이루어진 낱말'의 인용이 아니라, 그 낱말이 구성하는 중층적인 의미 전체를 끌어들여 새로운 표상(representation)의 층을 채우는 방식이다. 이 글의 다음 장에서는 이러한 전고의 수법이 현대 대중문화 속에서 중첩적인 이미지 계보를 형성하는 과정을 확인하게 될 것이다.

이미 앞에서 밝힌 바와 같이, 중국의 서사 전통에서 사전(史傳)은 매우 특별한 지위를 점한다. 중국에서 소설의 기원은 종종 『좌전(左傳)』이나 사마천(司馬遷)의 『사기(史記)』와 같은 사서로 거슬러 올라가며, 상대적으로 근대소설(Novel)의 특징이 두드러지는 명대의 작품들도 이러한 전통에서 멀리 있지 않다. 예를 들어, 중국 소설의 대표작인 사대기서 또한 역사 기술과 불가분의 관계에 있다. 『삼국연의』는 삼국이 서로 견제하며 호각을 다투던 시기의 역사에 '덧붙여 말하고 있음'을 '연의(演義)'라는 이름을 통해 명시한다. 중국 판타지의 기원으로 꼽히는 신마소설(神魔小說) 『서유기』 또한 『대당서역기(大唐西域記)』나 『대자은사삼장법사전(大慈恩寺三藏法師傳)』과 같은 역사적 사실의 기록에서 줄거리를 취하였음은 주지의 사실이다. 『수호전』은 북송대에 일어났던 민란을 바탕으로 쓰였으며, 『금병매』는 『수호전』의 에피소드 가운데 하나를 발전시킨 것으로서, 역시 실제의 역사적 사건과 긴밀한 관계를 맺고 있다. 이 작품들은 중국의 전통 시기에 '이야기꾼(說話者)'를 거쳐 끊임없이 되풀이되고 변주되다가 후대에 이르러 비로소 문자로 정착되었다. 문인으로부터 민간의 아이들에 이르기까지 하나의 성어가 보편화되는 과정 또한 이와 유사했을 것이다. 어쩌면 이 이야기들(故事)과 전적에 근거한 옛 일(典據)을 이르는 말(成語)은 상호 교차하는 가운데 서로를 강화해 왔는지 모른다.

행위의 결과로서 사건은 시간적 연속을 통해 하나의 이야기가 된다. 그러나 시간적 연속이 그 이야기의 논리적 인과나 내적 일관성을 필연적으로 보증하는 것은 아니다. 중국의 서사 전통 속에서 일회적 사건인 '옛 일'은 '낱말을 이루어' 이야기됨으로써 비로소 논리적 인과와 내적 일관성을 지닌 하나의 구조가 된다. 하나의 구조로서 '이야기'는 보편성을 띠기 때문에, 그 옛날에 일어났던 일회적 '사건' 이상의 의미를 지닌다. 다시 말해, 고사성어는 특정한 문화적 맥락을 반영하는 원형적 내러티브(典故)로 작용하여 구체적인 시공 속에 되풀이됨으로써 이미지들을 중첩적으로 재생산하는 것이다.

2. 중국 무협 블록버스터 영화의 '경성경국(傾城傾國)' 이미지와 고사성어의 스토리텔링

이른바 '무협 블록버스터' 장르의 신기원으로 꼽히는 것은 타이완 출신의 할리우드 감독 이안의 영화 〈와호장룡〉이다.[9] 한때 침체 일로를 걷는 듯이 보였던 중국 영화계—엄밀하게 말하자면, '중화'의 범주로 통합되고 있는 화인 영화 네트워크—는 분명 〈와호장룡〉 이후 아찔할 정도로 눈부신 발전을 거듭했다. '엎드려 있던 호랑이와 숨어 있

9) "최근 중요한 흐름을 이루고 있는 무협블록버스터의 세계를 얘기하면서 언제나 그 전환점으로 떠오르는 영화는 〈와호장룡〉이다." 주성철, 위의 글, p.88.

던 용(臥虎藏龍)'을 타고 돌아온 '무협열(武俠熱)'은 코미디와 느와르 등 장르의 부활을 부추겼을 뿐 아니라, 대륙 안팎의 중국계 감독들을 자극하여 〈영웅〉·〈쿵푸 허슬〉·〈연인〉·〈무극〉·〈야연〉·〈칠검〉에 이르는 작품들을 대거 쏟아내며 막강한 무협 블록버스터 군단을 형성했다. 그러나 "열흘 넘도록 붉은 꽃은 없는 법(花無十日紅)", 이러한 상승세 속에서도 중국 상업영화는 끊임없이 새로운 방향의 모색을 거듭하고 있다. 방향선회의 조짐은 2008년도에 개봉했던 영화 〈화피〉의 카피를 통해 확실해졌다. "전통적인 '쿵푸' 요소가 아닌 '동방의 초자연소재로 제작된' 첫 작품"이라는 칸 영화제 공식 포스터의 카피는 중국 현대 대중문화가 이제 '쿵푸'가 아닌 다른 기표로 중국을 설명하고자 한다는 사실을 시사한다.

아이러니하게도, 이러한 시도는 여전히 '무협'의 타이틀을 걸고 있는 영화들에서 두드러지게 나타난다. 제5세대 감독의 대표 주자로 손꼽히는 장이머우는 2000대 초반부터 〈영웅〉·〈연인〉·〈황후화〉 등 무협 영화를 잇달아 선보였다. 공들여 만들어진 영화 〈영웅〉의 제작 다큐멘터리에서 감독과 주연 배우는 중국의 '무술'에 대한 열띤 토론을 벌인다. 논의의 요지는 중국 무술(中國武術, Chinese Martial Art)이 단순한 격투기가 아니라는 것이다. 이 주장은 영화 속 주인공의 대사로 현시된다. "무술과 음악은 비록 서로 다른 것이기는 하나, 그 원리는 서로 같습니다(武功琴韻雖不相同, 但原理相同)." 중국 무술은 예술이다. 중국 무술의 고수는 단순한 싸움꾼이 아니라 예술가인 것이다. 〈영웅〉은 중국 무술영화를 예술적 아름다움의 반열에 올리기 위해 부단히 애쓴다. 그 결과 영상은 중국의 예술적 아름다움에 대한 과도한 전시—예를 들면, '색채의 과잉'과 같은—로 점철되었다.

이제 21세기 중국 상업영화의 대표작이라 할 세 편의 영화―장이머우의 〈연인(2004)〉, 천카이거의 〈무극(2005)〉, 펑샤오강의 〈야연(2006)〉―에 대한 상세한 분석을 통해 이 중국의 예술적 아름다움에 대한 과도한 전시가 중국 현대 대중문화에서 어떻게 자리 잡았으며, 또 무엇을 의미하고 지향하는지 확인해 보고자 한다. 이 무협 블록버스터 영화들이 공통적으로 '경성경국(傾城傾國)'의 이미지를 전경화(前景化, foregrounding)한다는 점은 상당히 흥미롭다. 『한서(漢書)』 「외척전(外戚傳)」에 실린 이연년(李延年)의 「가인가(佳人歌)」에서 그 유래를 찾아 볼 수 있는 '경성경국'은 "여자가 지극히 아름다움을 형용(形容女子極其美麗)"하는 고사성어이다. 때때로 이 성어는 여인의 아름다움이 심지어 '이 세상의 종말을 가져오고(絶世)', '성과 나라를 쓰러지게(傾城傾國)' 할 수도 있음을 의미한다.

1) 장이머우(張藝謀)의 〈연인(2004)〉

장이머우의 두 번째 무협영화 〈연인〉은 중국 무술의 예술적 아름다움을 강조하는 데서 한 걸음 더 나아간다. 영화의 초반부는 중국 역사상 가장 찬란한 문화를 꽃피웠다고 일컬어지는 당대 화류계를 조명한다. 사치하고도 화려한 기루(妓樓)의 벽과 바닥은 유리로 된 꽃밭인양 투명한 당삼채(唐三彩)처럼 반짝인다. 기루 '모란방'이 자랑하는 최고의 무기(舞妓)로 분장한 여주인공은 아름다운 춤과 노래로 사람의 눈을 홀린다. 물론 그녀가 추는 이 아름다운 춤 역시 '우슈'의 한 변형이라는 사실이 곧 뒤에서 밝혀진다. 영화가 시작된 뒤 20여 분 동안 관객들이 보게 되는 것은 애오라지 어지러운 꽃무늬와 알록달록한 유

영화 〈연인〉 중에서 「가인가」를 부르며 춤을 추는 소녀

리와 금박으로 장식된 배경 위에서 푸르거나 붉은 옷소매를 나부끼며 나비처럼 춤추며 날아오르는 아리따운 소녀의 모습이다. 그녀는 심지어 그 옛날 한무제(漢武帝)의 악사가 불렀다는 「가인가(佳人歌)」를 부르며 '경성경국'을 자임한다. "어찌 성이 기울어지고 나라가 기울어지는 것을 모르랴마는(寧不知傾城與傾國)"이라 노래하는 소녀의 입술은 한 떨기 모란꽃처럼 붉디붉기만 하다. 경성경국을 자임하는 여배우의 미모에 대해서는 찬반의 이견이 존재하겠지만, 이 호사한 영화적 미장센의 아름다움에 대해서는 이견을 품을 여지가 없다. 쓸 데 없을 정도로 사치하거나, 너무 넘치게 화려하더라도 아름다운 것은 아름다운 것이다.

푸른 옷을 입은 소녀가 「가인가」를 부르며 적의 눈을 속이는 동안, 관객은 기꺼이 알고도 속고, 모르고도 속아 넘어가는 그녀의 적(金)과 같은 편에 서서 이 '치명적인 아름다움'에 대해 점진적이고 연쇄적인 반응을 일으킨다. 과도한 아름다움, 또는 아름다움의 치명성에 대한 과도한 수식이 다소 부담스럽기는 하다. 그러나 반복적인 리듬과 멜

로디를 통한 「가인가」의 재현은 반복과 세뇌의 힘을 새삼 절감하게 만든다. 도저히 앞이 보이지 않는 사람이 추는 것이라고는 생각되지 않는 눈 먼 소녀의 불가사의한 춤은 〈와호장룡〉에서부터 전 세계의 감탄을 자아낸 '몸의 언어'와 그 언어를 활용하는 여배우에 대한 애매한 긍정을 불러온다. '역시 장쯔이네!'[10] (실제로는) 멀쩡하게 눈 뜬 사람이 하는 '눈 먼 흉내'나 (영화상에서) 눈이 멀었다고 하는 사람의 '눈 뜬 사람보다 나은 춤'은 여주인공에 대한 여배우의 동일시와 함께 반은 자발적이고 반은 마지못한 긍정을 이끌어 낸다. (이 긍정은 어쩌면 '그렇다고 하니 그런가 보다' 싶은 체념에 가까울 수 있다.) 그녀―여배우이거나 여주인공이거나―의 미모가 만장일치로 칭송될 만한 것인지는 확신할 수 없다. 그러나 이제 그녀가 '경성경국(傾城傾國)'이라고 끊임없이 주장하는 영화의 강박에 대해서는 아무래도 좀 더 관대한 태도를 취하게 된

북소리에 따라 중국의 전통 놀이('仙人之路')를 주도하며
신기(神技)에 가까운 몸놀림을 보여주는 소녀

---

10) 이 장면에서 배우와 배역은 절묘한 일치감을 보여준다. 실제로 장쯔이는 어릴 때부터 중국 전통 무용을 배웠다(中國舞蹈學院附中 民族舞 專業).

다. 적어도 '아름다운 춤과 노래'를 선사하는 그 노력만큼은 인정할 수밖에 없다. 이제껏 '이토록 집요하게, 아름다움을 강요'하는 장면을 만난 적은 없었기 때문이다.

「가인가」를 통해 스스로 '치명적으로 아름다움'을 대담하게 주장했던 〈연인〉의 소녀는 또 다른 관객(劉) 앞에서 한층 더 놀라운 재주를 선보인다. 눈 먼 소녀가 마치 앞이 보이기라도 하는 것처럼—사실 그녀는 눈이 보인다!—소리만 듣고 그에 따라 북을 치다니! 노래하며 춤을 출 때의 그녀가 정적인 아름다움의 화신이었다면, 이제는 한술 더 떠 율동하는 아름다움 자체가 된다. 소녀의 옷차림은 아까보다도 한층 더 화려하고 눈이 부시며, 몸놀림은 유연하고도 탄력이 넘쳐 가히 신기할 지경이다. 거침없이 팔과 다리를 떨치며 날아오르는(!) 소녀는 단지 '아름다움'일 뿐 아니라, 어릴 적부터 익혀 온 '숙련된 기예의 발현'으로써 이견 없이 긍정된다. 그녀의 움직임은 보이는 그대로 '예술'인 것이다. 그것이 춤(舞)이거나 싸움(武)이거나. 불가능에 가까운 움직임을 완벽하게 재현함으로써 소녀의 작은 몸은 중국의 문화 예술이 내포하는 아름다움의 정수를 발현하고 증명한다.

2) 천카이거(陳凱歌)의 〈무극(2005)〉

영화 〈연인〉의 여운이 채 가시기도 전에, 또 한 사람의 제5세대 대표 감독 천카이거의 무협 블록버스터가 극장에 걸렸다. 이 영화 〈무극〉의 진정한 주인공 또한 앞서의 영화와 마찬가지로 어리고, 작고, 가냘픈, 한 '소녀'이다. 그녀는 한때 전장에 흩어진 주검에서 식량을 훔칠 정도로 가난하고 굶주렸지만, 이제 말 한 마디로 군대를 움직일 수 있을 만

모든 남성의 운명의 지침을 돌려놓는 영화 〈무극〉의 팜므파탈 '경성(傾城)'

큰 위력적인 존재가 되어 있다. 그리고 무소불위한 그녀의 권력은 바로 치명적인 미모에서 나오는 것이다. 왕을 시해하기 위해 몰려든 공작의 군대는 두건을 벗은 그녀의 실체를 보기 위해 두 말 없이 즉각적으로 무장해제한다. 그들은 그보다 더 깊은 그녀의 '안쪽'을 들여다보기 위해 왕을 죽이는 대역죄까지도 감수한다. 공교롭게도 그런 그녀의 이름은 '칭청(傾城)'이다.

그녀의 온몸을 가린 바람막이 외투 안쪽을 보기 위해 생명을 담보하는 무기를 서슴없이 내버리고, 더 내밀한 '안쪽'을 들여다보기 위해 그 무기를 들고 자신들의 왕을 공격하려 하는 공작의 군대를 비롯하여, 공작과 대장군, 그리고 시간을 거슬러 운명을 바꾸는 힘을 가진 설국 출신의 노예 쿤룬에 이르기까지, 영화에 등장하는 모든 남자들은 그녀의 미모에 얼이 빠지고 넋이 나간다. 아무리 대단한 권세와 무용이라 할지라도 그 앞에서는 바람에 날리는 깃털처럼 무력하기만 하다. 그러나 그녀는 이 세상의 온갖 부귀영화와 모든 사람의 칭송과 경탄을 한 몸에 받으면서도 진정으로 사랑하는 마음(眞愛)을 얻지는 못하

꽃나무(華) 한가운데 서 있는 칭청
〈무극〉의 포스터는 영화가 추구하는 '경성경국'이 한 폭의 그림 같은 중국 이미지임을 보여준다

는 운명이다. 운명을 결정하는 만신(萬神)과 그녀가 오래 전에 그런 계약을 했기 때문이다.[11] 영화는 그 약속을 전제로 해서 시작되며 약속의 파기와 함께 끝난다. 마침내 그녀의 미모는 운명을 바꿀 힘까지도 손에 넣는 것이다.[12]

사실 이 영화 속의 여주인공 칭청은 〈연인〉의 소녀와는 달리 치명적 아름다움의 실존을 강박적으로 전시하지 않는다. 아름다움의 치명성은 그저 상징적 기표로 존재할 따름이다. 그녀는 이미 '칭청'이고, 그렇게 명명된 이상 더 이상의 증명을 필요로 하지 않기 때문이다. 간혹 영화 속의 인물들이 그녀에 대해 보이는 집착이 의아하거나 우스꽝스

---

11) 영문 제목인 〈The Promise〉는 영화 속 운명의 내러티브를 이렇듯 선언적으로 암시한다.

12) 영화의 중국어 제목인 〈무극(無極)〉의 의미를 헤아리건대, 이 영화 속의 이야기는 아마도 여기서 끝나지 않을 것이다. 여자 주인공의 다른 결정과 다른 선택은 영화를 다른 방향으로 다시 이끌고 갈 것이다. 그리고 아마도 그 이야기는 '끝이 없을(無極)' 것이다.

러울 정도로 그녀의 유혹은 평범하다. 그녀가 실제로 아름답지 않다는 의미가 아니다. 칭칭의 아름다움은 이미 확정된 사실이기에 더 이상 실체로서 감각되지 않는다. 오히려 이 영화에서 진정한 아름다움으로 주목받는 것은 그녀를 둘러싼 모든 사건의 배경이 되는 오래된 나라의 환상적인 풍경이다.[13] 이 세상이 아직 젊어서 사람과 신이 함께 살았던 그 때, 하얀 눈의 나라와 한 그루의 해당화 나무, 맞닿은 하늘과 바다 사이에서 날아 내리는 붉은 꽃보라......절세가인 칭칭은 그 배경의 일부일 따름이다. 영화는 이 '성을 기울게' 만드는 미인의 아름다움에 그다지 주의를 기울이지 않으며, 그 아름다움이 그녀에게 수여한 부귀와 영화에 대해서도 별다른 관심을 두지 않는다. 그것은 처음 등장했을 때부터 틀에 박힌 것처럼 인정되는 어떤 편견(成見)에 불과하다. 그녀를 쫓는 남성들은 그녀의 아름다움에 매혹되었다기보다는 차라리 추구의 욕망에 매혹된 것으로 보인다. 라캉이 말한 바와 같이 "인간의 욕망은 타자의 욕망인 것이다."

다른 한편, 칭칭의 아름다움은 다른 사람에게 재앙이 될 뿐 아니라(그녀를 사랑하는 사람은 곧 죽음에 이르기에), 그녀 자신에게도 그다지 이롭지 않다(그녀는 영원히 사랑하는 사람의 진심을 얻을 수 없다. 그 진심을 얻을 수 있다 하더라도 곧 잃고 말 운명이다). 이 영화가 재인하는 것은 '치명적 아름다움(傾城之色)'의 '비극적 운명(辛亡天下)'일 따름이다. 더욱이 칭칭에게

---

13) "믿을 수 없을 만큼 놀라운 판타지 걸작 〈무극〉은 기존의 중국 영화들과는 현격히 차별되는 전혀 새로운 영상을 선보인다. 특히 신비로운 색감과 강렬한 영상미가 완벽하게 조화된 판타지의 세계는 꿈에서도 볼 수 없었던 환상적인 영상으로 관객들을 황홀경에 빠지게 할 것이다."「영화 〈무극〉 제작노트」,「씨네21」 공식 홈페이지(http://www.cine21.com) 참조.

있어서 그것은 다만 오늘의 일용한 양식을 위해 추구된 것이다. 그녀는 하루의 배를 채울 일용할 '찐빵(饅頭)' 하나와 함께 이 '치명적 아름다움'을 받아들이며, 그와 맞바꾸어 다른 모든 가능성─하나의 인간으로서 존중받을 권리, 한 사람의 여인으로서 사랑하거나 사랑받을 권리, 자유로운 존재로서 행동할 권리 등에 대한─을 포기한다. 그리고 마지막 순간까지 자신의 선택이 포기한 것에 대해, 그 가치의 중요성에 대해 의식하지 못한다. 마지막의 마지막 순간까지. 이 지점에서 천카이거는 일견 장이머우와 전혀 다른 선택을 한 것으로 보인다.

〈무극〉의 '칭칭'은 〈연인〉의 소녀─중국적 아름다움의 강박적 전시─에 대한 에 대한 일종의 반박일 수도 있다. 장이머우의 무협 연작에서 주인공들은 내내 익명성을 주장한다. 〈영웅〉의 주인공의 이름은 '이름 없음(無名)'이며, 〈연인〉에서는 '어린 누이(小妹)'이다. 전자의 경우에는 어쩔 수 없이 주어진 것이지만, 후자의 경우에는 적극적으로 선택된 것이다. 〈연인〉의 소녀는 진짜 꽃은 꽃이라는 이름으로 불릴 필요가 없다는 말로 자기 이름의 익명성을 변호한다. "이 곳의 꽃은 전혀 꽃이라고 할 수도 없지요, 진짜 꽃들은 산과 들이 펼쳐진 자연 속에 핍니다(此處的花根本不能算花, 眞正的花開在山野爛漫處)." 진짜는 진짜라고 이름 붙이지 않아도 '스스로 그런(自然)' 것이다. 짐짓 이름의 권위를 무시함으로써 그녀는 자기 아름다움의 진정성을 강변한다. 무극의 '칭칭'은 이와 정반대이다. 그녀는 '경성(傾城)'이라 칭송되지만, 그녀가 진정으로 바라는 바(眞愛)를 얻을 수 없는 운명에 처해 있다. 운명의 선택권을 부여하는 만신은 그녀가 선택한 운명에 대해 이렇게 경고한다. "너는 영원히 진정한 사랑을 얻을 수 없을 것이야. 혹시 얻게 된다 하더라도 곧 잃어버리고 말지(你永遠都得不到眞愛, 就算得到也會馬上失去)."

더욱이 그녀가 그 이름을 얻은 것은 적극적 의지의 결과가 아니다. 경
성지색의 미모와 운명은 굶주리지 않으려는 생존의 선택에 덤으로 얹
혀왔을 따름이다. 여주인공의 치명적 아름다움을 극단적으로 강권하
는 장이머우와는 반대로, 천카이거는 불행한 그 운명의 속성을 병치시
킴으로써 아름다움의 무가치함을 역설한다.[14] 유감스럽게도 그러한 의
도가 영화 전편을 흐르는 화려한 미장센에 묻혀 쉽사리 포착되지 않
을 따름이다.[15]

3) 펑샤오강(馮小剛)의 〈야연(2006)〉

펑샤오강은 1990년대 중국 대중문화를 선도하며 하세편(賀世片)으
로 흥행 신화를 이룩한 인물이다. 〈연인〉과 〈무극〉에 뒤이어 그의 새
로운 작품이 '경성경국' 리스트의 대미를 장식하였다는 점은 참으로
의미심장하다.

---

14) '치명적인 아름다움(傾城傾國)'에 대한 두 감독의 상반되는 재현 양식은 궁극
    적으로 동일한 것, 즉 말할 수 없는 실체(言外之美)를 추구하는 것처럼 보인
    다. "진정한 아름다움은 이름 붙일 수 없는 것이며, 따라서 이름 붙은 것은 아름
    다움이 아니다." 마치 『노자(老子)』의 첫 구절—道可道, 非常道, 名可名, 非常
    名—처럼 〈연인〉과 〈무극〉, 이 두 편의 영화는 명시적으로, 또는 암시적으로 그
    사실을 강변한다.
15) 만약 '너희가 지금 그렇듯 모든 것을 걸고 추구하는 것(傾國之色)은 결국 아무
    것도 아니야. 중요한 건 따로 있어'라는 것이 감독의 진정한 의도라면, 이 영화
    의 패러디 작품인 〈찐빵 하나가 불러일으킨 살인 사건(一個饅頭引起的血案)〉
    이야말로 그에 대한 최고의 이해와 동조의 결과가 될 것이다. '명예훼손'과 '저작
    권침해'에 대한 감독의 과민 반응이야말로 자기 작품의 가치를 부인하는 역설적
    행위라 하겠다.

　영화〈야연〉은 세익스피어의 유명한 비극〈햄릿〉을 중국적인 난세 상황(五胡十國)에 고스란히 옮겨 놓은 작품이다. 구체적인 역사적 배경을 설정하고 있기는 하지만, 이 영화는 정통적인 의미의 사극이라기보다는 역사를 배경으로 한 장르―무협 로맨스(?)―영화에 가깝다. 가면을 쓴 주인공이 춤을 추는 첫 장면부터 영화는 시종일관 무협이라는 영화적 장르의 클리셰―사랑에 배신당한 연인의 애증, 아버지를 잃은 아들의 복수, 어지러운 세상의 이유 없는 살육과 구사일생, 그리고 첫 장면부터 난무하는 환상적인 무술 장면―들을 숨 가쁘게 늘어놓기 때문이다. 그러나 이 장르의 법칙에 충실한 영화가 보여주는 중국 무술은 아직 조미되지 않은 '날 것'의 '쿵푸'가 아니라, 단아하게 손질하여 승화시킨 예술로서의 '우슈'이다. (자의적이거나 타의적이거나) 노래와 춤에 탐닉하는 남자 주인공은 치명상을 줄 수 없는 무기인 목검을 사용하며, 웬만해서는 칼과 창이 번득이고 붉은 피가 낭자한 싸움판에 몸소 끼어들지 않는다. (칼과 화살이 빗발치는 가운데 그가 하는 일이란, 숨을 참은 채 물 밑에 숨어 있거나 등을 돌린 채 두 눈을 감고 있는 것 뿐이다.) 애증이 교차하는 대결의 장면에서조차 그 '싸움'은 마치 발레의 '빠 드 되(Pas de Deux)'처럼 감미로우며, 마치 날개라도 단 것처럼 가뿐한 도약은 얼핏 '그랑 주떼(Grand Jete)'를 닮아 있다.〈와호장룡〉을 통해 이미 우리가 알고 있는 '가장 우아한' 대련 장면을 선보였던 위안허핑(袁和平)의 액션 연출은 다시금 빛을 발한다. 이 점에서 펑샤오강의〈야연〉은 장이머우의〈영웅〉과〈연인〉을 직접적으로 계승하고 있다.

영화 〈야연〉에서 재현된 우슈(Chinese Martial Art)

　쿵푸가 "폭력에 폭력으로 대응하는" 싸움(武)에 그친다면, 우슈는 여기에 '고차원적인 미학'을 부여한 예술(文)의 경지까지 나아간다. '우슈(武術, Chinese Martial Art)'는 중국 문명이 자랑하는 문화예술, 즉 '중화의 정수(精髓)'인 것이다. 2000년 이후 중국 무협 블록버스터가 여배우들의 '놀랍고도 아름다운 몸놀림'을 끊임없이 추구하는 이유도 바로 여기에 있다. '사나이'들의 땀과 피로 얼룩진 몸에서 시선을 떼지 못하는 1970─80년대 홍콩 영화들과는 달리, 이 21세기 영화 속에서 중국 무술은 대부분 '가무의 가면'을 쓰고 살기나 유혈과 같은 진면목을 드러내지 않는다. 거기에는 피와 땀이 없다. 적어도 그 땀의 주인에 의해 짐짓 부정된다. "네 얼굴이 온통 땀이로구나(你滿臉汗水)!" 얼굴을 닦아주려는 숙부의 손을 거절하며 태자 무난은 말한다. "눈물입니다(淚水)." 춤과 노래의 가면은 또한 가장 높은 경지의 연기를 의미하기도 한다. 왜 가면을 쓰냐고 묻는 황후의 말에 태자는 이렇게 답한다. "가면을 쓰는 연기야 말로 가장 높은 경지의 연기다(戴面具的表演是最高境

界的表演)."

　당연하게도 이 영화의 주인공은 여성이다. 태자의 연인이었던 아름다운 소녀 완(婉)은 연인이 아닌 다른 남자로 남편이 바뀌고, 그가 죽어 다시 남편이 바뀌고, 또 그와 그녀의 유일한 연인이자 첫 사랑이었던 무난(無鸞)이 죽은 뒤에도 살아남는다. 자신을 기억하는 모든 사람들이 죽어 시체의 산이 된 궁정에서 살아남은 그녀는 마침내 황제의 자리에 오른다.[16] 결국 그녀조차 어디서 날아왔는지 모르는 한 자루 검에 목숨을 잃기는 하지만, 영화는 엄연히 거듭 황후가 된 끝에 스스로 황제가 된 한 소녀의 일대기를 그린다. 이 점에서 그녀는 〈무극〉의 칭청이 이르지 못했던 마지막까지 나아간다. 완은 마침내 '만세야(萬歲爺)', 즉 황제의 자리를 차지하는 것이다. (물론 칭청이 그러한 지위를 바란 적도 없기는 하다.) 그러나 그 운명은 칭청과 크게 다르지 않다. 분명 그녀는 보통 사람들이 바라는 것, 그 이상을 얻는다. 그러나 그녀가 "진정 바라는 사랑(眞愛)은 영원히 얻지 못한다. 혹시 얻게 된다 하더라도 곧 잃어버리게 된다." (사실 〈야연〉에서 '진정한 사랑'은 누구의 손에도 닿지 않는 곳에 있다. 그들은 모두 손에 넣을 수 없는 것을 고대하며, 그 사랑은 언제나 빗나가거나 엇갈린다. 심지어 그들이 서로를 끌어안고, 사랑을 확인할 때조차 그렇다.)

---

16) 살얼음판처럼 위험한 궁정에서 끝까지 홀로 살아남은 그녀는 이렇게 죽은 연인을 향해 혼잣말을 하듯 이렇게 읊조린다. "완아......라는 이름을 언제부터 잊어버리기 시작했너라? 아마도 네 아버지가 날 아내로 맞은 그 날이겠구나. 너는 떠났고, 다시는 날 그리 불러 줄 사람이 없으니 서서히 잊게 되었지. 네 작은 아버지가 또 날 아내로 맞아서, 나는 또 황후의 귀한 몸이 되었구나. 이제 앞으로는......황후라고 불러 줄 사람도 없겠구나. 그들은 나를 황제라고 불러야 할 테니 말이야(婉兒, 從什麼時候開始忘了? 應該是你父親聚我的那一天. 你走了, 就再也沒有人這樣叫我了, 慢慢就忘了. 你叔叔又聚了我. 婉兒又貴爲皇后. 以後皇后也沒人叫了. 他們該稱我皇上)." (영화 〈야연〉에서 황후 완의 독백.)

하루가 멀다 하고 주인이 바뀌는 나라에서 왕은 며칠을 부지하지 못하고 쓰러지지만, 황후와 재상은 기적적으로 목숨을 부지하고 주인이 바뀌는 동안에도 그 지위와 권력을 유지한다. 원래 태자의 연인이었던 완은 그 아비의 눈에 들어 황후로 책봉된다. 그러나 형의 지위와 권세, 그리고 그 아내를 탐낸 왕의 아우는 형을 죽이고 새로운 황제의 지위에 오르며, 그녀에게 다시금 황후의 지위를 제안한다. 그리고 이 제안을 받아들인 그녀를 두고 새로운 황제는 "성이 기울어지고 나라가 기울어지는 것을 모르랴마는, 아름다운 사람은 다시 얻기 어려워라(傾城與傾國, 佳人再難得)!"라는 「가인가」의 시구를 들어 그녀를 찬미한다. 나라를 얻기 위해 서슴없이 미인을 버렸던 고대의 제왕들과는 달리, 이 영화 속의 인물들은 나라(國)와 나라를 쓰러뜨릴 수도 있는 치명적인 아름다움(傾國) 가운데서 한결같이 후자를 택한다.[17] 권력 투쟁의 묘사에 심취하는 셰익스피어의 원작과는 달리 영화는 이 모든 사건의 인과(因果)를 한 소녀의 치명적인 아름다움에 돌린다. 그리고 그녀의 '나라를 기울게 하는 아름다움(傾國之美)'이 얼마나 뇌쇄적인지 묘사하는 데 심혈을 기울인다. 여주인공 역의 장쯔이는 뒷모습 전라를 선보이는 열연으로 이러한 작업에 일조했다. 이 작업을 통해 쓰러지는 것은 누구의 성도, 누구의 나라도 아니다. 다만 그것을 바라보는 전 세계의 관객들일 뿐이다.

---

17) 영화의 또 다른 장면에서 황제는 "나라와 미인의 선택은 고대로부터 지금까지 언제나 제왕들을 골치 아프게 했던 문제다(江山美人, 從來困惑着百代帝王)"라고 말한 바 있다. 그러나 황후가 태자를 황위에 올리기 위해 (또는 자기 자신이 황위에 오르기 위해) 자신을 독살하려고 했음을 알고도 그 잔을 받아 마시는 모습을 보건대 그의 선택은 자명하다 하겠다.

영화 〈야연〉의 주인공 완
그녀는 뇌쇄적인 미모로 나라의 운명을 좌우한다

　영화 〈야연〉은 여주인공의 아름다움을 전시하는 데 공을 들일 뿐
아니라, 왕실에서 벌어지는 화려한 '야연(The Night Banquet)'과 연회의 자
리를 장식하는 음악과 춤, 격구(擊毬), 가무극(歌舞劇)의 연출에 한층 더
공을 들인다. 날개옷을 입은 무희들은 마치 나비인 양 춤사위를 떨치
고, 카메라는 집요한 시선으로 그 손끝과 매무새, 수줍은 눈웃음과 새
침하게 붉은 입술, 너울대는 소매와 치마 자락을 따라간다. 유럽의 귀
족들이 즐겼다는 폴로는 그러나 고대 중국에서 더욱 일상적이었다. 영
화는 그 역사적인 사실에 확인 도장을 찍는다. 하얀 옷을 입고 가면을
쓴 무희들의 느린 춤사위와 흐느끼는 노래 가락은 그로테스크하지만
몽환적인 아름다움으로 관객을 설득한다. 이국적인 뉘앙스를 띠는 고
대의 가무극 「월인가(越人歌)」는 여기서 매우 현재적인 예술로 복원된
다. 그것은 마치 〈연인〉에서 재현된 「가인가」가 그랬듯이 원래부터 그

런 것처럼 지금, 여기, 우리의 눈앞에 펼쳐진다.[18]

붉은 주단과 황금, 흡사 샹들리에처럼 보이는 수많은 촛불로 장식된 궁전은 어둠이 짙은 배경 속에서 찬연히 빛난다. 영화는 한밤중의 이 화려한 연회의 장소를 좀처럼 벗어나지 못한다. (가끔 이국적인 저자라든가 설원 등의 풍경이 마치 연극의 막이 바뀌듯이 단편적으로 끼어들기는 한다.) 대관식과 결혼식, 삶과 죽음, 단절과 연속의 인간사가 모두 이 황홀한 시공간에 속해 있는 것이다. 〈와호장룡〉과 〈무극〉을 통해 중국적인 여백의 미와 꿈과 현실을 넘나드는 판타지적 아름다움을 스크린에 표현했던 미술 감독 예진텐(葉錦添, Timothy Yip)은 이 영화에서 숨 막힐 듯한 음울(陰鬱)과 꿈틀거리는 욕망이 뒤엉킨 궁정을 퇴폐적인 아름다움으로 물들인다. 당연한 결과처럼 〈야연〉은 제1회 아시안 필름 어워드에서 미술상을 수상했다. 형을 죽이고 형수를 취한 새 황제가 적법한 계승자의 권리를 가진 그의 조카에게 수여했던 '천부적인 재능을 지닌 예술가(天才的藝術家)'의 최종적인 명예는 결국 미술 감독 예진텐에게 돌아가는 것으로 보인다. 천부적인 재능을 지닌 예술가의 손에 그 운명을 맡김으로써 영화 〈야연〉은―그리하여 바야흐로―세계를 쓰러지

---

18) 사실 「가인가」와 「월인가」는 여러 가지 면으로 영화 안팎에서 대비된다. 〈연인〉의 「가인가」와 〈야연〉의 「월인가」는 실전(失傳)된 문화의 현재적 재현물로서 짝을 이룬다. (그 복원의 진위여부에 상관없이) 각각은 영화의 내러티브 속에서 하나의 예술품으로 분명히 긍정되는 것이다. 〈야연〉이라는 영화 내부에서, 그것은 황제라는 정치적 중심(「가인가」는 원래 한무제-황제의 여흥을 위해 지어진 노래였다)과 계승권으로부터 멀어진 태자라는 주변(아버지에게 연인을 빼앗기도 은거해 버린 아들이 선택한 노래)을 상징하며, 다른 한편으로는 한족과 소수민족(「월인가」는 초나라의 언어로 기록된 월나라의 노래이다) 문화를 각각 대표하기도 한다. 이러한 과정을 통해 이 영화들은 희미해진 문화 전통을 현재적으로 재생시키고 있는 것이다.

게 하는 아름다움(傾球之美)을 완성시킨다.

4. 맺음말

"지나간 사건은 사람들의 회상 속에서, 그들이 전하는 말 속에서 이야기가 된다. 그것이 고사(故事)이다."[19] 또한 "성어(成語)는 마치 생물처럼 태어난 순간에는 상상하지 못했던 운명을 겪는다."[20] 일종의 언어 구조물로서 고사성어는 일반적인 기호학의 범주에서 기호로 인식된다. 하나의 기호로서 성어는 언어적으로 구성되는 동시에 실재하는 지시적 대상으로서의 '옛 일'을 떠나 스스로 의미를 충족한다. 또한 기표와 기의 사이의 특정한 결합은 고정적인 실체가 아니기 때문에, 성어라는 기표는 그것이 발화─성어는 반복적으로 재인용된다─되는 조건에 따라 서로 다른 기의와 관련을 맺고 의미 작용의 변화를 일으키게 된다. '경성경국'의 성어가 '치명적으로 아름다운 여인'과 '개인과 국가에 치명적인 여인'이라는 이질적인 기의의 양극을 진동하는 것은 그 때문이다. 이 고사성어에 전통적인 해석은 현대 대중문화에서 또 다른 기의를 향해 손을 뻗는다. 그것은 '치명적으로 아름다운 중국=문화=예술'이라는 기의이다. 그리고 이 기의의 표상을 위해 '경성경국'의 기표는 그것이 부연하거나 포섭할 수 있는 거의 모든 기표들─매체를 통해 전달될 수 있는 모든 감각의 기표들을 늘어놓는다. 21세기의 중

---

19) 문현선, 『무협』, 살림, 2004, p.87.

20) 레이 초우, 정재서 옮김, 『원시적 열정: 시각, 섹슈얼리티, 민족지, 현대중국영화』, 이산, 2004, p.168.

국 대중문화는 이처럼 치명적인 아름다움(傾城傾國)이라는 고사성어의 스토리텔링을 통해 '쿵푸의 왕(功夫之王)'을 넘어 '전 세계의 관객들을 쓰러지게 할 아름다움(傾球之美)'을 향해 달려가고 있다.

21세기 낭만 도깨비, 영상 서사에 녹아들다
―김은숙의 〈도깨비〉, 그리고 포송령의 「화피(畵皮)」

이연희

서울여자대학교 중어중문학과 초빙강의교수

1. 들어가는 말

이성중심의 활자문학보다는 감성을 느낄 수 있는 영상문학이 환영 받는 시대이다. 서사문학이 활자에 의해 표현되고 이해되는 시대는 이미 저물어 가고 있으며, 많은 인문학도들은 이에 대해 우려를 표한다. 그러나, 활자의 시대가 저물어갈 뿐 서사를 표현하고 전달하는 방식은 기존의 tv, 영화는 물론이고 게임, 웹툰, 웹소설 등에 이르기 까지 상상할 수 없을 만큼 다양해져 가고 있으며 그와 동시에 삶의 의미를 표현할 수 있는 방식 또한 풍부해졌다. 미디어 산업의 발전으로 인한 서사문학의 입체적 표현은 활자 속에 갇힌 수많은 고전에 생명력을 불어넣었다. 그들은 영화, 게임과 같은 영상물들을 통해 현대인들과 함께 살아 숨 쉴 수 있는 기회를 얻게 되었다. 작가 김은숙의 「쓸쓸하고 찬란한 신(神) - 도깨비」가 그 대표적인 예이다.

---

* 이 글은 제99회 한국중국소설학회 정기학술대회(2017.4.29, 숭실대학교)에서 발표한 「동아시아 영상매체를 통해서 본 낭만의 의미- 한국의 〈도깨비〉, 중국의 「화피(畵皮)」 그리고 일본의 〈음양사(陰陽師)〉」를 수정한 것이다.

　　도깨비는 우리의 전통 설화이지만 큰 주목은 받지 못한 채 뿔 하나를 달고 있거나 방망이를 들고 있는 모습만 상상해 왔다. 또한 영상 매체에 있어서도 최근 아이들에게 큰 인기를 끌었던 〈터닝메카드〉에서의 캐릭터나 〈프랭키와 친구들〉에 등장하는 요정같은 모습으로 표현된 도깨비들, 〈옛날 옛적에〉에서는 전통적인 한국 고유의 도깨비가 애니메이션으로 제작되었을 뿐이다. 이러한 기존의 영상물들이 기존에 잘 알려진 도깨비 설화를 소개하는데 그쳤다면 김은숙의 〈도깨비〉는 도깨비가 가진 고유의 특성들과 더불어 대중문화를 함께 영상 속에 배치함으로써 현대인들에게 친숙하면서도 사랑받는 낭만 도깨비를 탄생시켰다. 또한 도깨비는 중국의 독각귀(獨脚鬼)나 이매(魑魅), 일본의 오니, 갓파, 뎅구 등과 유사한 존재로 인식되고 있기 때문에 동아시아의 보편화된 문화라는 특징에 의해 우리나라를 넘어 중국을 비롯한 동아시아에서 환영받는 서사물로 자리매김한 것은 당연한 결과라고 할 수 있다. 동아시아의 보편적 모티프를 활용한 성공의 예는 2008년 개봉된 중국 영화 〈화피(畵皮)〉를 예로 들 수 있다. 영화 〈화피(畵皮)〉는 포송령(蒲松齡)의 『요재지이(聊齋志異)』에 기록된 「화피」를 영화한 작품인데 원작에 비해 애정고사에 많은 비중을 두었고 동아시아의 보편적 캐릭터인 여우를 등장시켜 중국의 특수성 보다는 동아시아의 보편적 정서에 초점을 맞추어 제작했다. 이에 이 글에서는 김은숙의 〈도깨비〉를 중심으로 중국의 「화피」에 나타난 삶과 죽음의 관념 및 특징, 인신 연애 고사를 비교·분석함으로써 동아시아의 보편적 상상력 저변에 흐르는 낭만의 의미에 대해 살펴볼 것이다.

2. 포송령에서 김은숙으로

「화피」의 작가 포송령은 1640년 명말에 태어나 명문 거족의 집안에서 성장했으며 11세 때부터 아버지의 뜻에 따라 과거 공부를 시작했다 그러나, 연이은 향시의 실패로 손혜(孫蕙)의 막객으로 문서를 작성하며 장강과 회수를 떠돌다가 백성들의 곤궁한 삶, 관리들의 부패, 잔혹한 세금 제도로 인해 고통에 신음하는 백성들의 모습을 목도하고 현실에 대한 울분을 『요재지이』 저작에 쏟으며 극복했다. 포송령의 청년기는 혼란기에 해당하는 청(淸)나라 초기였지만 중국 사회는 문화, 사상적으로 상당한 진보성향으로 발전해 가고 있던 시기였다. 그러나, 과거 제도는 여전히 팔고문 중심이었고 시험장의 시관들은 뇌물에 매수된 탐관오리들이었다. 포송령은 입신양명을 위해 자신의 성향과 맞지 않는 팔고문 체재의 과거 시험에 수차례 응시했으나 낙방 후 세속의 굴레에서 벗어나 정신적 자유를 추구하였고 그러한 자신의 개성을 『요재지이』를 통해 구현했다. 작가는 『요재지이』에서 과거제도의 폐단, 백성에 대한 학정 등을 고발하는 내용을 기록했지만[1] 여전히 현대인들의 관심을 불러일으키는 내용은 봉건사회의 관념적 변화가 발생하던 시대의 남녀 간의 애정고사로 이 가운데 「화피」, 「섭소천」 등의 고사는 이미 영화, 드라마 등으로 제작되어 중화권뿐만 아니라 우리나라에서도 많은 사랑과 관심을 받았다. 이것은 포송령이 관직에 나아가지 못하는 자신의 암울한 현실을 바탕으로 인신연애와 같은 초월적 애정고사 속에서 현실 세계를 비판하며 이룩한 우울한 낭만이 기저를 이루었기에 현대인의 공감을 살 수 있었던 것이다. 17세기 작가는 자신의 삶 기

1) 김혜경, 『요재지이』, 민음사, 2002, pp.439-449.

저에 내재된 우울한 낭만을 서사문학의 바탕에 두었다면 21세기 작가는 어떠할까.

우리는 아직도 기억한다. '내 안에 너 있다'라는 대사를 작가 김은숙은 〈파리의 연인〉(2004), 〈프라하의 연인〉(2005), 〈연인〉(2006), 〈시크릿 가든〉(2010), 〈신사의 품격〉(2012), 〈쓸쓸하고 찬란한 신 - 도깨비〉(2017)를 통해 자신의 변함없는 흥행력과 대중적 글쓰기 능력을 입증하고 있다. 그녀의 드라마 속 사랑은 늘 현실에서 작가의 삶이 그러하듯 결코 실패하지 않는다. 그것이 설령 〈시크릿 가든〉에서 영혼이 바뀐 이들의 사랑이건 〈도깨비〉에서 인간과 이물의 초현실적 사랑이라 하더라도 그들의 사랑은 늘 해피엔딩이었다. 이 지점에서 17세기 포송령의 우울한 낭만은 21세기 작가 김은숙에 의해 즐거운 낭만으로 변모한다. 포송령은 자신 안의 우울을 「화피」와 「섭소천」 등의 서사에 쏟아냈고 그들의 사랑은 결코 성공하지 못했다. 그러나 즐거운 작가 김은숙은 끊임없이 대중과 소통하며 그들에게 익숙한 소재들을 재탄생시키며 시청자들에게 다가갔다. 예컨대 〈시크릿 가든〉의 경우 자칫 평면적일 수 있는 스턴트맨과 재벌 3세의 만남을 남녀 주인공의 영혼을 바꾸어 등장시킴으로써 새로운 낭만 서사를 탄생시켰고, 〈도깨비〉 또한 인간과 이물의 연애라면 항상 등장하는 여우 모티프에서 벗어나 도깨비라는 문화적 친숙도가 높은 새로운 고전적 모티프를 가져옴으로써 또 한번의 성공을 일구어내었다.

21세기 미디어 산업 발전 속에서 최고의 호황을 누리고 있는 작가 김은숙의 즐거운 낭만과 17세기 불우했던 지식인 포송령의 우울한 낭만을 바탕으로 고전적 소재를 이용한 서사의 재현이 영상 매체에 미치는 영향에 대해 다음에서 살펴보겠다.

3. 낭만, 저주 그리고 사랑

1) 낭만 도깨비의 귀환

김신, 그는 고려시대 최고의 무사이며 전쟁의 신으로 불렸다. 그러나 수천 년이 지난 지금은 그저 속세를 떠도는 도깨비가 되어 버렸고, 불멸로 이어져 온 자신의 삶을 끝내줄 슬픈 신부를 찾아 떠도는 그의 삶에는 낭만적 저주가 베어 있다. 벌판에 버려진 그의 육신은 자신이 전장에서 베어낸 수천의 피가 얽힌 검을 꽂은 채 도깨비신으로 부활했다. 신은 그에게 살육에 대한 징벌과 어린 왕의 눈먼 질투의 희생양이 되어버린 것에 대한 안타까움의 상을 동시에 내려주었다. 우리에게 익숙한 도깨비는 뿔을 달고 방망이를 든 괴물의 모습이었다. 하지만, 우리 앞에 나타난 김은숙표 도깨비는 달랐다. 카리스마로 휘감겨진 아름답고도 슬픈 모습으로 귀환하여 인간을 설레게 만드는 그는 바로 낭만 도깨비이다.

벌판에 검이 꽂힌 채 버려졌던 그의 육신은 신을 대신한 나비가 내려앉더니 검은 도깨비불로 변해버렸고 타오르는 불꽃 사이로 그의 육신은 부활했다. 밤길에 어른거리는 도깨비불을 보았거나 도깨비불에 홀려서 정신을 잃었다는 민담은 도깨비와 관련된 가장 일반적인 이야기로 불과 가까운 도깨비의 습성을 그대로 보여준다. 도깨비불에 관한 내용은 조선시대 성현(成俔)에 의해 쓰여진 『용재총화(慵齋叢話)』에서 보이는데, 서원 별장에 가던 안부윤이 산기슭에서 겹겹이 쌓인 도깨비불로 인해 앞길이 막혀 나아가지 못하고 칼을 뽑아 들며 소리치자 도깨비불이 서서히 흩어지며 웃음소리만 들렸다는 내용이 기록되어 있다. 음(陰)의 습성을 지닌 도깨비는 주로 산 속에서 생활하며 불의 형상으로 자주 나타나는데 이것은 고대인들이 느끼는 도깨비에 대한 두려움의 심리적 표상에 의해 보여지는 환영으로 간주하기도 한다. 자신의 손에 죽어 이승을 떠도는 박중헌과의 900년 만의 만남에서 김신은 복수와 분노에 들끓어 푸른 불꽃에 휩쌓인 모습으로 분하며 그동안 감춰졌던 도깨비신의 면모를 드러낸다. 반면, 불과의 친연성을 가진 도깨비의 특성을 이용해 신부 은탁이 도깨비신을 소환하고 심지어 핸드폰 속 촛불 어플을 사용하기도 하는 장면은 불과 친연성을 가진 도깨비의 특성을 환기시키는 동시에 디지털 문화 시대에 상응하는 감성적 표현을 재현한 것이다.

불에 대한 친연성 뿐만 아니라 인간이 쓰다버린 물건에 정령이 붙어서 도깨비가 되는 경우는 한국뿐만 아니라 중국, 일본에서 나타나는 공통적 특징이라고 할 수 있다.

자신의 기분에 따라 한겨울 꽃을 피우고 화창한 봄날 소나기를 흩뿌리는 김신의 능력에 신부는 자신과 다른 연인의 신분을 재확인한다. 이런 능력은 주인공 김신을 인간과는 다르지만 더 슬프고 아름다운 존재로 만들기에 충분하며 작가가 빚어낸 주옥같은 도깨비의 능력이기도 하다. 김신의 이러한 능력은 인간의 세계로 다가설 수 없는 도깨비의 신분을 각인시키며 포송령의 우울한 낭만을 느끼게 한다. 도깨비 김신의 사물을 변화시키는 능력은 도깨비가 갖춘 고유의 변신 능력과 연결되는 것으로 설화 속 도깨비는 도리깨, 빗자루, 나무 등으로 변신하는 것을 흔히 볼 수 있다. 도깨비의 변신 능력에 관한 내용은 간보(干寶)의 『수신기(搜神記)』에서도 보인다.

위나라 경초 연간, 함양현의 관리 왕신의 집에 괴이한 일이 일어났다. 아무런 이유없이 누군가가 손뼉을 치며 서로 부르는 소리가 들려 왔던 것이다. 이에 몰래 엿보았지만 보이는 것은 아무 것도 없었다. 그런가 하면 그의 어머니가 밤에 피곤하여 베개를 베고 잠을 청하고 있었는데, 잠시 후 부엌에서 서로 부르는 소리가 들려 왔다. "문약, 어찌하여 아직 오지 않니?" 그러자 머리 밑 베개에서 이에 응답하는 소리가 들렸다. "나는 베개에 눌려 있어 갈수가 없단다. 네가 내게로 와서 나 좀 먹여주렴." 이튿날 날이 밝아 살펴보았더니 밥주걱이었다. 이에 주걱들을 모두 모아 버렸더니, 그로부터 더 이상 그 괴이한 일이 일어나지 않았다.[2]

이밖에 절굿공이 귀신에 관한 기록도 볼 수 있는데 이것은 한국의 도깨비 형상과 유사한 특징으로 볼 수 있다.

이와 대조적으로 우리의 낭만 도깨비는 더 이상 변신하지 않는다. 아름다운 인간의 모습—그것이 바로 도깨비 김신이며, 그로 인해 우리는 도깨비를 뿔이 달렸거나 다리가 하나뿐이거나 빗자루로 변해버린 존재와 연결시키지 않으며 더 이상 피해야 할 존재로도 인식하지 않는다. 그러나, 김신은 도깨비의 변신 능력으로 주변 사물을 변화시킴으로써 신부에게 그의 신(神)적 능력을 과시하며 여전히 인간세계에서는 이방인이자 도깨비신임을 확인시킨다.

> # 라디오 방송국 직원: PD님 무슨 마법사세요? 방금 SNS에 떴는데 우리 방송국 앞이 지금 딱 영상 22도구요, 이 겨울에 꽃이 활짝 폈대요.. 이거 뭐죠?[3]

900년 만에 자신의 업보였던 검을 뺀 후 그는 이승도 저승도 아닌 세

---

2) 간보, 『수신기』 권 18, 「반삽괴」.

3) 본 글에 제시된 도깨비 대사는 모두 극본 김은숙, 소설 스토리컬쳐 김수연, 『쓸쓸하고 찬란한 신-도깨비』(1, 2)(RHK, 2017년)의 대사를 인용한 것이다.

계에서 신부에게 돌아오기 위해 속죄의 길을 걸었다. 어느 세계에도 속하지 못했던 그는 속죄를 통해 신부의 세계로 돌아와 재회했고 그녀와의 만남을 축하하기 위해 겨울 꽃을 만개시켰다. 그러나 속죄의 길을 걷고 이승으로 돌아온 그의 변신 능력은 더 이상 우울함이 아닌 즐거운 낭만으로 다가오며 드라마의 환상성을 극대화하는 장치로 활용된다.

939세의 도깨비 김신을 더욱 돋보이게 해 주는 것은 다름 아닌 그의 재력이다. 수 백년간 이어진 그의 삶과 더불어 부 또한 함께 이어지고 축적되면서 그를 찬란한 도깨비로 탄생시키는데 중요한 부분을 차지한다. 부를 갖춘 남자주인공은 김은숙 작가의 전작인 〈상속자들〉이나 〈시크릿 가든〉에서도 이어져 왔던 부분이기에 전혀 낯설지 않지만, 드라마 〈도깨비〉의 경우 도깨비 설화에서 등장하는 재물신의 이미지를 바탕으로 도깨비 김신을 재력가로서의 이미지를 구축한 것으로 볼 수 있다. 은탁의 아르바이트를 해결해 주고, 돈을 빌려주고, 환생한 고려시대 병사에게 집과 재물을 내려준 김신의 이미지는 금방망이를 가진 도깨비를 상상하기에 부족함이 없다. 인간에게 재물을 내리는 도깨비 고사는 우리나라 뿐만 아니라 중국의 문헌에서도 다양하게 보인다. 당(唐)나라의 대표적인 박물체 서사인 『유양잡조(酉陽雜俎)』에서는 신라의 이야기로 소개된 '방이설화'가 보인다. 방이는 새의 인도에 따라 산으로 들어가 붉은 옷을 입은 한 무리의 아이들을 만나고 그들에게서 얻은 금방망이를 얻어 돌아온다. 금방망이는 그야말로 그가 원하는 소원은 다 들어주어서 국가 전체의 재물에 맞먹을 정도의 재력을 지니게 되었다. 반면, 금방망이를 훔쳐간 동생은 기대했던 재물을 얻기는 커녕 금방망이를 훔친 대가로 도깨비들에게 1장의 긴 코를 갖게 된다.[4] 방이설화 속에서 도깨비는 재물신 그리고 불의에 엄정히 대처

하는 신의 존재로 나타난다. 도깨비의 재물신 형상은 신라를 소개하는 내용의 고사 뿐만 아니라 『수신기』에서도 보여진다. 위군(魏郡)의 하문(何文)은 집을 한 채 사들였는데, 하문 이전에 각각 장분과 정응이라는 사람이 주인이었다. 첫 번째 주인이었던 장분은 연유를 알 수 없게 가세가 급격히 기울자 정응에게 자신의 집을 팔았고, 정응 또한 자신의 집안 식구들이 병고에 시달리자 하문에게 그 집을 팔아버렸다. 하문은 그 집에 거주한 후 세요라는 절굿공이 도깨비와의 대화를 통해 집안 곳곳에 숨겨진 금은 5백 근과 돈 1천만관을 얻고는 절굿공이는 그대로 불태워버린 것으로 고사는 끝을 맺는다.[5]

방이는 새의 인도를 받고 하문은 탐문의 과정을 거쳐 부를 획득했다는 점에서 동일하지만, 하문의 경우 도깨비와의 소통을 통해 스스로 부를 획득했다는 지점에서 방이설화와의 차이점을 드러낸다. 『수신기』의 「세요」 고사에서는 도깨비에 대해 신으로서의 신성성을 부여하기 보다는 사물에 붙은 정괴로 간주하여 퇴치해야 할 존재로 보았던 고대 중국의 사유관념을 엿볼 수 있다. 반면, 방이설화에서 금방망이를 빼앗아 스스로 부를 얻고자 했던 방이의 동생은 의도와 달리 코만 길어진 채 재물은 얻지 못함으로써 인간에게 권선징악의 교훈을 주고자 하는 신으로서의 위엄성을 드러내는 부분에서는 차이점을 드러낸다. 방이설화에서 표현된 이런 도깨비의 위상은 김신의 모습에 그대로 반영되어 있다. 그의 이름은 '신(信)'. 발화의 과정을 거치는 순간 기호의 유희를 통해 신(神)을 연상시키고 그의 존재가 신에게서 내려진 징

---

4) 『태평광기』 권481 만이 2 『유양잡조』. 본 고사의 내용은 김장환, 이민숙 외 옮김, 『태평광기』 16, 학고방, 2004를 참고했다.

5) 간보, 『수신기』 권18, 「반삽괴」.

벌로 현세를 살게 된 도깨비신임을 각인시켜주는 효과를 가져온다.

도깨비 김신은 한국뿐만 아니라 중국의 문헌에서 보이는 도깨비의 원형을 바탕으로 하위신으로서의 이미지를 구축했으며 도깨비가 가지고 있는 물화성을 주변 사물, 날씨 등을 자유자재로 변화시킬 수 있는 신적 능력으로 전환하여 보여주고 있다. 도깨비신의 이러한 형상을 통해 현대인들은 완벽한 이물로만 여겼던 도깨비에 대해 두려움이 아닌 즐거운 낭만성을 품게 되는 효과를 가져왔다고 할 수 있다.

2. 저승사자 ― 전생을 기억하다

저승사자: 저승사자의 키스는 전생을 기억나게 합니다. 당신의 전생에 내가 무엇이었을지 두렵습니다. 하지만 좋은 기억만 기억하길.

이렇게 달콤하고 낭만적인 저승사자의 모습을 어떻게 상상할 수 있을까. 늘 검은 모자에 검은 정장을 입고 명부에 기록된 죽음을 앞둔 이들을 찾아다니는 그. 저승사자는 생을 마감한 이들이 이승을 떠나 저승으로 향할 때 맞이하는 첫 번째 관문이자 저승으로 인도하는 매개자이다. 그들은 망자나 생자 모두에게 두려움의 대상이자 기피 대상이지만, 그들 자신도 전생에서의 큰 죄로 다른 이들을 명부로 이끌어야 하는 지위에 이르게 되었고, 신 앞에 이르러서는 어떤 권한도 행사하지 못하는 나약한 면모를 드러내기도 한다. 비록 명부의 명을 받은 저승사자이지만 도깨비신 앞에서는 그 명을 이행하지 못하고 후에는 그 자신이 은탁의 죽음을 면해 주어 자신의 임무수행을 하지 못한 것에 대해 징벌을 당하게 된다.

#도깨비: 도깨비가 진지할 땐 흘려듣지 말라고 안 배웠어? 조심해. 그대[저 승사자]의 생사에도 관여하고 싶어질지 모르니.

도깨비: 그래도 널 100년째 찾고 있었어도, 그래도, 그 어떤 사자도 도깨비 에게 시집오겠다는 애를 데려갈 수 없어, 그것도 도깨비 눈앞에서."

이 순간 저승사자에 대한 경계심은 해제되고 두려움도 조금씩 사라 져 가는데, 저승사자에 대한 이런 심리적 변화는 기존 저승사자의 외 형적 조건과는 다른 면모로부터 발생한 것이라 할 수 있다. 조선시대 한글소설인 『설홍전(薛弘傳)』에서 등장하는 저승사자는 표범의 얼굴에 경쇠같은 눈을 하고 붉은 두건을 쓴 모습으로 묘사되어 있고, 『저승 전』에서는 소슬한 바람 속에 세 명의 사자가 나타났음을 기록하고 있 다.[6] 저승사자와 관련된 묘사는 중국의 『태평광기(太平廣記)』에서 보이 는데 다음과 같은 기록이 있다.

수주자사(壽州刺史) 주연수(朱延壽)는 말년에 방안에서 목욕을 하다가 살펴보니 창밖에 두 사람이 있었는데, 그들은 모두 푸른 얼굴에 붉은 머리 카락을 하고 손에 문서를 들고 있었다. 그 중 한 사람이 말했다. "나는 명을 받고 잡으러 왔다." 다른 사람이 말했다. "나도 명을 받고 잡으러 왔다." 앞 의 사람이 또 말했다. "내가 먼저 명을 받았다." 주연수가 시종을 불렀더니 두 사람은 즉시 사라졌다. 시종이 도착하자 주연수가 문 밖에 누가 있는지 물었으나 시종은 아무도 없다고 대답했다. 얼마 후 주연수는 피살되었다.[7]

기주좌사(岐州佐史)가 한번은 일이 있어 도성에 갔다가 흥도리(興道里)에

---

6) 김정숙, 「한중 저승 체험담 속 저승 묘사의 사상적 경향 비교」, 『민족문화연구』, 59호, 2013, pp.352-353

7) 『태평광기』 권353 귀38. 본 번역문은 김장환, 이민숙 외 옮김, 『태평광기』 15, 학 고방, 2004를 참고했다.

머물렀다. 그때 갑자기 사람 두 명과 머리가 없는 한 사람이 함께 나타나서
는 이렇게 말했다. "왕께서 좌사 당신을 잡아오라고 하십니다." 기주좌사
는 그들이 귀신인 것을 알고 이렇게 물었다. "그대들은 지하에서 어떤 직책
을 맡고 있습니까?" 그러자 그들이 말했다. "사람 잡아오는 일을 하고 있소
이다." 기주좌사가 말했다. "다행히도 제가 그대들과 같은 일을 하고 있는
데 저를 구해 주실 수 있는지요? 일을 해결해 주신다면 마땅히 지전 만장을
바치겠습니다." 그러자 왕의 사신이 허락하며 말했다. "5일 이내에 우리가
다시 오지 않으면 일을 해결한 것이니, 그때 지전을 천문가(天門街)에 가서
불살라 주시오."[8]

각각『계신록(稽神錄)』과『광이기(廣異記)』에 등장하는 저승사자는 푸
른 얼굴을 가졌거나 얼굴이 없는 모습으로 나타나 순탄치 않은 그들
의 삶의 여정을 상징적으로 묘사했다. 〈도깨비〉에서도 다음의 내용이
있다.

저승사자는 생에 큰 죄를 지은 자들로, 기백 년의 지옥을 거치며 스스로
기억을 지우는 선택을 한 자들이다. 허니, 다시 너의 죄와 대면하라. 그것이
이 모든 규율 위반의 엄중한 벌이다.

저승사자: 내가 왕여였구나, 내가 저들을 다 죽였구나. 내가 나를 죽였구
나 …

그대는 지금 이승에서의 죄와 그 죄 속에 가장 큰 죄인 스스로 목숨을 끊
은 죄와 사후 600년의 지옥을 다 돌려받았다. 하여, 차사직 정지되며, 추후
지시가 있을 때까지 대기한다.

저승사자는 전생에 왕여로서 지은 죄에 대한 징벌로 망자를 저승으

8)『태평광기』 권334 귀19. 본 번역문은 김장환, 이민숙 외 옮김,『태평광기』14, 학
고방, 2004를 참고했다.

로 인도해야 하는 고통스러운 직업을 갖게 된 것이다. 자신의 기억뿐
아니라 망자들의 슬픈 기억을 지우기 위해 망각의 차를 권하며 자신
의 임무를 수행하고 전생에 드리워진 자신의 원죄에 대해 속죄 의식을
행하는 것이다. 그러나 저승사자는 김신과 은탁을 만남으로써 충실했
던 자신의 속죄 행위에 금이 가기 시작했다.

> # 저승사자: 서류 올리길 기다렸다는 듯이 나온 명부는 처음이다. 기타누락
> 자의 명부가 왔어.

죽음을 불과 몇 시간 앞둔 은탁의 죽음을 미리 도깨비에게 알리는
저승사자는 이미 자신이 집행해야 할 임무에서 벗어나 있으며, 이 지
점에서 그는 곧 죽음을 앞둔 은탁의 생명을 연장시켜주려는 노력을
보인다. 이미 그는 은탁이 자신의 명부에서 빠져 버린 기타누락자임을
알게 된 지 오래이지만 그녀를 저승으로 인도하려고 하기 보다는 이승
에서의 삶을 지속시켜 주기 위해 노력하는 모습을 엿볼 수 있다. 저승
사자가 인간에게 생명을 부여해 주기 위한 노력은 다음의 기록에서도
보인다.

> 진번(陳蕃)이라는 사람이 아직 벼슬을 하지 못하고 있을 때의 일이다. 그가
> 하루는 황신이라는 사람의 집에서 묵게 되었는데 황신의 부인이 밤에 아이
> 를 낳았으나 진번은 그것을 모르고 있었다. 밤이 깊어졌을 때 누군가가 대
> 문을 두드렸다. 한참 만에 안에 있는 사람이 "집안에 어떤 사람이 있으니 그
> 앞으로 지나와서는 안되네."라고 대답했다. 그러니까 문을 두드린 사람들
> 이 "뒷문으로 돌아가야겠군" 하는 것이었다. 얼마 지나지 않아 그들이 다시
> 돌아왔는데 집 안에 있던 사람이 물었다. "어떤 아이를 보았지? 이름이 뭐
> 야? 몇 살을 줘야 하지?" 그러나 뒷문 쪽에서 돌아온 사람 하나가 말했다.

"남자 아이고 이름은 아노라고 하네. 15살을 주기로 했지." "그러면 이 다음
에 어떻게 죽게 했나?" "다른 사람 집을 짓다가 땅에 떨어져 죽게 되어 있다
네." 진번은 이 모든 이야기를 듣고도 믿을 수가 없었다. 15년이 지난 후에
그는 예장태수가 되어 있었는데, 아전을 시켜서 그 집에 가서 물어보라고
했더니 그 집에서 말하기를 "동쪽 집을 짓는 일을 도와주다가 기둥이 무너
져서 죽고 말았어요"하는 것이었다.[9]

저승사자가 죽은 영혼과 함께 한다는 일반적인 사실과 달리 저승
사자가 새롭게 태어난 생명에게 명부에서 내려진 수명을 부여하고 그
것이 그대로 이행되는 것을 진번은 직접 목격한다.[10] 불교의 윤회사상
은 소멸은 새로운 탄생을 위한 하나의 과정에 불과하다는 인도인들의
사상을 기본으로 탄생한 것으로 인도의 대표적인 신—쉬바는 창조의
신이자 파괴 신으로서의 이미지를 동시에 지닌다. 쉬바는 주로 남성
성기인 Linga라는 돌기둥으로 나타나는데 이것은 그가 지닌 재창조
및 재생산의 능력을 상징화한 것으로 보인다.[11] 반면, 〈도깨비〉에 등장
하는 삼신할머니는 저승사자와 대립되는 존재로 보여진다.

> #삼신할미: 가! 이 아인 놔두고!
>
> 도깨비: 이거 업무방해예요.
>
> 삼신할미: 거야 네 사정이고 얘가 명부에 있어? 그때 그 아인 무명이었지만,
> 얘는 이름이 있어.

9) 『태평광기』 권316 귀1. 본 번역문은 김장환, 이민숙 외 옮김, 위의 책을 참고했다.

10) 송진영, 「중국 고전소설 속에 묘사된 저승사자 명칭과 형상에 관한 고찰―『太
平廣記·鬼部』를 중심으로」, 『중국어문학지』, 제56집, 2016, pp.57-58.

11) 정재서·전수용·송기정, 『신화적 상상력과 문화』, 이화여자대학교 출판부,
2008, pp.51-52.

저승사자: 명부에 협조받으려면 9년 치 증빙 다 올려야 해요. 아실만한 분
이.... 또 보자, 꼬마야.

삼신할미: 얼른 이사 가, 3일 안에 가야 해. 그래야 널 못 찾아. 저승사자랑
눈 마주쳐서 여기서 더 살면 안돼.

은탁: 이사 가면 못 찾아요?

삼신할미: 못 찾아, 그래서 집터가 중요한 거야, 오늘 자정 지나면 장례식장
에 남자 하나에 여자 둘이 찾아올 거야. 그것들 따라가. 고생은 하겠지만 다
른 선택이 옳다, 넌.

기타누락자가 되버린 은탁의 주변엔 삼신할미가 함께 하고, 그녀
는 매번 다른 모습으로 등장하며 그녀의 주변을 맴돈다. 저승사자는
도깨비신과의 만남에서처럼 삼신할미 앞에서도 자신의 주장이나 임
무를 다하지 못한다. 우리나라 전통 민간신앙에서 비롯된 삼신할미는
일반적으로 임신과 출산, 아기의 건강한 성장을 염원할 때 받드는 민
간신으로 알려져 있다. 이러한 민간신앙에 근거하여 볼 때 저승사자와
삼신할미가 대립적 존재로 등장하는 것은 매우 자연스러운 현상이라
고 할 수 있다.

저승사자는 홀로 또 때론 2명 이상 함께 활동하는 모습을 보이기도
한다. 대형사고로 인해 동일 장소에서 여러 명의 망자들이 발생하는
경우, 근무 장소가 병원인 경우 검은 색 정장에 검은 모자를 쓴 저승사
자들의 모습을 볼 수 있다. 이렇게 모인 저승사자들 사이의 상하 관계
는 매우 확실하며, 또 삼신할미와의 대화 속에서 알 수 있듯이 그들도
망자에 대해 기록한 명부를 받아서 근무하고, 잘못될 경우 수년 치 증
빙서류를 올려야 하는 현실 세계의 회사원과도 같은 모습을 보인다.
남조(南朝)시기 지괴 작품인 『유명록(幽明錄)』에 기록된 낭야군 왕씨의

고사에서 죽은 왕씨가 경험한 사후 세계의 이야기에서 명부를 담당한 사자의 모습을 통해서 속세 관리들의 모습 및 행동과 거의 유사함을 짐작할 수 있다.

위진시기의 지옥고사는 태산명부가 묘사되고 명부 안의 조직과 관직 등이 비교적 간단히 묘사된 반면, 남북조를 거쳐 만당에 이르면서 불교신앙과 결합한 중국화된 유명세계는 더욱 복잡하게 묘사되어 진다. 명부의 조직, 관직 및 관원의 수도 증가하여 인간세계의 관료조직을 그대로 반영하고 있으며 앞서 인용한 『광이기』의 기록에서와 같이 뇌물수수나 매관매직과 같은 현실 관료사회에서의 부조리를 저승세계의 이야기를 통해 비평한 고사도 흔히 발견할 수 있다.[12]

한국의 저승사자는 일반적으로 군졸의 복장을 한 것이 일반적이고 매우 사납고 폭력적으로 묘사되어 문을 박차고 뇌성같은 소리를 지르며 죽은이를 '쇠사슬로 목을 매어' 끌고 가곤 한다. 그러나 중국의 저승사자는 그대로 저승의 명령을 전하는 심부름꾼의 역할로 형상화되어서 망자 앞에 문서, 표 등을 가지고 오는 경우를 흔히 볼 수 있다.[13] 〈도깨비〉에서 수려한 용모의 저승사자는 비록 은탁을 위해 명부에 따라 임무를 완수하지 못했고, 자신의 능력으로 김선의 기억을 되살리는 실수를 범했지만 항상 명부에 따라 죽은이들에게 망각의 차를 권하고 저승세계로 들어갈 수 있도록 안내한다. 저승사자의 이런 모습은 중국적 저승사자의 특성에 가까운 표현이라고 할 수 있다. 〈도깨비〉가 한국을 넘어 한한령이 내려진 중국에서도 환영받을 수 있었던 것은 우리 고유의 문화적 특성만을 고집하지 않고 중국의 고유한 서사문학을

---

12) 송진영, 앞의 논문, pp.58-59.

13) 김정숙, 앞의 논문, p.353.

함께 받아들여 동아시아적 상상력에 바탕을 둔 저승사자 이미지를 재현함과 동시에 김은숙의 즐거운 낭만에 바탕을 둔 저승사자의 이미지를 구현하였기에 가능한 일이었다.

저승사자가 죽은 자들을 저승세계로 인도하는 역할을 한다면 중국의 영화 「화피」에 등장하는 퇴마사는 수련을 통해 인간의 모습을 한 여우를 퇴치하여 인간에게 평화로운 세계를 돌려주는 것이 그의 주요 목적이었다. 중국의 영화 「화피」에서 퇴마사 하빙은 위험에 처한 왕생, 패용을 인간으로 변한 여우로부터 구하고 여우의 영혼을 퇴치하려 하지만 결국 여우를 퇴치한 것은 협객 방용의 칼에 의해서였고, 여우의 독약을 먹고 백발마녀가 되어 버린 패용을 구한 것은 여우가 수천 년간 수련하여 축적한 인간의 영혼이었다. 저승사자는 전생의 업보로 속죄를 위해 점차 인간화 되어 즐거운 낭만의 정점에 섰고, 인간의 칼에 죽음을 맞이하고도 사랑하는 이의 목숨을 구한 여우는 자신의 염원을 풀지 못한 우울한 낭만의 표출이라고 할 수 있다.

3. 인신연애(人神戀愛)―금기인가 낭만인가

불멸을 이어가는 영혼과 인간의 사랑은 이제 더 이상 낯설지 않은 주제이다. 얼마 전 인기리에 방영되었던 〈별에서 온 그대〉에서 외계인과 여주인공의 사랑은 분명 황당무괴함에도 불구하고 많은 이들의 관심 속에 20%가 넘는 시청률을 달성했다. 이것은 분명 사회적 규범이 정한 인간끼리의 사랑보다 훨씬 더 자극적이었으며 설령 그들의 사랑이 이루어지지 않는다 해도 외계인과의 사랑이기 때문에 당연히 이루어지지 않았는다는 당위성의 부여로 인해 대중에게 즐김의 낭만으로 다가왔고 큰 성공으로 이어질 수 있었다.

드라마 〈도깨비〉의 서사는 문헌에 기록된 최초의 도깨비 본풀이인 『삼국유사(三國遺事)』의 '비형랑설화'와 유사한 구조로 이루어져 있다. 이 설화의 내용은 신라 25대 진지왕이 사랑부의 도화녀에게 반하여 결혼하고자 했으나 도화녀는 남편이 있음을 들어 거절했다. 훗날 남편과 진지왕이 모두 사망한 후 진지왕의 영혼이 도화녀를 찾아 7일간 함께 지냈다. 후에 비형랑이 태어나니 진평대왕은 그를 궁에서 기르고 집사 벼슬을 주었는데 50명의 군사가 지켜봄에도 불구하고 성을 넘어 여러 귀신들을 모아 놀자 신원사 북쪽 개천에 다리를 놓도록 했다. 형랑은 귀신들과 함께 하룻밤만에 '귀교(鬼橋)'라고 불리는 다리를 놓았다.

신라시대는 선덕여왕을 포함해 3명의 여왕이 탄생할 정도로 여성의 지위 및 사회 활동이 활발한 시기였다. 신라시대를 제외한 어느 시대에도 여성이 여왕의 지위에 오른 적이 없었으며, 골품제도에서 성골과 진골도 어머니의 신분에 따라 결정되었다. 도화녀가 진지왕의 사랑을 거절할 수 있었던 것은 여성의 주체적 활동이 가능했던 신라시대 여성들의 지위에서 비롯되었다고 할 수 있다. 이 설화에서는 〈도깨비〉의 플롯이자 인신연애 구조인 남신(男神)―여성의 연애 구조가 나타난다. 인신연애 모티프는 고대 중국의 지괴(志怪)와 전기(傳奇)에서도 흔히 볼 수 있는 서사로 『수신기』에 기록된 「왕도평(王道平)의 아내」는 왕도평이 당숙해(唐叔偕)의 딸과 혼인을 서약했지만, 당숙해는 왕도평이 출정한 후 딸을 핍박해 유상(劉祥)과 혼인을 했고 괴로워하다 결국 목숨을 끊게 되었다. 죽은 지 3년이 지나 왕도평이 그녀의 사망 소식을 듣고 무

덤으로 달려갔는데 그녀의 혼이 무덤 밖으로 나와 환생하여 왕도평과
부부의 연을 맺게 되며,「하간군남녀(河間郡男女)」에서도 유사한 기록이
보인다.「하간군남녀」의 이야기와「왕도평의 아내」에서 보이는 서사 구
조는 남녀 간의 사랑에서 출발해 이루지 못한 사랑으로 고통받던 여
성이 사망 후 환생하여 사랑을 이룬다는 점에서 동일하다. 앞선 비형
랑 설화와의 차이점은 중국의 지괴서사에서는 여주인공이 죽음과 환
생의 과정을 거쳐 연인과의 사랑을 이룬다는 점이다.「공작동남비(孔雀
東南飛)」에서 유란지는 재가를 강요하는 오라버니의 강요로 스스로 목
숨을 끊어서 남편에 대한 사랑을 증명했다. 한(漢)나라는 유교사상을
바탕으로 통치 기반을 마련했기 때문에 남성중심주의 사상이 팽배했
던 시기이며 이러한 기풍은 위진남북조 시기에도 그대로 이어졌다. 남
성에 대해 자신의 정절을 지켜야 하는 것은 여성에게는 의무이자 당연
시되던 일이었으며, 부모의 선택에 의해 혼인이 결정되는 것 또한 유
교를 배경으로 발전한 사회의 보편적 현상이라고 할 수 있다. 이런 유
교적 관념에 희생당한 여성들은 한을 품고 목숨을 끊게 되고 기다리
던 남성과의 조우는 곧 한의 승화가 이루어지는 순간이며, 자유연애
는 죽음을 통해서만이 얻을 수 있음을 보여주는 하나의 극적 장치라
고 할 수 있다. 이런 배경으로 중국의 지괴에는 남신과 여성 사이의 사
랑보다는 여신―남성 사이의 구도로 이루어진 인신연애 서사가 대부
분을 차지하는 것이다. 또한 이들은 죽음―환생을 과정을 거쳐 사회
적 금기를 넘어 사랑을 공식적으로 인정받게 된다. 중국의 지괴서사에
서 사회적 금기를 극복하는 것이 죽음을 통해서였다면 〈도깨비〉에서
는 김신과 은탁의 사랑은 어떻게 이루어진 것일까?

도깨비: 네가 살려달라는 것은 네가 아니구나.

지연희: 제발… 아이만이라도.

도깨비: 그대는 운이 좋았다. 마음 약한 신을 만났으니 말이다. 오늘 밤은
누가 죽는 걸 보는 것이 싫어서 말이다.

도깨비신부는 김신 덕분에 기타누락자가 되어 삶을 이어가고 있기
에 김신의 불멸의 삶을 끝내 주어야 할 의무를 짊어진 것이다.

은탁: 이제 다 아는데 내가? 도깨비의 불멸을 끝낼, 소멸의 도구라던데 내
가?

도깨비: 말할 기회를 놓쳤고, 기회를 놓쳐서 좋았고, 가능하면 죽는 그 순간
까지 모든 기회를 놓칠 참이었어. 근데 그러면 안되는 거였어. 이 검에 묻은
수천의 피를, 그 한 생명의 무게를 내가 판단하면 안 되는 거였어. 그러니까
넌 도구로서 역할을 다해. 이 검 빼. 부탁이야.

도깨비: 널 만나 내 생은 상이었다.

둘 사이의 가장 큰 장애물이었던 검은 결국 은탁에 의해 뽑혔고, 도
깨비의 모든 것은 불꽃으로 변해 타들어 갔고, 비에 씻겨 사라졌다. 도
깨비는 이승도 저승도 아닌 중천에 서서 모두의 기억에서 잊혀졌다.

도깨비: 이제야 알겠습니다. 제가 어떤 선택을 했는지. 이곳에 남겠습니
다. 이곳에 남아서 비로 가겠습니다. 바람으로 가겠습니다. 첫눈으로 가겠
습니다. 그거 하나만, 하나의 허락을 구합니다.

신: 너의 생에 항상 함께였다. 허나, 이제 이곳엔 나도 없다.

도깨비는 모든 것을 버리고 어떤 모습으로든 신부에게 돌아가고자 신을 향해 허락을 구한다. 나비의 모습으로 신부와 도깨비 신의 주변을 떠돌던 신은 이제 모든 것을 그에게 맡긴 채 떠나간다. 신도 존재하지 않는 중간세계에서 도깨비는 오직 신부만을 생각하며 걷고 또 걷는다. 도깨비가 중간세계에서 겪는 이 고통은 서로 다른 시·공간에서 삶을 다하도록 한 신의 금기를 넘어서기 위한 징벌의 과정으로 볼 수 있다. 중국의 지괴서사에서 보여지는 여성이 죽음—환생의 과정을 통해 자유연애의 금기를 깨고 사랑을 획득하는 과정과 자못 대조적이다. 김은숙 작가의 전작인 〈상속자들〉, 〈시크릿 가든〉, 〈신사의 품격〉을 포함하여 〈도깨비〉까지 남자 주인공들은 재력, 외모, 능력에 있어서 모두 강하다. 더 이상 여자 주인공들이 사회적 지위를 초월하고 금기를 뛰어넘기 위해 동분서주하는 대신 남자 주인공들은 연인과의 사랑을 이루기 위해 고군분투한다. 김신이 중간세계에서의 징벌의 과정을 겪는 동안 신을 대신한 나비 역시 그의 곁을 맴돌다 떠난다. 나비는 순환성, 재생성, 영원성을 상징하고 위기의 순간에 은탁과 김신의 주변을 떠돌며 그들 사랑의 귀결점이 향하고 있는 곳을 상징화한 것으로 볼 수 있다.

영화 〈화피〉에서는 왕생의 부인 패용은 아름다운 소유의 모습에 끌리는 왕생의 모습에 불안함을 감추지 못하고 끊임없이 그의 사랑을 확인하려고 하며, 소유의 등장 이후 발생하는 살해사건으로 그녀를 의심하고 결국 그녀의 정체가 여우임을 확인한다. 그러나 소유가 왕생의 안위를 들어 협박하자 그녀가 권한 독약을 마시고 그동안의 살해사건이 본인에 의한 것임을 거짓 자백한다.

소이: 수련은 포기할거야? 피부가 견디지 못할걸?

소유: 인간의 피부가 썩지 않게 하려면 심장이 더 필요해. 그래서 이 역겨운 걸 먹잖아. 먹지 않아도 될 방법을 찾아야지.

소유는 인간이 되기 위해 수 천년간 수련을 이어왔지만 왕생에게 반해 모든 걸 내던지는 희생적 사랑을 표현한다. 백발마녀가 되어 자살을 선택한 패용의 모습에 왕생은 소유에게 그녀를 살려줄 것을 애원한다. 이에 소유는 수련을 통해 축적한 몸 속의 영혼을 뿜어내며 패용을 되살리고 자신은 소멸을 택한다. 소유의 희생은 당나라 심기제의 『임씨전』을 떠올리게 하는데 이 작품은 서두에서 "임씨는 여자의 탈을 쓴 요물이었다"로 시작한다. 여우가 기생 임씨로 변하여 정생이라는 서생과 만나 사랑을 나누고 임씨는 정생을 위해 모든 걸 희생하지만 인간이 아니라는 사실이 밝혀지면서 비극적 결말을 맞이하는 것은 소유의 경우와 동일하다. 물론 소유의 경우 심장을 얻기 위해 인간을 살해함으로써 패용을 위한 희생에 당위성을 부여한다. 임씨와 소유는 요물로 규정지어지고 이들을 통해 정생과 왕생은 물질적, 육체적, 정신적 결핍을 채워나가고 자신들의 필요에 의해 임씨와 소유는 파멸한다. 비록 『요재지이』는 『임씨전』이 지어진 후 천 여년 후에 지어진 작품이지만, 여우에 대해 갖는 '음(淫)'의 이미지, 요물이며 여성으로 바라보는 인식은 여전히 유효하며 그것을 이용해 남성중심의 이데올로기를 바탕으로 한 권력서사를 이어간 점은 변함이 없다. 인간으로 변한 요괴와의 사랑은 분명 인간의 호기심을 자극하지만 그들의 사랑은 결국 파멸이며 남성권력의 지배하에 있다는 슬픈 낭만을 바탕으로 하고 있다.

4. 나가는 말

4차 산업혁명의 도래로 텍스트 속 인문학은 초유의 위기를 맞이했다고 흔히들 말한다. 인공지능, 사물인터넷, 빅데이터 등 지능정보기술이 기존의 산업과 연결되고 현실의 모든 제품이 네트워크로 연결되어 사물을 지능화하는 4차 산업혁명의 핵심은 기술의 진보가 아닌 인간의 감성에 대한 절대적 이해에 있다. 인간 감성에 대한 통찰을 기본으로 하는 인문학은 위기가 아닌 절대 가치를 인정받을 수 있는 새로운 시대를 맞이했다고 할 수 있다. 텍스트 속 서사가 급변하는 시대에 변화하는 인간의 감성을 모두 담지 못했다면, 다양한 영상 매체를 통해 표현된 서사는 인간의 기본 정서를 바탕으로 시대의 변화에 조응하는 인간의 감성과 소통하며 그것을 깊이 있게 묘사할 수 있다는데 가치를 둘 수 있다. 김은숙의 드라마가 한 번의 부침도 겪지 않고 지속적인 성공을 거둘 수 있었던 것도 그녀가 인간 감성 깊숙이 자리한 낭만에 대한 갈구를 놓치지 않았다는 데 있다. 그녀의 드라마 속 주인공의 삶은 곧 대중의 욕망이 모두 투영되어 나타나고 영상을 통해 재현되는 순간 대중은 그에 환호한다. 이러한 점은 포송령 자신과 백성들이 사회에 대해 느끼는 울분을 우울한 낭만이라는 감성으로 풀어내었고 그의 이러한 낭만이 스며든 「화피」나 「섭소천」 등이 영상매체에서 끊임없이 재생산되며 환영받는 존재로 자리매김한 현상과 동일하다고 볼 수 있다.

영상매체는 서사에서 펼쳐지는 인간의 다양한 감성의 변화를 입체적으로 펼칠 수 있는 거대한 공간이다. 현대인에게 있어서 감성의 소통이 만남보다는 SNS, 웹사이트의 댓글, 블로그 등을 통해 이루어지는 것이 더욱 자연스러운 일상이 되었고, 이런 점에서 영상매체로 표현된 서사는 인간과의 가장 깊이 있는 감성적 소통의 장으로 변모한 것으로 볼 수 있다. 이러한 시점에서 대중의 감성과 끊임없이 소통하며 서사화시키는 김은숙의 차기작과 17세기 민중의 감성을 대변했던 포송령의 우울한 낭만이 이어질 새로운 영상 서사에 대한 기대감을 품지 않을 수 없으며 나아가 4차 산업혁명 시대의 인문학이 인간의 감성에 대한 깊은 통찰을 바탕으로 한 학문으로 나아길 기대해 본다.

디지털시대『서유기』의 교육적 변용
—『마법천자문』을 중심으로

정민경

이화여자대학교 중어중문학과 강사

1. 들어가기

　디지털시대를 사는 우리들에게 중국은 가히 문화원형의 대국이라고 말할 수 있다. 중국은 수많은 전통 유산을 가지고 있으며 이러한 중국의 고전들은 오늘날에도 찬란한 빛을 발휘하고 있다. 중국의 고전은 중국 자체 시장을 벗어나 동아시아뿐만 아니라 이제는 서구까지 그 세력을 넓히면서 다양하게 해석되며 재창작되고 있다. 또한 중국 고전의 영역도 일부 문학적 철학적 가치로 제한되었던 가치의 범위를 넘어 다양한 방면으로 확장되고 있다.

　동아시아 삼국 중 중국 고전을 가장 활발하게 현대화시킨 나라는 일본이다. 이미 일본에서는 중국의 고전을 활용하여 다양한 문화콘텐츠들을 내놓고 있으며 그 연원도 아주 오래되었다. 우리나라에서도 오래 전부터 중국의 고전에 눈을 돌려 현재까지 많은 문화콘텐츠들을 제작하고 있으며 중국이나 일본과의 합작을 통해 동아시아 합작콘텐

---

　* 이 글은『디지털콘텐츠와 문화』에서 게재되었던「디지털시대『서유기』의 교육적 변용—『마법천자문』을 중심으로」(2011)을 수정한 것임을 밝혀둔다.

츠들을 만들어가는 중이다. 이처럼 중국 고전의 현대적 변용은 이미 국가라는 단위를 뛰어넘어 다양한 형식을 통해 활발하게 재해석이 이루어지고 있다.

중국 고전 중에서도 문화콘텐츠로 가장 많이 활성화되고 있는 분야가 바로 스토리와 캐릭터를 활용할 수 있는 중국소설이다. 괴이한 이야기가 많이 수록되어 있는『요재지이』나 중국의 5대 기서(奇書)라고 할 수 있는『삼국연의』,『수호전』,『서유기』,『홍루몽』등등은 이미 동서양을 넘나들며 다양하게 해석되며 재창작되었다. 이 중『서유기』는 개성적이고 독창적인 캐릭터와 쉴 새 없이 이어지는 모험과 전투 장면으로 인해 어린아이에서부터 성인에 이르기까지 폭넓은 독자층을 확보하고 있는 작품이다.『서유기』의 독창적인 캐릭터들은 풍부한 상상력이 표현되어 있어 무궁무진하게 활용이 가능하며 또『서유기』의 보편적인 여행형 서사구조는 서로 다른 다양한 이야깃거리를 만들어 내기 충분하다.

이 글에서 다루려고 하는『마법천자문』또한 기본적으로 중국소설중『서유기』의 많은 부분을 패러디하여 재구성하고 있다. 그렇다면『마법천자문』은 왜『서유기』라는 중국고전을 채택한 것일까? 이에 대해 우선 동아시아 삼국에서 만들어진 어린이용 콘텐츠들을 통해『서유기』가 어린이들에게 환영을 받고 있는 이유를 살펴보도록 하겠다.

2. 왜『서유기』인가?

『서유기』는 중국의 유명한 고전소설이다. 중국고전소설 분야에서는『서유기』를 신마(神魔)소설이라고 정의내리고 있는데, 신마소설이란

유·불·도 삼교의 영향 아래에서 중국 명청시대에 창작된 신마와 괴이
(怪異)를 제재로 하여 쓰여진 백화장편소설을 말한다.[1] 신마소설이라는
명칭에서 알 수 있듯이 『서유기』의 환상적 이야기는 현대의 환상문학
과 딱 맞아떨어지면서 이미 『서유기』를 모방하거나 모티브로 삼은 후
대 작품들을 하나하나 열거하기조차 힘들 정도로 쏟아냈다. 또한 그
장르적 변화도 번역, 공연, 만화, 애니메이션, 게임 등 매우 다양하다.
동아시아뿐만 아니라 이미 할리우드까지 『서유기』는 이미 하나의 문
화원형으로 인정될 정도로 장르를 뛰어넘어 끊임없이 번역되고, 재창
작되고 있는 창작의 원천이다.[2] 예를 들면, 위키디피아의 『서유기』 변형
과 개작 항목에서만 해도 『서유기』를 근간으로 한 무대극 3종, 영화 9종,
TV 시리즈 9종, 만화와 애니메이션 14종, 게임 17종 및 『서유기』를 부분
적으로 차용하고 있는 22종의 기타 작품을 거론하고 있다.[3] 이러한 변형

1) 노신(魯迅)의 『중국소설사략』 제16편에 따르면 노신은 명청시대 소설창작에 대
단히 큰 영향을 미친 종교사상의 배경을 설명하면서 유불도 삼교에서 사용하
는 개념들 중에서 두 가지 캐릭터로 형상화시킬 수 있는 신(神)과 마(魔)라는 용
어를 사용하여 이러한 성격의 소설을 지칭하였는데, 그 이후로 신마소설이라는
명칭이 통용되기 시작했다. 노신 저, 조관희 역주, 『중국소설사략』, 살림출판사,
1998, p.354. 참조.
2) 미국에서 2008년에 제작된 〈포비드 킹덤〉(2008)은 『서유기』의 손오공과 삼장법
사 등의 인물을 차용하였고, 미국과 영국에서는 『서유기』라는 제목을 내건 뮤지
컬이 상연되었다.
3) http://www.wikipedia.org/ 여기서 언급되는 것들은 대부분 일본, 중국 및 서구에
서 이루어진 이미 잘 알려진 작업들이고 국내 작품들은 거의 언급되지 않았음을
고려한다면 그 수와 규모가 더욱 많을 것으로 추정된다(송진영, 「서유기 현상으
로 본 중국 환상서사의 힘」, 『중국어문학지』 제33집, 2010. 8). 또한 동아시아 삼
국에서 『서유기』를 개작하여 만든 문화콘텐츠들은 송정화의 「서유기와 동아시
아 대중문화」(중국 푸단대학 박사학위논문, 2010)에서 더욱 자세히 열거하고 있
다.

과 개작의 작품들을 살펴보면 다른 중국고전소설과는 다른 『서유기』
만의 두드러진 특징을 발견할 수 있는데, 그것이 바로 다른 중국백화
소설에 비해 어린이들을 위한 작품이 많다는 것이다.

　중국에서는 이미 1920년에 『서유기』를 개작한 애니메이션을 만들어
반영했으며 최근까지도 『서유기』 애니메이션은 어린이들 사이에서 선
풍적인 인기를 끌고 있다. 1941년에 발표된 〈철선공주(鐵扇公主)〉는 『서
유기』 속 우마왕 에피소드를, 1961년에서 64년에 걸쳐 제작, 발표된 〈대
요천궁(大鬧天宮)〉은 『서유기』 초반부에 등장하는 손오공의 탄생과 천
궁에서의 소동 에피소드를 개편한 것이다. 1980년대에는 〈인삼과(人蔘
果)〉(1981), 〈금후항요(金猴降妖)〉(1984-85), 〈손오공대료무저동(孫悟空大鬧
無底洞)〉(1988) 등 『서유기』 속 하나의 에피소드를 골라 작품을 구성했다.
또한 1999년 CCTV에서 방영되어 상당한 인기를 얻었던 『서유기』는 원
작에 근거해 52개의 에피소드를 TV 시리즈물로 제작한 것이다. 대만에
서도 『서유기』를 활용한 애니메이션이 제작되었는데, 2004년에 방영된
〈파이어 볼〉은 화염산(火焰山) 에피소드를 중심으로 홍해아(紅孩兒)를 여
주인공으로 등장시켜 홍해아가 삼장법사 일행과 함께 힘을 모아 거미
요괴를 물리치는 내용을 다루고 있다. 이처럼 중국에서 나온 어린이용
콘텐츠들은 대부분 원작에 충실하게 『서유기』의 내용을 반영하고 있는
데, 어린이들의 열렬한 환영을 받았던 것으로 볼 때 『서유기』 속에 이미
어린이들이 좋아할만한 요소가 많이 들어 있음을 알 수 있다.

　『서유기』는 중국 뿐만 아니라 한국과 일본에서도 이미 어린이를 위
한 애니메이션으로 개작되었다. 한국과 일본의 애니메이션은 중국과
다른 특징을 지니고 있는데, 바로 원작에 바탕을 두고 있기는 하지만
원작의 내용을 많이 바꾸어 자신만의 스토리라인을 구축하고 캐릭터

들을 활용하고 있다는 것이다. 문화콘텐츠의 왕국이라고 하는 일본에
서는 1926년에 이미 극장판 애니메이션으로〈서유기손오공물어(西遊記
孫悟空物語)〉가 방영되었다. 그 후에도 끊임없이『서유기』를 개작하여
만든 작품이 나왔으며 그 중 많은 독자층을 확보하고 있는 작품으로
〈드래곤 볼〉을 들 수 있다. 〈드래곤 볼〉은 일본 도에이사에서 제작하
고 1986년부터 1997년까지 후지 TV에서 방영한 애니메이션 시리즈이
다. 그러나 이 작품은 주인공만 손오공으로 선택했을 뿐, 그 내용은『서
유기』원작을 많이 개작하였다. 손오공이 경전을 찾아 서역으로 떠나는
서사구조는 그대로 차용했지만 손오공이 찾는 것은 경전이 아니라 일곱
개의 드래곤 볼로 바뀌었다.『드래곤 볼』은 일본뿐 만 아니라 한국에서
도 선풍적인 인기를 끌었고 현재 tvN에서 방송되는〈신서유기〉도『서유
기』에 기반을 두기보다〈드래곤 볼〉을 모티브로 제작되었다.

  또한 일본에서는『서유기』속 무대를 우주로 옮겨 은하계를 여행하
며 여러 적수들과 모험과 싸움을 벌이는 애니메이션도 많이 제작되었
다. 그 중 일본의 스타징가에서 1978년에 제작된〈SF서유기 스타징가:
별나라 손오공〉은『서유기』의 주인공인 손오공, 저팔계, 사오정을 그
대로 취하고 삼장법사 대신 손오공이 사모하고 충성을 다하는 오로
라 공주를 등장시켰다. 사오정을 냉철한 판단력을 가진 인물로, 손오
공을 듬직한 수호자로 그려내고 있는 점이 특징적이다. 2000년에 도쿄
TV에서 방영한〈환상마전 최유기〉는 만화『최유기』를 그 원작으로 하
고 있다. 인간계에서 인간과 요괴들이 평화롭게 살아가다가 어느 날
요괴들이 미쳐 날뛰며 인간들을 죽이는데, 그 원인이 우마왕(牛魔王)의
부활을 꾀하는 자들의 소행이라는 것을 알고 그 배후세력을 알아내기
위해 삼장법사 일행을 서역을 보낸다는 스토리로 구성되어 있다.

  한국의 대표적인 애니메이션으로는 〈날아라, 슈퍼보드〉를 들 수 있다.[4] 1990년 KBS와 한호흥업에서 TV 애니메이션 시리즈로 기획한 〈날아라 슈퍼보드〉는 초반부는 만화가 허영만의 원작『미스터 손』을 바탕으로 만들어졌고, 후반부는 창작 시나리오로 제작되었다. 1990년 방영 이후 국내 애니메이션 사상 최고의 시청률을 기록한 히트작으로서 지금까지도 우리나라의 많은 어린이들에게 사랑받는 작품이며『서유기』캐릭터들의 성격을 대중적으로 각인시키는 데 큰 역할을 했다. 이 작품에서 손오공은 원작에서 타던 근두운 대신 슈퍼보드를 타고 날아다니고 여의봉 대신 쌍절곤을 휘두른다. 뿐만 아니라 저팔계는 쇠스랑 대신 바주카포를 들고 다니고 삼장법사는 말 대신 자동차를 타고 다닌다. 전반적으로 원작의 인물 성격에 크게 벗어나 있지 않지만 각각의 성격을 보다 잘 드러날 수 있도록 인물 각각에게 특유의 말투를 부여한다. 게다가 원작에서는 비중이 크지 않았던 사오정을 새롭게 조명해서 선풍적인 인기를 끌었는데, 특히 말귀를 잘 알아듣지 못하는 사오정의 어눌함은 허무개그를 시리즈를 탄생시켰다. 사오정의 형상은 당시 국내의 정치적 사회적 상황과 맞물리면서 커다란 반향을 일으키기도 했다.[5]

  동아시아 삼국에서『서유기』를 각색한 작품 중 어린이들을 위한 애니메이션을 중심으로 간략하게 살펴보았는데, 애니 이외에도 현재 만화, 게임, 뮤지컬, 에듀테인먼트 등의 방면에서도『서유기』는 활발하게

---

4) 〈날아라, 슈퍼보드〉는 〈환상서유기〉라는 제목으로 중국에서 방영될 예정이었으나 그 내용이『서유기』원작을 너무 희화화 시켜 원작의 위상을 손상시켰다는 이유로 중국 자체의 심의를 통과하지 못했다. 한국문화콘텐츠진흥원 정책개발팀,「문화콘텐츠 중국진출 및 교류활성화 방안」, 2002. 10. 18.

5) 이에 대해서는 송정화,「한중일 대중문화에 나타난 사오정 이미지의 특징」,『중국어문학지』제34집, 2010. 8, pp.230-232 참조.

재창작되고 있다. 그럼, 이렇게『서유기』가 어린이들의 환영을 받는 이유는 무엇일까? 그 이유를 한 마디로 정의할 수는 없지만 그것은『서유기』안에 내포되어 있는 모험과 환상의 서사 형식을 가장 먼저 꼽을 수 있겠다. 이는 앞에서 서술한 한·중·일의 아동용 애니메이션의 경우 모두 공간과 내용을 달라도 한결 같이 모험 여행을 떠나고 있다는 사실에서도 확인할 수 있다. 두 번째로는 전투, 싸움과 대결의 구조를 통해 어린이 독자들의 호기심을 자극하며 어린이들의 영웅 심리를 충족시켜준다는 점을 들 수 있다. 손오공이 경전을 구하러 가는 도중에 일어나는 일들은 대부분 손오공을 시험하거나 손오공과 대결하거나 손오공과 싸우는 구조를 지닌다. 게다가 손오공과 요괴 사이의 위험천만한 대결에서 항상 손오공이 승리함으로써 선이 악을 이기는 통쾌함을 느끼게 해 준다. 세 번째로는 동물의 의인화를 통해 희극적 캐릭터들을 잘 살리고 있다는 점이다. 나약한 삼장법사, 천방지축 손오공, 먹보 저팔계 등 평범하지 않은 캐릭터들을 내세워 황당하고 신비스럽고 추악하고 더러운 욕망을 표출하고 있다. 마지막으로는 신화적 색채가 농후하여 어린이들이 상상력을 펼치기에 충분하다는 점이다. 마법, 주문, 변신 등 현실에서는 불가능하지만 상상 속에서는 가능한 일들이 이야기 속에서 계속 발생하며 어린이들의 무한한 상상력을 충족시켜 준다.

이처럼 어린이들이 좋아할 만한 요소들로 가득 찬『서유기』이기 때문에 다양한 문화콘텐츠들이 탄생할 수 있었던 것이다. 다양한 콘텐츠들 중에서 이 글에서는 베스트셀러 한자 학습만화인『마법천자문』을 중심으로『마법천자문』이『서유기』속 아동문학적 특징들을 어떻게 활용하고 있는지 그리고 이러한 특징들을 어떤 방식으로 한자 학습과 연결시키고 있는지 살펴보도록 하겠다.

3. 한자 에듀테인먼트 『마법천자문』

대중에게 잘 알려진 『서유기』를 작품의 배경 및 스토리의 바탕으로 깔고 등장인물들이 마법을 쓸 때마다 한자를 배울 수 있는 컨셉의 학습만화 『마법천자문』은 2003년에 1권을 선보인 이래 현재 38권까지 출간되면서 한국 출판만화 시장에서 확실한 성공사례를 남긴 학습만화로 대표되고 있다. 『마법천자문』은 어린이들의 눈높이에 맞춰진 쉽고 재미있는 스토리와 다채로운 캐릭터들, 그리고 이미지 학습법의 효과를 확실히 전달할 수 있게 하기 위해 화려한 색채로 표현된 작품이다. 이에 다음에서는 스토리, 캐릭터, 이미지라는 이 세 가지 요소들을 어떻게 활용하여 어린이들에게 한자 학습을 시키고 있는지에 대해 구체적으로 분석해 보도록 하겠다.

1) 『서유기』의 성장형 모험 서사를 활용한 한자 학습

『서유기』의 서사구조는 삼장법사를 위시한 손오공 일행이 경전을 찾으러 떠났다가 천신만고 끝에 이를 얻어 돌아오는 구조를 취하고 있다. 즉, 길을 따라 수많은 낯선 지역을 지나가며 낯선 이들과 겪는 모험, 특히 수많은 요괴와의 싸움이 만들어 내는 구체적인 에피소드인 81난이 『서유기』 내용의 대부분을 형성한다. 그래서 『서유기』와 관련성이 거론되는 작품들은 대개 『서유기』를 충실히 재현하든 아니면 새로이 창작하든 모두 『서유기』의 여행형 구조를 취한다는 공통점을 지니고 있으며 그 여행이 진행되는 공간이나 여행의 과정에서 나타나는 요괴들과 어떠한 대결을 하느냐가 이야기의 중심을 이루고 있다. 『서유기』에 기반한 새로운 작품들에서 불경을 찾아 떠나는 도중에 겪게 되는 각종 모험과 싸움의 공간에 어떠한 내용을 채워 넣느냐에 따라 그 이야기의 방향과 내용이 달라지는 것이다. 어린이를 대상으로 하는 『서유기』의 경우 대부분 어린이의 상상력을 자극하며 모험과 환상을 통해 성장해 가는 것을 강조한다. 최근에는 우주공간이나 마법학교 등으로 다양한 변형이 이루어지고 있는 것[6]으로 보아『서유기』의 여행형 서사는 채워지기를 기다리는 열린 서사 공간이라고 할 수 있다.

그런데 『서유기』 속에서 보이는 다양한 요괴와의 싸움을 어떤 존재와의 실제 대결이 아니라 자기와의 싸움으로 해석하면 『서유기』의 여행형 구조 속에 담긴 의미는 온갖 어려움을 극복하며 얻는 깨달음을 통해 자기를 완성해 가는 것이 된다. 사실『서유기』에서 강조하고 있는 점 또한 환상을 통해 현실을 비판한 것으로 궁극적으로는 경전을 찾아가는 과정을 통해 자아완성과 조화로운 세계를 추구하는 과정을 보여준다. 이러한 까닭에『서유기』에서의 여행형 구조는 성장형 서사로의 변형도 가능하다.

『마법천자문』은『서유기』의 이야기 구조를 그대로 취하고 있기 때문에 강한 스토리라인을 가진다.[7]『마법천자문』는 38권까지 나왔고 계속

---

6) 일본에서 제작된 〈SF서유기 스타징가〉의 경우는 그 공간이 우주로 향해 있으며 우리나라에서 제작된 창작뮤지컬 〈손오공〉(2009)의 경우에는 마법학교를 중심으로 게임중독에 빠진 학생들을 구하기 위해 게임금지령을 내린 교장선생님 삼장법사와 그 반대로 게임개발에 열중하는 우마왕의 대결로 이야기 구조를 설정하고 있다.

7) 다른 장르의 출판물과 비교할 때 출판만화의 강점은 '스토리의 연속성'에 있다. 등장인물들의 개성과 사건이 작품 내에서 어우러지기 시작하면 독자로 하여금 감정이입을 가능하게 만들고 그것이 드라마적인 형태로 발현되어 마지막 권까지 읽게 하는 힘으로 작용한다. 박정희,「학습만화의 표현형식과 유용성 연

해서 스토리가 만들어지고 있기 때문에 마지막 결말을 알 수는 없지만[8] 그 기본적인 줄거리는 『서유기』의 여행과 모험의 서사를 차용하고 있다. 『마법천자문』에서도 『서유기』와 마찬가지로 손오공이 한자마법을 배우기 위해 떠나는 모험의 서사 속에서 여러 가지 경험을 하며 대마왕을 중심으로 한 혼세마왕, 흑심마왕, 탐욕마왕, 질투마녀 등 악의 세력과의 대결을 주축으로 하고 있다. 『마법천자문』은 손오공이 한자 학습을 통해 스스로의 힘을 기르고 악의 세력에 맞서면서 인생의 진리를 알아가는 과정을 천천히 보여준다. 바로 이러한 자기성장의 길을 통해 효율적으로 한자를 학습시키고 있다.

예를 들면 『마법천자문』 12권에 손오공이 조선원에서 자기의 한자 능력을 향상시키기 위해 조도사의 시험을 치루는 장면은 이러한 자기성장의 모습을 잘 보여준다. 손오공은 11권에서 조선원으로 들어가 조도사에게 한자를 배운다. 첫 번째 시험을 무난히 통과한 손오공에게 조도사는 선물로서 마법눈으로 만든 팥빙수를 간식으로 준다. 그 과정에서 손오공은 비 우(雨)자가 눈 설(雪)자 속에 들어 있는 사실을 알아내고 그 관계에 대해 조도사에게 묻는다. 조도사는 비 우(雨)와 구름 운(雲), 눈 설(雪), 번개 전(電)자가 모두 비 우자로 연결되어 있고 이 네 가지 한자에서 보이는 현상들은 모두 자연의 이치임을 설명해준다.

구—『마법천자문』을 중심으로」, 『조형미디어학』 12권 3호, 2009.

8) 원래는 20권을 마지막으로 결말을 맺을 예정이었지만 엄청난 인기로 인해 계속해서 연장해서 현재 38권까지 나왔으며 여전히 이야기가 진행 중이다.

『마법천자문』12권 P21

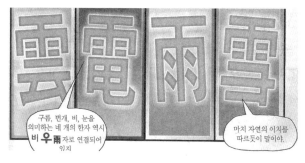

『마법천자문』12권 P21

　조도사는 한자마법이란 자연으로부터 나오는 힘을 이용하는 방법으로, 지연을 이해하면 할수록, 한자에 담긴 의미를 알면 알수록, 한자마법을 쓰는 능력이 향상되는 것임을 손오공에게 알려준다. 두 번째 시험에서도 조도사는 배울 학(學)의 진정한 의미를 가르치기 위해 둥글 원(圓)자 마법을 걸어 손오공에게 그 안에서 벗어나지 말 것을 지시한다. 손오공은 이미 죽었다고 생각했던 부두목이 눈앞에 나타나고 부두목이 혼세마왕에게 공격당하는 것을 보며 눈앞에서 친구가 고통을 당하는 데도 모른 척하면서까지 공부를 할 필요가 없다고 생각해 원을 벗어난다. 그러자 조도사는 공부란 단순한 암기에서 벗어나 그 의미와 관계를 이해하는 것임을 가르치면서 배울 학(學)의 기본적인 과정임을 알려준다.

이외에도 『마법천자문』에는 손오공이 한자능력을 향상시키는 동시에 자기성장의 길을 갈 수 있도록 해 주는 장치가 곳곳에 포진되어 있는데, 이는 또한 어린이들에게 한자뿐 만 아니라 진정한 우정과 의리, 효성 등을 알 수 있도록 해준다. 14권에서는 견공과 견우 부자의 이야기를 통해 부모님의 사랑과 자식의 사랑을 잘 보여주고 있는데, 견우의 눈물이 어떤 힘을 발휘하는 지를 보면서 효도 효(孝)자를 배우게 되고 부모님을 향한 자신의 마음을 스스로 돌아보게 해준다.

또한 『마법천자문』에서는 1권에서 한자마법을 한 글자도 쓸 수 없던 손오공이 권수를 더해갈수록 점점 한자능력을 향상시키는 성장과정을 보여주면서 덩달아 한자도 쉬운 한자에서부터 어려운 한자로, 또한 글자 한 글자 보여주던 것에서 한자 조합 단어로 발전해나가고 있다. 이에 따라 손오공의 한자능력뿐만 아니라 『마법천자문』을 접하는 어린이들의 한자실력도 점점 늘 수 있게 구성하고 있다. 단어의 구성은 12권부터 나오기 시작하여 13권에서부터 본격적으로 들어가는데, 우리말의 70%가 한자어로 구성되어 있어 한자를 많이 알수록 우리말 구사가 쉬워지는 점을 고려할 때 아주 중요한 학습의 단계라고 할 수 있다. 예를 들어 13권의 풀 해(解)에 대한 단어구성은 해(解)라는 단어를 더욱 분명하게 어린이들의 머릿속에 각인시키며 해동(解凍), 해제(解除), 해답(解答) 등의 여러 한자어를 익힐 수 있도록 한다.

『마법천자문』 권13 P10 　　　『마법천자문』 권13 P11

　풀 해(解)라는 한자 하나를 가지고 여러 한자어를 배울 수 있음을 알아가고 이에 따라 한자어를 조합하는 능력까지 배양할 수 있도록 해준다. 어느 해물라면의 광고에서처럼 어린이들은 바다 해(海) 라면 물(物)이라고 틀린 한자를 말할 지도 모르지만 점점 한자어에 자신이 알고 있는 한자를 대입해 그 한자어의 의미를 생각하는 능력을 기르게되는 것이다.

2) 『서유기』의 선악 캐릭터를 활용한 한자 학습

　『서유기』에 등장하는 주요인물인 삼장법사, 손오공, 저팔계, 사오정등은 단순한 『서유기』의 등장인물을 넘어 남녀노소 누구에게나 낯익은 스타이다. 심지어 『서유기』를 읽어본 적이 없는 사람도 천축으로 불경을 구하러 가는 스토리라인이나 주제는 몰라도 등장인물의 화려한도술과 다양한 캐릭터는 익숙할 정도이다. 『서유기』가 다양한 장르와이야기로 끊임없이 변형되고 재해석되면서도 식상하지 않는 새로움과독특한 재미를 제공할 수 있었던 원동력은 손오공, 저팔계, 사오정, 삼장법사, 요괴 등 주요 인물들이 갖는 창조적인 캐릭터에 힘입은 바 크다. 이들 캐릭터들은 매우 우화적이어서 깊은 함의를 담을 수 있다는 장점을 가지고 있으며 의인화 되고 변신이 가능하기 때문에 현대적인 상상력을 가해 무궁무진한 캐릭터로 창조해 낼 수 있다.

『서유기』의 등장인물들은 크게 선악의 두 부류로 나누어진다. 바로 주인공인 손오공과 삼장법사, 저팔계, 사오정과 이들이 불경을 얻으러 가는 것을 방해하는 요괴의 무리들이다. 물론 『서유기』 속에서도 석가여래불과 관음보살, 옥황상제를 비롯한 천상세계의 신들에 대한 언급이 보이지만 모험을 할 수 있는 원동력으로 작용하고 있는 주요등장인물들은 바로 요괴이다. 요괴들은 그들의 출신이 어디인지 어떤 능력과 특성을 가지고 있는지를 막론하고 모두 삼장법사 일행의 서행(西行)을 방해하는 역할을 담당하고 있다. 그들은 모두 삼장법사의 고기를 먹거나 혹은 남녀관계를 통하여 삼장법사의 원기를 흡수함으로써 영원한 생명을 추구하고자 하는 뚜렷한 목적을 가진다. 『서유기』에 묘사된 81난을 보면 그 중 60여 개의 재난을 일으키는 인물이 요괴들이다. 다시 말해 대부분의 재난을 야기하는 인물들이 바로 요괴인 것이다. 만약 이와 같이 삼장일행의 앞길을 방해하는 각양각색의 개성과 매력이 넘치는 요괴들이 없다고 가정한다면 『서유기』는 많은 사람들의 사랑을 받는 불후의 명작으로 완성되지 못했을 것이다.

『마법천자문』에서도 손오공을 중심으로 한 많은 캐릭터들이 등장한다. 그렇다고 해서 이런 캐릭터들이 『서유기』의 캐릭터들을 그대로 답습하는 것은 아니다. 손오공과 삼장,[9] 여의필[10]을 제외하고는 거의 새

---

9) 삼장의 경우는 『서유기』와는 다르게 여성으로 묘사되어 있으나, 그 성격이나 처한 상황의 경우는 『서유기』와 크게 다르지 않다. 삼장이 여성으로 등장하는 경우는 일본의 작품들에서 흔히 볼 수 있다. 일본의 경우 『서유기』 드라마나 영화에서 삼장이 여성으로 등장하고 앞에서 설명했던 〈SF서유기 스타징가〉에서도 오

『마법천자문』의 주요 캐릭터

로운 캐릭터들을 창조해 내고 있다고 말할 수 있을 정도로『마법천자
문』에서는 색다른 캐릭터들을 만나볼 수 있다. 그 중 대표적인 캐릭터
들을 선악의 측면에서 나누어 보면 선한 캐릭터로는 손오공, 삼장, 오
곡도사(보리도사, 쌀도사, 콩도사, 조도사, 기장도사), 샤오 공주, 대장군 이랑,
여의필, 옥동자 등을 들 수 있고 악한 캐릭터로는 혼돈장군, 말세장군,
혼세마왕, 흑심마왕, 질투마녀, 탐욕마왕, 대마왕 등을 들 수 있다.

　비록 선악의 캐릭터로 나누기는 했지만 이러한 캐릭터는 입체적인
성격을 지니고 있다. 어린이들을 대상으로 한 만화들이 대부분 '선악
의 이분법'의 틀 안에 갇혀 선은 선으로만 악은 악으로만 묘사하는 데

　　로라공주로 등장한다.

10) 여의필은『서유기』에서 여의봉으로 묘사되었는데,『마법천자문』에서는 한자학
　　습을 위해 막대기보다는 붓을 더욱 선호하여 여의필로 대체한 것 같다. 여의필
　　의 경우는『서유기』의 여의봉과는 좀 다른 성격을 갖는데, 여의봉이 손오공의 무
　　기인데 반해 여의필은 독자적인 성격을 가지고 가끔씩 마법 천자패와 결합해서
　　뭔가 신비한 반응을 일으킨다.

반해, 『마법천자문』의 몇몇 캐릭터들은 등장인물의 평면적 성격을 깨 뜨려 입체적으로 표현했다. 예를 들어 혼세마왕 같은 악의 무리도 천 세태자라는 과거를 가지고 있기 때문에 나름의 자존심과 행위원칙을 지니고 있으며 토생원의 경우도 악의 편과 선의 편에서 갈등하고 동요 한다. 그래서 이러한 캐릭터의 대결 양상이 더욱 개연성을 가지고 드 라마틱하게 펼쳐지고 있는 것이다.

『마법천자문』에서는 한자대결의 상황이 자주 등장하는데, 꼭 악의 세력과 맞서는 경우가 아니라도 서로 대립되는 한자의 능력을 보여줌 으로써 학습의 효과를 높이고 있다. 예를 들어 『마법천자문』 1권에 나 온 보리선원과 쌀선원의 친선경기는 각각의 캐릭터들이 가진 한자능 력으로 상대방과 겨루고 있어 상극이 되는 한자를 저절로 익히게 한 다. 보리선원의 대표 손오공과 쌀선원의 대표 삼장이 마지막 결승에서 맞붙게 되었을 때 손오공이 불 화(火)를 쓰자 삼장은 물 수(水)로 그 불 을 꺼버리고 다시 손오공이 바람 풍(風)을 쓰자 삼장이 손 수(手)로 막 아버리는 경우가 바로 그것이다.

그러나 대부분의 상황에서는 선과 악의 대립을 통해 한자의 힘을 보 여준다. 손오공은 악의 세력과 맞서며 더욱 자신의 한자마법을 공고하 게 하며 성장한다. 『마법천자문』의 거의 매권마다 이러한 상황이 등장하 며 대결을 통해 손오공의 한자의 능력이 더욱 배가 되는 것을 보여주고 있다. 예를 들어 『마법천자문』 권6에서는 흑심마왕이 대마왕의 줄 급(給) 마법을 받고 힘이 강해져 손오공에게 칠 타(打)로 공격하자 여의필은 깨 뜨릴 파(破)로 그 공격을 막고 샤오 공주는 약할 약(弱)으로 흑심마왕의 힘을 약화시키려한다. 그러자 흑심마왕은 다시 돌이킬 반(反)으로 한자 마법을 반사시키고 이 한자마법에 걸린 샤오 공주는 그 힘이 약해진다.

『마법천자문』권6 pp.19~22

대결의 양상은 뒷권으로 갈수록 더욱 심해지는데, 18권의 경우 손
오공과 대마왕의 결투가 벌어지면서 더욱 어려운 한자들이 출현하고
있다. 이처럼 공격과 방어의 한자들을 활용하면서 어린이들이 어려운
한자들도 쉽게 익힐 수 있도록 구성되었다. 그러나 이러한 선악의 대
결로 인한 한자의 학습은 너무 대립과 대결에 관련된 한자만을 학습
시킨다는 지적도 동시에 받고 있다.

3) 시각 이미지를 통한 한자 학습

다른 학습만화와 다른 한자 학습서로써의『마법천자문』의 특징을
손꼽으라면 당연히 저절로 기억되는 이미지 학습서라는 점을 들 수 있
다. 이미지 학습법은 학습만화라는 매체의 특징과 한자의 특징이 잘
조합되어 이루어낸 결과이다. 만화는 시각적 이미지를 구체화한 인간
의 감성적 표현매체이기 때문에 이러한 이미지는 한자의 이미지와 결

합하며 더욱 더 강렬한 효과를 보여준다. 교육매체로서의 만화의 효과는 우선 시각적이라는 점에 있고 이 시각적 현상은 글에 그림을 보완함으로써 뚜렷한 심상을 학생들의 마음에 심어주며 또 그 심상이 오래 지속되어 전달매체로서의 기능을 극대화하고 있는 것이다.[11]

만화가 애니메이션과 다른 점은 애니메이션이 움직임만을 지속한다면 만화는 독자의 의지에 따라 정지와 움직임을 동시에 할 수 있는 인쇄매체라는 것이다. 그래서 만화는 내용을 이해할 수 있을 때까지 시간적으로 길게 들여다볼 수 있기 때문에 재빨리 지나가는 애니메이션 보다 그 심상이 뚜렷하게 우리 두뇌에 남을 수 있다는 효과가 있다. 바로 학습만화는 독자들에게 심상을 만들어 체계적이고 효율적인 교육매체로서의 역할을 수행할 수 있는 것이다.

『마법천자문』1권

11) 박정희, 「학습만화의 표현형식과 유용성 연구 ―『마법천자문』을 중심으로」, 『조형미디어학』12권 3호, 2009.

　한자는 초기에 실제 사물을 거의 있는 그대로 그렸다. 이를 상형(象形)이라고 하는데, 사물의 형태(形)를 본뜬다(象)는 뜻으로 한자를 만드는 여섯 가지 방법인 육서(六書) 중 하나이다.[12] 한자는 초기에 상형의 방법으로 만들어졌기 때문에 한자의 모습을 통해 사물의 이미지를 유추해 낼 수 있다. 예를 들어 문 문(門)은 문의 모양을 본뜬 것이고 눈 목(目)은 눈의 모양을 본 뜬 것이며 해 일(日)은 태양의 모습을 본뜬 것이다.

　위의 그림처럼『마법천자문』은 한자의 자형(字形)과 이미지 자료를 연결시켜 자형의 유사성을 보여준다. 상형의 원리로 이루어진 한자의 이미지와 한자를 모습을 통해 한자의 자원(字源)에 대한 학습을 도모할 수 있을 뿐만 아니라 한자를 학습하는 심리적 부담을 줄일 수도 있다. 학습자에게 한자에 대한 거부감을 갖지 않도록 하기 위해서는 학습자들에게 친근한 이미지 자료의 제공이 필요한데,『마법천자문』은 이러한 이미지를 부담 없이 보여준다. 이렇게 한자의 이미지와 사물의 이미지가 연결되면서 저절로 학습할 수 있게 한 것은『마법천자문』만의 강점이라고 할 수 있다.

　상형으로 만들어진 한자 이외에도『마법천자문』에서는 지사(指事)의 형식으로 만들어진 한자 중 방위 개념을 갖는 것들을 한꺼번에 배열함으로써 그 뜻을 분명히 알 수 있게 한다. 뿐만 아니라 나머지 회의(會意), 형성(形聲), 전주(轉注), 가차(假借) 등 육서의 방법으로 만들어진 한자들을 내용 곳곳에 포진시킴으로써 한자를 쉽게 익힐 수 있게 한다. 강압적인 교육 방법으로 한자의 구성 원리를 가르치는 것이 아니라 만화의 줄거리를 따라가면서 저절로 이해하게 하는 형식을 취

---

12) 일반적으로 한자는 여섯 가지 원리에 의해 만들어진다고 하는데, 이를 육서라고 한다. 육서에는 상형, 지사, 회의, 형성, 전주, 가차가 있다.

한 것이다. 회의(會意)의 방법으로 만들어진 한자의 경우 두 개 이상
의 한자의 뜻이 합쳐져 만들어진 글자이므로 한자의 의미를 유추해
내기 쉬운데, 예를 들어 『마법천자문』에서 나무 목(木)의 회의자를 설
명하고 있는 부분을 보면 다음과 같이 줄거리 속에 녹아있는 모습을
볼 수 있다.

『마법천자문』권3 pp.90~95

　　나무가 두 개이면 수풀 림(林)이 되고 세 개이면 나무가 빽빽한 모양
으로 나무 빽빽할 삼(森)이 된다. 돌이 세 개면 돌 무더기 뢰(磊)가 되고
수레 세 대가 동시에 지나가면 소리가 울릴 굉(轟)이 되며 말이 세 마리
면 떼 지어 다닐 표(驫)가 된다. 이처럼 회의의 방법으로 만들어진 글자
들은 그냥 이미지로 보여주는 것 자체로 그 의미를 쉽게 유추해낼 수
있다. 회의의 방법뿐 만 아니라 육서의 여섯 가지 방법을 익힐 경우 한

자의 뜻과 음을 추론할 수 있고 한자를 익히기에도 용이한데,『마법천
자문』에서는 이러한 육서의 방법을 적절히 활용하여 이미지를 형상화
시키면서 한자를 배울 수 있는 환경을 제공하고 있다.

4. 마법천자문의 OSMU

학습만화 시장에서 선풍적인 인기를 끌면서『마법천자문』은 하나의
문화콘텐츠로 자리 잡았다. 문화콘텐츠는 하나의 분야가 아닌 여러
분야로 융합되는 특성을 보이기 때문에『마법천자문』또한 출판만화
를 넘어서 뮤지컬, 게임, 애니메이션 뿐만 아니라 각종 캐릭터까지 그
영역을 넓혀가고 있다. 바로 OSMU(One Sourse Multi Use)의 진정한 성공
사례로 하나의 원천소스가 여러 가지 2차 문화상품으로 파급되는 모
습을 보여주고 있는 것이다.

〈마법천자문의 OSMU 현황〉

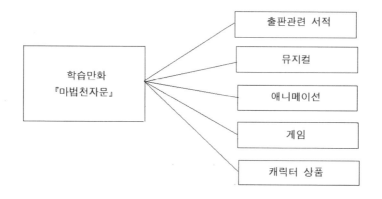

위의 표에서 나타나듯이『마법천자문』의 OSMU 현황을 살펴보면 우선,『마법천자문』이 성공함으로 인해 출판과 관련된 다양한 자매 학습만화들이 파생되었음을 알 수 있다. 현재까지 나온 파생상품으로는 『퀴즈천자문』,『마법천자문 급수한자』,『마법천자문 중국어』,『마법천자문 비밀의 사전』,『마법천자문 고사성어』,『마법천자문 과학원정대』, 『마법천자문 단어마법』,『마법천자문을 찾아라』,『마법천자문 과학퀴즈북』,『마법천자문 사회퀴즈북』 등등으로 한자에 국한되었던 상품들이 점점 그 범위를 넓혀 과학, 사회까지 진출하고 있다. 이 시리즈들의 특징은『마법천자문』의 형식과 똑같이 손오공 캐릭터를 이용해 비슷한 서사구조를 취하고 있다는 점이다.

출판만화 이외에도 〈마법천자문〉이라는 이름을 걸고 뮤지컬과 애니메이션이 만들어졌다. 뮤지컬의 경우 2009년에 처음 공연되었는데, 당시 90%이상의 높은 예매율을 기록할 정도로 인기를 끌었다.『마법천자문』의 형식을 그대로 따라 용(勇), 학(學), 인(忍), 신(信), 우(友)의 다섯 한자가 새겨진 마법천자패를 중심으로 전개되는 손오공의 대모험담을 담고 있다. 80분간의 공연 안에는 손오공, 삼장, 옥동자, 끼로로, 여의필 등 만화 속 친근한 캐릭터가 50여 가지의 한자를 반복적으로 전달하고 있어 보는 것만으로도 어린이들에게 한자에 대한 흥미를 돋우었다. 또한 16개의 신나고 재미있는 뮤지컬 넘버는 어린이들이 쉽게 따라 부를 수 있게 되어 있어 공연 보고 난 후에도 계속해서 흥얼거리게 했다.

애니메이션의 경우 2010년에 〈마법천자문: 대마왕의 부활을 막아라〉라는 제목의 극장판으로 제작되었다.『마법천자문』원작을 따라 천방지축 손오공과 보리선원 최고의 우등생 삼장, 천하태평 돈돈이 한자 수련을 통해, 마법천자문 조각을 내놓으라고 협박하는 혼세마왕에 맞선다는 게 주된 내용이다. 〈마법천자문〉 애니메이션의 최대 장점은 어린이들의 시선을 고정시키는 검증된 원작의 힘이다. 학습만화 『마법천자문』에서 출발하고 있기 때문에 어린이들의 흥미를 끄는데 유리한 지점을 차지한다. 특히 극장판에서는 원작을 읽지 않았던 어린이들도 끌어들이겠다는 시도로 엔터테인먼트적인 측면을 더 살려 재미를 더했다. 여성스러운 캐릭터였던 삼장을 질투심 많은 소녀로 바꾸고, 조연에 머무르던 돈돈을 주연으로 신분 상승 시켜 원작에 바탕을 두되 약간의 개작을 단행했다.

〈마법천자문〉은 이미 게임으로도 제작되었다. 2009년에 〈마법천자문 DS〉로 출시된 이래 2011년에는 〈마법천자문 DS 2 최후의 한자마법〉을 출시했다. 〈마법천자문 DS〉는 닌텐도 DS의 화면에 나타나는 한자의 음과 뜻을 보고 해당 한자를 쓰거나 대화 중에 나오는 힌트만으로 연상되는 한자를 써서 적에 대항하며 마법천자문의 스토리를 진행하는 형식이다.[13] 〈마법천자문 DS 2 최후의 한자마법〉은 〈마법천자문 DS〉에 뒤이어 나온 게임으로 이용자가 손오공이 되어서 한자를 직접 쓰며 모험을 하는 전작의 특징은 그대로 유지되며 유의어 찾기, 상대자 찾기 등 객관식 문제 등을 풀며 다양한 방식으로 한자와 친해질 수 있도록 구성했다. 이 외에도 한자를 직접 써서 찾을 수 있는 한자 전자사전 기능도 새롭게 추가했다.

또한 『마법천자문』은 출판만화, 애니메이션, 뮤지컬, 게임은 물론이고 캐릭터 사업도 추진하여 캐릭터 베이스의 머천다이징을 통해 음료,

---

13) 황대실, 〈사례 발표: 마법천자문 DS〉, 『정보처리학회지』 제17권 제1호, 2010. 1.

제과 회사와 손을 잡고 『마법천자문』의 캐릭터가 들어간 아동음료 등의 제품을 만들어 냈고 어린이들에게 친숙한 한자마법카드, 브로마이드, 색칠 공부책 등 다양한 부가 상품을 추가하여 구매 영향력을 증가시키고 있다. 특히 한자마법카드의 경우 만화를 읽으면서 학습하게 된 한자 이미지를 구체적으로 구현시켜 아이템으로 만듦으로써 또래문화 속에서 다른 어린이들과 게임을 하면서 다시 놀이를 즐길 수 있도록 했다. 마법천자문 카드는 어린이 또래집단의 놀이문화로 확장되어 카드 경쟁까지 가져왔고 또 다른 영역에서 한자를 교육시키고 있다.

이처럼 『마법천자문』의 뮤지컬, 애니메이션, 게임, 캐릭터 등의 파생 상품들은 이미 『마법천자문』의 인기에 힘입어도 꾸준히 인기를 누리고 있고 『마법천자문』는 앞으로도 OSMU로써 계속 그 영역을 넓혀갈 것으로 보인다.

5. 나오기

어린 자녀들의 교육에 관심 있는 부모라면 누구나 교육커리큘럼에 '한자'를 생각하게 된다. 한자교육에 신경을 쓰는 이유는 한자를 배워 두면 바로 우리나라 언어의 70%에 해당하는 한자어 습득에 아주 유용하다는 것이었다. 이러한 교육열이 우리나라에서 한자 학습만화라는 장르를 만들었고 『마법천자문』은 어려운 내용, 딱딱한 내용의 한자를 재미있고 쉽게 풀이하여 흥미롭게 읽어 내려가는 사이에 절로 학습할 수 있도록 하였다. 『마법천자문』은 우리에게 익숙한 손오공 캐릭터와 모험의 서사를 활용하여 우리나라에 한자열풍과 마천 열풍을 몰고

온 것이다.

　이 글에서는『마법천자문』이 모험의 서사를 통해 한자의 난이도를 점점 높이고 있고 선과 악의 대결 구조를 통해 더욱 흥미진진하게 한자를 배울 수 있도록 하였으며 독창적인 이미지 학습법을 통해 한자의 구성 원리를 설명해 주고 있음을 살펴보았다. 이미『마법천자문』의 인기를 통해 증명할 수 있듯이 이러한 방법은 한자 학습에 아주 성공적인 사례를 남겼다고 할 수 있다. 이에 따라『마법천자문』이란 원천자료를 이용한 다양한 문화상품들이 개발되었으며『마법천자문』의 형식과 내용은 뒤를 이어 나온 한자 에듀테인먼트 애니메이션에도 그대로 수용되어〈태극천자문〉,〈한자왕 주몽〉등에 반영되고 있는 것이다.

III.
고전을 보는 새로운 시각들

『서유기』에 나타난 식인(食人)

송정화

고려대학교 중국학연구소 연구교수

1. 들어가는 말

명대 소설『서유기(西游記)』에는 두 갈래의 이야기가 존재한다. 우선 우리가 일반적으로 알고 있는 것은 삼장법사(三藏法師)와 손오공(孫悟空), 저팔계(猪八戒), 사오정(沙悟淨), 용마(龍馬)가 험난한 모험의 과정을 거쳐 천축(天竺)에 도착하는 여행이야기이다. 그런데 이 상식적인 스토리 말고『서유기』에는 또 다른 이면(裏面)의 이야기들이 존재한다. 즉 삼장의 몸을 먹고 영생을 획득하려는 요괴들의 불사(不死)를 위한 투쟁의 이야기와 신(神), 선(仙), 왕(王)과 같은 신성한 존재들이 어린아이 고기에 집착하는 식인의 스토리가 그것이다. 요괴들뿐 아니라 신성한 존재들의 인육에 대한 욕망은『서유기』전편에 걸쳐 표현되어 있다. 이 글에서는 우선『서유기』속 식인의 주체와 대상물에 대해 살펴보고, 『서유기』에 나타난 식인의 의미를 신화, 종교, 문화의 다양한 각도에서 분석해 보고자 한다.

---

* 이 글은『중국어문학지』(2011)에 게재되었던 논문임을 밝혀 둔다.

2. 식인귀(食人鬼)의 정체성: 요괴(妖怪)와 신성(神聖)

1) 요괴

고대 중국에서 요괴가 출현하는 것은 땅이 만물의 본성을 어기는[1] 비정상적인 경우일 때다. 요괴는 태생 자체가 만물의 본성과 어긋나는 이질적인 존재이며, 외모도 대부분 인간과 동물의 모호한 경계에 있다. 『서유기』속 요괴들은 본래 거미, 지네, 호랑이, 양, 사슴 등의 동물이지만 평소에는 인간의 모습을 한 채 정체를 숨기고 산다. 이들의 모호한 특징은 외모뿐 아니라 삶의 방식과 속성에서도 드러난다. 가정을 이루며 관직생활을 하는 등 일상에서 요괴들은 사람과 거의 차이가 없다. 그러나 요괴는 사람과는 분명히 다른 제어할 수 없는 충동[2]과 동물적인 속성을 가지며, 특히 '식인'의 특징을 지닌다.

인간이 동종의 인간을 잡아먹는 식인의 행위는 인류의 역사에서 이미 오랜 시간 금기시되어 왔다. 성문화된 법률과 규범들이 만들어지기 전부터 식인은 인간사회에서 암묵적으로 금지된 행위였다. 동종살해와 식인은 인간 사회에서 집단의 질서를 무너뜨리고 혼란을 가져오는 위험한 행위로 간주되어 왔다. 그래서 『서유기』속 요괴들의 식인행위는 우리 안에 잠재된 거부감과 혐오를 불러일으킨다. 그런데 아이

---

1) 『左傳・盧宣公十五年』: 地反物爲妖. (左丘明 저, 신동준 역, 『春秋左傳1』, 한길사, 2006, p.140).

2) 크리스테바에 따르면 식인귀는 "제어할 수 없는 충동이라는 他者"이다. Julia Kristeva, Etrangers, ànous-mêmes, Fayard, 1988, p.283. (리처드 커니, 이지영 옮김, 『이방인, 신, 괴물: 타자성 개념에 대한 도전적 고찰』, 개마고원, 2004, p.445에서 재인용).

러니하게도 요괴들은 혐오감을 주는 동시에, 기묘하게 사람의 마음을 끄는 치명적인 매력도 지닌다. 몇 년 전 세계적으로 흥행몰이를 한 영화 〈Twilight〉 시리즈는 뱀파이어 이야기를 신세대의 감성에 맞춰 현대적으로 재현한 작품으로, 뱀파이어 신드롬을 부활시켰다고 평가받는다. 과학과 이성(理性)으로 무장한 현대인들을 무장 해제시킨 뱀파이어 열풍은 요괴의 존재가 혐오 이상의 의미를 지닌다는 것을 보여준다.

그렇다면 이들의 낯선 매력은 어디에서부터 오는 것일까? 우선 '식인'이라는 사회적인 금기를 과감하게 파괴하고, 사회의 질서와 규칙을 뒤흔드는 그들의 행위에서부터 찾아볼 수 있다. 줄리아 크리스테바(Julia Kristeva)는 혐오스러운 존재들을 'abjection' 즉 비체(卑體)라는 용어로 구분한 바 있는데, 그녀가 비체 가운데 가장 기본적이고 원초적 형태로 지목한 것은 바로 음식물에 대한 혐오이다.[3] 『서유기』에서 요괴가 인간의 몸을 음식물로 삼는다는 사실은 금기를 넘어서고픈 인간의 무의식적인 욕망을 자극하는 동시에 우리 안에 잠재된 원초적인 공포 ― 인간이 인간을 먹는 것, 식인 ―를 상기시킨다. 내 안에 감춰진 어두운 욕망의 그림자인 요괴는 그래서 공포이자 매혹의 대상일 수밖에 없다.

2) 신성(神聖)

『서유기』에서 올바르지 않은 먹거리를 취함으로써 종(種) 간의 질서를 어지럽히는 위험한 존재는 요괴만이 아니다. 요괴와는 대비되는 신(神), 선(仙), 왕(王)들 역시 『서유기』에서 식인의 기괴한 행태와 밀접하게

---

3) 줄리아 크리스테바 저, 서민원 옮김, 『공포의 권력(The Power of Horror)』, 동문선, 2001, pp.21-33.

연관되어 있다. 지극히 신성한 존재인 이들이 어떻게 야만적이고 폭력적인 식인귀로 표현될 수 있었을까? 『서유기』에서는 신성한 이들의 식인 장면을 실제로 기술하고 있지는 않지만, 이들의 위선과 폭력성을 상징적으로 표현하고 있다. 『서유기』 24회에 나오는 인삼과(人蔘果) 이야기는 이들의 신성함이 사실은 거짓일지도 모른다는 의심를 불러일으킨다. 살아 움직이는 듯한 어린아이 모양의 인삼과 열매를 게걸스럽게 먹는 신선들의 모습은 마치 영생을 얻기 위해 묘약을 먹는 것 같은 기괴한 느낌을 자아낸다.[4]

또한 『서유기』 안에서 지고지선(至高至善)한 신들은 우스꽝스럽고 저급한 이미지로 희화되어 있다. 39회에서 도교의 최고 신성인 노자는 구두쇠에다 소심하고 쩨쩨한 인물로 묘사되며, 26회에서 수성(壽星), 복성(福星), 녹성(祿星)은 저팔계에게 농락당하는 어리석은 인물로 희화된다. 불교의 대자대비한 관음보살(觀音菩薩) 역시 42회에 보면 똥자루 같은 펑퍼짐한 몸매에 불같고 의심도 많은 부정적인 이미지로 등장한다. 도교의 원시천존(元始天尊), 영보도군(靈寶道君)도 44회에 보면, 삼장의 제자들에게 조롱당하는 비루한 존재일 뿐이다.[5]

『서유기』에서 추악한 모습으로 왜곡된 것은 이들 뿐만이 아니다. 속세에서 존경받는 왕들도 『서유기』에서는 어리석고 비열한 이미지로 표현된다. 『서유기』에서 삼장일행은 천축국으로 가는 길에 여러 국왕들과 만나는데, 이들은 정치에 무관심하고 불로장생의 도에 심취해 있거나, 우매하여 요괴들의 꼭두각시 노릇을 하기도 하고, 심지어 식인귀

---

4) 이에 대해서는 제4장. 3) 희생제의의 사회적 기능에서 자세하게 살펴보기로 한다.
5) 자세한 내용은 졸고 「『西游記』에 나타난 웃음에 대한 고찰: 낯섬과 추악함을 통한 顚覆의 미학」, 『中國語文學誌』, 2011, pp.14-19을 참고한다.

의 특성까지 보인다. 『서유기』에서 유일하게 위엄을 갖춘 왕다운 왕으로 등장하는 것은 당태종(唐太宗) 뿐이다.

그러나 당태종과 같은 성군의 모습은 드물며 『서유기』 속 군주들의 모습은 하나같이 어리석고 탐욕스러우며 인육을 욕망하기도 한다. 78회에서 비구국(比丘國)의 왕은 사악한 도사의 꾐에 빠져 1111명의 어린아이의 심장을 달여 불사약을 만든다. 나중에는 도사가 삼장의 심장을 먹으면 더 큰 효험이 있다고 하자 비구국 국왕은 삼장의 고기를 먹으려고 혈안이 된다. 47회에 나오는 통천하(通天河)의 영감대왕(靈感大王)도 마을을 다스리는 신령인데, 어린아이 고기를 좋아해 마을에서는 해마다 남자아이와 여자아이를 희생 제물로 바친다.[6] 74회에도 사타국(獅駝國)의 셋째 대왕이 문무대신들과 남녀노소들을 모두 잡아먹어 나라에는 요괴만 남게 된 이야기가 나온다.[7] 이처럼 인간세상에서 존경의 대상인 신, 선, 왕은 더 이상 『서유기』에서 신성한 존재가 아니며, 어리석고 추악한 존재이다.

『서유기』에서 정치적인 부패와 집권자들의 무능이 가차 없이 비판될 수 있었던 것은 이 책의 저작시기가 명대인 것과 무관하지 않다. 『서유기』가 저작되었다고 추정되는 명대 중후기는 개성 해방이 존중되고 다양한 문화가 유행하던 시대였다. 명대 초기에 홍무제(洪武帝)가 문자옥(文字獄)을 일으켜 사상을 통제하는 억압적인 문화정책을 펼쳤던 것에 비해, 명대 중후기로 가면 문화는 상대적으로 훨씬 이완되고 방만해진다. 그런데 문화정책이 이완됐다는 것은 사실 어떤 진보와 혁

---

6) 『西游記』第47回: 雖則恩多還有怨, 總然慈惠却傷人. 只因好吃童男女, 不是昭彰正直神.

7) 『西游記』第74回.

명이 가져온 개방을 의미하는 것은 아니었다. 오히려 왕조 말기에 정
치적으로 몰락하면서 빚어진 퇴락의 분위기라고 하는 편이 맞을 것이
다. 실제로 정덕(正德)년간(1506-1521)부터 만력(萬曆)년간(1573-1619) 동안
의 황제들 가운데 무종(武宗)은 특히 부패와 방탕으로 악명이 높았고,
세종(世宗)은 초기에는 정치에 관심을 갖다가 점차 궁궐에 은둔하며
도교에 심취했다.[8] 목종(穆宗)은 재위기간 동안 풍류를 즐기고 낭비를
일삼았으며, 신종(神宗)도 줄곧 정치에 태만했다.[9] 그래서 당시 군주들
의 정치적인 무능에 백성들은 분노했고 『서유기』에서 군주들은 식인귀
로 표현되었다.

3. 식인(食人)의 대상물: 어린아이와 삼장법사(三藏法師)

1) 어린아이

『서유기』에는 식인의 주체로 식인귀가 등장하고 이들에게 먹히는
희생양으로 어린아이와 삼장법사가 나온다. 식인 행위를 놓고 봤을 때
식인의 주체 자체가 물론 기이한 존재이지만, 먹히는 대상도 비정상적
인 범주에서 벗어날 수 없다. 왜냐하면 정상적인 사회에서 누군가에게
먹힌다는 것은 불가능하기 때문에, 만약 식인의 대상이라면 그것은 필

---

8) 무종은 불교에 심취하여 궁내에 절을 대거 건립하여 경전을 口誦하였고 스스로
　法號를 만들었다. 세종은 불교뿐 아니라 方術에 심취하여 방사들을 궁내에 많
　이 불러들였다. 陶希聖 等, 『明代宗教』, 臺灣學生書局, 1968, pp.248-251.
9) 유용강 저, 나선희 역, 『서유기 즐거운 여행: 서유기 새로운 해석』, 차이나 하우
　스, 2008, p.93.

연적인 원인을 스스로 잠재하고 있는 것이기도 하다. 이러한 맥락에서 『서유기』속 어린아이는 우리가 현실에서 쉽게 접할 수 있는 어린아이의 평범함을 넘어서는 이질적인 특성을 내재하고 있다.『서유기』에서 '어린아이'는 두 가지 상반된 이미지로 나타나는데, 동자승과 같은 신성한 이미지가 있고, 불로장생의 욕망을 위해 약재로 사용되는 희생양의 이미지가 있다.

『서유기』에는 선경(仙境) 속에서 살아가는 선동(仙童)의 모습이 종종 보이며, 이 때 어린아이의 모습이란 순수함 그 자체이다. 그리고『서유기』에는 선동의 이미지와는 대조적인 희생되는 어린아이의 모습도 보인다. 어린아이는 정기적으로 희생제물로 바쳐지고, 거위우리에 갇혀 학대받으며, 살해되어 불사약의 원료가 되기도 한다.『서유기』에는 선동보다 학대 받는 어린아이의 이미지가 더 자주 보이며 이러한 이미지는 유아살해의 역사와 식인의 그로테스크한 욕망과 관련되어 있다. 『서유기』에는 왜 어린아이에 대해 순수함과 희생양이라는 두 개의 모순적인 심리가 공존하는 것일까?

이와 같은 모순적인 인식을 이해하기 위해서는 우선 어린아이에 대한 중국의 전통적인 인식을 살펴볼 필요가 있다. 고대 중국의 전적에서 어린아이는 도의 개념, 태초의 순진무구한 상태를 상징적으로 표현할 때 원용되며 특히 도교 신선들의 원형을 설명할 때 자주 인용된다. 예컨대 노자의『도덕경(道德經)』의 제10장 '능위(能爲)'에서는 도를 체득하여 올바르게 행동하는 방법을 논하고 있는데, 득도에 이르기 위해서는 정기를 어린아이와 같은 상태로 만들어야 한다고 말한다.[10]『장자』에

---

10)『老子·章十能爲』 載營魄抱一, 能無離乎. 專氣致柔, 能嬰兒乎. (金學主 譯解, 『老子』, 明文堂, 2002, p.81)

서 선표(單豹)는 물만 마시고 수행한 결과 70세에도 어린아이의 외모를 유지했다고 한다.[11] 위진남북조 시기의 도교 전적인 『한무내전(漢武內傳)』[12]에서도 한무제의 스승으로 등장하는 선인 진청동소군(眞靑童小君)은 어린아이 모습을 하고 있다.[13]

이러한 예들에서 볼 수 있듯이 도교에서는 궁극적인 진리, 완전함을 이야기할 때 어린아이 이미지를 원용했으며[14] 이와 같은 어린아이에 대한 관념은 『서유기』가 저작됐던 명대까지 이어진다. 명대의 이지(李贄)는 급진적인 태주좌파(泰州左派)의 사상 해방가로, 예의나 도덕규범에 의해 개성을 억압해서는 안 되며 어린아이와 같이 맑고 순수한 마음을 가져야 한다는 동심설(童心說)을 주장했다. 즉 시대를 초월하여 중국에서 어린아이가 표상하는 이미지는 신성함, 완전함, 궁극적인 도 그리고 순수함이었다.

그런데 어린아이가 신성한 이미지로 표현된 것은 도교의 교리나 철학적인 진리를 담은 공식적인 텍스트에서였고, 공적인 담론을 벗어나 문학과 민속으로 넘어가면 어린아이의 이미지는 훨씬 다양해진다. 예를 들어 중국의 신화서인 『산해경(山海經)』에서 어린아이는 식인의 이미지와 겹쳐 나타난다. 『산해경』에 보이는 식인동물들은 종종 어린아

---

11) 『莊子 · 外篇 · 達生』 單豹行年七十, 而猶有嬰兒之色.
12) 『漢武內傳』은 도교의 道士에 의해 저작됐을 것으로 추측될 만큼 도교적 성격이 강하며 심지어 도교 의례의 口述的 상관물로 말해지기도 한다.
13) 김경아, 『『漢武內傳』 試論 및 譯註』, 이화여대 대학원 석사학위논문, 1998, p.94.
14) 정재서 교수는 嬰兒 이미지는 역사적으로 자연적 본성의 수호자, 운명 비판자의 의미에서 기층문화, 비제도권을 통하여 구현됐으며 이와 관련된 문화로 도교를 꼽을 수 있다고 말하였다. 정재서, 『사라진 신들과의 교신을 위하여』, 문학동네, 2007, p.54.

이의 목소리를 내는데, 끔찍한 식인동물이 어린아이의 목소리를 낸다
는 사실은 식인과 어린아이 사이에 존재하는 모종의 비밀스러운 상관
관계를 암시한다.[15]

　일본에서도 식인요괴가 어린아이와 관련되어 있다. 일본 고유의 요
괴인 갓파쿠[河童]는 초록색 몸에 머리에는 접시를 이고 아이들과 어
울려 씨름을 하며 잘 놀지만, 물속에 잠수하고 있다가 어린아이를 낚
아채 잡아먹기도 한다. 갓파쿠는 오늘날 특히 아이들에게 인기가 많
아서 애니메이션의 주인공으로 등장하기도 한다.[16] 그런데 일본의 오
래된 기록들을 살펴보면 사실 갓파쿠는 에도[江戶] 시대부터 암암리
에 자행되어온 아동 살해, 유기와 밀접하게 연관되어 있다. 전쟁으로
인한 기근 때문에 당시 일본인들은 어쩔 수 없이 어린아이를 유기할
수밖에 없었고 아이를 물에 익사시킨 뒤에 "갓파쿠가 아이를 잡아갔
네."라고 주위사람들에게 알렸다.[17] 인간은 악행을 은폐하는 과정에서
자신의 죄를 떠넘길 요괴가 필요했으며, 이 과정에서 갓파쿠는 식인귀
의 역할을 떠맡게 되었다. 이처럼 갓파쿠의 출현에는 어린아이 살해와
유기라는 당시의 잔인하고 슬픈 역사가 감춰져 있다.

　어린아이는 고대 중국의 전적에서 종종 소인(小人) 즉 난쟁이와 혼
동되어 나타나기도 한다. 한대에 동방삭(東方朔)이 지었다는 『신이경(神
異經)』을 보면, 키가 일곱 치밖에 안 되는 곡국 사람들은 장수를 한다.

---

15) 유강하 역시 『산해경』의 식인동물들의 공통점이 어린아이 소리를 낸다는 점을
　　지적한 바 있다. 유강하, 「幼兒犧牲神話硏究」, 연세대학교 대학원 석사학위논
　　문, 2001, p.3.
16) '갓파쿠와 여름방학을(河童のクゥと夏休み: Summer Days With Coo)', 2008년
　　6월 26일 개봉.
17) 折口信夫, 『古代硏究II』, 中公クラシックス, 2003, pp.223-252.

이들은 작은 키 때문에 고니들에게 종종 잡아먹혔는데 뱃속에 들어가
서도 죽지 않았고 오히려 곡국사람들을 잡아먹은 고니는 삼백년을 살
수 있었다고 한다.[18] 비정상적으로 작은 키 때문에 곡국사람들은 비범
한 장수의 능력을 가진 것으로 믿어졌다. 그리고 서진시기 장화(張華)
의 『신이경』에 대한 주[19]와, 대만의 왕궈량(王國良)의 주[20]로부터 우리는
고대 중국에서 소아와 소인이 종종 혼용됐다는 사실을 알 수 있다. 소
아와 소인의 혼용의 근거는 소인에 대한 사전적인 의미에서도 보인다.
『한어대사전(漢語大詞典)』에 따르면 소인은 단지 키 작은 난장이뿐 아
니라 어린아이를 가리키기도 한다.[21]

그리고 소인은 특별히 작은 체구로 인해 특별한 능력을 가진 것으
로 여겨졌고 고대 중국의 전적들에서 불로장생의 효험이 있는 약재로
언급됐다. 이들의 작고 기이한 몸에는 식인에 대한 인간의 원초적인
폭력성이 투영되어 나타난다. 다음의 예를 보자.

> 서북쪽의 변경 가운데에 사는 어떤 소인은 키가 1치이고 배 둘레는 키와 같
> 다. 남자들은 붉은 옷에 검은 관을 쓰고 수레를 끌고 다니는데 거동은 위엄
> 스럽기까지 하다. 사람이 (소인이 탄) 수레와 마주쳤을 때 잡아먹으면 맛이
> 매워 먹기에 고통스럽지만, 죽을 때까지 충치에 물리지 않고 만물의 이름을

---

18) 『神異經 · 西荒經』: 西海之外有鵠國焉, 男女皆長七寸. 爲人自然有禮, 好經論
拜跪. 其人皆壽三百歲. 其行如飛, 日行千里. 百物不敢犯之, 唯畏海鵠. 鵠遇輒
吞之, 亦壽三百歲. 此人在鵠腹中不死, 而鵠一擧千里(이후 『신이경』에 대한 번
역은 郭璞 注, 東方朔 著, 송정화, 김지선 譯註, 『穆天子傳 · 神異經』, 살림, 1997
을 참고로 한다).

19) 華曰: 陳章與齊桓公論小兒也.

20) 郭璞 注, 東方朔 著, 『穆天子傳 · 神異經』, p.296.

21) 漢語大詞典編輯委員會, 『漢語大詞典』, 漢語大詞典出版社, 1994, p.1586.

알게 되며 또 뱃속의 삼충을 없앨 수 있다.[삼충은 죽으면 바로 선약으로
만들어 먹을 수 있다.][22]

산속을 가다가 소인이 수레를 타고 가는 것이 보이는데, 키는 칠팔 촌이며,
그것을 잡아먹으면 신선이 될 수 있다.[23]

소인에게서 보이는 식인의 욕망은 신체적인 유사성 때문에 동일한
범주로 인식되는 소아에도 투영된다. 그리고 소인과 소아는 모두 신성
함, 특별함, 기이함의 항목으로 범주화되고 타자화됐다. 한 사회에서
극단적으로 신성하게 추앙되는 존재들은 대부분 그 이면에 폭력적인
희생양으로서의 실존 의미를 지닌다. 『서유기』에서 어린아이가 식인의
대상으로 표현될 수 있었던 것은 고대 중국의 역사 속의 小兒=小人=
신성함=희생양의 모순적인 원리 안에서 이해될 수 있다.

2) 삼장법사

『서유기』에는 식인의 또 다른 대상물로 삼장법사가 등장한다. 실제
역사에서 온갖 고난을 극복하고 천축(天竺)으로부터 경전을 가져온 삼
장법사는 그야말로 영웅적인 존재였고, 『서유기』 12회에서 보듯 고상
하고 수려한 외모는 감탄을 자아낼 정도였다.[24]

---

22) 『神異經·西北荒經』: 西北荒中有小人焉, 長一寸, 圍如長. 其君朱衣玄冠, 乘
軺車導引, 爲威儀. 人遇其乘車, 抓而食之, 其味辛楚, 終年不爲蟲多所咋, 幷識
萬物名字, 又殺腹中三蟲.[三蟲死, 便可食僊藥也]

23) 『抱朴子·仙藥』: 行山中見小人乘車馬, 長七八寸, 捉取腹之, 卽仙矣.

24) 『西游記』第12回: 凜凜威顔多雅秀, 佛衣可體如裁就. 暉光艶艶滿乾坤, 結綵
紛紛凝宇宙. 郎郎明珠上下排, 層層金線穿前後. 兜羅四面錦沿邊, 萬樣希奇鋪

14회에서도 삼장법사의 얼굴을 "맑고 수려하다"[25]라고 했고, 24회에서는 동자승인 청풍과 명월이 삼장은 "정말 서천의 성자가 속세에 나신 것이고, 참된 정기가 흐려지지 않았다"[26]고 말한다. 54회에서 서량녀국(西梁女國)의 여왕은 삼장의 멋진 모습에 반해 삼장과 혼인하기를 갈구한다.[27]

『서유기』에서 삼장은 외모와 인품에서 모두 완벽한 이상적인 남성이지만 아이러니하게도 요괴가 호시탐탐 먹고자 하는 대상이기도 하다. 삼장의 몸은 요괴에게 장수와 불사를 가져다주는 특효약이기 때문이다. 『서유기』에서 요괴들은 하나같이 삼장에 대해 다음과 같이 이야기한다.

> 전에 사람들이 하는 얘기를 들으니까, 당나라 삼장법사는 열 세상을 돌며 수행한 훌륭한 사람이라, 그의 고기를 한 점만 먹어도 수명을 늘려 장수할 수 있다더구나.[28]
>
> 얘들아, 탁자를 날라 오고 날랜 칼을 갈아오너라. 이 중의 배를 갈라 심장을 꺼내고 껍질을 벗기고 살을 발라내라. 악기도 연주해라. 내 현명한 여동생과 함께 그걸 먹어 수명을 늘리고 장수를 누리리라.[29]

綺繡. 八寶粧花縛鈕絲, 金環束領攀絨扣. 佛天大小列高低, 星象尊卑分左右. 玄藏法師大有緣, 現前此物堪承受. 渾如十八阿羅漢, 賽過西方眞覺秀. 錫獎叮噹鬥九環, 毘盧帽映多豐厚. 誠爲佛子不虛傳, 勝似菩提無詐謬.

25) 『西游記』第14回: 老者擡頭見了三藏的面貌淸奇, 方才立定.

26) 『西游記』第24回: 那明月, 淸風, 暗自夸稱不盡道: "好和尙! 眞個是西方愛聖臨凡, 眞元不昧."

27) 『西游記』第54回: 豐姿英偉, 相貌軒昂. 齒白如銀砌, 脣紅口四方. 頂平額闊天倉滿, 目秀眉淸地閣長. 兩耳有輪眞傑士, 一身不俗是才郎. 好箇妙齡聰俊風流子, 堪配西梁窈窕娘.

28) 『西游記』第48回: 唐三藏乃十世修行好人, 但得吃他一塊肉, 延壽長生.

29) 『西游記』第48回: 小的們, 擡過案卓, 磨快刀來, 把這和尙剖腹剜心, 剝皮剮肉,

이러한 삼장에 대한 인식은 실제 역사에서의 인식과는 판이한 것이다. 역사 속에서 존경받던 고승 삼장은『서유기』에 오면 존재감도 없을 뿐 아니라 요괴들의 먹잇감으로까지 그 위상이 추락하기 때문이다. 취경의 공적을 이뤄낸 영웅 삼장법사는 명대의 소설 속에서 이렇게 우스운 꼴로 왜곡되어 묘사된다.

4. 식인 욕망의 의미구조

앞에서도 언급한 바 있듯이『서유기』는 삼장과 제자들의 취경(取經)이라는 고귀한 메시지를 앞에 내세우고 있지만, 실제 내용을 들여다보면 한편의 식인의 스토리로 볼 수 있다. 그렇다면『서유기』속에 가득한 식인의 욕망은 어디에서부터 근원하는 것일까?

1) 영생에 대한 추구

『서유기』에는 수많은 요괴들이 등장하는데 이들의 하나같은 염원은 요괴의 신분으로부터 벗어나는 것이다.『서유기』에서 요괴라는 신분은 신과는 달라서 영원히 살 수 없고 신과 인간의 세계로부터 배제되는 영원한 타자들이다.『서유기』의 내용에 따르면 이들이 타자의 범주에서 벗어날 수 있는 방법은 두 가지인데, 하나는 수행을 거듭하는 것이고, 다른 하나는 삼장의 고기를 먹는 것이다. 수행을 하는 방법은 오랜 시간 동안 인내하면서 공을 들여야 하기 때문에 요괴들은 거의 불가

一璧廂嚮動樂器, 與賢妹共而食之, 延壽長生也.

능하다. 설사 요괴들이 수행을 시작한다 해도 도중에 정체가 발각되어 비참한 말로를 맞는 경우가 대부분이다.[30] 물론 예외적으로 요괴들이 수행을 통해 득도의 경지에 이르기도 한다. 49회에서 삼장법사를 납치한 통천하의 잉어요괴는 수행을 통해 득도한 경우이다. 이 요괴는 본래 관음보살이 연화지(蓮花池) 안에서 키우던 금붕어였는데, 매일 경전 읽는 소리를 들으며 저절로 수행하게 되었다.[31] 그래서 연봉오리를 무기로 만드는 등 법술을 부릴 수 있고 외모도 대왕의 위세를 지니게 된다. 이러한 잉어요괴의 예는 요괴도 수행을 열심히 하면 득도의 경지에 오를 수 있다는 것을 보여준다.

『서유기』에서 인간이나 신선이 되기 위한 수행의 가능성은 모든 생물에게 열려 있지만, 실제로 성공한 요괴들은 거의 없다. 55회에 나오는 독전갈도 인간의 도를 수행하면서 인간이 되려고 노력하지만 결국 정체를 들키고 천적인 닭의 정령 묘일성관(昴日星官)에게 죽임을 당한다.[32] 그래서 요괴들이 가장 선호하는 방법은 고결한 삼장의 고기를 먹어서 삼장의 높은 공력을 온몸으로 흡수해 곧바로 영생을 얻는 것이다.『서유기』32회에서 요괴들은 이렇게 말한다.

"그 놈 고기를 먹기만 하면 불로장생할 수 있다니. 그럼 무슨 좌선이니, 입공이니, 용과 범을 단련한다느니, 자웅을 짝 지운다느니 할 필요도 없는 거 잖아요? 그렇다면 당연히 잡아먹어야지. 나가서 잡아오리다!"[33]

30)『西游記』第55回: 毒蝎枉修人道行, 還原反本見眞形.
31)『西游記』第49回: 他本是我蓮花池裏養大的金魚. 每日浮頭聽景, 修成手段.
32)『西游記』第55回.
33)『西游記』第32回: 唐僧乃金蟬長老臨凡, 十世修行的好人, 一點元陽未泄, 有人吃他肉, 延壽長生哩.

삼장의 살과 피는 요괴가 인간이나 신으로 신분을 상승할 수 있는
즉효약이기 때문에 요괴들은 예외 없이 삼장을 보면 식인의 욕망을
주체하지 못한다. 그런데 이러한 식인의 욕망은 비단 추악한 요괴에게
만 해당되는 것은 아니다. 앞에서도 언급했듯이 불도(佛道)의 신과 신
선들 역시 강한 식인의 본성을 보인다.

그런데 고대 중국의 전적들을 보면 역사상 식인이 실제로 자행됐다
는 기록들이 적지 않으며 그 행태는 네 가지로 정리해 볼 수 있다. 우
선 병든 노모나 아픈 아버지를 구하기 위한 효심에서 발원한 것이 있
고, 임금이나 윗사람에게 충성심을 보이기 위한 것이 있으며, 회춘을
위해서, 그리고 미식가의 높은 입맛을 맞추기 위한 것이 있다. 이 식인
은 특히 충과 효라는 미명에 의해 자행되었고, 실제로 인육을 먹는 애
호가 집단이 형성되면서 본격화되었다. 송원대의 전적에는 인육요리
나 인육애호가에 대한 기록들이 보이는데 특히 송나라 말기에 도종의
(陶宗儀)가 쓴『철경록(輟耕錄)』은 인육으로 만든 요리들을 자세히 기록
하고 있다.[34]

그리고 인육 가운데 어린아이 고기는 최상품으로 인식되었으며, 오
대의 좌금오위상장군인 장종간(萇從簡)과 조사관(趙思綰),[35] 송의 농지
고(儂智高)의 어머니 아농(阿儂)은 모두 어린아이 고기를 좋아한 미식가
들이었다.[36]『서유기』가 저술된 명대에는 특히 약용으로 식인을 하는

---

34)『輟耕錄』卷之九「想肉」: 天下兵甲方殷, 而淮右之軍嗜食人, 以小兒爲上, 婦
　　女次之, 男子又次之. (陶宗儀 撰,『輟耕錄』, 遼寧敎育出版社, 1988, p.112)

35)『輟耕錄』卷之九「想肉」: 萇從簡家世屠羊, 從簡仕至左金吾衛上將軍, 嘗歷河
　　陽, 忠武, 武寧諸鎭, 好食人肉, 所至多潛捕民間小兒以食之. 趙思綰好食人肝,
　　及長安城中食盡, 取婦女幼稚爲軍糧. 每犒軍, 輒屠數百人.

36)『宋史』卷495「列傳第二百五十四・蠻夷三・廣源州」: 智高母阿儂有計謀, 智

문화가 유행하여, 이탈리아 예수회 선교사인 마르틴 마르티니(Martin Martini, 1614-1661)는 『중국사』에서 숭정(崇禎) 15년(1642)의 개봉(開封)의 모습을 묘사하면서 죽은 사람의 고기를 돼지고기처럼 시장에서 공공연하게 판매한다고 기록했다.[37] 명대 삼백년간 식인의 풍습이 쇠퇴하지 않고 오히려 정착하자 급기야 청대 순치(順治) 9년(1652)에는 정부에서 금지령을 내린다.[38] 그러므로『서유기』속 수많은 '식인'의 모티프들은 중국 역사상 지속되어온 식인 관습의 연장으로 볼 수 있다.

중국에서는 식인을 통한 치병(治病) 나아가 영생의 추구라는 유토피아적인 환상이 '도교'라는 종교를 통해서 실현 가능한 것으로 믿어져 왔다. 도교는 현세에서도 인간이 수행과 복약(服藥)을 통해 꾸준히 노력한다면 얼마든지 득도하여 영생할 수 있다고 설파한다. 명대에는 유불도 삼교가 모두 믿어졌으므로『서유기』는 도교적인 특징도 지니며 영생에 대한 욕망이 강렬하게 표현되어 있다.

『서유기』제1회에서 손오공은 여행의 목적이 사실은 불로장생의 비법을 배우기 위함이라고 말하며[39] 2회에서 사월삼성동(斜月三星洞)의 수보리조사(須菩提祖師)를 만나 본격적인 수련과정에 들어가게 된다. 장생불사를 간절히 바란 결과, 손오공은 수보리조사로부터 결국 도를 터득하게 되고 불사의 경지에 이른다. 이와 같이『서유기』는 첫머리에서부터 이 책이 불로장생에 대한 열망과 밀접하게 관련되어 있음을 시사한다.

高攻城陷邑多用其策.僭號皇太后, 性慘毒, 嗜小兒肉, 每食必殺小兒.(『宋史』(影印本), 景仁文化社, 1979, p.581)

37) 황문웅,『중국의 식인문화』, 교문사, 1992, p.74.

38) 황문웅, 위의 책, p.71.

39) 『西游記』第1回: 我明日就辭汝等下山, 雲游海角, 遠涉天涯, 條必訪此三者, 學一個不老長生, 常躲過閻君之難.

또한『서유기』에는 영생을 얻기 위한 수행과 복약에 관련된 비법들이 많이 나온다.[40] 그러나 이러한 수행은 지난(至難)한 인고의 과정이기 때문에 비범한 인간이라도 완수하기가 힘들다. 간사하고 조급한 요괴들은 금방 지치고 포기하기 마련이며 이보다 수월하고 빠른 불사의 방법을 찾는다. 그래서 요괴는 삼장의 몸을 먹음으로써 신의 영역으로 자신도 흡수되길 바라며, 신성(神聖)들은 어린아이를 먹음으로써 진정한 도를 얻고 순결무구의 상태로 회귀하기를 희망한다. 이처럼『서유기』에서 식인은 불가능한 영생에 대한 도전이며, 다시 태어나기 위해 생명을 준비하는 단계이기도 하다.

2) 성욕(性欲)의 폭력적 표현

인간의 역사에서 음식과 성(性)은 은유적으로 겹쳐져 왔다. 식욕과 성욕, 음식을 먹는 것과 성적인 관계는 인간의 언어, 비유, 상징에서 동일한 범주로 함께 인식되어 왔다. 정신분석학자인 프로이트(Sigmund Freud)는 어린아이가 어머니의 젖을 빠는 행위가 최초의 식욕을 채우는 즐거움일 뿐 아니라 이후 성적 쾌감의 기초가 된다고 말한 바 있다.[41] 또한 음식과 성을 통한 쾌락은 언어에서부터 종종 동일한 어휘로 표현된다. 예를 들면 영어의 'orgiastic'은 음식과 성의 두 가지의 쾌락을 동시에 나타내며, 불어의 'jouissance'도 음식과 성관계를 통해 얻는 육체적 만족감을 의미한다.[42] 레비스트로스(Claude Levi Strauss)는『야생의 사고』에서

---

40)『西游記』第1回.

41) 지그문트 프로이트 저, 정성호 편역,『프로이트 성애론』, 문학세계사, 1997, p.22.

42) 리언 래페포드 저, 김용환 역,『음식의 심리학』, 인북스, 2006, pp.66-67.

'consommer'라는 불어동사가 결혼과 식사에 동시에 적용된다고 하면서, 불어 안에서 성행위와 식사를 같은 단어로 표현하는 언어가 많다는 것을 지적한다.[43] 우리의 일상에서도 남녀가 서로를 알아가기 위해서는 우선 함께 식사를 하는 것이 필수적이다. 맛있는 것을 함께 먹는다는 행위에는 상대방에 대한 호감과 애정의 의미가 숨겨져 있다.

『서유기』에서도 탐식의 메타포는 성과 밀접한 관계에 있다. 『서유기』에서 닥치는 대로 음식을 먹어치우는 저팔계의 식욕은 성에 대한 강렬한 욕망과 자주 겹쳐진다. 음식을 먹고 성적인 관계를 맺는 행위는 모두 원초적인 인간의 욕망으로부터 나오는 것이고, 이들 행위를 통해서 인간은 타자와 교감하고 타자를 파악하게 된다. 그리고 탐식과 성욕의 관점에서 볼 때 식인문화 역시 성과 관련이 있다.

그런데 식인은 단순히 음식을 먹는 것이 아니라 사람이 사람의 고기를 먹는 것이기 때문에, 본래 음식의 범주에 속하지 않는 인간의 육체가 물질적인 음식으로 퇴행하는 비정상적인 상황이 벌어지게 된다. 그래서 식인은 인간이 정해 놓은 일종의 질서 즉 음식의 범주를 무너뜨리는 야만적이고 위험한 행위로 간주된다. 또한 식인은 종종 남녀 간의 에로티시즘과 관련되는데, 양자는 모두 폭력적인 충동, 잔인한 공격성을 띠는 동시에 신성하고 경건한 속성을 공유한다.

에로티시즘과 공격성이 교차하는 식인의 욕망은 『서유기』에도 보인다. 55회에서는 삼장의 몸을 노리고 접근하는 여자 전갈요괴와 이를 막으려는 손오공간에 싸움이 일어난다.[44] 손오공의 공격에도 전갈요괴

---

43) 심하은, 「페로 동화의 식인귀 연구: 교훈을 덧붙인 옛이야기를 중심으로」, 서울대 대학원 석사학위논문, 2006, p.15.

44) 『西游記』 第55回: 女怪威風長, 猴王氣概興. 天蓬元帥爭功績, 亂擧釘鈀要顯

는 삼장에게 계속 구애하고 삼장은 자신의 순결을 지키기 위해서 고군
분투하는데, 전갈요괴와 삼장간의 다툼에는 식인의 강렬한 욕망과 에
로티시즘이 교차되어 있다. 55회에서는 시의 형식으로 두 사람 간에 흐
르는 긴장과 욕망의 분위기를 묘사한다.[45] 전갈요괴는 결국 삼장의 양
기를 얻는 데 실패하고 천적인 닭의 정령 묘일성관에게 죽임을 당한다.
『서유기』에서는 삼장법사를 먹기 위해 요괴들이 여자로 변장해 접근하
기도 한다.[46] 72회에서는 반사동의 여자 거미요괴들이 거미줄에 먹이를
매달아 놓듯이 삼장을 대들보에 묶어둔다. "여인들은 그를 단단히 매
달고 나자 곧바로 옷을 훌훌 벗어젖히는데"[47] 이들은 모두 배꼽에서 오
리 알만한 굵기의 명주 끈을 뽑아낸다. 식인 거미요괴에 대한 묘사는
매우 적나라하고 강렬한 에로티시즘적인 분위기를 자아낸다.

> 단추를 끌러 열고
> 비단 허리띠 매듭 풀어헤치네.

能. 那一個手多叉緊烟光繞, 這兩個性急兵强霧氣騰. 女怪只因求配偶, 男僧怎
肯泄元精! 陰陽不對相持斗, 各逞雄才恨苦爭. 陰靜養榮思動動, 陽收息衛愛淸
淸. 致令兩處無和睦, 又鈀鐵棒賭輸贏. 這個棒有力, 鈀更能, 女怪鋼叉丁對丁.
毒敵山前三不讓, 琵琶洞外兩無情. 那一個喜得唐僧諧鳳侶, 這兩個必隨長老
取眞經. 驚天動地來相戰, 只殺得日月無光星斗更.

45) 『西游記』第55回: 目不視惡色, 耳不聽淫聲. 他把這錦繡嬌容如糞土, 金珠美貌
若灰塵. 一牛只愛參禪, 牛步不離他地. 那里會惜玉憐香, 只曉得修眞養性. 那
女怪, 活潑潑春意無邊; 這長老, 死丁丁禪機有在. 一個似軟玉溫香, 一個如死
灰槁木. 那一個, 展鴛衾淫興濃濃; 這一個, 束禊衫丹心耿耿. 那個要貼胸交股
和鸞鳳, 這個要面壁歸山訪達摩. 女怪解衣, 賣弄他肌香膚膩; 唐僧斂袿, 緊藏
了糙肉粗皮.

46) 『西游記』第27回: 搖身一變, 變做個月貌花容的女兒.

47) 『西游記』第72回: 那些女子把他吊得停當, 便去脫剝衣服.

부드러운 가슴 은처럼 희고

옥 같은 몸 마치 눈과 같구나.

팔뚝은 얼음이 깔린 듯 매끄럽고

향기로운 어깨는 분칠한 듯 희네.

배는 보드랍고 솜처럼 말랑말랑

등은 윤기 나고 깨끗하네.

무릎과 팔은 반 뼘 남짓

조그만 발은 세 치밖에 안 되어라.

아랫도리 중간에

풍류혈이 드러나네.[48]

여자요괴와 삼장 일행간의 치열한 다툼은 정사의 강렬함과 식인의
욕망이 섞이면서 독특하고 기괴한 분위기를 형성한다. 이 외에 81회에
서도 인간으로 변신한 쥐 요괴가 등장하며, 64회의 아름다운 살구나
무 요괴도 당삼장과 맺어지기를 갈망하지만 결국 저팔계의 쇠스랑에
찍혀 죽임을 당한다. 이처럼 『서유기』에 나타난 식인은 정상적인 음식
물을 먹는 것에 대한 금기를 위반하는 것이기 때문에, 남녀 관계 역시
폭력적이다.

3) 희생제의의 사회적 기능

타자를 먹는 행위는 종교적 관점에서 보면 공동체의 합일을 위한
일종의 희생제의적인 의미를 갖는다. 인류의 역사를 보면 공동체를 유

---

48) 『西游記』第72回: 褪放紐扣兒, 解開羅帶結. 酥胸白似銀, 玉體渾如雪. 肘膊賽
冰鋪, 香肩欺粉貼. 膚皮軟又綿, 脊背光還潔. 膝腕半圍團, 金蓮三寸窄. 中間一
段清, 露出風流穴.

지하고 새로운 질서를 세우기 위한 명목으로 희생제의가 이뤄져왔다. 이러한 희생제의의 행위는 폭력을 잠재우고 사회 질서를 통합하기 위해 시대마다 있어왔는데 특히 고대사회에서는 종교적인 신앙에서 비롯된 신성한 의식이었다. 신화는 이러한 원시인류의 사고와 철학을 잘 반영하고 있으며 특히 창조신화는 가장 이른 시기의 원형적인 의미를 갖는다. 창조신화에서는 무정형, 혼돈의 이미지를 가진 거인 혹은 여성적 이미지의 신들이 살해되고 정형, 질서, 남성적 이미지의 신들이 중심적인 권력으로 부상하는 이른바 '최초의 희생'의 상징적인 의미가 잘 나타나 있다. 창조신화에서 제우스에 의해 희생된 티폰(Typhon), 바빌론 창조신화에서 마르둑(Marduk)에 의해 살해된 티아맛(Tiamat), 북유럽 창조신화에서 오딘(Odin)에 의해 죽임을 당하는 이미르(Ymir)는 모두 새로운 질서를 세우고 사회를 유지하기 위해 희생된 최초의 희생양이었다. 이들 희생양들은 하나같이 잔인하게 살해되며 그 시체는 천지창조를 위한 질료로 쓰인다. 창조신화 속 최초의 살해는 민족마다 다르게 표현되며 특히 중국의 경우 최초의 살해는 훨씬 은밀하게 표현된다. 즉 거인 반고는 인위적인 살해의 방식이 아닌 자연사하는 것으로 나오는데 사실 여기에도 폭력성은 은폐되어 있다. 이러한 폭력성에 대한 은폐와 미화는 신화 이후로 역사에서도 계속해서 존재했다. 고대신화에서처럼 종교적인 믿음이나 우주창조에 대한 원초적인 호기심은 사라졌지만 인간은 집단의 질서 유지라는 명목으로 폭력을 행사해 왔고 그것은 '효'와 '충'이라는 대의명분으로 정당화되었다.

불로장생의 욕망을 실현하기 위해 사람들은 어린아이를 암암리에 희생양으로 삼아왔고 이러한 행위를 부모에 대한 효심이나 윗사람에 대한 충성으로 미화하기도 했다. 그리고 '효'와 '충'이라는 미명으로 포

장할 수 없을 때는 자신들의 책임을 전가할 상상의 존재들을 만들어
냈다. 앞에서 언급했듯이 갓파쿠[河童] 같은 요괴는 고대사회의 유아
희생과 밀접하게 관련되어 있다. 인간의 폭력성을 감추고 집단의 질서
와 평화를 유지하기 위해 요괴가 출현하게 되었고 그 과정에서 나약
한 존재들은 조용하게 희생되었다. 그러나 은폐된 폭력의 역사는 비공
식적인 텍스트 속에서 그 흔적을 남긴다. 우리는 앞서 살펴본『산해경
(山海經)』에서 식인 동물들이 어린아이의 목소리를 냈던 것을 다시 주
목할 필요가 있다. 이러한 기이한 현상은 식인과 영아살해 간에 모종
의 오래된 연관성을 보여주는 흔적으로 해석될 수 있다.

　역사 속에서 반복적으로 은폐되어온 식인 관습에 잠재된 희생제의의
의미는『서유기』의 인삼과 이야기에서도 찾아볼 수 있다.『서유기』는 대
부분 매회가 하나의 에피소드로 구성되는데, 24회부터 26회의 긴 지면
을 할애해 인삼과에 대해 이야기하고 있다. 이 인삼과 이야기는『서유기』
의 다른 이야기들과는 이질적인 내용으로, 삼장의 무리와 요괴간의 투
쟁이라는 상투적인 스토리에서 벗어나, 선계인 오장관(五莊觀)에서 죽
은 인삼과를 따먹고 인삼과를 부활시키는 내용이다.『서유기』에서 인삼
과는 열매의 냄새만 맡아도 삼백 육십 년을 살 수 있고, 하나만 먹어도
사만 칠천 년을 살 수 있는 불사의 열매이다. 그런데 인삼과의 모양을
보면 "사흘도 안 된 어린 아기와 비슷하여, 손발에 눈, 코, 입까지 다 달
려 있다."[49] 손오공의 눈으로 본 인삼과는 "정말 어린아이와 다를 바가
없었다. 꽁무니 위쪽이 꼭지인데, 가지에 달려서 손발을 마구 움직이
고 머리도 마구 흔들며 바람이 불면 무슨 소리를 내는 듯했다."[50] 그래

---

49)『西游記』第24回: 果子的模樣, 就如三朝未滿的小孩相似, 四肢俱全, 五官咸備.

50)『西游記』第24回: 眞個像孩兒一般. 原來尾間上是個扢蒂, 看他丁在枝頭, 手

서 인삼과를 지키는 선동인 명월과 청풍이 인삼과 열매를 따서 대접하자 삼장법사는 어린아이를 먹으라는 줄 알고 벌벌 떨며 거부한다.[51]

　인삼과 이야기의 마지막인 26회에서는 관음보살, 수성, 복성, 녹성, 삼장법사, 손오공, 진원대사, 오장관의 신선들이 모두 모여 인삼과 파티를 열고 즐겁게 인삼과 열매를 나눠 먹는다. 그런데 26회의 인삼과 파티는 언뜻 보면 신선들의 일상적인 연회 같지만 자세히 살펴보면 기묘하고 그로테스크한 분위기를 풍긴다. 신선들이 탁자위에 단약을 담은 쟁반을 늘어놓은 다음, 관음보살을 가운데 앉히고 왼편에는 세 명의 신선을, 오른편에는 삼장법사를 앉혀 놓고, 맞은편에는 진원대선을 앉힌 뒤 인삼과를 나눠먹는 장면은 마치 고대 사회에서 풍작을 기원하며 행했던 희생제의를 연상시킨다.

　고대 사회에서는 풍작과 공동체의 안녕을 기원하기 위해 인신공희(人身供犧)를 올리고 희생제물을 나눠 먹는 관습이 보편적으로 존재했다. 과거 운남성의 노족(怒族)들도 희생제의를 지냈다. 이들은 봄에 경작하기 전에 적대관계에 있던 부락 구성원의 머리를 잘라다 놓고 수장이 부락의 안전과 풍성한 수확을 기원한 뒤 머리를 선혈과 함께 땅에 뿌리고 집집마다 나눠주며 파종할 때 뿌리도록 했다.[52] 『서유기』의 인삼과 이야기는 이와 같이 공동체에서 다양한 미명으로 자행되어 온 살인의 역사를 상기시킨다.

　『서유기』에 보이는 가장 강렬한 욕망은 '불로장생(不老長生)'이며 이

脚亂動, 點頭幌腦, 風過處似乎有聲.
51) 『西游記』 第24回: 善哉, 善哉. 今歲倒也年豐時穗, 怎麽這觀裏作荒吃人. 這個是三朝未滿的孩童, 如何與我解渴.
52) 澤田瑞穗, 『中國の民間信仰』, 工作舍, 1982, pp.332-346.

원초적인 욕망을 충족하기 위해 요괴들뿐 아니라 신선들도 식인을 자행했고 이것은 고대 사회에서 풍요제의라는 미명으로 정당화되었다. 그리고 그 과정에서 어린아이와 삼장법사는 신성하지만 희생되어야만 하는 모순적인 희생양의 의미를 보여준다. 『서유기』에서는 매 회마다 요괴와 신성들에 의해 희생제의가 모의되고, 이를 통해 소설 속 상상의 공동체는 갈등을 해소하며 질서를 유지한다.[53] 이렇게 볼 때『서유기』는 표면적으로는 잘 드러나지 않지만, 식인의 주제를 통해 영생과 성에 대한 욕망, 그리고 희생제의를 통한 공동체 유지라는 인간의 다층적인 욕망을 보여준다.

5. 나가는 말

이 글은 『서유기』에 나타난 '식인'의 의미를 신화, 종교, 역사, 심리, 철학의 다양한 각도에서 살펴보고자 했다.『서유기』는 일반적으로 삼장법사와 제자들의 여행기로 알려져 있다. 그러나 이 글에서는 지금까지 드러나지 않은『서유기』안에 감춰진 '식인'의 원초적인 욕망에 주목해 그 의미를 살펴보고자 했다. 이를 위해 우선『서유기』에 등장하는 식인귀의 정체성을 요괴와 신성(神聖)으로 나누어 분석했다. 신마(神魔) 소설인『서유기』에는 다양한 요괴들이 등장하며 이들은 모두 삼장

---

53) 지라르는 욕망의 본질이 폭력이고 이것이 일반화됐을 때 "폭력을 모방하지 말라/모방하라"의 두 상반된 명령으로 나타난다고 한다. 이 때 '폭력의 모방의 금지'는 금기로, '자발적인 만장일치적 폭력의 모방'은 제의로 현실에서 나타난다. 지라르에 따르면, 금기와 제의는 문화질서를 구축하는 핵심적인 두 축이 된다. 르네 지라르 저, 김진식, 박무호 옮김, 『폭력과 성스러움』 민음사, 1997, pp.151-221.

의 고기를 먹음으로써 불사의 경지에 이르고자 한다. 그런데 『서유기』에서는 요괴 뿐 아니라 신, 선, 왕과 같은 신성들도 사람을 잡아먹는다. 그로테스크한 이들의 행태를 보여주면서 『서유기』는 당시 부패하고 무능력한 종교인들과 정치인들을 풍자한다. 『서유기』에서 요괴와 신성의 식인의 대상이 되는 것은 어린아이와 삼장법사이다. 고대 중국에서 어린아이는 두 개의 상반된 이미지로 나타나는데, 우선 신성한 존재로서의 이미지가 있다. 우리는 중국 고전 텍스트에서 궁극적인 진리와 도의 상징으로 어린아이 이미지가 차용된 예들을 종종 볼 수 있다. 또 한 가지는 희생양으로서 어린아이의 이미지이다. 고대 중국에서 어린아이는, 몸이 특별히 작기 때문에 비범한 능력의 소유자로 생각됐던 난장이와 동일한 범주로 인식되었고, 그래서 그들의 몸은 영약으로 여겨졌다. 『서유기』에서 또 다른 식인의 대상은 삼장법사이다. 실제 역사에서 서천취경(西天取經)을 완수해낸 그는 『서유기』 속에서 나약하고 소심한 인물로 변화되어 있다. 심지어 그의 몸은 요괴들의 먹잇감으로 저락(低落)되어 있다.

다음으로 이 글에서는 『서유기』에 나타난 식인의 의미를 세 가지로 분석해 보았다. 그 결과 『서유기』의 식인은 불로장생이라는 인간의 염원에서 비롯되었으며, 성적인 욕망과도 밀접하게 연관되어 있고, 사회 공동체의 결속을 다지는 희생제의의 의미도 내재되어 있음을 알 수 있었다. 이 글에서는, 삼장법사와 제자들의 모험이야기라는 『서유기』에 대한 일반적인 인식을 깨고 '식인'이라는 다른 각도에서 『서유기』를 읽었을 때, 이 책이 좀 더 복잡하고 역동적인 인간 욕망의 서사임을 보여주고자 했다.

팔고문(八股文), 그 게임의 법칙

— 현행 한국의 대입 논술 시험의 진단과 대안을 위하여

박영희

숭실사이버대학교 중국언어문화학과 교수

1. 들어가며

팔고문(八股文)에 대한 연구가 국내외를 막론하고 최근 활발하게 진행되고 있다. 20여 년 전부터 팔고문 연구를 시작한 필자로서는 더없이 반가운 현상이 아닐 수 없다. 8·90년대까지만 해도 팔고문에 대한 비판의 목소리가 컸기에, 당시 팔고문의 긍정적인 측면을 연구하고자 한 필자로서는 큰 부담을 안고 출발했어야만 했는데, 이제는 이와 관련된 연구들이 대거 나오고 있어 좀 더 다각적인 연구가 진행될 수 있게 되었다. 이 글은 이러한 선행 연구를 바탕으로 우리 시대에 있어서의 팔고문[1]이 주는 교훈이 무엇인지에 대해 검토해 보고자 한다.

최근 우리나라에 통합형 논술 시험[2]이 시행되어 그 어느 때보다도

---

* 이 글은 중국어문학회 발간 『중국어문학지』 제25집(2007)에 실은 같은 제목의 논문을 수정, 보완한 글이다.

1) 이 글에서 다룰 八股文은 明·淸代의 科擧 考試 文章으로, 흔히 八比文·時文·制藝·制義·制擧業·四書文 등으로도 불린다.

2) 통합 교과형 논술 시험을 간단히 통합형 혹은 통합 논술 시험이라고 하는데 여기서의 통합은 학제적이라는 의미로 쓰이고 있다. 통합형 논술에 대해서 이진희

논술 시험에 대한 이견이 분분해지고 있다. 이는 무엇보다도 2008학년 도부터 통합형 논술 시험이 대학 입학의 당락을 판가름하는 가장 강력한 평가도구가 되면서 그 위상과 권력이 최고도에 이를 것으로 예상되기 때문이다.

그런데 이러한 일련의 양상들은 팔고문이 갈수록 모든 것을 통합하는 형태로 변해가고 평가 도구로서 절대적 위치에 있었던 것과 너무나도 비슷하다. 비록 팔고문은 인재 등용시험이고 논술시험은 대입 시험인 점이 다르지만, 둘 다 당대 가장 민감하게 주목받는 시험으로 이를 통해 시대상을 읽어 낼 수 있다는 공통점이 있다. 무엇보다도 현행 통합형 논술 시험과 팔고문이 유사할 수밖에 없는 것은 둘 다 논술 시험으로서 가질 수밖에 없는 기본 속성이 있기 때문일 것이다.

이에 이 글의 팔고문에 대한 연구가 현행 우리나라의 대입 논술시험 분석에 일정정도 도움을 줄 것으로 기대한다. 구체적으로 바람직한 논술 평가 방향을 모색하는 작업에 조금이나마 도움을 주기 위해 현행 논술 시험과 관련된 몇몇 논점을 중심으로 팔고문을 탐구하고자 한다.

는 다음과 같이 정리하여 설명한다. "통합 논술은 개별 교과 지식의 개념과 원리가 통합되고 넘나드는 과정에서 발생되는 비판적이고 창의적인 사고력을 평가하는 것을 목적으로 한다. 통합 논술은 언어 논술과 수리 논술을 별도로 시행하던 대학들이 이 두 논술을 통합하겠다는 맥락에서 등장하였다.... 통합 논술은 이제 통합 교과의 폭이 더 넓어져서 인문 사회 영역과 수리 과학 영역 안에서 통합교과적이라는 것이다."(「도덕과 교육에서의 통합 논술 지도에 관한 연구—토론을 통한 논술 게임 수업 모형」, 『초등도덕교육』제24집, 한국초등도덕교육학회, 2007, pp.284-285)

2. 팔고문과 글쓰기 — 철학인가? 문학인가?

대입 논술 시험을 대비하는 일선에서는 과연 철학과 출신의 교사가 담당해야 하는지 아니면 문학과 출신의 교사가 담당해야 하는지에 대한 논란이 끊이지 않고 있다. 논술이 논증이라는 개념으로 인식되었을 때는 거의 철학과 출신의 교사 혹은 학원 강사에 의해 지도되고 있었다고 해도 과언이 아닐 정도였다. 그러나 2008학년도부터 통합형 논술이 등장하면서 논술 글쓰기에서의 '소통'과 '설득'이라는 측면이 부각되어[3] 새로운 국면을 맞이하게 된다. 이는 철학과 문학의 경계가 허물어지면서 수사학(修辭學)과 철학과의 관계가 밀접해지고[4] 이와 관련하여 언어로 구성된 글쓰기 문제를 새롭게 바라보려는 일련의 흐름과 무관하지 않다고 보인다. 게다가 근래 들어 언어와 진리의 문제가 다시 대두[5]되

---

3) 한금윤은 다음과 같이 분석한다. "누구와 함께 문제를 논할 것인가를 생각해야 하는 것이 논술 교육의 방향이다. 그리고 어떻게 효과적으로 전달할 것인가를 배워야 한다. 그것은 단순히 매체에 대한 지식을 배운다는 것을 의미하기보다는 내 생각을 효과적으로 펼쳐 상대방을 충분히 설득하는 것을 의미한다. 논술에서 의사 소통 활동이 중요한 것으로 부각되는 이유가 여기에 있다." (「의사소통 활동으로서 논술 교육의 방향 연구 — 논술 교육의 실제와 쟁점 분석을 중심으로」, 『현대문학의 연구』, 한국문학연구학회, 2007, p.60)

4) 일례로, I.A.Richards는 "수사학(修辭學) 연구는 철학적이어야만 한다", "'사고'란 은유적이며 비교에 의해서 발전하고 언어의 비유들은 거기서 비롯"된다고 본다(박우수 옮김, 『修辭學의 哲學』, 고려대학교 출판부, 2001, p.127과 p.88). 물론 서구에서의 수사학과 동양의 수사 이론은 다르지만 기본적으로 단순히 문장 기교만을 연구하는 것이 아니라는 입장에서는 공통분모를 찾을 수 있을 것이다.

5) 언어는 사물을 지칭할 수는 있지만 사물 자체를 온전히 설명할 수는 없다. 따라서 철학 연구는 결국 언어의 문제가 선결되어야 한다는 인식이 확산되고 있다. 진리 탐구와 관련하여 고대 서양철학에서 해결되지 못했던 상당 부분이 修辭學과 문학에서 해결될 수 있을 것이라고 기대된다.

면서 글쓰기의 문제가 더 이상은 단지 한 학문 분야의 전유물이 아닌 것이 중요하게 작용한 것으로 보인다. 이 시점에서 문사철(文史哲)이 합일된 팔고문 글쓰기를 재검토하는 것은 의미 있는 일일 것이다.

일종의 논술고사인 팔고문에서도 가장 중요하게 대두되는 것이 '설득'의 문제였다. 응시자의 논리에 수긍하도록 채점관을 '설득' 하는 것이야말로 합격의 관건이기 때문이다. 여기서 다시 팔고문의 구체적인 글쓰기 방식에 대해 검토해 보자. 명대 태조 홍무(洪武) 삼년부터 제예(諸藝), 곧 팔고문으로 과거를 치르게 되는데, 이와 관련된 『명사(明史)』 권 70·「선거지(選擧志)」의 기록에는 다음과 같이 되어 있다.

> 과목은 당·송시대의 구습을 따랐으나 시험 방법은 약간 고쳐 사서와 『역경(易經)』·『서경(書經)』·『시경(詩經)』·『춘추(春秋)』·『예기(禮記)』 등 오경에서만 출제하여 시험을 치르게 되는데. 이는 태조와 유기(劉基)가 정한 것이다. 그 문장은 대략 송대의 경의를 본떴으나 성현의 어투로 서술해야 하며 체제에서는 대구법(對句法)을 사용해야 하니 이를 일러 팔고(八股)라고 하며 통상 제의(制義)라고 이른다. (科目者, 沿唐宋之舊, 而稍變其試士之法, 專取四子書及易書詩春秋禮記五經命題試士, 蓋太祖與劉基所定. 其文略仿宋經義, 然代古人語氣爲之, 體用排偶, 謂之八股, 通謂之制義.)

팔고문은 출제범위가 유가 경서이며, 답안지 작성에서는 대구와 성현의 어투로 써야 하고 정해진 기승전결식 논법을 지켜야 한다. 이러한 글쓰기 방식은 역대 과거 시험의 전통에 기반을 두고 형성된 것이다. 비록 팔고문 글쓰기 방식의 연원에 대해 이견이 분분하지만[6] 적어도 확실한 것은 팔고문은 역대 과거 시험 유형의 장단점을 취사선택

---

6) 八股文이 詩·賦·騈儷文·古文·戲曲 등에서 유래했다는 다양한 학설들이 제기되고 있다.

하여 통합형으로 재정립된 문제 유형이요, 글쓰기 방식이라는 점이다. 그러나 여기서 간과해서는 안 되는 것은 팔고문의 기틀이 유가 경서 자체가 갖는 문학성에서 비롯되었다는 점이다. 서구의 논증 위주의 철학 문장과는 달리 중국 철학 관련 문장들은 형상적 사유와 시적인 언어에 근거한 글쓰기가 대다수다. 따라서 팔고문 글쓰기에서의 '설득'적인 논리 전개는 다분히 문학적인 성분에 의지하고 있다고 할 수 있다. 서구에서는 주로 형식논리에 의해 '설득'이 이루어진다면 중국에서는 대구법·운율·대언체(代言體) 등을 통해 감성 위주의 '소통'과 '설득'이 이루어지고 있는 것이다.

고대 중국에서의 '설득' 방법 중에 가장 중요한 것은 대구법이다. 대구로 이루어진 '설득' 방식은 흔히 서구에서 거론되는 이성과 형식논리에 근거한 '설득'과는 거리가 있다. 기본적으로 서구의 형식논리는 "……이다"의 논리로, 시·공간을 고려하지 않은 채 모든 사물을 개념화하여 하나의 고정된 것으로 보는 반면[7], 중국의 생성윤리는 "……이 되다"의 논리로, 시시각각 변해가는 사물의 변화에 주목한다. 여기서는 이 세상의 모든 것은 고정된 것이 아니라 상호관련 속에 끊임없이 변해가는 과정이라고 인식한다. 따라서 형식논리에서는 '유'와 '무'·'생'과 '사'가 모순개념이고 '대'와 '소'·'명'와 '암'이 반대개념이지만 고대 중국인들은 모두 조화를 이룰 수 있는 상대개념으로 인식한다. 그들은 변화에 주목하기 때문에 '생'은 '사'가 되고 '명'은 '암'이 된다고 직관하는 것이다.[8] 이

7) 자세한 논의는 김대웅, 『형식논리학과 변증법적 논리학』, 중원문화, 1984, pp.35-43을 참고하기 바란다.

8) 김경탁, 「동양적 생성논리의 구상 — 형식논리와 변증법논리의 지양으로서」, 『공자학』 13집, 한국공자학회, 2006, pp.125-126.

는 또한 인간을 포함한 모든 우주만물이 음양으로 이루어져 있고 그 음과 양이 상호 작용하여 수많은 다양한 것들을 만들어 낸다는 패턴 (Pattern) 인식에 기반을 둔 것이다. 따라서 고대 중국에서 장르를 초월하여 보편적으로 사용되는 대구는 서구에서와는 다른 중국 고유의 독특한 의미를 갖는다.[9]

이러한 대구에서 중요한 것이 음률인데, 이 음률 사용과 관련하여 이전 과거문(科擧文)인 시(詩)·부(賦)와의 연관성을 주목할 필요가 있다. 연원설에서 이미 밝혀졌듯이 비록 시·부로 인재를 등용하는 것에 반대하여 팔고문이 등장한 것이지만 팔고문은 그 자양분을 흡수하여 발전한 글쓰기다. 당시 과거시험에서 시·부로 인재를 등용했던 주요 이유는 인간사회를 포함한 우주만물을 직관하고 통찰하는 능력을 볼 수 있다고 여겼기 때문이었다. 서구 과학에서의 언어는 사물을 대상화하면서 사물과 분리되는 반면, 시적인 언어는 사물을 총체적으로 파악하고 대상(사물)과의 일치를 모색한다. 따라서 시적인 언어에 기반을 두는 고대 중국인의 사유에서는 형식 논리와 같은 논리적인 표현이 불가능하여 음률에 기반을 둔 시·부와 같은 글쓰기가 나오게 된 것이다. 이러한 음률을 갖춘 대구법은 팔고문 글쓰기에서 또 하나의 중요한 방식인 성현의 어투[10]로 서술되면서 더 한층 설득력을 갖게 된다.

---

9) 더 자세한 논의는 박영희, 「賦의 서술방식과 고대 중국의 과학기술」(『중국어문학논집』 제37호, 중국어문학연구회, 2006, pp.352-355)를 참고하기 바란다.

10) 八股文은 반드시 출제된 문제에 등장하는 聖賢의 어투로 서술해야 한다. 이러한 代言體에 대한 由來에 대해서는 이견이 분분한데, 대체적으로 論語에서의 語錄體와 明·淸 시기의 戱曲과의 연관성에서 비롯된 것으로 압축된다. 八股文과 戱曲 간의 관계에 대해서는 박영희, 「焦循의 八股文說」(『중국어문학지』 제6집, 중국어문학회, 1999, pp.61-66)에 자세히 설명되어 있다.

이렇듯 팔고문에서는 대구·음율·대언체가 단순히 수사적 기교에 지나는 것이 아니라 고대 중국인의 우주관과 세계관에서 비롯된 것으로, 이를 통해 중국 고유의 논리를 형성하고 다양한 층위의 의미들을 생성해 내어 채점관을 '설득'한다. 고대 중국에서 '문(文)'이라는 개념 자체가 현대인과 다르다는 것을 감안할 때 그들이 추구하는 문학적 재능이 결코 철학·과학과 분리되지 않는 것임을 알 수 있을 것이다.

이상 종합해 보면 팔고문 글쓰기는 문사철이 합일된, 다시 말해 인문·사회·자연을 아우르는 글쓰기로 여러 글쓰기 방식이 통합되어 있다. 이러한 팔고문과 비슷하게 우리나라 현행 통합형 논술도 인문·사회·자연 등 여러 주제를 관통하는 글쓰기를 요구하고 있는 것이다. 지금 논술 현장에서는 논리적으로 모순 없는 글을 짓기 보다는 상대방을 '설득'할 수 있는 것이 중요하다고 강조한다. 이제 과연 우리 한국인에게 어떠한 글쓰기가 가장 설득적인지 그 설득 방식이 무엇인가를 연구해야 할 때이다. 과거 고려시대와 조선시대에서는 한때 논술형인 논(論)과 책문(策問)이 모방과 답습이 쉽다고 보고, 대신 시·부로 인재를 등용하여 창의적 능력을 배양해야 한다고 인식했었던 적이 있었다.[11] 이점을 고려해 보건대 적어도 우리에게는 서구의 형식논리보다는 형상적 사유와 생성철학에서 나온 논리가 더 설득적일 가능성이 높다 할 것이다.

더 나아가서 현대의 글쓰기 개념을 재점검할 때이다. 글쓰기를 단지 사고를 표현하는 수단으로만 여기는 인식에서 벗어나서 "삶을 질서

---

11) 김남이, 「세종대 과거제도에 관한 논쟁과 유교문화 국가의 이상」, 『민족문화사연구』 33집, 민족문화사학회, 2007, p.153.

있게 복원하는 것이 그것의 진정한 작용"[12]임을 인식해야 한다. 철학과
문학의 경계가 허물어지고 있는 이 때, 인문·사회·자연 등 모든 학문
의 경계를 넘나드는 통합형 논술 시험의 출현은 어쩌면 예정된 것이었
는지도 모른다.

3. 팔고문과 표준화―평가의 공정성을 위한 것인가? 채점의 편리함을 위한 것인가?

통합형 논술에 대한 평가는 표준화가 어렵다고 말한다. 대학마다
글자수·맞춤법·원고지 사용법·구성·주요 논점 등 다양한 채점 기준
들을 제시하고는 있지만 일단 한 교수가 채점해야 하는 답안지가 지
나치게 많고 채점자마다 논술 답안에 대한 시각이 달라 평가의 공정성
과 일관성이 문제로 대두되고 있는 실정이다.

팔고문의 경우를 보면 대구법·기승전결식장법·대언체 등이 표준
화 역할을 수행하였지만 표준화에 따른 천편일률적인 답안의 출현으
로 변별력이 떨어지게 되었고, 이에 함정식 문제를 출제하여 변별력을
높이는 등의 부작용을 낳게 되었다. 일례로 절탑제(截搭題)의 경우 경
서(經書) 문장의 앞 구절의 끝 부분과 뒷 구절의 앞부분만을 연결시키
거나, 혹은 앞 장의 끝 부분과 뒷 장의 앞부분만을 끊어서 연결시켜 출
제하는데, 심하게는 편을 뛰어 넘어 문장의 앞뒤를 연결시켜 출제하기
도 하였다. 이러한 문제는 기본적으로 과거 응시자가 얼마나 유가 경
서의 원문을 열독 했는지를 테스트하기 위한 것이지만 어이없게도 응

12) I.A.Richards 지음, 박우수 옮김, 앞의 책, p.125.

시자가 답안을 작성하다 자신의 논리에 빠져 팔고문이 정해놓은 서술 법칙을 어기게끔 함정을 파놓은 문제라고 할 수 있는 것이다.[13] 이 문제의 채점관은 응시자가 써 놓은 논리를 평가하느라 고심할 필요도 없이 간단하게 서술규칙을 어긴 것만으로도 쉽게 평가를 마칠 수 있게 된다. 이는 팔고문이 응시자의 학식과 인품을 보기 위해 치러지는 원래의 목적과는 너무나도 동떨어진 평가인 것이다.

이러한 표준화 방식 외에 실제 평가에서는 의외의 것이 평가 기준이 된다. 다름 아닌 당시의 조류(潮流)와 채점관의 취향에 부합되는지 여부가 그것이다. 시대 조류에 민감한 것이 논술 시험의 속성이라서 팔고문 역시 당시의 문장일 뿐이라는 뜻의 '시문(時文)'이란 별칭을 가졌다. 팔고문은 공식적으로 유가 경서를 고수하고 정주(程朱)의 주석을 따르는 것을 고정불변의 법칙으로 내세우지만 실상은 당시 조류와 채점관의 취향에 부합되는 내용이 용인되었던 것이다.[14] 기록을 보면 정주이학(程朱理學)과 대치되는 양명학(陽明學)과 도가(道家)·불가(佛家) 사상까지 다양한 사상들이 표현되고 있음을 알 수 있다.

> 흥화와 화정 두 집정이 양명학을 숭상하고서부터……과거 시험의 답안지 대부분이 양명학파 사람들의 말을 표절하고 이학을 은근히 비방하였다. (自興化華亭兩執政尊王氏學……科試文字大半剽竊王氏門人之言, 陰詆程朱.)(『日知錄』卷二十·「學業」)

> 고정림(顧亭林)이 말하기를, 건륭 2년 회시 때는 고시를 주관하는 자가 오경을 싫어하고 노장 사상을 좋아하여 기존의 견해를 내치고 신학을 숭상

---

13) 박영희, 「焦循의 八股文說」, 앞의 책, pp.59-60.

14) 박영희, 「八股文 論議 속의 '雅'와 '俗'」, 『중국어문학지』 제14집, 중국어문학회, 2003, pp.312-313.

하였다고 하였다. (顧亭林曰, 乾隆二年會試, 爲主考者, 厭五經而喜老莊, 黜舊聞而崇新學.) (『制義叢話』卷二)

(지금의 팔고문은) 노장과 불교의 사상, 문인들의 문장 꾸미는 습성이 들어 가지 않은 것이 없다. 다만 (유가) 성현의 어투를 빌어 써냈을 뿐이다. (莊老 釋氏之恉, 文人藻繢之習, 無不可入之, 第借聖賢之口以出之耳.) (『易餘籥 錄』卷十七)

또한 팔고문 글쓰기는 당시 채점관의 눈에 들어야 한다는 것이 관 건이기 때문에 이를 위해서 사상뿐만 아니라 기발하고 절묘한 표현도 필수다. 성현의 진리를 터득했는지를 판단하기에 앞서 문장 기교의 교 묘함과 졸렬함이 판단의 근거가 되었던 것이다.[15] 이에 따라 팔고문 응 시생은 학문·인격도야·정치역량 등을 함양하고 표현하는 데 힘쓰기 보다는 단지 문장 기교 연습에만 몰두하였다.

이러한 현상은 우리나라 조선시대에서도 있었다. 노장이나 불교 사 상이 답안지에 빈번히 출현하였고 패관소품(稗官小品)의 언어 사용과 소품의 체제를 모방하기도 하였으며, 과부(科賦)에서는 규칙인 어조사 를 쓰지 않거나 과문(科文)에서 허두(虛頭)를 지나치게 강조하는 것과 같은 위격(違格)들이 등장하였다.[16] 이는 모두 당시 채점관의 눈에 들어

---

15) 박영희, 「焦循의 八股文說」, 앞의 책, p.66.

16) 金聲振, 「正祖年間 科文의 文體變化와 文體反正」, 『韓國漢文學硏究』 제16 집, 한국한문학회, 1993, p.249. 조선시대 科賦의 서술규칙에 대해서 李炳赫은 다음과 같이 설명한다. "朝鮮朝에 와서는…… 科賦는 우리나라의 독특한 문 학 형태라고 할 수 있다. 그리고 科試에서는 주로 科賦가 출제되었다. 이 科 賦의 형식에 대해서는 芝峰類說에 의하면 入題·鋪叙·回題 등의 程式이 있어 서 일반 문장 체제와는 다르기 때문에 科擧에 합격한 사람이라도 글을 못한 다고 했다. 더 구체적인 형식을 보면, 題目은 대부분 역사적인 사실이나, 옛 詩 文 중에서 한 句를 따서 정한다. 그리고 1句는 6言이며 前三言 後二言 사이에

가기 위함이었던 것이다.[17]

이로써 알 수 있는 것은 서술 원칙에 반하는 일련의 반칙들은 특이 현상이 아니라 논술 시험 속성상 반드시 갖추어야 하는 일부분이라는 것이다. 이제까지는 팔고문이 형식적이고 경직된 글쓰기의 대명사로 인식되어 왔지만[18] 실상은 여러 다양하고도 복잡한 변화요소들을 그 안에 내포하고 있었다. 이는 어떤 한 응시자의 독특한 글쓰기도 아니요, 어떤 한 시대에 나타난 변화된 양상도 아니다. 지금 우리나라 통합형 논술시험에서 창의성을 강조하지만 이 역시 고대에서부터 요구되었던 것임을 알 수 있을 것이다. 다만 시대에 따라 구체적으로 담아내

'以·於·之·其·與·兮·乎' 등 虛字를 넣는다. 또 한편은 30句씩으로 했다."(「韓國科文硏究―詩·賦를 중심으로」, 『동양학』 16집, 단국대학교 동양학연구소, 1986, p.11).

17) 이에 대해 李炳赫은 다음과 같이 논한다. "科文이 표현의 기교면에 뛰어나게 된 것은 몇 가지 이유가 있다. 첫째 출제 자체가 故事와 관계가 깊은데다가 일정한 형식 안에 작자의 의사를 표현하려니 자연히 내용보다 형식적인 기교에 중점을 두었다. 다음으로 科文은 어디까지나 시험에 합격하기 위한 것이므로 시험관의 눈에 들어야 한다는 점이다. 그러기 위해서는 일상적인 언어보다는 기발한 느낌을 주는 絶妙한 句絶들이 있어야 한다."(「韓國科文硏究―詩·賦를 중심으로」, 앞의 책, p.30).

18) 八股文에 대해 천편일률적인 글쓰기라는 비판은 역대로 제기되어 왔었다. 이는 우리나라의 통합형 논술에서도 예외는 아니다. 통합형 논술은 충분히 생각할 수 있는 시간적 여유조차 주어지지 않은 채 답해야 하는, 즉 현장성만 요구되는 평가 상황에서는 창의적 사고 과정으로서의 논술은 원천적으로 봉쇄될 수밖에 없다고 지적되고 있으며, 주어진 조건에 맞춰 답지에 반응할 것을 요구하는 것들이기 때문에 대개는 제시문의 내용을 짜깁기하는 수준의 판박이형 논술 답안이 되기 쉽다고 지적되고 있다. 이와 관련해서는 원진숙, 「논술 개념의 다층성과 대입 통합 교과 논술 시험에 관한 비판적 고찰」(『국어교육』 122, 한국어교육학회, 2007, pp.216-217)을 참고하기 바란다.

는 내용이 달랐을 뿐이다. 이것이 바로 팔고문이 800여 년[19]을 지탱할 수 있었던 비결 중의 하나였다.

논술 시험은 채점이 편리한 방향으로 그 출제 방식이 바뀌고 채점 관의 취향에 맞추려는 답안들이 작성된다는 점을 주의해야 한다. 다시 말해 새로 출제된 문제가 기존 것과 다를 바 없어도 답안지 작성에서 얼마든지 그 시대에 맞는 창의성을 발휘할 수 있다는 것이다. 문제와 답안의 기발함 혹은 창의성은 변별력을 키우기 위해서는 필수 요건인 셈이다.[20]

현재 진행 중인 수시 논술고사의 경쟁률이 심하게는 몇 100 대 1이라는 보도가 있다. 한 채점자 당 몇 백 명에 가까운 수험생의 답안지를 채점해야 하는 상황에서 결국은 짜여진 규칙에 따라 기계적으로 평가할 수밖에 없게 될 것이다. 여기서 요구되는 것이 기발함 혹은 창의성이다. 평가의 표준화와 공정성이란 미명 아래 채점은 편리한 방향에서 원칙에 위배되는 반칙까지도 용인될 것이다. 이것이 논술 시험의 속성이다.

---

19) 經義를 八股文의 초창기 모습으로 본다면 八股文은 宋代 神宗이 經義로 관리를 선발 할 것을 결정한 후부터 淸末 최후의 鄕試가 치러졌던 1901년을 끝으로 800년이 넘게 지속되었다.

20) 최근 기업의 면접시험에서 보면 '퍼즐인터뷰'가 등장하여 화제를 모으고 있다. 일례로 쌀 한가마니에 몇 알의 쌀이 있는가? 라는 질문을 들 수 있을 것이다. 이는 21세기에 요구되는 창의력과 논리력을 테스트 하고자 했다고는 하지만, 최근 심한 취업난 속에서 뛰어난 응시생들이 너무 몰리다보니 변별력이 없어져 부득이하게 황당한 문제를 출제할 수밖에 없었음을 부인할 수는 없을 것이다.

4. 팔고문과 공교육 — 교육을 위한 것인가? 시험을 위한 것인가?

2008학년도부터 내신과 수능이 등급제로 변화됨에 따라 향후 통합형 논술이 차지하는 비중이 점점 더 커질 전망이다.[21] 이러한 통합형 논술 시험의 취지를 살펴보면 크게 두 가지 측면으로 정리할 수 있다. 첫 번째는 비판적이고 창의적인 사고력을 가진 인재를 선발하고자 하는 것이고, 두 번째는 입시 위주의 교육으로 왜곡되어 있는 중·고등학교 교육의 정상화를 유도한다는 것이다. 21세기 지식 정보화 시대로 접어들면서 이제는 단편적인 지식보다는 지식을 통합할 수 있는 능력을 중시하게 되었고 이에 부응하는 인재 양성이 필요하게 된 것은 주지하는 바일 것이다. 따라서 중·고등교육에서는 이제 교과 지식의 단순 반복 학습과 암기 위주의 교육에서 벗어나 학생 스스로 탐구하는 자기 주도적 학습 능력과 독서·토론을 통한 사고 능력을 배양해야 한다는 것이다.[22] 그런데 문제는 현재 고등학교에서 통합형 논술 취지에 맞는 교육이 전혀 이루어지지 않은 상태에서 통합형 논술시험의 일방적 단

---

21) 우리나라의 논술 시험은 확실히 서구와는 다른 양상으로 흘러가고 있다. 미국의 경우는 대학입학자격시험으로 자유로운 성격의 글쓰기인 에세이로 치른다. 단지 기본적인 글쓰기 능력만을 측정하고 있을 뿐이다. 프랑스의 경우는 초·중·고등학교 교육과정에서 토론과 글쓰기가 강조되고 있는 상황에서 200여 년의 전통을 지닌 철학논술이 치러지고 있다. 이는 단지 고등학교 졸업자격 시험으로만 적용된다. 좀 더 구체적인 상황에 대해서는 이병민, 「논술 시험은 우리에게 무엇인가?: 논술시험의 사회문화적 고찰」(『교육비평』, 교육비평사, 2005, pp.95-101)을 참고하기 바란다.

22) 시험이 시험으로만 끝나서는 안 되고 교육을 위한 것이어야 한다고 강조한 주장도 제기되고 있다. 이에 대해서는 한금윤, 「의사소통 활동으로서 논술 교육의 방향 연구 — 논술 교육의 실제와 쟁점 분석을 중심으로」(앞의 책) p.41과 p.63을 참고하기 바란다.

행으로 고등학교 교육과정을 바꾸겠다는 것이다. 이러한 권위주의적
인 발상은 결국 고등학교 자체가 논술 시험의 연습 공간이 되어버릴
가능성만 높여 놓았을 뿐이다.[23]

논술 시험과 공교육(학교) 간의 밀착은 이미 팔고문 시대에서 보인
다. 팔고문의 초창기 모습이라고 할 수 있는 경의(經義)가 송대 왕안석
에 의해 신법의 일환으로 제기될 때 동시에 단행된 것이 학교 제도 개
혁을 통한 인재 양성과 선발이었다. 소위 '삼사법(三舍法)'이 그것인데,
태학을 정돈하여 외사(外舍)·내사(內舍)·상사(上舍) 등 세 등급으로 나
누고 평상시의 학업 품행과 시험 성적으로 승급하도록 하였으며 최
종적으로 조정의 시험에 참가하여 관직을 받을 수 있게 한 것이다. 이
러한 구상은 명대에 구체화되어 학교는 과거를 보기 위해 반드시 거
쳐 가야 하는 곳으로 정착 하게 된다. 이것이 청대까지 이어지게 된 것
인데, 비록 취지는 원래 공교육에서 인재를 양성한 후 팔고문으로 관
리를 선발한다는 것이었지만 결국 학교는 과거를 보기 위한 준비 장
소에 불과하게 되어 버렸다. 이처럼 학교와 시험이 밀접하게 연관되면
공교육은 결국 시험 위주로 가게 된다.

고대 중국의 공교육이 적어도 팔고문 시험을 위한 교육에서 벗어난
것은 1900년대 전후 신교육 제도가 등장하고서부터다. 당시는 개혁운

---

23) 이러한 우려에 대해 구자황은 다음과 같이 말하고 있다. "사실이지 논술은 하
나의 시험양식이다. 그런데 통합 혹은 통합교과형 운운하며 몰아치는 논술 광풍
속에서, 대입 평가도구가 가질 수밖에 없는 한국적 권력과 지위를 남용해 논술
본연의 성격을 위장하고 자신의 위상을 강화한 채 모든 교과가 논술의 수단으
로 전락할 처지에 놓이게 된 것이다. 교육은 없고, 대비만 존재하는 형국인 것이
다."(「논술과 대학 글쓰기 교육의 연계성 고찰」, 『비교어문연구』 22집, 비교어문
학회, 2007, p.382)

동을 담당할 주체로서 신지식을 습득한 인재의 양성과 발탁이 무엇보다 중요해졌기에[24] 신교육 육성이 절실했었다. 이에 따라 기존의 팔고문 시험은 그 기반을 잃고 무의미해져 결국에는 역사 속으로 사라지게 된 것이다.[25]

명·청시대 때의 학교가 과거에 예속되어 교육기관으로서의 기능을 상실했다는 사실은 현 교육제도 개선에 시사하는 바가 크다. 현재 고등학교 교육은 입시교육이 된 지 오래다. 이러한 입시교육을 바꾸겠다고 내신점수만으로 대입을 결정한다면 그 역시 고등학교 내내 시험의 연속만을 낳을 것이며, 여기에 통합형 논술을 포함한다고 해도 또다른 내용의 입시교육만이 행해질 것이다. 공교육과 시험의 관계가 밀접하면 할수록 고등학교 교육은 입시위주에서 벗어나기 어렵게 될 것이다.

일단 순서가 바뀌어야 한다. 먼저 공교육 과정에서 어떠한 인재를 양성할 것인가가 정해지고 그에 따른 교육 패러다임의 대변혁이 이루어져야 한다. 교육의 패러다임이 바뀌게 되면 기존 입시교육에서 벗어날 수 있는 완전히 새로운 형태의 시험이 등장하게 될 것이기 때문이다.

---

24) 張義植, 「淸末의 科擧制 廢止過程 硏究—新學敎制와 科擧의 統合化를 中心으로」, 『歷史學報』 제103집, 역사학회, 1984, p.174.

25) 자세한 논의는 宮崎市定 지음, 박근칠 외1명 옮김, 『중국의 시험지옥—과거(科擧)』, 청년사, 2000, p.231을 참고하기 바란다.

5. 팔고문과 길들이기[26] — 인재를 위한 것인가? 체제 유지를 위한 것인가?

흔히 정권이 교체되면 입시제도도 변경되는 것으로 인식한다. 그만 큼 시험은 당시의 권력과 이념에 가장 민감하게 반응한다고 할 수 있 을 것이다. 고대에서부터 시험은 정권 교체와 밀접하게 맞물리며 진행 되었다. 과거제도 자체가 귀족정치의 대안으로 출발한 것으로, 귀족 세력을 제압하고 왕권을 강화해야 할 필요성 때문에 도입되고 시행된 것이다.[27] 송대에는 구양수(歐陽修)가 정치개혁을 위해 신진사대부를 상징하는 '고문(古文)'으로 과거문장 개혁을 단행했는데[28], 이는 당시 귀 족문화를 상징하는 변려문(駢儷文) 류의 화려한 문풍이 여전히 유행하 고 있었기 때문이었다. 과거 문장의 장악은 곧 문단의 주류 세력으로 군림할 수 있게 할 뿐만 아니라 정치·사회적 지위까지도 보장받을 수 있게 한다. 곧 정치계의 권력 장악으로 이어지는 것이다. 명·청 시기에 이르러서는 당송파와 동성파(桐城派)에 의해 '고문'이 팔고문과 좀 더

---

26) 이 글에서 말하는 '길들이기'는 체제(권력)와의 관계에서 나온 용어로, 단순히 억압, 세뇌 등의 부정적인 측면만을 의미하는 것이 아니라 사회화의 긍정적인 측면도 아우르는 개념이다.

27) 朝鮮시대의 경우도 마찬가지다. 이 부분에 대해서는 柳永玉, 「官僚新規採用制度—韓國의 科擧制度를 중심으로」(『韓國行政史學誌』 제1권 제1호, 한국행정사학회, 1992, p.148)을 참고하기 바란다.

28) 朝鮮시대 正祖시기에도 같은 현상이 벌어진다. 金聲振는 다음과 같이 설명한 다. "정조는 科文 때문에 경학이 쇠퇴하고 문장이 비리해진다는 식의 단순한 비 판에 머무르지 않고, 오히려 科文을 통해서 패관소품이나 명말 청초문집에 쏠리 는 선비들의 그릇된 추향을 바로잡으려 하였다."(「正祖年間 科文의 文體變化 와 文體反正」, 앞의 책, p.256).

밀착되어 체계화된다. 그들이 주장하는 '고문'이 팔고문 글쓰기의 규칙인 '정주이학(程朱理學)'을 기반으로 하기 때문에 유가사상으로 중앙집권체제를 강화하려는 목적과 부합되었던 것이다.

여기서 고려해야 할 것은 유가 경서 전체의 암기나 글쓰기 능력이 실제의 정치 수행에 있어서 거의 도움이 되지 않는다[29]는 것을 알면서도 팔고문으로 인재를 선발한 이유는 무엇인가라는 점이다. 물론 고대인들의 사고방식이 지금 현대인과 달라 문장력과 교양·상식이 있으면 행정을 맡겨도 훌륭하게 해낼 수 있다고 보았기에 팔고문 글쓰기에 뛰어난 인재는 관리로서 가장 중요한 능력이나 품행을 갖추어나가는데 전혀 문제가 없다고 여겼다는 점도 감안해야 할 것이다.[30] 그러나 더 중요한 것은 팔고문으로 관리를 선발하는 것은 일종의 길들이기 작업으로 체제 순응적인 인재를 양성하는데 더없이 유용했다는 점이다. 물론 답안 작성시 비판적 시각으로 봐야 한다는 전제가 있지만, 체제 안에서의 비판적 시각 역시 체제 유지에 없어서는 안 된다는 점을 유념해야 한다. 다시 말해 팔고문은 교화, 곧 당시 지배 이데올로기에 부응하는 인재를 양성하고 등용하는 데 목적이 있었다. 시·부의 경

---

29) 이는 고대 우리나라의 경우도 마찬가지였다. 고대 과거제의 문제점에 대해여 柳永玉는 다음과 같이 말하고 있다. "考試科目에서 문장력과 교양 및 상식을 강조했을 뿐 실제 行政에 필요한 전문적 지식을 소홀히 했으므로 행정의 효율적인 수행에 그다지 기여하지 못했다."(「官僚新規採用制度—韓國의 科擧制度를 중심으로」, 앞의 책, p.161).

30) 이와 관련하여 黃强은 독특한 견해를 제시한다. '文行一致'가 되는지가 八股文을 평가하고 그것으로 인재를 등용하는데 가장 중요한 표준이 된다는 것이다. 즉 응시생이 관리가 되고 난 후의 행적에서 八股文 내용의 진정한 의미를 찾아야 한다는 것이다. (「論八股文的不同品位—兼談古代文化研究中的實事求是態度」, 『南京林業大學學報』第5卷 第1期, 南京: 林業大學, 2005, p.41).

294 IV. 고전을 보는 새로운 시각들

우는 팔고문보다 시적 사유가 갖는 속성상 교화의 측면이 상대적으로
약할 수밖에 없었다. 시적인 언어는 복합적이고 다원적인 면을 직감을
통해 표현해 내기 때문에 소위 말하는 논리적 사유와는 거리가 있었
던 반면, 팔고문과 같은 글쓰기는 기본적으로 기승전결식 논법이기 때
문에 결론을 향한 단선적인 전개를 강요함으로써 대상세계의 다선적
이고 다면적인 면을 충분히 존중하기 어렵게 만든다.[31] 결국 그 시대의
논리로 전개해나가기 쉽다는 것이다. 왕안석이 당시의 사상 통일을 위
해 시·부를 폐지하고 경의를 시험하게 한 것 역시 이러한 맥락과 크게
다르지 않다.

　팔고문은 비록 실제 글쓰기에서 유가와는 다른 사상으로 피력할 수
있다고는 하지만 기본적으로는 유가 경서의 내용으로 써내려가야 하
는 제약에서 자유롭지 않기에, 명·청 시기의 이념인 유가 사상으로 길
들이는 데 있어서 팔고문만한 것이 없다고 해도 과언이 아닐 것이다.
유가 사상은 기본적으로 강력한 중앙집권체제를 유지하는데 그 어떤
사상보다도 유용하다. 이 대목에서 왜 청조가 막 중원의 주인이 되자
마자 황급히 팔고문으로 인재등용을 했는지 해석할 수 있을 것이다.

　또한 이러한 팔고문이 근대에 폐지됨에 따라 기존 유교 중심 사회
에서의 "관신(官紳)과 민(民)이라는 이원적 사회구조를 와해시킬 다양
하고 새로운 사회계층을 출현시키는 계기를 마련했다"[32]는 사실은 팔
고문과 체제와의 밀접한 관계를 파악할 수 있는 또 다른 자료를 제공

---

31) 신광현, 「대학의 담론으로서의 논문 ― 형식의 합리성에 대한 비판」, 『열린지성』
　　제3호, 1997, p.14.
32) 張義植, 「淸末의 科擧制 廢止過程 硏究―新學敎制와 科擧의 統合化를 中心
　　으로」, 앞의 책, p.175.

한다.

최근 통계에 의하면 논술성적이 "지원자들의 대학 합격을 결정짓는 가장 영향력 있는 변수로 작용하는 데 비해서 대학 학업 성취도를 위한 예측 타당도는 매우 낮다"[33]고 한다. 이는 논술 시험이 사고력과 창의력을 갖춘 우수한 학생 선발이라는 취지와는 어느 정도 거리가 있다는 것을 말해준다. 현행 통합형 논술의 취지가 21세기가 요구하는 창의적인 통합지식형 인재를 양성하기 위한 것이라고는 하나 실제로는 통합형 논술 시험으로 고등학생의 논리력과 창의력 향상을 도모하기는 어렵다는 것이다. 단지 이 시대의 필요에 의해 만들어놓은 이미지에 불과함을 인지해야 한다.

6. 나오며

우리나라는 지금 학력위조가 나올 정도로 비정상적인 학벌중시 현상 때문에 대졸에 대한 욕구가 날로 커지고 있고, 반면 대학 입학의 문은 좁아 극심한 입시지옥을 만들고 있다. 응시생은 일생의 운명을 건 한판의 게임처럼 대입 논술 시험을 치르고 있는 격이다. 이것이 고대 중국에서 팔고문으로 인재를 등용한 상황과 비슷하다는 것이다. 팔고문과 마찬 가지로 우리나라 현 논술시험이 실질적인 학생의 사고력과 창의력의 증진을 가져오지 못한 채 평가도구로서의 권위와 위상만 높인다면 결국 폐해만 커질 것이다. 무엇을 배울 것인가에 더 치중된 교

---

33) 원진숙, 「논술 개념의 다층성과 대입 통합 교과 논술 시험에 관한 비판적 고찰」, 앞의 책, pp.220-221.

육이어야 하며 시험은 진정으로 단지 대학 수학 능력만을 테스트 하는 것으로 기능해야 한다.

또한 현행 통합형 논술 시험이 고등학생의 논리력과 창의력 향상을 도모한다고 하지만 이는 이 시대의 필요에 의해 만들어놓은 이미지에 불과하다는 점을 간과해서는 안 된다. 다시 말해 이 시기의 조류에 편승하고 반영하는 글쓰기요 테스트일 뿐이며 시험이라는 게임의 자체 법칙에 의해 변화되어갈 뿐임을 직시해야 할 것이다. 21세기형 인재 양성을 위해 통합형 논술이 등장했다고 하지만 팔고문의 경우로 비추어볼 때 통합적인 논술 시험 형태는 논술 시험의 속성상 예견된 것이다.

무엇보다 가장 중요한 것은 사회 제반 조건과 인식을 바꾸는 것이다. 근대 중국에 신교육의 등장으로 결국 팔고문이 폐기된 것에서 알 수 있듯이 새로운 형태의 논술 시험의 도래는 교육 패러다임의 대변혁과 함께 인식의 대전환이 있어야 만이 가능한 것이기 때문이다.

중국의 〈팔선과해도(八仙過海圖)〉와 비교하여 본 조선 후기 안중식(安中植)·조석진(趙錫晉)의 〈해상군선도(海上群仙圖)〉

장현주

이화여자대학교 루체테사업단 특임교수

1. 서론

노사(老舍)의 『다관(茶館)』에서는 "좋아요, 우리도 그럼 팔선이 바다를 건너며 각기 신통력을 부린 것처럼 해 보도록 합시다! 하하하!"[1]라는 대사가 등장한다. "팔선과해, 각현신통(八仙過海, 各顯神通)", 여덟 명의 각기 다른 개성을 지닌 신선들이 무리가 되어 바다를 건너면서 한 명씩 자신들의 재주를 뽐낸다는 이 말은, 오늘날 중국에서 휴대전화의 다채롭고 신기한 기능을 설명하는 말로도 사용되는 중국인에게 친숙한 구절이다.

팔선(八仙)은 송대 이후로 중국에 새로이 등장한 민간의 신선들로, 종리권(鍾離權), 여동빈(呂洞賓), 철괴리(鐵拐李), 장과로(漿果老), 하선고(何仙姑), 남채화(藍采和), 조국구(曹國舅), 한상자(韓湘子)를 가리키며 이들은 원대 이후 중국의 대표적인 신선들이 된다. 송대까지 이들은 민

---

* 이 글은 『중국학논총』(2014)에 게재되었던 논문임을 밝혀 둔다.

1) 老舍, 『茶館』, 第一幕: "說得好, 咱們就八仙過海, 各顯其能吧! 哈哈哈!"

간에서 알려진 신선들로, 원대에 이르러 '팔선(八仙)'이라는 집합체가
형성되었다. 원 잡극에 팔선이 등장하며, 그러나 이때에 팔선은 아직
구성원이 고정적이지 않은 형태였다. 몇몇만이 무리 짓기도 하였고, 8
명의 신선 가운데 구성원의 변화도 있었으며, 동시에 그들을 '팔선'이
라고 명확히 지칭하지도 않았다. 반면에 원대에 팔선을 그려 넣은 동
일한 스타일의 도자들이 발견되며 그림에서도 그려지고 있어서, 원대
에 이들은 이미 민간에 '팔선'으로 널리 알려진 것으로 보인다.

   팔선이 바다를 건너며 재주를 뽐내는 이야기를 중국에서는 '팔선과
해(八仙過海)'라 부르고, 그것을 묘사한 그림을 '팔선과해도(八仙過海圖)'
라고 한다. 한국에서도 팔선과해도가 그려졌고, 피상군선도, 해상군선
도, 군선경수도 등의 이름으로 불렀던 것으로 보인다. 오늘날 볼 수 있
는 한국의 팔선과해도 가운데에 가장 이른 시기의 것은 윤덕희(1685-
1776)의 『해선경수도(海仙慶壽圖)』이며, 이후 김홍도의 『해상군선도(海上
群仙圖)』, 국립중앙박물관에 소장된 작자 미상의 또다른 『해상군선도』
를 비롯, 조선 후기 상당수 제작되었던 『요지연도(瑤池宴圖)』 등에서 팔
선과해의 모습을 볼 수 있다.

   이 글에서 다루는 한양대학교 소장 『해상군선도』(1892)는 조선 말기
의 유명한 화가였던 안중식(1861-1919)과 조석진(1853-1920)의 합작품으
로, 한 폭의 화면에 여동빈과 종리권, 적각선, 장과로, 철괴리의 다섯
신선들과 괴성(魁星)이 바다 위에 있는 모습을 그렸다.

   그림 상단에는 그림 속에 등장하는 각 도상(圖像)을 설명하는 간략
한 소개가 쓰여 있다.

   본래 크고 건장하나 절름발이가 되어, 華山의 모임에 참석하여 참된 모습

을 드러내었네. 호리병을 등에 매고 표연히 사라지더니, 金丹을 만들고 道
經을 읽는, 鐵拐道人. 박쥐를 곁에 데리고 날아다니며 혼돈을 열고는, 中
條山 위에 나귀를 타고 왔구나. 세상은 바뀌어 주관하는 사람이 없고, 또
한 바둑 한 번에 한 劫을 순회하는, 張果老. 맨 발에 봉두난발이라 나이를
셀 수가 없으며, 十洲와 三神山을 마음껏 돌아다녔네. 인간 세상은 蓬萊
山과 멀어진지 오래라, 금 두꺼비 짝을 삼아 데리고, 신선들을 만나네, 赤
脚仙. 王陽子[2], 호는 雲房先生, 출생한지 7일 만에 펄펄 뛰어다니며 말하기
를, "몸은 紫府를 유랑하고, 이름은 玉京에 써두었다." 漢나라 때에 대장수
가 된 후 東華先生을 만나서, 長生의 비밀을 전수 받은, 鍾離權. 앉으나 누
우나 항상 술 한 병을 지니고는, 두 눈으로 서울을 알아보지 못하게 하였
네. 하늘과 땅은 너무나 크고 이름이 없으며, 인간 세상의 한낱 장부로서 흩
어질 뿐이로구나, 呂祖師. 글에 밝은 魁, 많고 많아, 너무 많아 셀 수가 없도
다, 너의 술은 이미 맑고, 너의 안주는 이미 향기로우니, 오직 나 魁星이, 그
빛을 뿜어내고 그 밝음이 영험하다, 魁星.[3]

한국의 군선도(群仙圖)에서는 일반적으로 팔선을 그리거나 혹은 이

---

2) 원문에 王陽子 혹은 玉陽子라고 쓰고 있다. 『歷世眞仙體道通鑑』, 『純陽帝君神
化妙通紀』, 『八仙出處東遊記』, 『唐代呂純陽得到飛劍記』 등 鍾離權에 관한 기
록과 이야기가 있는 대부분의 텍스트에서 그의 號를 正陽子로 쓰며, 일반적으
로 正陽子로 널리 알려져 있다. 元代 全眞敎에서는 鍾離權을 正陽祖師라고 명
명하고 있다. 王世貞의 『列仙全傳』에는 鍾離權의 號를 正陽子로 쓰지 않고 王
陽子라고 쓰고 있는데 일반적인 호칭은 아니다. 본 그림에서는 王자 옆에 점을
찍어두었는데 玉陽子인지 王陽子인지 불분명하다. 그리고 이것이 正陽子의 誤
記인지, 아니면 王陽子 혹은 玉陽子로 쓴 것인지 불분명하다.

3) 本質魁梧化跛行, 華山赴會顯眞靈, 葫蘆背負飄然去, 練過金丹讀道經, 鐵拐道
人. 蝙蝠隨飛混沌開, 中條山上跨驢來, 桑田滄海無人管, 又打棋枰一劫回, 張
果老. 赤脚蓬頭不計年, 十洲三島任蹁躚, 蓬萊久隔人間世, 常伴金蟾會衆仙,
赤脚仙. 王陽子, 又號雲房先生, 生七日躍然而言曰: "身游紫府, 名書玉京." 仕
漢爲大將, 後遇東華先生, 授長生眞訣, 鍾離權. 坐臥常攜酒一壺, 不敎雙眼識
皇都, 乾坤許大無名姓, 疏散人間一伕夫, 呂祖師. 文明之魁, 車載斗量, 不可勝
計, 爾酒旣淸, 爾殽旣馨, 惟吾魁, 其光賁, 其炳靈, 魁星.

보다 많은 수의 신선을 표현하는데, 안중식과 조석진의 『해상군선도 (海上群仙圖)』에는 다섯 명의 신선이 등장하며 이것은 군선도 가운데에 드문 예이다. 더욱이 이전의 해상군선도에서는 볼 수 없었던 괴성이 새롭게 등장하는 것으로 보아 조선 말 신선 도상의 변화양상을 보여 주는 것으로 보기도 한다.[4] 중국의 팔선과해도와 비교해 볼 때에도 안 중식, 조석진의 『해상군선도』는 팔선과 팔선과해도가 조선에 수용되 어 독자적인 특성을 드러내고 있는 것으로 보인다. 이 글에서는 안중 식, 조석진의 『해상군선도』를 중국의 팔선과해도와 비교하여 『해상군 선도』의 의미를 살펴보고, 나아가 조선 후기에 이와 같은 그림이 그려 질 수 있었던 배경을 분석해 보고자 한다.

2. '팔선과해(八仙過海)'의 이야기와 그림

1) 이야기

팔선이 바다를 건너가며 신통한 능력을 부린다는 이 이야기는 현존 하는 작품 가운데 원말 명초의 잡극 『쟁옥판팔선과해(爭玉板八仙過海)』 에서 처음 볼 수 있다. 잡극의 이야기는 이러하다: 백운선장(白雲仙仗) 이 봉래산에서 성대하게 목단(牧丹)을 감상하는 연회를 열고, 팔선과

---

4) 배원정, 「한양대학교박물관 소장 〈海上群仙圖〉 연구」, 『고문화』 제73집, 2009, p.95(이하, 배원정). 安中植과 趙錫晉의 『海上群仙圖』에 대한 연구는 아직까지 활발하지 않은 편으로, 배원정의 본 논문과 그간 간략하게 그림에 대해 도록에 소개되어 온 정도이다.

오성(五聖)을 초청한다. 팔선은 연회를 마치고 돌아가던 중에 동해에
서 운무를 타지 않고 각기 신통력을 부려서 바다를 건너기로 한다. 팔
선은 자신이 지닌 상징물을 바다에 던지는데, 이것이 동해를 소란스럽
게 만들어 동해용왕은 부하를 보내어 무슨 일이 발생하였는지 알아보
게 한다. 남채화(藍采和)가 자신의 옥판(玉板)을 바다에 던졌을 때, 팔선
과 용왕의 부하 간에 충돌이 일어나 용왕의 아들 마게(摩揭)과 용독(龍
毒)이 남채화를 용궁으로 끌고 내려온다. 여동빈이 남채화를 구하였으
나, 그의 옥판은 돌려받지 못하였고, 팔선은 분노하여 용왕의 아들 마
게를 죽이고, 용독를 다치게 하였다. 동해용왕은 북해, 남해, 서해용
왕과 합작하고 삼관에 도움을 청한다. 오성은 팔선을 도왔으며, 바다
는 대격전의 무대가 된다. 여래불이 출현하여 이들을 중재하여 전쟁은
평화를 맞이한다.

"팔선과해, 각현신통(八仙過海, 各顯神通)"이라는 말은 바로 『쟁옥판
팔선과해(爭玉板八仙過海)』에 등장한 구절이다. 『서유기』 81회를 보면
손오공이 진해사의 승려들에게 요괴를 무찔러 없애겠다고 호언장담
을 하면서 자신의 신통력을 묘사할 때에 "이것이 바로 팔선이 함께 바
다를 건너면서, 각기 자신의 신통력을 발휘한 것과 같은 것이지!"[5]라
고 말한다. 『서유기』의 이 같은 표현은, 팔선이 바다를 건너면서 신통
력을 부리는 이 이야기가 당시에 상당히 보편적으로 알려져 있었음을
말해준다.

　팔선과해의 이야기는 명대에 소설에서 활발히 전개된다. 오원태(吳
元泰, 약 1566 전후)의 『팔선출처동유기(八仙出處東遊記)』(이하, 『동유기』)는

---

5) 羅貫中, 『西遊記』, 제81회: "正是八仙同過海, 獨自顯神通!".

팔선의 활약을 다룬 소설로 이전까지의 모든 팔선의 이야기를 수집하여 종합하였다. 전편은 모두 56회로, 48회부터 본격적으로 팔선이 바다를 건너는 이야기가 펼쳐진다. 잡극『쟁옥판팔선과해』에서 백운선장의 연회에 참석하고 돌아오던 팔선은, 소설『동유기』에서는 서왕모의 반도회(蟠桃會)에 참석하는 것으로 변화한다.

팔선이 서왕모의 반도회 혹은 서왕모의 요지연회(瑤池宴會)에 참석하여 서왕모의 장수를 기원하고 축하하는 이야기는 원 잡극에서도 보인다. 예를 들어,『여동빈삼도성남유(呂洞賓三度城南柳)』에서 팔선 가운데 한 명인 여동빈은 노유와 소도를 도탈(度脫)시킨 후에 극의 마지막에 이르러 이들을 데리고 서왕모의 반도회에 참석한다. 거기에는 이미 나머지 일곱 신선이 참석하여 그들을 맞이하며, 서왕모의 경수회(慶壽會)는 성대하게 열린다.『여동빈삼도성남유』와 같은 도탈을 주제로 한 극을 신선도화극(神仙度化劇)이라고 하는데, 원 잡극의 신선도화극은 대체로 극의 마지막에 팔선이 함께 모이며 도탈한 사람을 소개하며 축하하고, 서왕모의 장수를 기원하는 장면이 펼쳐진다. 그러나『여동빈삼도성남유』에서 경수회가 끝나고 여동빈은 신선이 된 노유와 소도과 함께 떠나는 것처럼,『동유기(東遊記)』에 출현한 반도회와 팔선이 바다를 건너는 이야기의 결합은 원래는 서왕모와 관련이 없는 독립적인 이야기였다.

명 전기(傳奇)에는 상당히 많은 서왕모의 경수희(慶壽戲)가 있는데, 여기에 팔선은 다른 신들, 예를 들어 마고(麻姑), 남극성(南極星), 삼관(三官), 복녹수(福祿壽), 광성자(光城子), 항아(姮娥)와 함께 서왕모의 잔치를 축하한다. 이 중에서 특별히 팔선이 주체가 되어 서왕모의 장수를 축하하는 극을 '팔선경수희'라고 불렀다. 팔선경수희를 비롯 경수희의

종류는 다양했지만, 경수의 장면에는 일정한 모식이 있었다. 우선 팔
선을 소개하고, 서왕모에게 헌상된 선물을 소개한 다음, 축수(祝壽)의
노래를 부르고, 춤과 술을 즐기는 것이다.[6] 이처럼 팔선은 명대 서왕모
의 연회에서 핵심적인 요소였다. 그러나 팔선이 핵심적인 요소임에도
불구하고, 명 전기(傳奇)에서 팔선과해의 흥미진진한 이야기와 서왕모
의 경수 이야기가 결합한 형태는 매우 드문 것 같다. 또한 명대에 팔선
과해를 극에서 다룬 것은 『쟁옥판팔선과해(爭玉板八仙過海)』만이 오늘
날까지 전해지는데, 명대에 이르러 팔선의 이야기가 소설로 집대성 된
것과는 달리 명 전기(傳奇)에서는 팔선과해의 이야기가 비교적 덜 다루
어진 주제였던 것으로 보인다.

청대에 이르러, 지방희인 경극과 곤곡에서 팔선과해의 이야기는 『동
유기』 또는 '여동빈희백목단(呂洞賓戲白牧丹)'의 내용과 결합하기도 하
고, 완전히 다른 내용으로 변모하기도 한다. 청대에 쓰여진 팔선의 소
설 『팔선득도전(八仙得道傳)』, 『팔선연(八仙緣)』 등에서도 팔선과해의 이
야기가 등장한다.

팔선의 이야기가 서왕모의 경수 이야기에 포함되고, 경수의 주제가
궁중과 민간에 널리 유행하게 되면서, 이후 팔선과해의 이야기보다 경
수의 이야기가 널리 인기를 얻었던 것 같다. 그리고 전기(傳奇)와 소설
의 이 같은 차이는 실제로 상연되는 극에는 팔선이 기복과 장수를 기
원하는 의미로 사용되었고, 소설은 장편의 재미있는 이야기를 써야 하
기 때문에 팔선과해의 흥미진진한 이야기를 포함하여 쓴 것으로 보인
다. 실제로 『동유기』는 매 페이지마다 삽화가 있는 상도하문(上圖下文)

---

6) 黨芳莉, 『八仙信仰與文學硏究』, 哈爾濱: 黑龍江人民出版社, 2000, p.231(이하,
黨芳莉).

의 소설로 오락성이 짙은 소설이었다.

이러한 발전 양상은 애초에 팔선과해의 이야기가 팔선 개인의 기원 및 원 잡극에서 팔선의 이야기와 그 갈래가 달랐으며, 이질적 요소였음을 나타낸다.[7] 사실상 갈래가 다른 이야기였던 팔선과해와 서왕모의 반도회의 이야기는 소설에서 하나의 완정한 이야기로 결합되었고, 그림에서는 요지연도(瑤池宴圖) 등으로 결합되어 나타났다. 또한 신앙의 방식에도 영향을 미쳤으리라 생각된다.

2) 그림

오늘날 볼 수 있는 가장 이른 시기의 팔선과해도는 영락궁(永樂宮) 순양전(純陽殿)(1358)의 벽에 그려진 원대의 벽화이다. 이 벽화에는 왼쪽부터 종리권(鍾離權), 여동빈(呂洞賓), 철괴리(鐵拐李), 조국구(曹國舅), 장과로(漿果老), 서신옹(徐神翁), 한상자(韓湘子), 남채화(藍采和) 8명의 신선이 각기 자신의 기물(attribute)을 밟고 바다를 건너는 모습이 그려져 있다.

산서성 예성현에 있는 영락궁은, 팔선 중에 전진교의 교조로 추앙된 순양제군 여동빈에게 봉헌된 궁관이다. 그 중 순양전에는 52폭의 그림으로 구성된 『순양제군신유현화지도(純陽帝君神遊顯化之圖)』(이하, 『현화도(顯化圖)』)가 네 벽을 둘러싸고 파노라마처럼 그려져 있는데, 여

---

7) 八仙過海 이야기의 기원에 대해, 몇 가지 견해가 있다. 永樂宮 純陽殿의 『八仙過海圖』가 기원이 되었다고 보기도 하며, '大鬧龍宮'의 연원은 불분명하지만 '過海', '顯神通', '鬧龍宮' 등은 민간에서 유행하던 소재 위에 이야기를 점점 더해 갔다고 보기도 한다. 또는 순수히 민간에서 유행하던 이야기를 채취해서 만든 것으로, 따라서 도교의 經典에는 이 이야기를 싣고 있지 않고 후에도 계승하지 않았다고 보기도 한다.

『팔선과해도(八仙過海圖)』, 14세기, 山西 永樂宮 純陽殿 北門門額.

동빈이 출생부터 득도, 그리고 사람들을 구원하고 도탈시키는 그의
일대기이자 영험함을 알려주는 종교적 내용으로 구성되어 있다.『현화
도』는 순양전의 동서 양 벽면에 그려져 있고, 팔선과해도는 純陽殿의
북쪽 벽면에,『鍾離權度呂洞賓圖』를 마주하고 그려져 있다.

   팔선과해도의 유래에 대해서, 포강청(浦江淸)은 일찍이 불교의 도수
과해도(渡水過海圖)나 도해천왕상(渡海天王像) 등의 영향을 받았다고 밝
히고 있으며,[8] 실제로 남송 범륭『나한도해도(羅漢渡海圖)』, 남송 시기의
『십육나한도(十六羅漢圖)』을 보면 나한들이 각각 깨달음을 얻고 신통력
을 발휘하며 물을 건너는 장면이라든지 물고기나 용을 타고 있는 모
습은 팔선과해도와 매우 유사하다. 팔선과해도가 불교의 영향을 받은
것처럼, 팔선과해의 이야기에서도 불교의 영향을 찾아볼 수 있다. 용
왕이 등장하여 팔선과 전쟁을 하고, 여래불(『동유기』에서는 관음)이 등장
하여 모든 사건을 마무리하는 것은 명확한 불교의 영향이자, 민간에서

---

8) 浦江淸, p.95. 浦江淸은 八仙圖는『十二眞人圖』에서 유래되었으며, 간접적으로
   〈十六羅漢圖〉의 영향을 받았다고 하였다. 그리고 八仙過海圖는 渡水過海圖와
   渡海天王像에서 유래된 것으로 보며, 八仙圖와 八仙過海圖의 기원을 구분하여
   설명하고 있다.

이미 오랫동안 친숙한 용왕과 여래불의 형상이 팔선의 전설과 혼합된 것이다. 따라서 이 그림은 여동빈의『현화도』와는 성격이 다르고 목적 또한 다르다고 볼 수 있다.

『팔선과해도』가 그려진 위치를 살펴보면, 순양전의 모든 그림을 감상한 후 마지막에 볼 수 있는 북쪽 벽면의 정중앙에 그려져 있고, 크기는 크고 단독으로 그려져 있다. 즉, 사람들이 주목하는 그림이자 중요한 의미를 지니는 그림이라는 의미이다. 순양전에 들어간 사람들은 『현화도』를 통해 종교적 교화를 받은 다음 이들이 친숙한 소재인『팔선과해도』를 만나게 된다. 민간의 호응을 얻기 위해 전진교가 당시 민간에서 영향력이 크던 팔선을 흡수한 것처럼,『팔선과해도』는 민간이 중요시하는 신선을 종교(Religious Daoism)화에 그려 넣은 것으로 민간의 신앙을 반영한 그림으로 볼 수 있다.

원대는 도상(圖像)에서, 팔선의 개별 모습 혹은 2~3인씩 함께 모여 있는 모습 등이 나타나고, 동시에 팔선이 '집합체'로(즉, 팔선도) 나타나는 시기이기도 하다. 원대의 팔선도로는 영락궁의『팔선과해도』와 현재 북경 고궁박물원에 소장된『격사팔선도(緙絲八仙圖)』가 있으며, 팔선도가 도안이 된 동일한 양식의 도자기들이 많이 발견되고 있다.

명대부터 팔선도는 회화, 판화, 도자, 그리고 일상생활 용품의 전 분야에서 크게 유행하게 된다. 여덟 명의 신선을 화면에 배치하여 장식을 하거나, 혹은 신선을 배제하고 그들의 기물 여덟 가지로 화면을 장식하는 '암팔선(暗八仙)' 등의 도안이 유행한다. 또한 남극선옹(南極仙翁)과 장수를 기원하는 동물들을 팔선과 결합하여 장수를 기원하고 복을 기원하는 의미를 나타내거나, 서왕모의 반도회에 참석한 팔선의 그림들도 유행하였다. 그러나 명대에 팔선도 가운데 팔선과해만을 도

안으로 한 것은 많지 않은 것 같다. 북경 고궁박물원에 있는『옥팔선
문집호(玉八仙紋執壺)』가 대표적이고, 청대에도 황신의『팔선도』와 같
이 팔선을 그린 그림은 여전히 존재하지만, 팔선과해를 그린 문인화는
드물며, 청말에 이르러 팔선과해도는 민화에서 많이 그려진다.

명대에 팔선과해의 이야기의 변화양상과 마찬가지로, 팔선과해도
또한 유사한 변화를 보인다. 즉, 명대에 서왕모가 요지연에서 연회를
베푸는 요지연도(瑤池宴圖), 혹은 반도회도(蟠桃會圖)가 크게 유행하게
되며, 팔선은 요지연도에 등장한다. 요지연도에서 팔선은 크게 두 가
지 형식으로 그려진다. 하나는 연회장에 참석하여 있는 형식, 그리고
다른 하나는 연회장에서 떠나 돌아가거나 연회장으로 오는 과해의 장

면이 연회장소와 함께 한 화면에 묘사
되는 형식이다. 이는 팔선이 '불로장
생'의 기복적 상징(icon)이 되어 요지연
도에 합류하게 된 것을 의미하며, 요지
연도에서 다른 도상들과 함께 길상과
복록이 넘치는 환상적인 세계를 만들
었다. 요지연도는 팔선의 도상에 새로
운 양식이 되었으며, 팔선과해 이야기
의 드라마틱한 내용과 오락성을 넘어,
그들이 팔선으로서 지니는 기복과 장
수의 의미가 대중에게 더욱 환영받은
것을 의미한다. 이것은 명대에 팔선도
가 성행한 것과 맥락을 같이 한다.

『Gathering of Immortals at Yaochi』
작자미상, 1700-1800,
Asian Art Museum 소장.

3. 『海上群仙圖』의 내용

안중식과 조석진이 그린 『해상군선도(海上群仙圖)』는 바다 위의 구름
이 그림을 세 부분으로 나누고 있다. 제일 상단의 갈래에는 괴성이, 두
번째 갈래에는 여동빈과 종리권과 적각선, 그리고 세 번째 갈래의 구
름 위에는 장과로와 철괴리가 서 있다. 각 부분을 도상을 중심으로 살
펴본다.

『해상군선도(海上群仙圖)』
安中植 趙錫晉, 1892, 한양대학교 박물관 소장.

1) 괴성(魁星)

괴성(魁星)은 시험 및 관직을 주관하는 별이다. 괴성은 본래 규성으
로, 규성에 대한 기록은 일찍이 동한의 문헌 『효경원신계(孝經援神契)』
에 "규(奎)는 문장의 별을 주재한다. 주: 규성(奎星)은 구불구불 굽어진
모양으로, 글자의 모습과 비슷하다"[9]에서 찾아볼 수 있다.

---

9) "奎主文星, 注 : 奎星曲曲相鉤, 似文字之畵".

규성, 즉 괴성이 문장을 주관하는 역할로 인해 과거 시험의 합격을
좌우한다고 믿게 되었고, 동한 이래로 괴성에 대한 신앙이 시작되었
다. 사람들은 괴성에게 기도드릴 사당을 짓거나 조각상을 만들어 시험
의 합격 및 관직등용을 기원하는 제사를 드리곤 하였다. 때문에 지금
도 중국 각 지에서 '괴성루(魁星樓)', '괴성각(魁星閣)' 등이 남아있는 것
을 쉽게 발견할 수 있다. 또한 대학 시험이 있는 6월에는 많은 사람들
이 으레 괴성에게 합격을 기원하는 기도를 올리고 있어서, 지금까지도
괴성은 널리 숭배되고 있음을 알 수 있다.

　도교에서는 괴성을 시험과 관직의 운을 주재하는 문창제군으로 섬
겼다. 수(隨), 당대에 과거시험이 실시된 이래로, 관직에 등용되고자 하
는 사람들은 자신의 간절한 소망을 신에게
기탁하게 된다. 이에 문창제군에 대한 신앙
도 널리 유행하였으며, 그림과 조각 등의
도상으로 제작되어 숭배되었다.

　괴성은 『효경원신계(孝經援神契)』에서 기
술하였듯이, 구부러지고 휘어서 마치 글자
를 그려놓은 것 같은 모양을 기본 형상으
로 한다. 그리고 『일지록(日知綠)』의 기록처
럼 발을 들고 병기를 든 모양이다. 그리고
일반적으로 용을 밟고 있으며, 손에는 붓과
벼루를 들고 있다. 『해상군선도(海上群仙圖)』
의 괴성도 중국의 괴성과 동일한 형태이다.

　조선시기 문헌에서 괴성에 대한 기록은
종종 발견된다. 예를 들어, 『계산기정(薊山

『The god of literature』
丁雲鵬, 1596,
The British Museum 소장.

紀程)』에는 1804년에 연경(燕京)에서 조선으로 돌아오는 길에 중국에서 괴성의 상을 본 것을 기록해 두었다.

> 저녁에 삼하현에 이르렀다. 삼하현은 본래 漢의 臨駒縣이며 唐의 析潞縣
> 인데, 지금은 삼하현을 두었다. 六渡, 鮑丘, 臨駒, 三水에 가깝기 때문에 삼
> 하라 한다. 성이 퇴폐하고 민가도 쓸쓸하여 山野에 버려진 하나의 벽촌이
> 다. 주인 李氏의 집도 너무나 누추하여 유숙할 수 없을 정도다. 성안에 2층
> 高閣이 있는데, 이는 文昌閣으로서 그 속에 괴성의 像이 있다.[10]

또 같은 책 1803년의 기록에서는 풍윤현(豐潤縣; 지금의 唐山 부근)에
가서 괴성의 상을 본 것을 쓰면서, 괴성이 규성임을 밝히고 있는데, 당
시 조선의 지식인들이 괴성에 대해 이해하고 있는 정도를 알 수 있다.

> 文昌閣은 남문 안에 6모가 난 2층 집으로 높이 솟아 있는데 그 가운데에 文
> 昌의 소상을 모시고, 魁樓가 또 그 동쪽에 있어 그 가운데에 괴성의 신상을
> 모셨는데, 괴성은 奎星인 것이다. 또 남쪽에 中都闔府 및 渻陽書院이 있다.[11]

조선의 사대부들 또한 괴성에게 과거 합격의 바람을 기탁하였다.

> 유궁에 선 잣나무는 괴성 별에 응하는데, 오랜 세월 지나 꺾여 이름만이 남
> 아 있네.

---

10) 작자미상, 『薊山紀程』, 卷4, 〈復路〉: "夕抵三河. 三河本漢臨駒縣. 唐析潞縣地.
   置三河縣. 而以近六渡, 鮑丘, 臨駒三水. 故名曰三河. 第今城譙頹敗. 宅宇荒涼.
   卽一山野殘僻村也. 主人李姓家. 亦湫溢不敢宿. 城內有二層高閣. 此是文昌閣.
   而中有魁星像."

11) 작자미상, 『薊山紀程』, 卷2, 〈渡灣〉: "文昌閣在南門內. 高起六稜二層閣. 而中安
   文昌像. 魁樓又在其東. 中有魁星神像. 是奎星也. 又南有中都闔府及渻陽書院".

대사성이 새로 나무 심은 것이 기쁘거니, 문운 다시 아름답게 빛날 때를 만
난 거네.
고비 자리 성대하여 용머리가 나란하고, 진로하는 뭇 인재들 봉새 울길 기
다리네.
계수나무 가지 잡음 첫째 아님 부끄러워, 애오라지 그대 위해 각궁편을 읊
조리네.

同知事 金廷叟 역시 장원 급제하였다.[12]

위의 글에서 보이는 것처럼 조선에서도 괴성은 문장과 과거를 주재
하는 별로 인식되었고, 사대부들에게 친숙한 신이었다. 또한 조선에서
도 괴성을 숭배하고 널리 유행하였음을 알 수 있다.

2) 여동빈(呂洞賓), 종리권(鍾離權), 유해섬(劉海蟾)

그림의 가운데 부분에는 여동빈과 종리권, 그리고 적각선으로 추측
되는 신선(이후, 유해섬) 3인이 함께 모여 있다. 여동빈과 종리권은 서로
마주하며 얘기하는 듯 그려져 있고, 유해섬은 이 두 인물과는 다소 거
리를 두며 정면을 응시하고 있다.
여동빈, 여암이라고도 불리며, 전진교의 교조로서 순양제군이라는
호가 있어서 여순양이라고도 한다. 원래 당말 관료 집안의 후생으로,
과거에 번번히 낙제한 낙제제자이다. 장안에 과거 시험을 보러 가서

---

12) 金尙憲, 『淸陰集』, 卷6, 〈李大司成子時重植壯元柏. 請余賦詩〉: "儒宮柏樹應
魁星. 歲久摧殘只有名. 喜見長官新種植. 正逢文運再休明. 皐比盛事齊龍首.
振鷺群材佇鳳鳴. 自愧桂枝非第一. 爲君聊賦角弓騂. 同知事金廷叟. 亦壯元及
第".

종리권을 만나 도를 깨우치고 신선이 된다. 도상에서 여동빈은 푸른 순양건과 등에 맨 보검, 그리고 선비를 연상시키는 '긴 도포를 입은 형상'을 그의 표지(attribute)로 삼는데, 술을 즐겨 마시는 특성으로 인해 때때로 허리에 술병인 호리병을 지니고 있기도 하다. 『해상군선도(海上群仙圖)』 속의 여동빈은 일반적인 여동빈의 형상과는 차이가 있다. 우선은 머리에 푸른 순양시를 쓰지 않고 상투를 틀고 있으며, 여동빈은 오른 손에 불진(拂塵 혹은 拂子)를 들고 있는데, 불진은 원래 여동빈과는 연고가 없는 것으로, 명대 이후 신선을 상징하는 일반적인 표지였다. 그의 보검은 등이 아닌 왼쪽 손에 들려있고, 여동빈은 삿갓을 들고 측

『Daoist Immortals』
작자미상, 14세기, Indianapolis
Museum of Art 소장.

면으로 서 있다. 삿갓을 들고 있는 것은 중국의 여동빈 도상에서는 찾아볼 수 없는데, 이러한 양식은 작가 조석진이 그린 다른 여동빈도에도 동일하게 나타나며 중국과는 다른 매우 특징적인 것이다.

그림에서 종리권은 전형적인 양식으로 표현되고 있다. 커다란 체구에 머리의 양 쪽에 머리카락을 꼬아 매서 올렸으며 수염을 길게 기르고 옷의 앞깃은 풀어헤친 채 큰 배를 드러내고 있다. 손에는 그의 상징물인 부채를 들고 있다. 종리권은 성은 종리이며, 이름은 권, 자는 운방(雲房)이다. 여동빈의 스승으로, 전진교의 교조이며, 호는 정양자(正陽子)이다. 한대 사람으로, 대장수였다가 종남산에 들어가 동화제군에게 도를 전수받았다. 종리권은 황양몽의 꿈을 사용

하여 여동빈을 도탈시키고, 이후 여동빈에게 십여 차례의 시험을 실시
하여 여동빈의 신선으로서의 자격을 검증한다. 후에 이들은 내단법(內
丹法)을 완성하며 내단의 전문가로 숭배된다.

여동빈과 종리권이 짝을 이루어 그림에 등장하는 도상은 많으며,
이들은 대부분 대화하고 경청하는 형식을 취한다. 『해상군선도』는 이
두 도상이 함께 그려질 때의 전형적인 형식을 답습하고 있지만, 종리
권은 앉아있고 여동빈이 서 있다는 점에서 특징이 있다. 그림 상단에
적힌 도상에 대한 설명에서, 여동빈을 묘사한 '坐臥常攜酒一壺, 不敎
雙眼識皇都, 乾坤許大無名姓, 疏散人間一伏夫'라는 구절은 종리권
이 여동빈을 도탈시키기 전에 장안의 술집에 쓴 『제장안주사피삼절구
(題長安酒肆避三絶句)』의 일부분이다. 여동빈은 이 시를 보고 종리권이
이인(異人)임을 알아채고 그에게 답시를 쓰게 되며 황양몽을 통해 도
탈하게 된다. 그림에서도 여동빈과 종리권은 밀접한 관계를 맺고 있는
듯이 그려져 있다.

적각선, 즉 유해섬(劉海蟾)은 개구진 미소를 띠며 허리에 나뭇잎으로
된 띠를 두르고 정면을 응시한 채 팔짱을 끼고 금두꺼비와 함께 그려
졌다. 유해섬은 이름은 조, 자는 종성이며 호는 해섬자, 역시 전진교의
교조이다. 여동빈과 종리권의 전설과 신앙이 송대부터 민간에 인기를
얻고 유행한 것과는 달리, 유해섬은 명대에 민간에 널리 알려졌다. 『해
상군선도』에는 나타나지 않지만, 유해섬의 도상은 종종 엽전과 함께
그려지곤 하며, 재물을 상징하는 신선으로 인기가 많았다.

종리권(鍾離權)과 여동빈, 그리고 유해섬이 한 무리를 이루고 있는
것은, 이들이 전진교(全眞敎)의 교조라는 공통점이 있기 때문으로 보인
다. 이들은 전진교의 북오조 가운데, 제2, 제3, 그리고 제5순위의 신선

들이다. 전진교의 교조를 그린 그림은 조선에서 또 찾아 볼 수 있다. 김홍도(金弘道)의 두 점의 『삼선도(三仙圖)』는 전진교 북오조의 제1순위인 동화제군, 그리고 종리권과 여동빈을 그렸다. 이들은 동화제군은 종리권에게, 종리권은 여동빈에게 도를 전수하는 사제(師弟) 관계로 형성되어 있다. 중국에서는 전진교의 교조들을 일부만 취한 양식의 회화가 드문 것 같은데, 『삼선도(三仙圖)』는 중국의 양식과는 이들을 달리 자유로이 재구성하여 그렸다. 이런 그림들은 조선의 개성과 특징을 드러내고 있으며, 이를 통해 조선 말기까지 전진교가 상당히 전파되고 수용되었음을 짐작할 수 있다.

3) 장과로(張果老), 철괴리(鐵拐李)

장과로(張果老)는 팔선 중에서 가장 나이가 많은 신선으로, 기록에 의하면 당 현종 때에 이미 100세가 넘었다고 한다. 그리하여 본명이 '장과'인 이 신선의 이름 가장 뒤에 늙음을 나타내는 "노"자가 붙게 된 것이다. 장과로에 대한 기록은 당나라 때 쓰여진 『명황잡록(明皇雜錄)』에 최초로 나타나며, 장과로가 죽고 난 뒤에도 그를 본 사람이 있다 하며 그가 신선이 되었음을 기록하고 있다. 『명황잡록』에는 또한, 장과로가 하얀 나귀를 타고 다니는데 그것은 종이로 만든 나귀로 접었다 폈다 할 수 있다고 쓰여 있다.[13] 도상에서 이 하얀 나귀는 장과로의

---

13) 鄭處誨, 『明皇雜錄』卷下: "張果者, 隱于恒州中條山, 常往來汾晉間, 時人傳有長年秘術. 耆老云: "爲兒童時見之, 自言數百歲矣. 唐太宗, 高宗屢征之不起, 則天召之出山, 佯死于妒女廟前. 時方盛熱, 須臾臭爛生蟲. 聞于則天, 信其死矣. 後有人于恒州山中複見之. 果乘壹白驢, 日行數萬裏, 休則折疊之, 其厚如

표지가 되었고, 장과로의 '구부정하고 백발의 나이 든 모습' 또한 그를 나타내는 표지가 된다. 명대 이후에 도상에서 장과로는 손에 어고(漁鼓)를 들게 되며, 이후 어고는 장과로를 대표하게 되어 암팔선에서 장과로를 상징한다.

『해상군선도』에서 장과로는 전형적인 모습을 하고 있다. 백발 노인의 형상에, 노자가 소를 타고 있듯이, 나귀를 타고 있다. 그러나 노자의 도상과는 달리 거꾸로 나귀를 탄 채, 등에는 어고를 메고 있다. 장과로의 도상은 개성이 매우 뚜렷하여 팔선 가운데에서 가장 먼저 정형화되었으며 중국과 한국에서 모두 시대를 불문하고 그 정형성을 유지하고 있다. 그림에서 장과로는 손에 지초(芝草)와 같은 것을 들고, 마치 철괴리에게 깨달음을 주는 것처럼 철괴리의 머리 쪽을 향해 풀을 뻗치고 있다. 철괴리의 태도 또한 매우 공손하고 엄숙하다.

철괴리에 대한 이야기는 원 악백천의 잡극『여동빈도철괴리악(呂洞賓度鐵拐李岳)』에서 처음 볼 수 있다. 극 중에서 주인공 악공목(岳孔目)은 온갖 세상의 풍파를 겪은 뒤 철괴리의 몸을 통해 환생하는데, 철괴리는 다리 한 쪽을 못 쓰게 된 자의 시신이었다. 잡극에서 철괴리의 모습에 대한 묘사는 다음과 같다: "사발을 문지르며, 포대자루를 짊어졌다. 남루하기 짝이 없고, 가련하기 짝이 없이 오간다. 지팡이를 짚고, 짚신을 신고, 베로 만든 큰 소매의 옷을 입었다".[14] 이 문장에서 우리는 철괴리의 형상을 알 수 있다. 즉, 사발을 들고 봇짐을 매고 남루하며 슬

紙, 置于巾箱中, 乘則以水噀之, 還成驢矣."(『唐宋史料筆記叢刊』, 北京: 中華書局, 1997, p.30).

14) 岳伯川,『呂洞賓度鐵拐李岳』: "抹了鉢盂, 裝在布袋. 襤襤縷縷, 悲悲鄧鄧, 往往來來. 拄著拐, 穿草鞋, 麻袍寬袂."(『元曲選』本)

픈, 한 손에는 지팡이를 짚고 망가진 다리를 지탱하는 철괴리. 이러한 형상은 후에 술 혹은 혼을 담은 호리병이 더해져서 원대 안휘(顔輝)의 그림 이후로 계속 동일한 형식으로 그려진다.

『해상군선도』에서 철괴리는 다리를 저는 지 비록 명확하게 표현되어 있지 않지만, 다리를 저는 철괴리의 필수품인 지팡이는 하늘을 찌를 듯 몹시 과장되게 그려져 있다. 그리고 그의 상징물인 봇짐과 호리병을 함께 합쳐놓은 듯 한 커다란 호리병을 등에 메고 있다. 철괴리는 앞서 유해섬이 입은 나뭇잎으로 된 옷을 망토처럼 입고 있는데, 이는 신선을 상징하는 한편, 신선 중에서도 철괴리가 기괴한 신선이라는 특징을 알려준다.

『해상군선도』에서 철괴리와 장과로는 단 둘이 짝을 이루어 등장하는데, 이 같은 구성은 흔히 보이는 양식은 아니다. 팔선의 이야기에서도 철괴리와 장과로는 특별히 짝을 이루지 않으며, 장과로와 철괴리 사이의 이야기는 명확하게 드러나지 않는다. 이것은 안중식과 조석진의 『해상군선도』의 특징이며, 작가는 이 새로운 구성을 통해 메시지를 전달하려고 한 것으로 보인다.

4. 팔선과해도와 『해상군선도(海上群仙圖)』의 비교

1) 팔선이라는 군체(群體)와 팔선과해의 의미

왕세정(王世貞)은 『제팔선상후(題八仙像後)』에서

　　팔선은, 종리권, 철괴리, 여동빈, 장과로, 남채화, 한상자, 조국구, 하선고를
가리킨다. 이 모임이 언제부터 시작되었는지는 알지 못한다. 또한 그 그림도
언제부터 시작되었는지 알지 못한다. 내가 목격한 신선의 행적과 그림의 역
사는 또한 상세한데, 무릇 원대 이전에는 한 편도 없었다……이 팔공이라는
자들은, 늙음은 장과로, 어린 것은 남채화와 한상자, 장수는 종리권, 서생은
여동빈, 부귀한 자는 조국구, 병든 자는 철괴리, 부녀자는 하선고가 대표하
며, 각자 하나의 개성을 분담하였으니 이로서 즐겁게 볼 수 있지 않은가?[15]

　　왕세정은 이 글에서 팔선의 구성원을 밝히고, 이들이 다양한 계층
을 대표하고 있으니 함께 모아 재미있게 볼 수 있다고 하며, 집합체로
서 이들의 의의를 밝히고 있다. '팔선'이라는 집합체의 기원을 살펴보
면, 처음 팔선이라는 단어는 오늘날 동한 모융(牟融)의 『이혹론(理惑論)』
에 가장 먼저 보이는데,[16] 그러나 이때의 팔선은 여덟 신선을 가리키는
것도, 왕교(王喬), 적송(赤松)을 가리키는 것도 아닌, 열선을 지칭하는
말이었다. 현존하는 자료 가운데 '8인의 신선'을 가리키는 단어로서의
'팔선'은, 최초로 남조 진침형(陳沈炯)의 『임옥관기(林屋館記)』에 "회남팔
선(淮南八仙)"이라는 구절에서 출현한다. 원대 이후에는 새로이 출현한
신선들인 여동빈과 종리권을 위시한 여덟 신선이 '팔선'으로 불렸지만,
'팔선'이라는 집합체로서의 개념은 지속되었다. 또한 이는 청말에 상팔
선, 중팔선, 하팔선으로 확장되기도 하여, '팔선'이라는 집합체 자체가
특수한 의미를 지니는 것을 알 수 있다.

---

15) 王世貞, 『弇州山人續稿』, 卷171, 〈題八仙像後〉: "八仙者, 鍾離, 李, 呂, 張, 藍,
韓, 曹, 何也. 不知其會所由始, 亦不知其畫所由始. 余所睹仙迹及圖史亦詳矣,
凡元以前無一筆『……以是八公者, 老者張, 少則藍, 韓, 將則鍾離, 書生則呂,
貴則曹, 病則李, 婦女則何, 爲各據一端以作滑稽觀耶?"

16) "王喬, 赤松, 八仙之錄, 神書百七十卷".

원 잡극 이래 팔선은 계속적으로 구성원의 변화가 있다. 명대에 호응린(胡應隣) 역시 팔선에 대해, 나중에 교체된 서신옹(徐神翁)까지 포함하여 9명에 대해 설명하고 있다. 소설『동유기(東遊記)』를 통해 이들의 구성원이 확정되었다고 보는 것이 일반적인 시각이고,[17] 이러한 현상들은 팔선은 구성원이 중요하다기보다, 8명을 유지하는 것이 중요하다는 것을 알려준다. 그리고 이들은 집합체로서 별도의 의미와 목적을 지니며, 그것은 사람들의 보편적인 바람인 장수와 기복에 대한 투영이었다.

필기체 산문과 극과 소설, 그리고 시각텍스트 상에서 팔선은 개별 신선에 대한 이야기가 전개되고 초상이 그려지다가, 원대를 기점으로 명대에 이르러서는 개별 신선의 이야기보다는 팔선의 이야기와 그림이 압도적으로 증가하게 된다. 이것은 수용자들이 개별 신선의 이야기나 공력보다는, 팔선의 이야기와 도술, 단체로서 그들의 신비한 능력을 더욱 숭배했기 때문이라고 볼 수 있다.

종리권, 철괴리, 여동빈, 장과로, 남채화, 한상자, 조국구, 하선고의 여덟 신선이 개별 전설 상에서 바다를 건너는 이야기는 드문 것 같다. 이들은 바다와 연고를 지니고 있지 않으며, '팔선'일 때에 비로소 바다를 건넌다. 그리고 바다 위를 건너면서 신기한 능력을 마음껏 발휘한다는 데에 이들의 매력이 있다. 그림도 이야기를 좇아, 팔선과해도는 팔선이 한 화면에 모여서 각자의 고유성을 유지하면서, 같기도 하고 다르기도 함을 보이며, 아울러 이것을 한 눈에 다 볼 수 있다는 데에 가장 매력이 있다.[18] 바다는 팔선이 다양한 재주를 뽐내며 그 재주로

---

17) 『東遊記』에서는 八仙을 이렇게 정의하였다; "說話八仙者, 鐵拐, 鍾離, 洞賓, 果老, 藍采和, 何仙姑, 韓湘子, 曹國舅, 而鐵拐先生其首也."

18) 浦江清, p.96.

용왕과 전쟁을 벌인다는 완정된 이야기의 무대가 되는 것이다. 따라서 바다는 팔선 집합체에게 하나의 정형화된 무대이며, '팔선'의 여덟 신선이 바다 위에 있는 것 자체가 하나의 도상(icon)이 된다.

'바다 위에 있는 몇몇 신선들'을 그린 그림을 보고 우리는 '팔선과해(八仙過海)의 이야기'를 연상하곤 하지만, 이러한 양식의 그림은 '팔선의 과해 이야기'를 의미하는 것이 아니다. 예를 들어, Indianapolis Museum of Art에 소장된 두 폭의 팔선도는 팔선과해의 이야기를 그린 것이 아닌 장수를 기원하는 의미의 그림이다. 그리고 이러한 경우에, 여러 가지 변형(본 그림에서는 유해섬과 남극선옹 등)이 가능한 것이다.

2) 『해상군선도(海上群仙圖)』의 의미

『해상군선도(海上群仙圖)』의 등장인물을 다시 살펴보자. 여기에는 괴성과 여동빈, 종리권, 유해섬, 그리고 장과로와 철괴리가 등장한다. 괴성과 유해섬을 제외하고, 여동빈, 종리권, 철괴리 그리고 장과로는 팔선의 신선들이다. 우리나라에서 문학 작품 중에 팔선과해 혹은 해상군선의 이야기를 다룬 작품이 아직 발견된 바가 없다. 회화를 비롯 도상에서는, 조선 후기 파상군선도(波上群仙圖)에서 나타나는 군선과 반도회도(蟠桃會圖)에서 보이는 파상 군선의 도상이 유사하다는 점에서, 우리나라의 파상군선도가 반도회도의 파상 군선이 강조되는 과정에서 발전한 형태의 것으로 보는 견해도 있다.[19]

그러나 팔선과해도가 그려지게 된 데에는 조선에 『동유기(東遊記)』

---

19) 배원정, p.88.

가 전래되어 유행한 영향이 상당히 컸다고 보인다. 『동유기』는 조선 중기에 중국으로부터 전해졌고(1762년 이전), 이후 번역이 되어 출판·보급 되었다. 팔선의 활약이 수록되어 있는 『북송지전(北宋志傳)』은 1618년 이전에 전래되어 번역되었다. 또한 명대의 소설 『성세항언(盛世恒言)』, 『한상자전(韓湘子傳)』, 청대의 소설 『팔선연(八仙緣)』, 『여조전서(呂祖全書)』 등이 모두 조선에 전래되어 출판되었다.[20] 조선 후기 팔선의 인기를 가늠할 수 있는 부분이다. 그리고 이 가운데 『동유기』는 팔선과해의 이야기를 다루고 있다. 『서유기(西游記)』에서 관음보살이 현장법사로 그리고 손오공 무리를 지켜주는 수호신이 됨으로서 관음 숭배와 전파에 거대한 영향력을 미쳤으며, 『삼국연의(三國演義)』가 관우 숭배에 중요한 작용[21]을 한 것처럼, 『동유기』를 비롯 조선에서 번역되고 유행한 일련의 팔선 소설들은 팔선 신앙의 전파에 영향을 미치고, 동시에 팔선의 이야기는 조선에서 더욱 유행하고 사람들에게 익숙해졌을 것이다.

『해상군선도(海上群仙圖)』에는 바다 위에 팔선의 무리들이 8명의 온전한 집합체가 아닌, 그 가운데 몇몇만 등장하는 형식을 취하고 있다. 이러한 형식은 팔선과해의 이야기와 팔선과해도의 성격을 살펴보았을 때, 독특한 것이다. 더구나 신선들은 마구 분산되어 있거나 몇 신선이 빠진 채 모여 있는 것이 아니라, 명확한 구분선을 사용하여 두 그룹으로 나누어 무리지어 있기 때문에 작가가 의도를 가지고 화면을 구성하였음을 알 수 있다.

20) 민관동, 「中國小說의 國內 受容」, 『中國小說論叢』, 제14집, 2001.

21) Meir Shahar : "Vernacular Fiction and the Transmission of God's Cults in Late Imperial China", *Unruly Gods: Divinity and Society in China*, Honolulu : University of Hawaii Press, 1996, p.201-202.

앞서 언급하였듯이 여동빈, 종리권, 유해섬이 모여있는 것은 전진교
의 영향으로 볼 수 있다. 이들 셋은 전진교의 북오조로서, 종리권, 여
동빈, 유해섬의 순차적인 순위가 있다.

조선에도 전진교가 유입되었는데, 그 역사는 통일신라 최치원까지
거슬러 올라가 볼 수 있다. 한무외의 『해동전도록(海東傳道錄)』에 따르
면, 최승우(崔承祐)와 김가기(金可紀) 등이 당에서 유학하면서 중국의 내
단학(內丹學)을 전수받았다는 기록이 있다. 그리고 도당(渡唐) 유학생이
었던 최치원이 종리권 계통의 도교를 전수받은 것으로 서술하고 있는

데, 종리권 계통의 도교는 종리권으로부터 여동빈으로
이어지는 종여금단도(鍾呂金丹道)의 내단학을 말하는 것
이다.[22] 이후, 조선조에 들어와 일부 사족계층을 중심으로
내단학을 연구, 수련하는 기풍이 형성되었다. 즉, 『해동전
도록(海東傳道錄)』에서는 조선 단학파의 수련 내용이 전진
교 계통의 내단학임을 천명하고자 한 것이다.[23]

약간 앞선 시기 김홍도가 『삼선도(三仙圖)』에서 동화
제군, 종리권, 여동빈을 그린 것도 당시 조선 사회에서
전진교의 영향을 보여주는 작품이다. 그러므로 『해상군
선도(海上群仙圖)』는 전진교에 대한 명확한 인식하에 그
려진 작품이다.

장과로와 철괴리는 팔선이 형성되기 전에도 각기 전설
이 있었지만, 그림에서 보이는 것처럼 밀접한 관계를 갖
지 않았다. 이들은 원대에 전진교가 민간의 신앙을 흡수

『삼선도(三仙圖)』
金弘道, 18세기,
국립중앙박물관 소장

---

22) 정재서, 『한국 도교의 기원과 역사』, 서울: 이화여자대학교 출판부, 2006, p.252.

23) 上同, p.121.

하는 과정에서, 마치 왕중양과 칠진인처럼, 여동빈을 위시한 7인의 신선이 팔선으로 형성된다. 원 잡극에서 절대적인 비중을 차지하는 신선도 화극은 사실상 전진교의 교리를 선전하는 연극이었고, 팔선은 신선도 화극에서 주연을 하거나 극의 마지막에 함께 등장하여 대단원을 마무리하였다. 즉, 팔선은 민간에 뿌리가 있지만, 전진교와도 관련이 있었다.

그러나 『해상군선도(海上群仙圖)』에서 장과로와 철괴리를 여동빈, 종리권, 유해섬과 분리시켜 그려놓은 것은, 여동빈, 종리권, 유해섬이 상징하는 도교(Religious Daoism)와 대비되는, 민간종교로서 '팔선'을 대표하는 것으로 보인다. 특히 팔선 중에서도 장과로와 철괴리는 특징이 뚜렷한 신선들로서, 이들의 특징은 외형을 통해 즉각적으로 드러난다. 앞서 보았듯이 왕세정은 이들을 "늙은이는 장과로, 병든 자는 철괴리"가 대표한다고 하였고, 늙는 것과 병드는 것은 사람들이 가장 두려워하고 우려하는 것이다. 그러므로 『해상군선도』에서 장과로와 철괴리만을 팔선에서 선택하여 그린 이유가 분명해진다. '무병장수', 즉 장과로가 상징하는 '장수'와 철괴리가 역설적으로 상징하는 '무병'을 화면에 그려서, 한국인이 입버릇처럼 말하는 '무병장수'에 대한 기원을 재치있게 표현해 낸 것이다.

또한 화면 정중앙에 그려져 강조된 유해섬은, 여동빈, 종리권과 함께 전진교를 상징하기도 하지만, 그의 독립된 모습은 '재물'의 상징으로서 유해섬을 표현한 것으로도 보인다. 따라서 장과로, 철괴리와 함께 그림에서 사람들의 평범한 욕망을 표현하고 기원하고 있다고 볼 수 있다. 이 같은 신선의 자유로운 구성은 『해상군선도』가 그려질 조선 후기에 팔선과 전진교가 당시 사람들에게 상당히 익숙하였고, 이들에 대해 충분히 이해하고 있었음을 알려준다.

『해상군선도(海上群仙圖)』
金弘道, 18세기, 국립중앙박물관 소장

『해상군선도』에는 팔선의 구성원 가운데 4명이 모여 있는데, 이것은
팔선과해도의 영향이며 동시에 팔선과해도를 벗어난 것이기도 하다.
이렇듯 팔선이 바다를 건너는 그림을 자유롭게 구성한 특징을 김홍도
의 『해상군선도』에서도 볼 수 있다. 김홍도의 『해상군선도』는 팔선이
과해하는 모습을 그리면서 그 옆에 다양한 신선들, 예를 들어 황초평
(黃初平)과 노자, 그리고 민간의 상징물을 곁에 그려두었다. 중국의 팔
선과해도에서는 팔선이 지닌 고유한 기물 외에는 다른 요소가 등장하
지 않았으나, 김홍도의 『해상군선도』에서는 보다 많은 요소가 결합되
어 있다. 이렇듯 자유로운 화면 구성은 안중식, 조석진의 『해상군선도』
에 영향을 미쳐, '바다를 건너는 팔선'이라는 모티프를 자유로이 운용
하도록 하였을 것이다.

이러한 자유로운 운용 방식은 괴성을 통해 다시 한 번 확인할 수 있
다. 이 『해상군선도』의 독특함은 바로 괴성이 등장한 데에 있다. 팔선과
괴성이 함께 등장하는 텍스트는 명청 시기에 거의 없는 것 같으며,[24] 도

___

24) 淸 蔣士銓이 편찬한 『西江祝嘏』에 수록된 『升平瑞』 第3齣 『賓戲』에는 八仙의
부인들이 등장하는데, 何仙姑는 자신을 제외한 七仙이 "魁星에 의해 월말 시험

상에서도 마찬가지로 이들이 함께 등장하는 예는 없다. 한국의 상황
도 마찬가지로 보인다.

앞서 조선시기 사대부를 중심으로 괴성에 대한 기록을 살펴보았는
데, 민간에서도 괴성은 널리 알려져 있었다. 괴성에 대한 민간의 전설
은 고려 때에도 찾아볼 수 있다. 『해동이적(海東異蹟)』의 강감찬 편에는
다음과 같은 기록이 있다:

> 처음 강감찬이 태어날 때, 한 使臣이 밤에 시흥군에 들었다가 큰 별이 인가
> 에 떨어지는 것을 보고 아전을 보내어 가서 그곳을 찾아보게 하였다. 마침
> 그 집에서는 사내아이를 낳았는데, 사신이 마음속으로 기이하게 여겨 아이
> 를 데려와서 길렀다.
> 그 아이가 재상이 되었을 때, 송나라 사신이 와서 뵈면서 자기도 모르는 사
> 이에 걸상에 내려와 절을 하며 말하기를, "文曲星을 보지 못한지 오래되었
> 는데, 지금 여기에 계셨군요" 하였다.[25]

이 전설은 『고려사절요(高麗史節要)』에도 수록되어 있으며, 문곡성(文
曲星)은 문창제군, 즉 괴성을 말하는 것으로 고려시대에도 괴성에 대한
보편적인 인식이 있었음을 알려준다.

조선에서는 천존, 옥황상제, 성신(北斗七星, 老人星, 文昌星 등), 천신,
지신, 산신, 산천신, 수신, 사해용왕, 명부시왕, 신장, 수부제신, 오방신
등의 도교의 신과 신선들을 숭배하였다. 비록 조선에서 도교는 교단
을 갖추지 못하고, 관방도교로 발전하지는 못하였지만, 민간에서는 여
전히 영향력을 미치고 있었다. 문창성에 대한 신앙은 조선 중기 이후,

을 치러 갔다(被魁星促去月課)"라고 말하는 대목이 등장하기도 한다.

25) 黃胤錫, 신해진 · 김석태 공역, 『增補海東異蹟』, 서울: 경인문화사, 2011, p.372-373.

민간도교에서 유행한 권선서에 잘 나타난다. 권선서는, 도교의 윤리
규범서로서 선행을 권장하는 내용을 담은 책으로, 도교가 기복적이고
단순한 신앙의 방식을 선택한 남송 이후 등장한 현실적인 생활지침서
였다. 명청 이후에는 그러한 도덕 규정들이 더욱 구체화되어 태상감응
편, 공과격, 음즐문(陰騭文) 등의 여러 가지 형식의 권선서들이 대단히
많이 만들어졌다. 본래 권선서는 문창제군과 관성제군(關羽) 그리고 부
우제군(呂洞賓) 등이 대상이 되며, 그 중 문창제군공과격의 예를 하나
들면, 옹정 2년(1724년)에 제작된 부계(扶乩)가 있는데, 책에서 배열하고
있는 조목은 매우 세밀하여 80가지 내용을 나열하고 있다. 여기에서는
개인이 매일 매일의 행위를 반성하여 공과 과로 구분하여 기술함으로
써 자신의 행위를 반성해야 하는 양식을 보여주기도 한다.[26]

　권선서류의 도교경전이 우리나라에 전래된 것은 조선 초기 태종 때
로 태종 17년(1417년) 명의 성조가 선음즐서(善陰騭書) 600부를 보내왔
다는 기록이 있다. 조선 초기부터 조선 말기까지 권선서는 계속하여
널리 읽혔고, 조선 후기에 와서는 각종 선서의 판각과 언해가 상당히
많이 간행되었다.[27]

　예를 들어, 고종13년(1876년)에 간행된 『남궁계적(南宮桂籍)』은 문창제
군에 대한 언해본(諺解本)으로, 이건창이 서문을 쓰고,〈권효문(勸孝文)〉,
〈음즐문(陰騭文)〉,〈영험기(靈驗記)〉로 이루어져 있다. 이 책은 문창제군
의 가르침을 따르고 믿어서 얻은 영험기를 모은 것으로, 이 책 뿐 아니
라 조선시기에『문창제군몽수비장경(文昌帝君夢授秘藏經)』,『문창제군성
세경(文昌帝君惺世經)』,『문창제군통삼경(文昌帝君統三經)』 등 많은 문창

---

26) 윤찬원, 「功過格의 道敎 윤리관 연구」,『道敎文化硏究』, 제34집, 2011, p.372.

27) 차계환, 「조선 후기의 도교사상」,『東洋學』, 제24집, 1994, p.361.

제군의 권선서가 있었다. 따라서 조선에서 문창제군에 대한 신앙이 상당히 영향력이 있었음을 알 수 있고, 이는 과거제의 성행에서 기인한 것으로 보인다.

난해하지 않은 이러한 현세적이고도 실천가능한 권선서는 민간대중에게 환영을 받아 조선 후기에 이르러 민간도교의 새로운 국면을 열었던 것으로 보인다.[28] 따라서 『해상군선도(海上群仙圖)』에 그려진 괴성은 조선 후기 민간도교의 수용과 성행을 반영한 것으로 볼 수 있다.

5. 결 론

조선 후기의 작품인 안중식, 조석진의 『해상군선도(海上群仙圖)』는 중국의 '팔선과해도'라는 양식을 변용하여 괴성, 여동빈과 종리권과 유해섬, 장과로와 철괴리라는 신선들을 새로이 조합해 조선의 '해상군선도'를 그린 작품이다.

조선에서는 창작되지 않았던 팔선과해의 이야기가 화면상에서 자유로이 운용된 것은, 이미 팔선의 이야기가 조선에 널리 알려져 익숙한 것을 의미한다. 이러한 현상은 조선 후기에 중국 소설의 유입과 성행, 즉 간행과 번역의 적극적인 활동이 그 배경이 되었다.

『해상군선도』에 그려진 전진교의 교조인 여동빈, 종리권, 유해섬은 최치원 이래로 한국에 전래된 내단을 중심으로 한 도교의 전통이 유지되어, 전진교가 조선 후기에도 상당히 영향력이 있었음을 보여준다. 비슷한 시기에 그려진 김홍도의 『삼선도』에서도 조선 후기 전진교의

---

28) 정재서, 「한국 민간도교의 계통 및 특성」, 『한국 도교문화의 위상』, 아세아문화사, 1993, p.202.

영향력을 알 수 있다.

『해상군선도』는 신선들과 함께 괴성이 등장하는 독특한 구성으로 그려져있다. 괴성은 조선 이전에도 한국에 알려져 있었으며, 특히 조선시기에 권선서가 중국으로부터 유입되고 조선에서도 자체적으로 권선서가 제작되면서, 문창제군의 권선서가 성행한다. 문창제군 권선서의 성행은 과거제의 성행에 따른 것으로 보이며, 문창제군에 대한 숭배는 비록 조선에서 도교가 교단을 갖추지 못하고 관방도교로 발전하지는 못하였지만, 민간에서는 여전히 영향력을 미치고 있음을 알려준다. 『해상군선도』에서 화면의 괴성의 등장은 바로 이러한 민간도교의 성행을 보여준다.

『해상군선도(海上群仙圖)』에는 여동빈, 종리권, 유해섬은 전진교의 교조로, 장과로, 철괴리는 '무병장수(無病長壽)'를 나타내는 민간의 기복신앙을 반영한 요소로 대비를 이루어 배치되었다. 그리고 이들 양자의 특성을 모두 갖춘 유해섬은 화면의 정중앙에 두었다. 민간의 기복신앙과 교단종교의 경계를 왕래하며 자유로이 도상을 사용하여 화면을 구성하고 있는 것은 『해상군선도』의 특징이다. 또한 화면에 등장하는 모든 신선들은 본래 민간에서 출발하였고, 이들은 장수와 복록을 상징하며 사람들에게 신앙의 대상이 된다. 이러한 특징은 괴성이 신선들과 함께 한 화면에 등장할 근거가 되었다. 즉, 신선도 괴성도 『해상군선도』에서 사람들의 보편적이고 근원적인 바람을 투영한 세계를 만들어내고 있는 것이다.

팔선과해도의 팔선이 바다 위를 건너며 도술을 부리며 신통력을 발휘했듯이, 안중식, 조석진의 『해상군선도』는 '바다'라는 무대를 사용하여 조선의 특성을 배경으로 삼아 '육선과해(六仙過海), 각현풍정(各顯風情)'을 발휘한 '팔선과해도'라고 할 수 있을 것이다.

저자 약력(목차 순)

정재서

이화여자대학교 중어중어중문학과 교수. 서울대학교 중어중어중문학과 대학원에서 석사, 박사 학위를 취득한 후, 미국의 하버드 옌칭 연구소와 일본의 국제일본문화연구센터에서 연구생활을 하였다. 계간 『상상』과 『비평』의 동인으로 활동하였으며 신화학, 도교학, 문학비평 등을 바탕으로 동아시아 담론, 제3의 동양학, 동아시아 상상력 등과 관련된 논의를 전개한 바 있다. 중국어문학회 회장, 비교문학회 회장, 도교문화학회 회장, 인문콘텐츠학회 부회장 등을 역임하였다. 저서로는 『산해경 역주』(1985), 『불사의 신화와 사상』(1994), 『동양적인 것의 슬픔』(1996), 『도교와 문학 그리고 상상력』(2000), 『이야기 동양신화』(2004), 『山海經的文化尋踪』(中文, 2004), 『사라진 신들과의 교신을 위하여』(2007), 『앙띠오이디푸스의 신화학』(2010), 『동아시아 상상력과 민족서사』(2015) 등과 다수의 역서, 논문들이 있다. 한국출판문화상 저작상(1994), 비교문학상(2008), 우호학술상(2008), 이화학술상(2015) 등을 수상한 바 있다.

김의정

이화여자대학교 중어중문학과를 졸업하고 연세대학교 대학원에서 석사 및 박사학위를 받았다. 중국고전시를 전공하였고, 현재 성결대학교 파이데이아 학부에 재직하고 있다. 저역서로 『한시 리필』, 『杜甫 시선』, 『李商隱 시선』, 『徐媛 시선』(명대 여성작가총서, 공역), 『顧若璞 시선』(명대 여성작가총서, 공역), 『두보 평전』, 『중국의 종이와 인쇄의 문화사』 등이 있다. 대표논문으로는 「시는 어떻게 광고가 되는가?-중국 고전시의 문학 콘텐츠 활용방안」, 「興, 오래된 비유」, 「白頭吟, 누구의 노래인가?- 역대 백두음의 話者 문제와 명대 여성 시인 陸卿子의 의의」, 「명대 여성 시인 徐媛의 여행 시와 그 의미」, 「뒤바뀐 성별, 새로 쓰는 전통- 黃媛介시 읽기」, 「좌표를 통해서 본 杜甫 飮酒詩의 정서 표현 분석」 등이 있다.

김지선

이화여자대학교 중어중문학과를 졸업하고 같은 과 대학원에서 문학석사를, 고려대학교에서 문학박사를 취득하였다. 현재 이화여자대학교와 고려대학교에서 중국신화 및 소설 등 문학 관련 강의를 담당하고 있다. 중국신화 및 소설 관련 다수의 논문이 있고, 역서로 『신이경』, 『열녀전』이 있다.

송진영

이화여자대학교 중어중문학과에서 학사 및 석사학위를, 베이징대학에서 박사학위를 취득하였고, 하버드 대학 동아시아 연구소 박사후연구원(post-doc)을 거쳐 수원대학교 중어중문학과에 재직하며 중국고전문학과 중국문화, 중국소설 및 동아시아 문화콘텐츠 등을 강의하고 있다. 「서유기 현상으로 본 중국 환상서사의 힘」, 「李漁의「男孟母教合三遷」小考 -福建의 契兄弟 慣習을 中心으로」 등 다수의 논문과 저서로 『명청세정소설연구』, 『동아시아 문학 속 상인형상』(공저) 등이 있다.

최진아

이화여자대학교 중어중문학과를 졸업하고 같은 과 대학원에서 문학석사를, 연세대학교에서 문학박사를 취득하였다. 중국사회과학원 문학연구소, 상하이사범대학 인문학원, Stanford 대학 APARC 방문학자를 거쳐 현재는 이화여자대학교와 동국대학교에서 중국고전이 지닌 힘이 현대사회 및 문화와 어떻게 연접되는지를 강의하고 있다. 저서에는 『환상, 욕망, 이데올로기: 당대 애정류 전기 연구』, 『幻想, 性別, 文化: 韓國學者眼中的中國古典小說』(中文)이 있다.

김영미

이화여자대학교 중어중문학과를 졸업하고 외국어대학교에서 석사 및 박사학위를 취득하였으며, 중국예술연구원 및 코넬대학 East Asia Program 방문학자를 거쳐 현재 이화여자대학교와 외국어대학교에서 중국 예술 및 문화 관련 강의를 담당하고 있다. 2011년부터 포스트사회주의 미술 및 문화에 대한 연구에 경주하여 「마오'이미지와 포스트모더니즘」(2011), 「중국현대미술의 동시대성: 아트퍼포먼스를 중심으로」(2011), 「포스트 사회주의 중국을 읽는 방법: 생산의 주체가 해체되는 지점과 예술」(2015) 등 다수의 논문과 미술평론이 있으며, 저서로 『현대중국의 새로운 이미지 언어-미술과 영화』(2014)가 있다.

정선경

이화여자대학교 중어중문학과를 졸업하고 연세대학교에서 문학박사학위를 받았으며 북경대학교 중문연구소에서 연구학자를 역임했다. 현재 이화여자대학교 이화인문과학원 조교수로 재직 중이다. 중국소설과 문화, 동아시아 서사문학과 근대지식 형성, 비교문화 및 문화에 관심을 가지고 연구하고 있으며, 저서로『神仙的時空』(中文, 2007), 『중국고전소설 및 희곡 연구자료 총집』(2012), 『교류와 소통의 동아시아』(2013), 『중국 고전을 읽다』(2015), 『근대지식과 저널리즘』(2016), 『중국소설과 지식의 조우』(2017), 『동아시아 지식 네트워크와 근대지식인』(2017), 역서로『중국현대문학발전사』(2015) 등이 있다.

문현선

이화여자대학교에서 사학과 중문학을 복수전공하고 동 대학원 중어중문학과에서 석박사학위를 취득하였다. 고전 다시쓰기 작업을 통해 '문턱이 낮은 인문학'을 지향하며 옛 이야기와 대중문화를 연계하는 주제로 연구와 강의를 병행하는 한편, 번역가로서 동시대의 중국소설들을 국내에 소개하고 있다.『중국적 판타지로서의 기환(奇幻), 용어의 개념정립을 위한 시론』,「현환소설의 무협 장르적 성격」,「재팬 애니컬의 스토리텔링 전략」등 다수의 논문과『무협』,『신화, 영화와 만나다』(공저),『게임 소재로서의 동양신화』(공저),『소서: 삶의 근원은 무엇인가』(공저),『장원: 리더십이란 무엇인가』(공저) 등 저서가 있다.

이연희

서울여자대학교 중어중문학과를 졸업하고 이화여자대학교 대학원에서 문학석사를 중국사회과학원에서 박사학위를 받았으며, 현재 서울여자대학교 중어중문학과 초빙강의교수로 재직 중이다. 역서(공역)로『풍속통의』가 있으며, 연구논문으로는「육조 지괴 속에 보이는 변신의 상상력」,「낯설음에 대한 유혹-지괴의 타자성」,「중국 신화의 정치화-반고, 반호 신화를 중심으로」등의 중국신화 및 소설 분야의 연구 논문이 있다.

정민경

이화여자대학교 중어중문학과 대학원에서 중국소설로 문학석사를, 중국사회과학원에서 문학박사를 취득하였다. 현재는 이화여자대학교와 을지대학교에서 중국문학, 중국문화, 중국어를 강의하고 있다. 저서로는 『옛이야기와 에듀테인먼트 콘텐츠』(공저), 『청 모종강본 삼국지』(공저), 역서로는 『태평광기』(공역), 『우초신지』(공역), 『풍속통의』(공역), 『명대 여성작가 총서』(공역), 『강남은 어디인가-청나라 황제의 강남 지식인 길들이기』(공역) 등이 있다.

송정화

이화여자대학교 중어중문학과를 졸업하고 고려대학교 중어중문학과와 중국 푸단대학교에서 박사학위를 받았다. 이화여자대학교 인문학연구원 박사후연구원(post-doc), 미국 캘리포니아 버클리대학교(U.C. Berkeley) 중국학연구소(Center For Chinese Studies) 방문학자를 거쳐 현재 고려대학교 중국학연구소 연구교수로 있다. 중국신화와 소설, 중국고전과 문화콘텐츠에 관심을 두고 연구 중이며, 저서로는 『서유기와 동아시아 대중문화(西游記與東亞大衆文化)』, 『중국 여신연구』, 『문화원형과 콘텐츠의 세계』(공저) 등이 있다.

박영희

이화여자대학교 중어중문학과를 졸업하고 국립대만사범대학교 대학원 중문학과에서 문학 석사 및 박사를 취득하였으며 이화여자대학교에서 박사후연구원(post-doc)를 거쳐 현재 숭실사이버대학교 중국언어문화학과 교수로 재직 중이다. 「변려문(騈儷文)의 영상적 표현 양상 및 특징」, 「공맹(孔孟)의 음식 신화」, 「기록에 대한 명대 지식층 여성들의 작은 '반란'」 등 다수의 논문이 있다.

장현주

이화여자대학교 중어중문학과를 졸업하고 북경사범대학교 중어중문학과에서 박사학위를 받았으며, 이화여자대학교에서 초빙교수, 연구교수를 역임하고 현재 특임교수로 재직 중이다. 「명대 문학과 도상에 나타난 신선 여동빈의 형상」 등 도상학 분야의 연구논문이 있다.

동양고전으로
오늘을 읽다

초판 1쇄 발행 _ 2017년 8월 30일

편   자 • 정 재 서
발 행 인 • 정 현 걸
발   행 • 신 아 사
인   쇄 • 토탈프로세서
출판등록 • 1956년 1월 5일 (제9–52호)
주   소 • 서울특별시 은평구 통일로 59길 4 2F
전   화 • 02)382–6411 · 팩스 02)382–6401
홈페이지 • www.shinasa.co.kr
E – MAIL • shinasa@daum.net

ISBN 978–89–8396–232–4(93800)
저자와의 협의로 인지를 생략합니다.

정가 17,000원